ACRO
POLIS
衛城
出版

ACRO
POLIS
衛城
出版

哈德良回憶錄

mémoires d'Hadrien

Marguerite Yourcenar
瑪格麗特・尤瑟娜 著

陳太乙 譯

哈德良時期的羅馬帝國
元老院行省
帝國行省
藩屬
薩爾馬特
博斯普魯斯王國
伊比利亞
達西亞
薩米色格土沙
下莫西亞
攸克辛海
上莫西亞
亞美尼亞
比提尼亞與龐提
色雷斯
拜占庭
卡帕達奇亞
馬其頓
加拉太
伊庇魯斯
亞細亞
亞述
帕提亞
亞該亞
以弗所
以得撒
美索不達米亞
奇里乞亞
安提阿
雅典
哥林多
米利都
呂基亞與潘菲利亞
敘利亞
帕米拉
泰西封
巴比倫
塞浦路斯
提洛斯
地中海
猶太
耶路撒冷
阿拉比亞
昔蘭尼
亞歷山卓
佩特拉阿拉伯
佩特拉
昔蘭尼加
孟菲斯
埃及

喀里多尼亞
日耳曼海
海伯尼亞
艾伯拉肯
不列顛
倫敦尼烏姆
下日耳曼
日耳曼尼亞
比利時
上日耳曼
1. 培尼阿爾卑斯
2. 科提亞阿爾卑斯
3. 濱海阿爾卑斯
盧格敦
雷蒂亞
諾里庫姆
上潘諾尼亞
下潘諾尼亞
亞奎丹
納博
達爾馬堤亞
塔拉戈納
魯希坦尼亞
義大利
塔拉戈納
科西嘉與薩丁尼亞島
羅馬
義大利加
卡地斯
拜提卡
烏提卡
西西里亞
敘拉古
凱薩利亞茅利塔尼亞
延吉塔那茅利塔尼亞
阿非利加
加圖里亞

目次

從戰場得來的，必還於戰場。（蒂沃利莊園浮雕）

哈德良（Museo Arqueológico de Sevilla）

親親吾魂，溫柔飄然，
身之客，長相伴；
今日別，前去處，
蒼茫，堅硬，裸禿，
勿復如昔，笑語盈盈……

皇帝 普布里烏斯．埃里烏斯．哈德里亞努斯

親親吾魂溫柔飄然

ANIMULA

VAGULA

BLANDULA

親愛的馬可，

今日早晨，我移駕來到赫莫杰內斯醫生這裡。他剛結束一段漫長的亞細亞之旅，回到莊園。檢查必須在空腹禁食的狀態下進行，所以我跟他約了個大早。我褪去長袍裙衫，躺在一張床上。那些你我都嫌惡的細節，我替你省略不提了；而一副年歲已長，心臟水腫的軀體，也毋須大書特書。就這麼說吧：在赫莫杰內斯的指示下，我不時咳咳嗽，深呼吸，屏住氣。病情惡化如此迅速，他不由得顯露驚慌的神色，準備怪罪代替他在這段期間照護我的年輕醫生伊歐拉斯。在醫生面前維持皇帝的尊嚴真難，連保有人類的特質都難。在大夫的眼中，我只不過是一大堆體液、淋巴混著血液的不堪穢物。今天早晨，我第一次想到，我的身體，這忠誠的夥伴，最可靠的朋友，比我的心靈與我更熟稔，卻竟然是一頭陰險的怪獸，終將把主人一口吞沒。你且安心……我愛我的身體；它為我服務了一輩子，而且，無論如何，它所需要的治療，我二話不說，該做就做。但我不像赫莫杰內斯所表現的那樣，還冀望他去東方覓得的藥草療效神奇，礦物晶鹽配方準確。這個男人的心思原本縝密細膩，這會兒卻滔滔不絕地說些空洞的話來安慰我，老調得沒有人會上當。他明知道我多麼厭惡這類陽奉陰違的欺瞞，但人家行醫這三十多年來也不是沒吃過苦頭。這名忠僕意欲隱瞞我死期將至，我原諒他的一片好心。赫莫杰內斯是一位學者，甚至是一位智者；他正直廉潔，比宮裡任何一個庸俗的御醫高尚得多。我注定是最受照顧的病患。然而誰也不能僭越天命

馬可・奧里略（Musei Capitolini）

大限，我水腫的雙腿已支撐不完冗長的羅馬儀式，我呼吸艱難，而且已經六十歲了。

別誤會：我還沒衰弱到要對想像出來的恐懼投降；那幾乎與妄想的願望一樣荒謬，也必然更令人難受。倘若非要誤解不可，我寧願是信心方面出錯，那麼我不會多增損失，卻能少點痛苦。大限之期如此之近，倒也未必迫在眉睫；每晚睡下之時，我仍抱著能見到早晨的希望。剛剛所說的限制無法跨越，但在此範圍內，我還能一步步地捍衛自己的地位，甚至奪回幾寸領土。我的確到了這樣的年紀：到了這把歲數，對每個人而言，生命是一場已被接受的潰敗。說我來日不多，寥寥可數，有何意義？世事本來如此，人人皆如此。其實我們始終朝那目標前進，未曾休止；只因地點、時間和方式不明，致使終點難以辨識。然而，我這絕症病情日漸加重，不明確的成分隨之減少。任何人都可能隨時死去，而病人自知：十年後將已不在人世。我能轉圜的時間已不及年歲，僅能用月分來計了。心臟上被插一刀或從馬背摔落，這類死法的機率，對我來說變得少之又少。得鼠疫，看來不可能；痲瘋病和癌症似乎根本離我太遠。在邊界上被喀里多尼亞斧頭劈中或遭一支帕提亞利箭射穿，我已不再承受這些風險。暴風雨未能把握良機，以前預言我不會淹死的巫師似乎說對了。我會死在蒂沃利，羅馬，或頂多在那不勒斯，只要一個心肌梗塞就能解決。我會在第十次發作時離開，還是在第一百次的時候？問題的重點就在於此。一如航行於群島之間的旅人，在傍晚時分，眼見霧氣中透出點點亮光，漸漸辨識出海岸線；我也開始看出自身死亡的輪廓。

我生命中已有某些部分好比一些年久失修的廳堂，位於一座過於遼闊的宮殿，主人貧窮潦倒，放棄占用所有空間。我不再打獵：野鹿反芻嬉耍之時，若只有我一人前去騷擾，伊特魯里亞山區的鹿群可樂得輕鬆。我與森林女神戴安娜的關係始終多變激情，正如一個男人對待心愛事物的態度：少年時期，拜狩獵野豬之所賜，我初次邂逅指揮大權及性命危險，並狂熱投入此道，在這類事物上不知節制，招來圖拉真痛罵斥責。在西班牙一座森林的空地上，獵犬分食戰利品，那是我最早的死亡及勇氣經驗，第一次體驗到對生命的憐憫，以及眼睜睜見牠們受苦的悲壯樂趣。長大成人後，狩獵消除了那許多與敵人暗中勾心鬥角的疲累；對我來說，那些對手，有的太奸巧，有的太遲鈍，有的太弱，有的太強。而與人們的齷齪陷阱相比，人類以聰慧對抗野獸之睿智，這場公平之戰顯得異常乾淨。我尊為帝王，利用在托斯卡尼狩獵的機會，評估高級官員的勇氣和資質：我不只一次藉此淘汰或遴選執政官。後來，在比提尼亞，卡帕達奇亞，我以舉辦盛會，在亞細亞森林中的秋季凱旋為託辭，令人大規模進行獵物搜捕。但是最後幾次陪我狩獵的夥伴年紀輕輕就死去。自他離世之後，我對這類殘暴享樂的愛好降低許多。然而，即使在蒂沃利這裡，枝葉叢中，不過是一頭雄鹿忽然噴鼻作響，亦能激起我一種本能的騷動輕顫。感謝這最最早遠的本能，我覺得自己是皇帝，也是一頭獵豹。誰知道呢？或許我以往如此吝惜人血，只因濺灑了太多獸血；雖然，有時候，隱隱的，比起人類，我更愛獸類。無論如何，縈繞在我心中揮之不去的，多半是野獸的形影。而若為免考驗賓客的耐性，不讓我在晚宴上淘淘不絕說狩獵的事，我會十分痛苦。當

我覺得自己是皇帝，也是一頭獵豹。(君士坦丁凱旋門的獵野豬與獵獅浮雕，羅馬)

然，成為繼任養子那天的回憶十分美妙，但在茅利塔尼亞獵殺猛獅的經驗也不遑多讓。

放棄騎馬則是更痛苦的犧牲。野獸不過是敵人，馬卻是朋友。若能讓我選擇生存型態，我願採用人馬的形象。別列贊與我之間的關係宛如數學一般明確：牠服從我，就像服從牠的腦，而非服從主人。我可曾得到哪個人如此對待？這般絕對威權，對掌權者而言，不例外的，亦隱含犯錯的風險。然而，挑戰不可能，驅馬跳過障礙，這種樂趣太令人躍躍欲試，即使肩膀脫臼或骨折也在所不惜。我的愛馬僅知道我這個人的確實重量，以此取代千百種相似的頭銜、職務、名字，所有使人類友誼複雜變質的一切。牠和我一起衝刺，確切地知道，甚或比我更清楚，我的意志和力量會在哪一點分道揚鑣。但對於接替別列贊的馬兒，我不再強加牠重擔，去負載一名肌肉鬆弛，虛弱得無法爬上坐騎馬背的病患。此刻，在前往普萊涅斯特的路上，我的副手塞勒正操練著牠。憑藉過往所有的速度體驗，我能分享騎士與馬匹的快樂，評判出那男人在一個陽光燦爛，風吹陣陣的日子裡全速奔馳的快感。當塞勒跳下馬背，我也與他一起落地。游泳亦然：我已放棄這項運動，但仍能體會泳者受水波輕撫的美妙。奔跑，就算是最短的路程，如今對我而言已不可能。我好比一尊沉重的雕像，一尊石雕的凱撒。但我還記得兒時在西班牙枯荒的丘陵上奔跑，自己跟自己打賭，直至喘不過氣的極限，確信心臟強健，肺腔無損，很快就能調勻呼吸。我能與任何一位鍛鍊長跑的田徑手心意相通，這一點僅憑聰明才智無法達成。因此，各時期有其適合從事的技藝，我從每種項目中領略新知，好部分彌補那些已失的樂趣。我曾相信，而在心情好的時候，我仍如此相信著：以這種方式進入眾生之存在是可能的，而此種感同身受應是一種最難抹滅的不朽形態。有時候，這份領悟企圖超越人類之範疇，從泳者擴及波浪。但自此境地，因為再也沒有任何確切的資訊，我便進入胡思奇想的變形世界。

羅馬人有暴飲暴食的毛病，但我享受節制。若非因為那股煩躁不耐，害我無論身在何處，哪個時辰，送上什麼菜餚就狼吞虎嚥，彷彿被饑餓所迫，非一口氣吃光不可；赫莫杰內斯根本毋須對我的飲食內容做任何變動。一個富裕的男人，生來衣食無缺，僅經歷過自願性或暫時性的匱乏，彷彿戰爭和旅途中的一樁突發事件，多少有點刺激；他若蓄意浮誇，宣稱自己沒飽食終日，實是不知感恩。趁著某幾個節日大吃大喝，始終是窮人的野心、樂事，與油然而生的驕傲。我喜歡烤肉的香味和軍隊就著大鍋歡快刮食的聲響。軍中的盛宴（或軍營認為的盛宴）符合應有本色，歡樂又粗野地平衡在工作的日子所被剝奪的享受。在農神節時期，我頗能忍受公共場所瀰漫油炸味。但羅馬式宴會實在令人嫌惡，令我感到無聊，以至於在探險或出兵征討時，有幾次，我以為就要一命嗚呼，於是安慰自己：至少不必再吃晚餐了。別把我當成一個禁慾苦行者，那對我可是侮辱：這項程序一天操作兩到三次，目的在於餵養生命，誠然值得我們全心全意。吃一顆水果，是讓一樣鮮活美好的異物進入體內；它和我們一樣，都得到大地滋養寵愛。這是在享用一項牲品，待自己比待物品還好。每咬一口軍隊的大麵包，我都感到驚異，想不到這樣厚重粗劣的製品竟能化為血液、熱力，甚或勇氣。啊！我的魂靈，為何即使在狀態最佳的歲月裡，亦始終僅擁有一絲絲身體的消化能力？

而身在羅馬，漫長的正式餐宴中，我偶爾會去思考：我國最近才顯現的奢華生活從何而來？我會念及勤儉的農民，粗茶淡飯的士兵。這群飽食大蒜和大麥的人民，很快地被亞細亞菜色擄獲，以饑農的鄉土氣囫圇吞下繁複的食物。我們羅馬公民則各個塞滿圃鵐，被醬汁淹沒，中香料的毒。一名阿皮基烏斯之流的美食家可自豪上菜之流暢，這一道道佳餚，或甜或鹹，或油膩或清淡，組成他為盛宴設下的雅致排程。若這每一道菜都個別呈上，以空腹的狀態，得一味蕾完好未損之老饕講究品嘗，尚且說得過去；但若混在天天習以為常的大魚大肉之中，同樣的菜色只會在食客的嘴裡和胃裡形成可厭的混淆，所有香氣、滋味、口感都喪失原有的優點和可喜的特色。以往，可憐的路奇烏斯樂於為我調製各式珍饈：他的雉雞餡餅，精算分量，適度搭配火腿和香料，彰顯一種與音樂和繪畫同等精確的藝術。然而，我遺憾未能品嚐美麗雉鳥原始結實的肉味。希臘人在這方面的理解好多了：他們在葡萄酒裡摻松香，麵包上灑芝麻；捕道鮮魚在海邊翻面現烤，因火力不均所以焦黑得不漂亮，或者這裡一點，那裡一點，沾上了沙粒，喀啦脆響。他們純粹滿足最單純歡喜的口腹之慾，不去費心繁文縟節。在愛琴海或法勒隆的某家小酒館裡，我曾嚐到新鮮極了的美味，食材之鮮美，儘管侍者手指髒汙，仍無損其聖潔純淨。食物分量並不多，卻令人如此滿足，在那精簡到極致的形體下，似乎蘊含了某種不朽精華。狩獵當晚所吃的肉品亦有這種幾近莊嚴的特質，領我們到更遠的地方，到禽獸生長的原始起源。葡萄酒則啟發我們認識土壤中火山灰的神祕成分，以及礦物的豐富寶藏：疲憊之時，一杯薩摩斯酒，在正午豔陽之下入喉，或相反的，於冬夜啜飲，累意不設防，令人立即感到溫熱的酒液淌入腹腔深處，灼燒的酒氣穩穩沿著動脈散發；那種感受幾乎是神聖的，有時強烈得非凡人頭腦所能承受。從羅馬那些編了號碼的地窖取出的薩摩斯酒，在我喝來，就不再純粹如斯；行家們的賣弄講究令我不耐。要更虔敬的是喝水，當我們以手掌掬取清水或就著泉源飲用，天上的雨水和地底最隱祕的礦鹽便流入我們體內。然而，對我這樣一個病人而言，水卻成了僅能點到為止的樂趣。無所謂：即便在臨終彌留之時，最後的幾劑藥水摻雜悔恨苦澀，我亦必將努力品味殘留唇上的平淡清涼。

我曾在哲學學校短期實驗戒除葷肉；那地方本來就適合一次測試所有行為做法。後來，在亞細亞，我看見印度苦行僧轉頭拒絕歐斯羅埃斯營帳內冒著香氣的羔羊和大塊羚羊肉。你是一位自律甚嚴的年輕人，會覺得這種修練頗有引人之處。然而，它需要的功夫繁瑣複雜，比顧全享受美食更令人費心；我們幾乎總是處在公眾場合中，不是為了交誼就是正式禮節，戒除葷食將使我們與人群過度隔閡。我比較喜歡用肥鵝和珠雞來滋養我的生活，不願每一頓餐都讓賓客指責我賣弄禁慾主義。我已特地花心思，藉著吃乾果或慢慢啜飲一杯酒來掩飾，讓受邀者以為眼前的佳餚是主廚們特地為他們所設計，而非為我；或錯覺我對這些菜色不如他們有好奇心。在這點上，身為王公者已欠缺哲學家的風範：他不可任自己產生太多不一致。上天明察，儘管我沾沾自喜，認為大多數時候看不出來，但我與眾不同的地方恰恰難以數計。至於苦行僧恪守宗教律條，面對血淋淋的鮮肉，露出嫌惡之情；我本當更受其感動，若非我偶爾自問，草莖被砍斷時遭受的痛苦，與被割喉的綿羊究竟有何不同，還有，我們面對被屠殺的動物之所以心生恐怖，難道不是因為，我們的感受其實隸屬同一個範疇。但在人生的某些時刻，例如依戒律進行的禁食期，或宗教的入門啟蒙期，我曾體驗各種不同的斷戒形式，甚或自願挨餓。在這些接近暈眩的狀態下，身體減輕了部分負擔，進入一個不適合它生存的世界，那兒冷酷地預示死亡之微不足道。我明白這一切對心靈有何好處，又有何危險。另有一些時刻，藉著這些經驗，我得以玩味慢性自殺之念頭，某些哲學家何以虛脫升天：某種程度而言，這是反向的放蕩，不惜透支人體肉身。我始終不樂意太執著於一套規範，也不願在萬一偶然想吃，或僅能取得這樣食物時，有任何顧忌剝奪我用燻肉填滿肚子的權利。

犬儒派和衛道派難得一致同意，將纏綿歡愛與飲酒之樂、大快朵頤相提並論，歸為所謂的下流享受；同時，他們也認定其中屬情愛最沒必要，宣稱沒有它，人還是可以活下去。對於保守的衛道派，一切在我意料之中；但沒想到放浪不羈的犬儒學派竟也犯下這個錯。姑且假設這兩派人士都懼怕魔鬼，不論是堅拒誘惑不為所動，或投降屈服，他們不得不逼自己蔑視逸樂，試圖削弱那籠罩他們的恐怖力量，以及令他們迷惘不知所措的詭異神祕。若有一天，讓我看見一名饕客像倚偎在年輕戀人的肩膀上一般，對著最鍾愛的佳餚喜極而泣，我才肯相信戀愛與純粹生理上的喜悅（假設此說存在）能混為一談。因為所有遊戲中，唯有歡愛可能讓我們心神動盪，也唯有歡愛讓玩家不得不順從於肉體的狂熱。飲者不一定要放棄理智，保持理智的戀人卻無法對心目中的神服從到底。其他任何行為之斷禁或放縱都只牽涉到個人：在戴奧吉尼斯的例子中，分寸限度與適度遷就之特質不言可喻；然而，除此特例外，所有以感官為主的作為，都要我們面對「另一人」，迫使我們聽從抉擇之要求。我未曾聽說，在哪種狀況下，人的取捨理由更簡單，更不可抗拒；獲選之物更符合純粹的快樂；愛好真理的人，能有更好的機會去評斷一個赤裸裸的人。於是每一回，透過等同死亡的層層剝奪，以及可比失敗和祈求之卑下，我總大開眼界，看到各種複雜的形式重組：抗拒，責任，援助，可悲的告白，脆弱的謊言，以及我的享受與「另一人」的快樂之間，那些激昂澎湃的磨合妥協。這許多關聯，無法切斷，一旦鬆開卻如此之快。從肉體之愛到對整個人的愛，我認為這場神祕的遊戲頗具美感，值得為它貢獻我的部分人生。文字欺人，因為歡愉這一個字眼，就囊括幾種矛盾的事實，既有肉體之溫暖、甜美與私密，亦隱含暴力、垂死與吶喊。我曾見你這個乖孩子在學校作業本上認真抄錄，寫下波賽多尼奧斯那描述兩片肉體互相摩娑的淫穢文句。那個句子無法定義愛戀之現象，恰如僅以手指撥弄琴弦並不能令人領略音樂之神妙。它所侮辱的不是快感，而是肉體本身，這個以肌肉、血液和皮膚組成的器具，是靈魂閃電劃過照亮的雲霧嫣紅。

我承認，面對愛情這項奇蹟，理性難脫迷惘困惑。同樣是這副肉體，在它組成我們自己的軀殼時，我們不以為意，僅煩惱沐浴進食等瑣事，若有能力，則預防它受痛。而愛戀這奇異的執著卻啟發了我們如此強烈的撫摸激情，只因一個異於我們的個體點燃了它，因為它呈現出美之幾許輪廓；即便對於這所謂的美，優秀的評論家們可不見得認同。一如面對祕義的揭示，人類的邏輯於此停擺。民間傳統一點也沒錯，始終將情愛視為啟蒙教育，是祕密與神聖的一個相遇點。感官之體驗甚至可與祕密祭禮相比，因為，對未經啟蒙者而言，初次體驗如同一場儀式，多少有些駭人，與日常熟稔的吃喝睡眠等能力相去太遠，往往成為笑話，恥辱或恐怖。一如酒神女侍梅納德的舞蹈或儀式舞者克里班特的狂野，做愛將我們帶到另一個世界，那裡，在其他時候，禁止進入；而一旦熾熱之情熄滅，享受不再，我們即轉向離開。彷彿十字架上的囚犯，我被釘在愛人的軀體上。然而正如病患康復後即停止參悟疾病之神祕真理，犯人被釋放後就忘記酷刑之折磨，或勝利者從榮耀中清醒過來，就在同樣法則的作用下，當初學到的幾許生命奧祕如今已從記憶淡出。

有時，我夢想研發一套系統來認識人類，以情色為基礎。在這套探討肉體接觸的理論中，他人的神祕與尊嚴皆正好提供我一個通往另一個世界的支撐點。以這種哲學角度來看，快感成了較完整，也較特定的接近「他人」之道，為認識異於我們自己的人而借助的一種技巧。在最無關乎官能感受的人際邂逅，仍要經過接觸，情感才能出現，或得以終結，例如：向我遞呈請願書的那位老婦人，她的手令人微微不快；父親臨終前微微汗濕的額頭；一名傷患已清洗過的傷口。即使是最智性或最中立的關係，也要透過這套身體信號的系統：戰役當天早晨，軍官聽取行動報告時，眼睛突然一亮；在我們經過時，一名屬下從機械式的敬禮，變得畢恭畢敬；一名奴隸為我捧來一盤佳餚，我向他道謝時，他友善的一瞥；或者，一位老友受贈一尊希臘玉石浮雕，撇嘴讚賞的表情。對待大部分生靈，此類最淡薄最表面的接觸，對我們已足夠，甚至已經超出所需。且繞著一個獨特的人，接觸不斷，愈發頻繁，直到將他完全包圍；讓我們身體的每一個部分都與臉部表情一般，帶有令人驚心的含義；讓那唯一的一個人，不僅帶給我們忿怒、歡愉或煩惱，更像一段音樂般糾纏我們，像一個難題般折磨我們；等到他穿越我們世界的邊緣進入中心，他終將變得比我們自己更不可或缺，然後驚人的奇蹟出現。在我看來，這是肉體透過性靈的侵略，而非一場單純的肉慾遊戲。

以這樣的角度看愛情，很可能發展出一段誘惑者的生涯。若我沒成就出這樣的人生，想必是因為我做了別的事，我不敢直說是更好的事。在欠缺天賦的情況下，要走這條路，需投入許多心血，甚至必須運用計謀，而我覺得自己實在不是這塊料。設下陷阱，一模一樣的陷阱，一成不變，除了征服還是征服，這些例行作業令我厭煩。偉大的誘惑者必須具備一種技巧，能輕鬆自若，毫不在意地轉換對象，而這是我欠缺的：反正，大多時候是他們離開我，而非我棄他們而去；我從來不懂人怎能對一個人厭煩。細數每位新戀人帶來的多姿多采，看他蛻變，或許看他老去；這種渴望難以相容於征服講求繁多的特性。我曾相信，基於某種審美品味，我能維持高尚的節操，對過於低俗的挑逗免疫。但我錯了。最不起眼的礦脈中亦有黃金，美的愛好者終將處處發現美；證明的方式就是，無論髒汙了或破裂了，把玩經典之作的零星碎片，收藏那些公認為粗劣品的陶瓷，只有行家能享受這種樂趣。對一個講究品味的人而言，更嚴肅的障礙在於，在人際關係上，他占有卓越的地位，擁有幾乎絕對的權力，冒著遭阿諛或欺瞞之風險。試想：有人，無論什麼人，竟當著我的面偽藏自己；而這種想法可能令我憐憫他，輕賤他，甚至恨他。這些不便都是我的財富造成的，我深受其害，一如窮人為貧賤所苦。再繼續這麼想下去，我差一點就要以為：明白自己掌控大局的人，就是誘惑者。然而，一旦相信那虛構的想法，噁心反感，甚或愚蠢傻事，很可能就此展開。

若就連在這方面亦處處盛行謊言，人最終寧可喜歡單純縱浪聲色，勝過俗濫的誘惑伎倆。原則上，我很贊同把賣淫視為一種技藝，就像按摩或理髮；不過，要我把去找理髮師或按摩師當成一件樂事，可就太為難我了。我們的同謀合作者中就屬他們最低俗。年輕時，小酒館的老闆拒絕了其他人，特地把最好的酒留給我，他那曖昧的眼神足以令我對羅馬的娛樂倒盡胃口。有人自以為能預期我的慾望，事先推演，然後機械式地根據猜測，調整迎合我的決定，這令我十分不悅。在那樣的狀況下，拜那人的智商之所賜，將我的形象反映成愚蠢而畸形，恐怕迫使我選擇無趣乏味的禁慾主義。如果，傳說並未言過其實，沒有誇張尼祿的暴行，關於提庇留的研究亦嚴謹如實，那麼，這兩位在官能享受上奢淫無度的大玩家一定十分麻木遲鈍，才會投注心力，如此繁瑣地機關用盡；他們也必須對世人格外輕蔑，才會招致嘲笑或被人占便宜。然而，我之所以幾乎放棄這些過於機械化的享樂模式，或沒有過於投入，幸運的成分居多，並非那凡事都能抗拒的美德使然。

我逐漸老去，時時陷入各種混亂或疲憊的狀態，本可能重返貪歡墮落之途；但病痛纏身，死期已近，剛好又拯救了我，不需像結結巴巴地背誦一段早已滾瓜爛熟的課文那樣，單調地重複同樣的動作。

在所有逐漸棄我而去的美好事物中，睡眠堪稱最珍貴也最平凡。一個睡得既少且淺的人，倚在成堆軟墊上，隨意冥想這種特殊的舒暢快感。我同意，最完美的睡眠幾乎必須是歡愛的附屬品：歇息休憩之感，在兩具軀體之間相互照映。不過，在此，我感興趣的是專屬睡眠本身的神祕，每個夜晚，赤裸，孤單，卸下武裝的男人，不可避免地潛入一座變化萬千的深海，無論色彩，密度，甚至氣息節奏，一切都改變。我們與死神在此處相遇。而睡眠之所以令我們安心，則在於我們出得來，且進出前後一致，沒有改變。因為，有一道奇怪的禁令，阻止我們如實帶回睡夢之殘片。另一個讓我們放心的理由是：睡眠治癒倦累之症。但為了讓我們暫時恢復疲勞，它用了最極端的手段，想法子讓我們不再存在。在此，與其他層面一樣，歡愉與藝術的作用在於有意識地臣服於這場美妙的無意識狀態，願意微妙地變得比自己更纖弱，沉重，輕盈和迷亂。稍後，我會再回頭討論幻夢國度那些奇特的子民。現在我想談的是某些純粹的睡眠及轉醒經驗，近乎死亡與重生。我追憶青少年時期那些如雷擊般迅速的睡夢，試著捕捉當時的感受。彼時，可以趴倒在書上睡著，身上尚且穿戴整齊，一下子就被帶離數學和法律的範疇，進入一場結實飽滿的睡夢。睡夢中充滿尚未使用的精力，於是，你透過閉上的雙眼，嚐到做人最純粹的感受。我想說說這種睡法：狩獵了一整天之後疲累不已，在荒野上，森林中突然昏睡，被聲聲狗吠或牠們踏在我胸前的足啼驚醒。隱蝕之程度如此全面，暗無天日，我每次醒來時大有可能變成另一人；但我總訝異，有時甚至難過，為何那安排一絲不苟，從不出錯，把我從那麼遠的地方帶回這狹小的人界一角，我仍是原來的我。有些特點對自在的安眠者而言微不足道，而且又令我能有那麼一秒，在不甘願地回到哈德良這副臭皮囊之前，約略有意識地享受當一個空洞的人，細細品嘗一段沒有過去的存在；正因如此而令我們念茲在茲。那些特點究竟是什麼？

另一方面，疾病與歲月亦各有可觀，並從睡眠中獲取其他型態的好處。大約一年之前，在羅馬，過完某個特別令人難受的一天之後，我體會到這麼一次休憩舒緩：當時，精疲力盡所造就的奇蹟，與昔日力大無窮時的成就不相上下，甚至更神妙。我幾乎已不再進城，盡可能一次將城裡的事辦完。那天行程繁忙，令人不快：元老院會議之後緊接著法務會議，並與其中一名財務官進行沒完沒了的討論；然後，再參加一場宗教儀式，程序不可能縮減，途中還落下大雨。當初我自己將這各種活動排得密集緊湊，全部黏在一塊兒；兩個項目之間盡量減少時間，杜絕無用的喋喋不休和阿諛諂媚。這類路線的最末一段通常是策馬回府。我回到莊園，暈眩反胃，病懨懨的，全身發冷，是那種只有在血液拒絕作用，凝結在動脈中不再流動時，才會出現的寒冷。塞勒和查布里亞斯急忙前來照料，但是，儘管真誠，關懷亦可能叫人厭煩。回到房裡後，我煮了一點熱麥糊，舀了幾湯匙喝下。我親自煮麥糊，並非如人所想像的疑心病重，只是想犒賞自己，享受奢侈的獨處時光。我平躺下來，睡眠似乎離我好遙遠，跟健康、青春和力氣一樣。我逐漸昏睡。沙鐘的紀錄證明，我頂多只睡了一個小時。短暫的全面放鬆，在我的年紀，竟成了睡眠的同義詞；而在過去，睡一場覺可以持續半場星球公轉那麼久。從此以後，我的時間測量單位大幅縮小。不過，一個鐘頭足以讓我完成那卑微又驚人的奇蹟：血液的熱度溫暖我的雙手，我的心臟和肺葉重新乖乖運轉；生命如一條涓流，不是非常豐沛，但始終不渝。睡眠，在這麼短的時間內，彌補了我過度的勞心勞德，而即便修補的是我的放縱墮落，也同樣如此公平無私。因為，偉大的修復之神執意將福報加諸於安眠者，無論他是誰，一如具有療效的泉水從不在乎飲者為何人。

然而，若對於一種至少占據三分之一人生的現象，我們幾乎不多加思考，那是因為，要懂得感激其善美，必須有一定程度的謙卑。入睡之後，蓋烏斯．卡利古拉與正義的阿里斯提德價值相同；我放下虛榮及大量特權，與睡在我門口的黑人警衛沒有區別。我們的失眠代表了什麼？不就是神智狂躁固執地製造思緒，連串推敲，三段推論，找出絕無僅有的獨特定義，拒絕讓位給閉眼時的神妙愚昧，或幻夢之境的大智若癲？近幾個月以來，我有太多機會親身見證：不眠者多少有意識地拒絕信任世事起伏。死神的弟兄……伊索克拉底錯了，他的句子只不過是演說家的誇飾法。我開始認識死神；祂握有其他祕密，比我們的人世現狀古怪得多。然而，不在現場及片段遺忘之謎如此錯綜複雜，高深莫測，令我們覺得彷彿置身某個白河與暗流交會之所在。我從來不願看著我所愛的人入睡，他們在離開我的地方休息，我知道；他們也都在迴避我。而且人人都羞於將被睡夢醜化的面容示人。多少次，一大清早，起身學習或閱讀時，我自己也曾撫平被壓皺的耳朵，凌亂的被單：這些證據簡直淫穢，揭露了我們與虛無交媾的事實，證明我們早已夜夜不在……

起初，這封信是想告訴你我的病情進展，漸漸的，卻變成一個無力長久應付國事的男人在消遣散心，一個自述回憶的病人所書寫的沉思錄。現在，我想多做一些：我訂了個計畫，打算對你講述我的一生。的確，去年，我寫了一份正式的政績報告，而我的史官腓拉更在文章前面掛上他自己的名字。在那份報告裡，我盡可能誠實不欺。然而，為顧及群眾的利益及個人體面，我不得不重新編排某些事實。而我在此意欲陳述的真實並不格外可恥，或者說，若其中有可恥之成分，只是因為所有真相都醜陋。我並不期望年僅十七歲的你能從中悟出什麼。但我執意教導你，也想嚇嚇你。你的家庭教師都是我親自遴選，對你施行現在這樣嚴格的教育，亦步亦趨地監控，或許保護得太嚴密了。總之，我希望這麼做能為你和國家帶來最大的好處。在此，為更正先前的報告，我給你的是一份去除了成見和空談的敘述，是我自己這個男人的經驗之談。我還不知道這份敘述最終會導致什麼樣的結論。但願藉著這份事件檢討報告，能讓我定義自己，也許評斷自己，或至少在死去之前更瞭解自己。

和所有人一樣，我僅握有三種方法可以評量人類之存在：首先是研究自我，這個方法最困難，最危險，成果卻也最豐碩；第二種是觀察人群，人們最常想法子隱藏祕密，或讓我們以為他們有什麼祕密；最後一種方法則是讀書，包括讀字裡行間那些獨特的錯誤觀點。我幾乎讀遍我國史學家、詩人甚至說書人寫下的作品，雖然說書人以膚淺聞名，但我從他們那裡得到的資料或許比我從人生千百種際遇中蒐集到的還多。寫下的文字指導我去傾聽人的聲音，正如雕像靜止不動的偉大神態教我們欣賞舉手投足之美。不過，後來，反倒是人生讓我讀通書中的道理。

但是，書本滿紙謊言，就連最真心寫下的也不例外。文筆較不靈光的，找不到字句來圈住生活，對人生只留下平板乏味的印象；例如，盧坎之輩，以一種不合宜的莊嚴盛大讓生命顯得又笨又重。另有一派，如佩托尼奧，相反的，減輕了生命的分量，把它捏塑成一顆球，凹陷而有彈性，在一個無重力的宇宙中，可輕鬆拋接。詩人帶我們去一個世界，比起我們現有的世界，或更遼闊或更美麗，或更熾熱或更溫和；正因如此，完全不同，且實際上幾乎不適合人居。哲學家折磨現實，只為研究最純粹的樣貌，與烈火或木杵折磨軀體所造成的變形相去不遠：而就我們所知，無論一個人或一件事，沒有任何部分能殘存於這些結晶或灰燼中。在歷史學家所提供的過去中，系統過於完整，連串因果過於精確清楚，所以從來不可能完全真實。他們把這些任人擺布，不復存在的材料重新編排整理；而我知道，即使是普魯塔克，亞歷山大也能躲開他的法眼。米利都派的說書人和寓言故事作者，與屠夫無異，只不過學著投蒼蠅之所好，分切肉塊，擺在攤舖上。一個沒有書的世界，我必然極難適應；但真相不在書裡，因為書裡的真相不完整。

直接觀察人群則是一種更不完整的方法，經常受限於層次頗低的印證，徹底滿足人類無窮盡的惡意。階級，地位，我們所有的偶然運氣，都局限了人類專家的視野：我的奴僕觀察我，與我觀察他，雖然我們擁有的機會差異甚大，但他和我都同樣受限。二十年來，老歐福里翁為我呈上香油瓶和海綿，但我對他的認識僅止於他對我的侍奉，而他對我的認識也僅止於沐浴時的我。任何想快速打探更多消息的企圖都將形成魯莽冒犯，對皇帝和對奴僕而言皆然。我們對他人的認知幾乎全已經過轉手。倘若竟有那麼一個人坦白告解，他也只是在捍衛自己的理由，早已備妥辯護之詞。若我們好好觀察這人，就會發現他不是唯一一個。人們責怪我愛讀羅馬警方的報告；我不斷從中發現驚奇，無論朋友或嫌犯，陌生人或親近的人，這些人都讓我訝異，他們的瘋狂行徑可用來替我自己的狂妄開脫。對於比較一個人的衣冠假面與赤身裸體，我從不厭倦。然而，這些平實詳細的報告僅將我的卷宗堆得更高，完全無濟於最終的裁判。就算某位相貌威嚴的法官犯了罪，我也無法因此更瞭解他。在此之後，呈現在我面前的，從一件事變成了兩件事：法官的表相以及他的罪行。

至於觀察我本人，我強迫自己做到，還不是為了與這名個體合而為一？因為我將與他共度一生，直至油盡燈枯。但是，將近六十年的交情仍大有可能出錯。探究至深，我對自己的認識晦暗不明，內藏不露，未成形體，如共犯一般隱密。最無關乎人性時，它冰冷酷絕，如我所研發的數量理論一般。我運用所有聰明才智，盡可能從最遠最高之處俯瞰我的人生；在這種情況下，那變得像是另一個人的人生。但這兩種瞭解自我的方式皆不易達成：一種需要降尊紆貴，進入自我，另一種則要超脫自我，由外觀己。我生性怠惰，跟所有人一樣，試圖用一些重複呆板的手段取代，我對人生的想法被群眾所塑造出的形象片面更改，借用現成的，也就是說，劣等的價值判斷；就像一名笨拙的裁縫，拿一張現有的型版，奮力套用在我們的衣料上。裝備參差不一，工具多少都磨鈍了，但也沒有其他東西可供我使用；我就湊合著，靠它們拼出一個我生為人類之命運概括。

我審視我的人生，駭然發現它醜陋不成形。我們所聽說的歷代英雄，他們的命運都簡單明瞭，宛如勁箭，直奔目標。大部分的人喜歡用一句話來總結自己的一生，有時誇大其詞，有時怨嘆惋惜，幾乎總帶有指責非難的意味，人的記憶總是樂於編造一段清楚合理的過去。我的人生輪廓則沒有那麼鮮明。正如常見到的狀況一樣，我沒做到的部分，或許剛好能給它最貼切的定義：我是好軍人，但從來不是偉大的戰士；我喜好藝術，然而絕非如尼祿死前一樣，自以為是藝術家；我有犯罪的本事，卻沒有任何罪名。我曾想過：偉人正因其極端之地位而偉大，他們的英雄情操即在於終生站在那個位子上。他們代表著我們的正反兩極。我曾占據一個個極致高峰，但未能站穩，命運總讓我的機會溜走。然而，我也無法像一名憨直的農夫或腳伕那樣，誇耀自己一生過得不偏不倚。

我的人生風景看上去有如一片山區，由許多不同種類的材質組成，雜亂無章，層層疊疊。遊蕩其中，我遇見自己的自然本性，一半本能，一半教養，已融合為一。這裡一塊，那裡一塊，花崗岩沿路冒出地面，不可抗拒；處處皆可能發生山崩土流，無從預測。我努力回溯，重新閱覽我的一生，意圖從中找到一份藍圖，照著上面的指示，沿一道鉛礦脈，金礦脈或地下伏流走。然而，這張模擬假圖只不過是回憶的障眼把戲。偶爾，某次偶遇、徵兆，一連串決定性的事件發生，我以為冥冥中確實有一種命定安排；但是，仍有太多道路抵達不到任何地方，太多數目未併入計算。在如此龐雜多元的風景裡，我仍清楚感受到有一個人存在，但他的形狀似乎總受到周遭情勢擠壓，樣貌如倒映在水中的影像一般朦朧。我並非那種否認自己的行為與本性一致的人。行動必須符合本性，因為那是我唯一的準則，留名青史的唯一方法，甚至，是在我本人的記憶中留下痕跡的唯一方法；既然，死亡與活著的差別，或許即來自於可否繼續表達自我和用行動改變自我。不過，在那些造就我這個人的行為與我本人之間，有一道無法界定的間隙。證據就是，我不斷覺得需要去衡量，去解釋，去讓自己明瞭這件事。有些工作持續時間極短，忽略無妨；而占據了整段人生的職務倒也不見得更有意義。比方說，在我看來，寫這封信的當下，我曾經是皇帝這件事簡直無關緊要。

此外，我人生中四分之三的時光都不服這種行為論的定義：我的微小願望，慾念，甚至雄心壯志，這一大部分仍如迷霧般混沌朦朧，如鬼魅般難以捉摸。其餘的，具體可探的，多少經事實認證的，僅稍微比較清楚可辨，事件的段落仍然如幻夢一般混亂。我有一套屬於自己的時間表，與以羅馬建國或奧林匹克競技會期間隔為基礎的編年史，完全無法契合。十五年的軍旅生涯不如雅典的一個早晨長久；有些人與我交往一世，到了地獄，卻將形同陌路。我的空間地圖亦錯亂重疊：埃及與坦佩谷近在咫尺，而當我人在蒂沃利時，心卻不一定在。有時候，我自覺人生平庸到了不值得存在的地步，不僅不值得書寫記錄，甚至經不起多凝視一刻，即使在我自己的眼中，亦絲毫不比隨便任何一個人的人生重要。有時候，我覺得它獨一無二，而正因如此，也顯得沒有價值，毫無用處，因為這段經驗不可能套用到一般大眾身上。我找不到任何解釋自己的方法：我的惡與善都提供不了答案；我的幸福稍微能說明，但也僅間歇發生，斷斷續續，而且毫無合乎邏輯的理由。儘管如此，人的心靈抗拒接受偶然的安排，不願成為一時運氣所製造出的產物——那樣的運氣沒有任何神明主導，尤其不是本人所能主宰。每個生命，即便是不值一哂的生命，都會有一部分在尋找存在的理由、起點、根源。我無能，找不到，因此有時會傾向聽信神奇的說法，從玄奧的瞻語中尋覓常理不能給我的答案。當所有複雜的計算最終都是錯的，連哲學家們也對我們無話可說，轉而聽從偶發的嘰喳鳥語，或遙遠星子的抗力，情有可原。

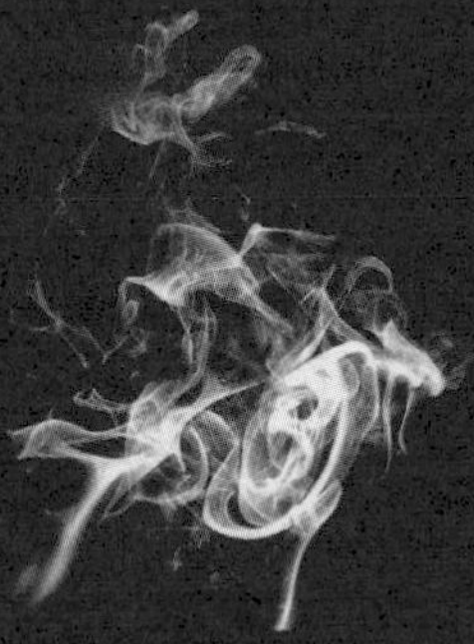

形形色色，百轉千迴，變化萬千

VARIUS

MULTIPLEX MULTIFORMIS

我的祖父馬魯利努斯相信星象。這位身材高大、被歲月催磨得面黃肌瘦的老人家對我的關愛既不溫柔，也不外顯，幾乎不以言語表達，程度與對他莊園裡的動物，對他的土地，以及他那批從天掉落的石頭收藏一樣。他的先人可追溯到很久遠以前，於西庇阿時代即在西班牙建立家族，脈絡綿長。他官拜元老院，是族中第三人，在此之前，我們家族屬於騎士階級。他曾在提圖斯執政時期參與公眾事務，略盡棉力罷了。這個鄉下人不懂希臘文，說拉丁文時帶著濃濁的西班牙口音；我被他感染，日後淪為笑柄。但他的思想倒並不全然欠缺文化；他去世後，人們在他的住宅裡發現一個大木箱，裡面裝滿了數學儀器和他二十年來完全沒碰過的書。他自有一套半科學半鄉土的知識，狹隘的偏見混合著年老的智慧，與老加圖同一個特色。不過，終其一生，加圖都是羅馬元老院與迦太基戰爭的重要人物，是共和國中頑強羅馬人的最佳寫照。馬魯利努斯簡直不近人情的頑固，可追溯到更久遠之前，更古老的時代。他是部族人物，代表一個神聖且幾乎駭人的世界，有時，在我們幾位伊特魯里亞的招魂占卜師身上，還能感受到那種氛圍。他出門行走從不戴帽，我後來跟著這麼做卻遭惹批評；而他的腳底粗硬，對草鞋不屑一顧。他平日的衣著打扮與老乞丐，蹲在太陽下的愁苦佃農沒兩樣。有人說他是巫師，村民們想辦法避開他的目光。但是對於動物，他有種特殊能力。我親眼見過他花白的腦袋小心翼翼的，溫和友善的，湊近一窩毒蛇，或用瘦骨嶙峋的手指指揮一隻蜥蜴起舞。夏夜裡，他帶我爬上枯旱光禿的山丘，觀看夜空。我數著流星，數得倦累，在畦埂上昏昏欲睡。他則繼續坐著，擡著頭，不動聲色的，隨著星子移轉。他必定懂得菲洛勞斯和喜帕恰斯的學說，還有後來我最欣賞的薩摩斯的阿里斯塔克斯，但他對這些思辨推測已不再感興趣。對他而言，星星是一個個著了火的點，像石頭那樣的物體，也像緩慢的爬蟲一樣可用來占卜；是構成一個神奇宇宙的物件。在那個宇宙裡，神的意志，魔鬼的影響力與人類的命運共存。他已為我建立起命盤主軸。一天夜裡，他來找我，把我從睡夢中搖醒，宣稱我將成為帝國之君，依然用那簡潔有力的訓示語氣，彷彿在對農民預言當年會有好收成。但他一時起疑，跑去找來一束火把，葡萄嫩枝微微燃著，在漫長寒冷的幾個小時裡，為我們取暖；然後，將火把湊近我的手，攤開我十一歲時肥厚的掌心，以不知哪裡來的確信，讀著天體記錄在上面的諭示。對他而言，世界是一個包羅萬象的整體，一隻手就能證實星象。他帶來這個消息，其實非如外界所想，並未對我造成多大的衝擊：所有孩子隨時都在期待任何事情發生。後來，我想，他本人也忘了自己的預言；不在乎現在和未來所發生之事，本是年邁者的特質。一天早晨，有人在領地深山裡的栗樹林裡發現他，冰冷多時，已遭猛禽啄食。死去之前，他曾試圖把他的技藝傳給我，終告失敗：我天生只有那點好奇心，總是全段跳過，直接來到結論，不願陷入他那門學問中繁瑣且有些討厭的枝微末節。但是，追求某些危險經驗之品味已養成，甚且根深蒂固了。

我的父親，埃里烏斯·阿費·哈德良，是一個飽受德行節操之苦的人。他的一生在官場度過，鬱鬱不得志；在元老院，他的發言也甚少受重視。他治理阿非利加，但與一般的情況相反的，並未因此而致富。在我們家鄉，西班牙自治市義大利加，他忙著解決地方紛爭，鞠躬盡瘁。他沒有野心，不貪一己之快，如許多同類之人，他因而一年比一年沉寂，變得把自己拘泥在一些小節上。我覺得我能明白這種行事謹慎、多所顧忌的可敬企圖。在父親身上，這種經驗發展成一種對人的極度懷疑，並把我納入其中，從小就對我不放心。倘若他有機會見到我成功，亦絕對不可能被沖昏頭；家族的尊嚴傲氣至上，他不會承認我有本事錦上添花。這個疲勞過度的男人在我十二歲時離開了我們。從此，我的母親一生嚴苛守寡；自從我接受養父召喚，動身前往羅馬之後，就再也沒有見過她。我的腦海中始終刻印著她那西班牙女性特有的窈窕身姿以及帶著淡淡哀傷的溫柔。列祖牆上的半身蠟像證實了我的記憶。她有著卡地斯女孩瘦長的小腳，穿著狹窄的草鞋；而從這位端莊少婦身上亦看得出該地女子舞蹈時的婀娜多姿。

我經常反省一個錯誤：我們常假設個人和家庭必然參與他們所處的時代思潮與事件，但發生在羅馬的權謀曲折，對我遠在西班牙一角的雙親而言，衝擊少之又少。雖然，在起義反抗尼祿政權的時期，我的祖父曾經接待加爾巴住一夜。有位法比烏斯．哈德良在烏提卡被迦太基人活活燒死；人們記得他，從他身上又得知另一位法比烏斯：一位運氣不佳的軍人，在小亞細亞的路上征討密特里達提六世。兩位皆是默默無名的英雄，大事紀裡沒有他們的檔案。至於當時的作家們，父親幾乎一無所知：對他而言，盧坎和塞內卡與陌生人無異，雖然此二位與我們一樣出身西班牙。我的叔公埃里烏斯是位文人，閱讀範圍卻局限於奧古斯都時代最有名的幾位作者。這種輕藐當代風潮的態度擋下不少拙劣品味，想必也避開一切浮誇自大。對古希臘文化和東方完全不瞭解，頂多是皺眉遠觀，我想，在整座伊比利半島上，連一座完好的希臘雕像都找不到。我們勤儉持家故必然累積財富，那種鄉俗土氣中有一份幾近造作的莊嚴。我的姊姊寶琳娜個性嚴肅，沉默，經常眉頭緊蹙，年紀輕輕就嫁給一個老頭子。我家風正直，無懈可擊，但對奴隸非常苛刻；族人對什麼也不感興趣，謹言慎行，考慮到符合羅馬公民身分的一切。若這即為所謂的賢德，如此厚德，我未免太揮霍。

官方版本希望羅馬皇帝於羅馬誕生，但我出生於義大利加，那片乾旱卻肥沃的國度是我最初的發源地，世界其他許多區域都在後來才層疊其上。編撰故事有其好處：它證明了精神與意志之抉擇勝過先天條件。真正的出生地是人第一次以智慧的眼光審視自己之處：我最初的家鄉是書籍。居次者為學校。西班牙的學校散發外省輕鬆悠閒的感覺。到了羅馬，泰倫提烏斯．史考魯斯的學校在哲學與詩歌的教學只屬平庸，但面對人生的大起大落該如何應對，這方面的訓練倒非常充足：教師們對學生施行的獨裁蠻橫，若要我施加在人民身上，我會慚愧得面紅耳赤。每一個老師都封閉在自己極有限的知識裡，輕視別科專長的同事，而他們的所知同樣貧乏狹隘。這些老學究咬文嚼字，竟也爭論得聲嘶力竭。爭席位，耍陰謀，爾虞我詐，這些我日後在各種社交場合該遭遇的事，我早已見怪不怪，這是所有童年都會經歷過的粗暴。不過，我很喜歡幾位先哲大師，還有師生之間那種既親密又疏離的詭異關係，以及，彷彿沙啞的嗓音中傳出了人魚歌聲，引領你初次見識一本經典傑作，或啟發你一種全新思想。其中最吸引人的並非阿爾西比亞德斯，而是蘇格拉底。

當時我很死板，其實文法家和修辭學者的方法或許不如我所想的那麼荒謬。文法揉合了邏輯規則和武斷應用，提供青年學子一種前導思維，準備迎接未來要學習的人類行為科學、律法或道德，所有把人自身的直覺經驗編碼訂定的制度。至於修辭練習，我們前後扮演了薛西斯和特米斯托克勒，屋大維與安東尼，他們令我陶醉，我覺得自己像千變萬化的海神普羅諦斯。他們教我輪番進入每一個人的思想，瞭解每個人都根據自己的法則做出決定，生活與死去。讀詩所引發的效果更加駭人，我甚至不敢定論發現愛情的感受確實比詩歌更美好。詩篇將我脫胎換骨，死亡之初步體驗不會帶我到多麼遙遠的地方，只不過是如維吉爾暮年的另一個世界。後來，我偏好粗樸的恩尼烏斯，他是那麼近似人類神聖的起源，或盧克萊斯苦澀的領悟，或荷馬的雍容大器，俄西歐德的平凡小氣。我特別挑選最複雜最晦澀的詩人來品味，強迫我時時調整思想模式，去適應最難懂的，最新近或最古老的皆不拘，只要能助我另闢新徑或尋回正途。但是在這個時期，我最喜愛的詩藝，是能收一針見血之成效者，如霍拉斯磨亮金屬之喻，奧維德與其柔軟如肉身的文理。史考魯斯令我洩氣失望。他堅決地告訴我，我沒有天分，不夠認真，永遠只能當一名平庸的詩人。有很長一段時間，我以為他錯了：我寫過一兩冊情詩，多半模仿卡圖盧斯的風格，上了鎖，藏在某處。不過後來，自己的作品是否可憎，對我來說，已不甚重要。

史考魯斯讓我從小學希臘文，我對他感激不盡。初次用短尖刀描畫這種陌生字母時，我還是個孩子。從那一刻起，我強烈感到離鄉背井，同時也開始長途跋涉，四處旅行，覺得彷彿戀愛一般，做出了忠貞堅決又身不由己的抉擇。我喜歡這種語言元氣充沛，彈性十足，詞彙豐富，每一個字都能以單刀直入又多采多姿的方式銜接事實；此外，也因為人類最好的發言幾乎都以希臘文表達。我知道，世界上還有其他語言，它們若不是已成化石，就是尚未誕生。埃及祭司們讓我見識了他們的古代符號。與其說那是文字，不如說是記號；顯示出一種非常古老的方法，努力將世界與萬物分門別類，一種亡者之族的墳墓之語。在猶太戰爭期間，拉比約書亞曾逐字替我解說幾篇以這種宗教派別語言寫成的文章；他們過於執著信仰上帝，以致忽略人類本性。在軍隊裡，我聽熟了塞爾特輔助兵的語言，特別還記得幾首歌謠……但粗野行話之價值，頂多在於構成人類話語的寶庫，以備所有想必在未來要表達的一切。希臘文則相反，擁有珍貴的經驗底蘊，包含個人的經驗與國家的經驗。從愛奧尼亞的暴君到雅典的煽動家，從阿格希萊純粹的嚴峻到狄奧尼修斯或德米特里烏斯的殘暴無度，從德馬拉圖斯的叛變到腓羅波埃門之忠誠，所有我們每一個人為了迫害或幫助同類而企圖做的事，至少一次，都有某個希臘人已經做過了。同樣的道理亦可推及個人自我之抉擇：從犬儒主義到理想主義，皮朗的懷疑論到畢達哥拉斯神聖的夢想，我們所嫌惡的或認同的，都早已發生；我們的罪惡和品德都以希臘人為楷模。為還願或喪葬而創作的拉丁文之美，無以比擬：寥寥幾字，刻在岩石上，以一種客觀超脫的莊嚴，總結出人們對我們該有的認識。我以拉丁文治理帝國；我的墓誌銘將以拉丁文刻在我位於臺伯河畔的陵墓牆上，但我這一生都用希臘文思考及活著。

彼時，我十六歲：有一段時期，我在第七軍團學習，後來才回到羅馬。當時，他們駐紮在庇里牛斯深山，位於西班牙的蠻荒地區，與我長大的南方半島大異其趣。我的養父阿提安認為，這幾個月的野蠻狩獵，粗獷生活，需用讀書來平衡一下較好，於是睿智地聽從史考魯斯的建議，送我去雅典，追隨辯士伊塞優斯。他是一位優秀的人才，天賦異稟，特別擅長即興演說。我立即被雅典征服：一個有點笨拙的學生，心胸陰鬱的青少年，初次嘗到那種充滿活力的氣息，敏捷的對話，玫瑰色的漫漫長夜裡慢慢遊蕩，以及討論切磋，快意滿足時那種無以倫比的輕鬆自在。數學與藝術輪番占據我的心神，同時還要做研究。我亦曾在雅典上過列奧提西達斯的醫學課程。行醫頗得我心，處世原則、方法與我努力想要當的皇帝基本上相去不遠。我對這門科學非常著迷，它與我們如此密切，沒有模糊空間，雖然易受情緒或錯誤影響，但因接觸的是即時現狀與赤裸真相，故得以不斷改正。列奧提西達斯總用最正面的觀點看事情：他曾研發一套令人讚嘆的系統，降低骨折發生。我們常在傍晚去海濱散步；這個男人上知天文下知地理，對貝殼的結構和海底泥漿的成分深感興趣。他欠缺實驗設備，懷念年輕時常去的亞歷山卓博物館，那裡有實驗室和解剖房，各派意見激盪出火花，競爭格局高超聰明。他的思想清晰不花俏，教我與其看文字描述，不如看事物本身；不要輕易相信既有公式，多觀察，少評價。這位希臘嚴師教導我的是方法。

儘管周圍盡是傳奇人物，我甚少喜歡年輕人，尤其不愛年少時的自己。僅就那段歲月來看，在我眼中，總被誇大的青春常常像是一段琢磨不當的人生時期，朦朧不明，形體難辨，不易掌握且脆弱不堪。當然，這個規則也有不少可喜的例外，有兩、三位更是令人讚賞，而你，馬可，應是其中最單純的一個。至於我自己，我二十歲時與現在差距不大，但那時心虛些。我的一切並不全然壞，但原本有這個可能的，多虧有好或比較好的地方撐住。每想到對世界一無所知，卻自以為熟悉瞭解，想到我暴躁沒耐心，還有一種輕挑的野心和粗俗的貪婪，我就不禁臉紅。該承認嗎？在雅典勤奮學習的日子裡，享受應有盡有卻都有所節制，我懷念的不是羅馬本身，而是城內事務起落，絡繹不絕的氣氛，權力機制滑輪轉動輸送的嘈雜聲響。圖密善王朝結束，我的堂兄圖拉真在萊茵河邊疆樹立一身榮光，成為受歡迎的偉人，西班牙部族在羅馬帝國紮下根基。比起那個瞬息萬變的世界，親愛的希臘行省，彷彿在喘息已久思維積塵裡沉睡著。在我看來，希臘人對政治被動如同一種頗為低下的棄權模式。對於權力，金錢（在我國，金錢經常是權力的雛形），以及聽人談論自己的那種癮頭，美其名為榮耀吧！不可否認，我的胃口很大。這其中還混夾著一種情感：各方面都不如人的羅馬在我心目中逐漸扳回頹勢，因它嚴格要求公民時時參與重大事件，至少元老和騎士階級一定要遵守。我甚至覺得，在治國方面，從埃及進口小麥之類的平凡討論，比柏拉圖整部《共和國》使我更受益良多。其實，在更早先的幾年前，身為習慣軍事訓練的羅馬青年，我已察覺自己不見得理解我的教授們，反而十分懂得雷奧尼達的勇士及品達筆下的競技者。我離開枯旱金黃的雅典，回到必須從頭到腳披裹托加長袍才能抵抗二月寒風的城市。在這裡，奢華與放蕩欠缺魅力，但任何一個決定都會影響世界的某個部分。在這裡，有一名外省年輕人，他熱切貪婪，卻也毫不遲鈍，起初以為自己只不過服膺庸俗的野心奮鬥，卻在實現的過程中一步步失去抱負；他學會待人接物，學會指揮大局，最後，或許總算沒有白費的，他學會付出，成為有用的人。

接下來的一次改朝換代有利於建立一個純良的中間階級，但這個階級之形成，並非全然美好：政治的良知派憑著可疑的計謀才贏得局勢。元老院漸漸將治理權交到它的依附者們手中，逐步包圍圖密善予以施壓。新的一批人，與我皆有家族淵源，或許與即將被替換的那一批大同小異，但他們大部分較少受到權力的腐化。外省的堂表親與姪甥希望至少能謀得一官半職，且不論官位一樣能恪遵職守。我也得到一個職務，被派任為處理遺產訴訟案件的法官。就在這個不起眼的職位上，我目睹了圖密善對羅馬之生死鬥的最終過招。圖密善皇帝在城裡已無立足之地，只能藉由行刑來鞏固地位，卻反而加速其滅亡。整個軍方參與密謀，致他於死地。這場較勁比競技場上的決鬥更致命，我懂得極少，僅像一名有點傲慢的哲學生，對窮途末路的暴君輕視有加。多虧阿提安建議，我從事律法工作時，不涉足過多政治。

這一年的工作期與學生時期大同小異：我對法律一竅不通，幸運的，在法庭上能與內拉提烏斯．普利斯庫斯共事。他願意費心指導我，直到去世之前，始終是我盡忠職守的顧問及良師益友。他屬於這類極為難得的人才，擁有特殊專長，既能以凡人看不到的觀點內省，從骨子裡透視一件事；又能保持它在萬物秩序中的相對價值，以人性的標準來衡量。他比同時代任何人都努力投入日復一日的律法工作，凡有益之革新，從不猶豫。後來多虧了他，我的幾項改革才得以成功。容我提及其他幾件事情。我說話仍有外省口音，第一場法庭上的演說引來哄堂大笑。我常與演員來往，家族因此蒙羞。但我善用與他們交流的機會：漫漫幾個月的時光中，上他們的朗讀課程是我最艱難，卻也最愉快的作業，也是我這一生最要好好守護的祕密。在那辛苦的幾年裡，甚至荒淫放蕩對我來說亦成為一門功課；我努力鍍金，迎頭趕上羅馬年輕人閃耀的金黃，卻從來沒有徹底成功。那個年紀的人本來就遇事退縮，血氣之勇都用在別的地方；我對自己只敢信任半分，只希望與別人一樣，以此為準，或磨鈍或磨尖，調整自己的本性。

鮮少有人喜歡我；況且，也沒有任何理由該喜歡我。某些特質，比方說，對藝術的愛好，當我還在雅典求學時，不會受到注目；待日後當上皇帝，一般而言，人們多少也會接受。但是，剛開始在權力機構見習的軍官和法官身上，這些特質卻構成困擾。我對希臘主義的崇尚淪為笑柄，且因為我笨拙地一下顯露張揚，一下欲蓋彌彰，情形愈演愈烈。在元老院，他們喊我希臘學生，我開始有了屬於自己的傳說。這投射出來的奇怪形像，一半來自我們的行為，一半來自大眾對這些行為的想法。訴訟者們不知羞恥，曉得我與一名元老的配偶有染，就將妻子委託給我，或者當我對某個年輕的啞劇演員表現出瘋狂癡迷，就獻上他們的兒子。面對這些無恥之徒，我冷漠以對，以此為樂。最可悲的是那些為了討好我而跟我討論文學的人。從這些平庸的職位上所必須鑽研的技巧，後來對我以帝王之尊接見他人發揮了作用。在短暫的聆聽當中，對每個人保持專注，此時只為這名銀行家，那個老兵，那位寡婦而存在；任何人，儘管各式各樣，封閉在有限的狹小世界中，都能視其所需以禮相待，如我們用最美好的時刻善待自己那般。然後，冷眼看他們幾乎無一例外，得了這個便宜，就趁機膨脹自大，活像寓言裡的青蛙。最末，還要認真花點時間思考他們所遭遇的難題與切身事務。那彷彿醫生的診療室。在那裡，我將各種駭人的積怨舊恨赤裸裸地攤開，謊言如瘋瘋病蔓延傳染。夫妻相爭，父子相鬥，旁族外戚鬥爭所有人。我個人對家庭組織僅有的些微尊敬，終於蕩然無存。

我並非輕賤人民。若我真的這麼做，就沒有任何權力和理由能試圖治理他們。我知道他們虛榮，無知，貪婪，疑神疑鬼，為達成功，為讓人瞧得起，甚至只是自擡身價，或者僅僅為了避免辛苦，幾乎不擇手段，什麼都做得出來。我都知道，因為我也一樣，至少偶爾如此，或者說，難保不會如此。就我所能察覺到的，他人與我之間的差異實在太微不足道，最終無法算數。所以，我強迫自己的態度盡可能遠離哲學家的冷酷優越和凱撒的傲慢自大。最黯淡之人亦透有微光：這個殺人犯笛子吹得有模有樣；那個揮鞭將奴隸打得皮開肉綻的工頭或許是個孝子；這個傻子愚笨，卻跟我分享他最後一塊麵包。讓我們學不到任何東西的人，少之又少。我們最大的錯誤就是試圖從每個人身上獲得一些不屬於他的特殊美德，卻疏於耕耘他所擁有的品行。在此，我將致力追求上述提及的那些零碎的德行，痛快盡興的，追求至美。我認識一些人，他們遠比我高貴完美，非我所能及，例如你的父親安敦寧。與我來往的人中有許多英雄人物，亦不乏幾位智者。我結識的人們大多極少堅持為善，卻也不多行諸惡。他們幾乎總是顏面盡失地，太快拋下疑心病和有點討人厭的冷漠，太輕易就轉為感激與尊重，但這種態度想必也維持不了多久。他們甚至可以將自私轉變成有用的目的。我始終訝異恨我的人這麼少；只有兩、三個頑強的死對頭，而這種敵對狀態有部分是我的責任，此乃世間常理。有幾個人愛過我：他們給我的遠超出我有權要求的，甚或只是希望從他們身上獲得的；他們將死交付於我，有時也獻上一生。而通常只有在他們死時，我才恍然明白他們內在的神性。

只有一個項目，我自認較一般人優越：整體而言，我比他們自由，也比他們勇於服從。幾乎所有人都無法理解真正屬於他們的自由與束縛。他們詛咒身上的鐵鍊鐐銬，有時似乎過於誇大。另一方面，他們任時光在放蕩中無端流逝，不懂得自行編造較輕的枷鎖。而我，比起獲取權勢，我花更多心力去追尋自由，爭權奪勢也僅是為了擁有自由。我感興趣的不是自由人的哲學（所有這方面的探討企圖都令我厭煩），而是技巧。我想找到意志銜接命運的那一點，找到戒律能協助天性，而非約束其發展的關鍵。要弄清楚：這裡說的不是你誇大推崇的斯多葛派的嚴苛意志，也不是抽象的抉擇或排拒；那是刻意在冒犯我們世界的狀態，一個由物與生命組成的實體。我夢想的是一種更隱密的默認，或更柔軟的回應。對我而言，生命宛如一匹馬，須先盡力馴服調教，然後配合牠一起律動。說到底，一切皆是神智的決定，但這種決定過程緩慢，難以察覺，並引領肢體去契合照做。我努力逐步去達成這種幾近純粹的，自由或服從的狀態。在這方面，體操鍛鍊對我有幫助，辯證法也有益無害。首先，我只尋求餘暇的自由，享受自由的時光。所有規劃得當的人生都不乏這樣的時刻，不懂得要求的人不懂得過生活。然後，更進一步，我想像一種同時進行的自由，能同時做兩件事，處於兩種狀態。比方說，我以凱撒為榜樣，學會一次口述好幾篇文章，一面說話，一面繼續閱讀。我發想一種生活模式，不需完全投入也能完美達成最沉重的工作。事實上，我偶爾會大膽對自己提議：將身體會疲勞這種觀念連根拔起。在其他時候，我也練習實踐一種輪番交替的自由：情緒，想法，工作，無論在任何時刻，都應該能被打斷，然後重新拾起，並確定能把它們當成奴隸似的，隨意驅逐或使喚；憑著這份自信，它們沒有絲毫機會發展成專橫的暴君，我也不可能有淪為僕人之感。而且，我做得更好：我把一整天的時間按照喜好的想法來安排，堅守這個念頭。所有可能令我放棄或分心的，例如另一個層面的計畫或工作，沒有意義的話語，一天中突發的千百種瑣事，都要像纏繞柱幹的葡萄藤一般，以這個想法為依歸。另有幾次，相反的，我進行無止盡的切割：每一個思考，每一件事情，都被我打斷，分裂成數不清的思緒和小事，使之較容易掌握。難以明辨的決策皆化為千萬塵埃般的微小決定，一個個被採用，一個引領一個，變得當仁不讓且輕而易舉。

但我施行得最困難的，也是最奮力的，仍屬順天應人之自由。我決心不論任何境遇，都要處之泰然；在我尚未獨立的那些年，若是我將壓抑束縛視為一種有用的練習，那麼其中的苦澀不甘，甚或屈辱惱怒都將消失。當時所擁有的都是我自己的選擇，我強迫自己只要完全擁抱它，並盡可能徹底品嘗。再怎麼平淡乏味的工作，只要我願意狂熱視之，做起來就不覺得辛苦。一旦對某樣物品感到嫌惡，我就把它當成研究題材，強迫自己機伶地將它變通成一種快樂的泉源。面對無法預料或幾近絕望的變故，埋伏或海上風暴，既然已確保不傷及無辜，我便專心隨機狂歡，享受此事所帶來的出乎意料，而陷阱或風暴都可整合融入我的計畫或構想，毫無衝突。即使在最淒慘的境遇中，我亦看見，到了某個時刻，山窮水盡，反而去除災禍一部分恐怖感；我當失敗是我的一部分，我願意接受。萬一我必須忍受折磨煎熬，尤其人少不了病痛，我也不確定自己能否淬煉出特拉塞亞那樣無動於衷的意志，但至少，我有辦法放任自己吶喊出來。以這樣的方式，揉合保守與膽識，悉心調和屈從與反抗，極度苛求與謹慎退讓，我終於接納了我自己。

若這段羅馬歲月繼續延宕肯定遲早會使我變得刻薄、腐敗，或磨耗我的意志。回到軍隊這件事救了我。軍隊裡亦是處處妥協，但是單純得多。對軍隊而言，出發意味長途旅行；我醺然上路。我榮升為第二軍團輔助部隊的軍官，在一個多雨的秋天，於多瑙河上游的河畔度過了幾個月，沒有別的陪伴，只有一冊普魯塔克的新書。該年十一月，我被指派轉任馬其頓第五軍團。當時（現在仍是），這個軍團駐守在同一條河的河口，位於下莫西亞邊界。大雪封路，阻止我走陸路。我乘船至普拉，僅擠出一點時間，於趕路途中重訪雅典。後來，我必須在那裡長住久居。我抵達營地不到幾天，圖密善遇刺的消息傳來，沒有人驚訝，所有人都歡欣鼓舞。不久後，圖拉真成為涅爾瓦的養子。新國君的年事已高，繼任頂多以幾個月算計。政治重視的是戰績功動，因此，人們知道我的堂兄必將統治羅馬。部隊開始重組，紀律日漸嚴謹，現在，軍隊處於激昂與期待的狀態。這些多瑙河軍團精準確實，宛如剛上了油的戰爭機器，一點都不像我以前在西班牙所認識的那些昏昏欲睡的部隊。更重要的是，軍隊不再關注宮廷內鬥，而是轉向帝國的對外政策；我們的部隊不再僅被當成一群持杖執法的侍從官，隨時為某人歡呼或砍殺什麼人。腦袋較聰明的軍官懂得在參與這些重組整合的同時，努力從中辨識出通盤計畫，不獨為預知個人前途，還希望預測未來。儘管在事件發展的初期，他們彼此交換了不少可笑的評論，到夜裡，盡在桌上胡亂擘劃一些無用且毫無根據的作戰藍圖。羅馬式的愛國情操，無可撼動地堅信我們的執政必定澤被蒼生，羅馬確實負起一統天下的任務；而這些職業軍人粗魯草莽的愛國方式，當時的我尚不習慣。戍守邊疆，靈活取巧正是必要條件，至少，在特定的當下，要懂得安撫游牧民族的首領。在這裡，軍事完全遮蔽了政治的光芒。即便強徵民力與兵力至濫用權勢，也沒有人會追究。幸好蠻族不斷分裂，結果，東北方呈現前所未見的有利情勢，我甚至懷疑後來的戰事還有何改善空間。邊界上的衝突對我們造成的損傷少之又少，只因接二連三顯得不平靜。我們必須承認，這種警覺至少能保持士氣敏銳戒備。然而，我仍相信，只要一絲用心，稍微多加鍛練一點腦力，毋須多少耗費即足以讓某些部族首領臣服，與贏得各方歸附。大家都忽視後面這項工作，我決定特別朝這個方向投注心力。

我偏愛離鄉背井，因而喜歡與蠻族交手。位於多瑙河口及別列贊河口間，這片三角形的廣大國度，我至少走遍了其中兩個邊。這裡可算是世界上最驚人的區域之一，至少，對我們這些出生於內海沿岸，習慣南方單調乾旱的風景，以及其丘陵與半島的人而言是如此。我曾在那裡崇拜大地女神，一如我們在此崇拜羅馬女神；而我談論穀物女神席瑞斯的次數尚不如另一位更古老的女神多——祂存在的時代，農作尚未發明。我們希臘或拉丁民族的土地，處處以岩石為骨幹，明顯地呈現男性軀體的優雅；而塞西亞地貌則宛若仰臥的女性軀體，有著些微重量，豐盈動人。這裡的平原遼闊，連綿天邊；河川讓我頻頻讚嘆：對流水而言，這片空曠無垠的大地只不過是一道斜坡或河床。我們的河流短促，從不覺得源頭遙遠。但流至此處的巨河刻蝕出一座座凌亂的小港灣，挾帶著偏僻祕境大陸的泥土及荒無人居地區的碎冰。西班牙高原的寒冷絕無僅有，毫不遜色；但那是我第一次迎抗一季真正的冬天。在我們的國家僅零星短暫出現的嚴冬，進駐該地後則漫漫持續好幾個月；可以想像，再往北去，冬季恆久，不知起訖。在我抵達營地那一晚，多瑙河是一條遼闊的紅色冰道，然後轉成藍色；水流在內部作用，犁出一道道溝痕，如車轍一般深。我們披毛皮取暖抗寒。此敵非人，幾乎無形，其存在造成一種難以描述的狂熱興奮，一股愈發激昂的士氣。人人努力奮戰，為保存暖意，也為維持勇氣。某些日子裡，大草原上，風雪抹去所有景觀，即便它原本就幾乎一成不變。我們在一個僅剩空間與純淨微粒的世界裡馳騁。在冰霜雪凍之下，再怎麼平凡無奇的事物都晶瑩剔透，同時顯現一種神聖的堅硬。所有折斷的蘆葦都變成水晶長笛。每到黃昏，我的高加索嚮導阿薩爾便敲破冰層，讓馬匹飲水。此外，以這些牲口與蠻族接洽是最有用的方式之一：在交易，與你來我往的議價時，建立起某種友誼；而展現幾招馬術之後，彼此之間就多了一份敬意。夜裡，營火照映著纖瘦舞者高超的跳躍，以及他們腕上耀眼的金手環。

有好幾次，春天來臨，我趁著融冰，前往內陸較遠的地區冒險。有時，我背對將海洋與已知島嶼連成一氣的南方地平線，以及某一點上日落羅馬城的西方地平線，幻想著再繼續深入這片大草原，或那座高加索分脊，朝北或最遙遠的亞細亞前進。我會體驗到什麼樣的氣候，發現哪一類動物，遇見哪個人種？哪些我們所不知道的帝國，一如他們未曾聽說我們？或者頂多，印象也僅來自幾項由邐迤的商隊帶來的稀有食物，對他們來說如印度的胡椒，對我們來說如波羅的海的麝香粒一般珍貴？一名在外旅行多年的商人回到奧德薩，送了我一顆半透明的綠色寶石，據說，是一個國家的聖物。那個國度遼闊無垠，但他至少曾在其邊界巡遊，不過因為他一心經商求財，從未留意該國的習俗信仰。這顆奇特的寶石給我的感受，宛如一顆從天而降的石頭，一顆來自另一個世界的隕石。對於地球的輪廓形貌，我們的認識頗為粗淺。我不懂人們為何甘心如此無知。厄拉多塞精妙計算出的二十五萬斯塔德，我羨慕那些能成功繞行一圈的人。而這樣旅行一周之後，我們將回到出發點。我想像自己下定決心，繼續往前走，走上小徑，替代我們的大道。我再三把玩這個念頭……孑然一身，身無分文，默默無名，沒有任何文化薰陶，逕入全新的人群中，暴露於原始的偶然下……想當然爾，這只是一個夢想，最短暫的一個夢。我發想出來的這份自由僅存在於捉摸不到之處；所有不得不放棄的，我都能很快地重新創造出來，更甚的是：無論在何方，我都只是一個心不在羅馬的羅馬人。我與羅馬城之間有某種臍帶相連。或許，在那個時期，官拜軍階，我覺得自己與帝國的關係比當上皇帝之後還緊密，這與腕骨不如腦子自由是同樣的道理。儘管如此，這夢想如洪水猛獸，恐怕要使我的列祖列宗都顫抖；它終究乖乖地被禁錮在祖先的拉吉歐土地上。我做了這個夢，而因為曾在這夢中稍憩片刻，我與他們永遠不同。

圖拉真是下日耳曼尼亞部隊的首領；多瑙河的軍隊派我前往祝賀帝國的新繼任者。涅爾瓦的死訊在傍晚傳到時，我距離高盧中心的科隆約三日行程。我忍不住想超前皇家信使，親自告訴堂兄他即將登基。我策馬快鞭，一路未停，只在特里爾稍做歇息：我的姊夫塞爾維安擔任該城的總督。我們一起進了晚餐。塞爾維安殘弱的腦袋裝滿了皇室的謠言。這個心術不正的男人總找我麻煩，就算只是讓我不開心也好。他告訴我，他早已先我一步將消息傳給圖拉真了。兩個小時之後，在一條河堤上，我遭到攻擊；突襲者打傷我的傳令兵，殺了我們的馬匹。不過，我們抓到了一名刺客，他曾是我姊夫的奴隸，對我們供出了一切。塞爾維安應該曉得：要阻止一名意志堅決的人繼續趕路並非這麼容易，除非使出謀殺狠招。而做起這種勾當，他倒收起了平時的懦弱。我因而

圖拉真（Glyptothek Munich）

必須徒步前行，走了十二里左右，才遇見一名村夫把他的馬賣給我。我當晚趕抵科隆，追過姊夫信差幾里路。這場冒險大獲成功，我受到軍隊最熱烈的歡迎。皇帝把我留在身邊，任命我為第二軍團「忠誠」之軍官。

他得知登基的消息時所展現出的從容令人敬佩。這一天，他已等待許久，然而並未打亂他的計畫。他仍維持一貫本性，至死都將是軍隊將領。他的德行在於從規律的軍事訓練中，悟出了一種建立秩序的治國思想。以這種思想為中心，所有的一切，至少在一開始，都經過一番精巧布局，即使作戰藍圖和征服計畫也不例外。他是從軍之帝，但絕非軍中霸王。他的生活一點也沒改變，謙虛不做作，也不傲慢。在軍隊一片歡欣鼓舞聲中，他承接這些新責任，視為日常工作的一部分，對至親好友亦僅簡單流露滿足高興。

他對我極不放心。他是我的堂哥，大我二十四歲；自從我的父親過世後，他成為我的養父之一。他秉持外省的嚴謹傳統，履行家族義務。對我，他已有盤算：若我表現夠格，就排除一切不可能提拔我；若我能力不足，則對我進行比別人更嚴格的鍛鍊。對於我的年少輕狂，他大為震怒；他的憤怒絕非沒有道理，但通常也只會發作在家人身上。我的債務比迷失逾矩更令他面上無光。我身上其他的特質也令他擔憂：他的文化素養極有限，對哲學家和文人的尊敬令人動容；但是遠遠地讚嘆偉大的哲學家是一回事，身邊有個太愛涉獵文學的年輕軍官又是另一回事。他捉摸不到我的原則，何時會自我防衛，何時會自我節制，於是他就猜想我毫無原則，沒有砥礪自己本性的能力。至少，我從未怠忽職守。我擔任軍職所受的好評令他寬慰；但對他而言，我只是一個前途無量的年輕軍官，而且需要嚴密監控。

一個私生活上的事端差一點毀了我。我被一張俊美的臉孔征服。我瘋狂迷戀上一個年輕人，而皇帝也已注意到這個人。這一段情驚險萬分，我飽嘗其中滋味。圖拉真有個祕書叫加盧斯，長期向他詳細報告我的債務，這次並對皇帝揭發了我們的事。皇帝大發雷霆，那段時期我過得非常艱苦。包括阿提安在內的親朋好友都盡力勸他，阻止他執意進行一項頗為可笑的報復。在他們的懇求之下，他讓步了；但其實，兩造雙方對這次的妥協本來就不甘不願，對我來說，簡直比他暴怒的場面更令我難堪。我承認我對那個加盧斯深惡痛絕。直到許多幾年後，他在公文上造假，罪證確鑿，我終於出了一口氣，美妙痛快極了。

隔年展開第一次達西亞出征。基於個人喜好及政治因素，我始終反對出戰，但若不是被圖拉真那些偉大的計畫醺然迷惑，我大概也會孤立無援。多年之後，回首往事，大致上，征戰的那些年算是快樂的光陰。起初很辛苦，或說在我看來，十分辛苦。首先，我只擔任次要職務，還未全面贏得圖拉真的好感。但我熟知那個國家，我知道自己能有所貢獻。幾乎在不知不覺之中，過了一季又一季冬天，轉移一個又一個營地，打了一場又一場仗，我對皇帝政策的不滿在心中日漸擴大。在當時，這些不滿，我沒有義務，也沒有權利高聲表達；何況，也不會有人理我。我多半被安排在遠遠的第五排或第十排，對部隊瞭解得還比較多，更常與他們出生入死，同甘共苦。我還享有一定的行動自由，或者應該說是對行動本身的某種疏離；一旦過了三十歲，掌權之後，就難以再任意擁有。我自認握有優勢：我愛好這個艱困的國度，而且著迷於各種自發性的，斷斷續續的，困乏與戒律形式。或許我是唯一一個不眷戀羅馬的年輕軍官。軍隊愈深入泥漿冰雪，就愈能補給我的活力泉源。

在那個軍團中，我身邊有一小群軍官從駐守亞細亞的軍營引進了奇特的神明，部分受到他們的影響，整段時期我都過得意氣勃發。密特拉崇拜原本並不廣泛，但自從我們出征帕提亞之後，就流行起來。有一段期間，我拜倒在此教嚴格艱辛的禁慾主義之下：它透過死亡，兵刃與鮮血之執迷，苛刻地繃緊意志力的弓弦，以解說世界這樣高等的內涵，薰陶我們暴烈粗俗的軍旅生活。我對戰爭最初的看法並未因而有絲毫轉變，但這些野蠻的儀式在參加者之間牽連起生死與共的關係，對一個不耐現狀，對未來充滿不確定，因此願意接受任何神明的年輕人而言，正好迎合其最私密的異想。在同袍馬爾西烏斯·杜爾波的擔保之下，我在多瑙河畔一座用木頭與茅草搭蓋的塔中接受奧義開示。我還記得，我站著準備接受灑血儀式時，頭頂上垂死掙扎的公牛差一點把木板扯下來。往後，我反省到這類幾近祕密的社團組織，可能對一個弱勢領導的國家造成危險時，我最終對他們多所限制拘束，但我承認，面對敵人時，組織能賦予信徒接近神力的力量。我們人人都以為能逃過身而為人的狹隘限制，覺得我既是我，又是自己的對手；我們跟神明一樣，其實並不清楚祂究竟以野獸的形態死去，還是借人類的模樣殺生。到如今，這些古怪的夢境有時令我恐懼，與赫拉克利特的弓箭一體論並無兩樣。所以，這些夢助我包容人生際遇。勝利中有失敗，失敗中混有勝利，只是同一個太陽射出的不同光芒。我的馬蹄踐踏過這些達西亞步兵，以及後來在肉搏戰中，敵我坐騎忿怒直立，撕咬彼此的前胸，擊斃那些薩爾馬特騎士。我之所以能輕易自在地大開殺戒，正因為我把他們視為自己。若被遺棄在一片戰場上，脫去戰袍後，我的屍體與他們的並無差異。遭受最後劍擊時的驚愕想必也是相同。在這封信裡，我對你坦白了許多怪誕奇特的想法，都可算是我一生中最隱密的念頭；還有一種奇怪的陶醉，後來我再也沒辦法以同樣的形式再醉一場。

我有了幾件英勇事蹟，如果是普通士兵所為或許不受注目，但在羅馬倒是替我掙得了好名聲，在軍隊也頗具威望。不過，我大部分所謂的功績，只不過是虛張聲勢罷了；如今想來有點慚愧，於是混雜了前頭提到的那種近乎神聖的激狂，以及低俗的渴望：我想取悅他人，吸引眾人的目光，不惜代價。在一個秋日，我穿戴著巴達維亞士兵的沉重裝備，策馬橫渡積雨暴漲的多瑙河。在這次功績中——若可稱得上功績的話，我的坐騎功勞比我大多了。不過，在這段瘋狂的英雄作為時期，我學會了區別勇氣的各種面貌。我應該長保的勇氣應屬冷酷，淡漠，沒有任何生理上的激動，如神明一般無動於衷，處之泰然。我不敢誇口說自己曾達到這個境界。我後來所表現的勇氣假象，在頹喪的日子裡，只不過是對人生憤世嫉俗的魯莽；而在得意的日子裡，也只不過是我所抱持的責任感。但是，只要危險多持續一會兒，很快的，無論憤世嫉俗或責任感，都被一股狂熱興奮的驍勇取代，某種人與命運相結合達到的奇異高潮。在我當時的年紀，這股醉人的勇氣持久不衰。一個醉心生命的人不會去預想死亡；死亡不存在，他的每一個舉動都在否定。若他受死，那想必是在不知情的狀況下發生；對他而言，死不過是一記猛擊或一次痙攣。我苦笑地對自己說，如今，我的思緒有一半都貢獻給自己的結局，彷彿要隆重地決定這副臭皮囊的生死大限。然而在當時，一個若不能多活幾年恐怕會損失重大的年輕男子，卻恰好相反，愉快地甘願每天拿前程來冒險。

前文所述很容易被解釋成這樣的故事：一名軍人讀了太多書，想為自己的書本脫罪。但這種觀點過於簡化，實屬錯誤。各種人物輪番占據我的心神，沒有一位獨霸很久，垮臺的暴君很快就又重新掌權。諸如此類，我曾是一名事事謹慎的軍官，迷戀紀律，卻開心和部下共患難於戰爭時期的匱乏不便。當過憂傷癡人，夢想成仙。是戀愛中人，為求一刻暈眩隨時準備付出一切，也是一

羅馬軍隊橫渡多瑙河（圖拉真柱，羅馬）

名高傲的年輕副官，避開人群，躲在自己的營帳裡，就著一盞微弱的燈光研究地圖，毫不避諱地向朋友表示他對世局發展嗤之以鼻。更是未來的帝國領導人。但別忘記，我也是無恥愛獻殷勤的傢伙，為了怕得罪人，願意在皇帝的宴桌上把自己灌得酩酊大醉。是帶著可笑自信，對所有問題都要大發議論的小伙子。是輕浮的自作聰明者，一句話就能丟掉一個朋友。是名小卒，以並不光鮮亮麗的從軍為業，卻戮力精確。還有應該提提那個空缺，他沒有名字，在故事裡沒有地位，但與我以及所有其他人一樣，只是世事玩物，不多不少不過是具軀殼，躺在行軍床上，聞某種香氣消遣，專注於一次呼吸，茫然聆聽蜜蜂永恆的嗡嗡聲響。然而漸漸的，有個新身分加入了運作行列，一名劇團指揮，劇場導演。我熟知每一位演員的名字，調整安排他們在適當的時機上下場。我打斷無用的臺詞，漸漸會避開粗俗好懂的效果。最後，我學會不濫用獨白。長遠來看，我在一幕幕人生中成長。

我在軍事上屢獲捷報，若非圖拉真胸懷偉大，恐怕會引發他的敵意。但是，勇氣的字句直達他的心，是他唯一立即能懂的語言。最後，他終於把我當成遞補人選，幾乎視我為己出，後來所發生的任何事都無法離間我們兩人。在我這方面，某部分針對他而生的不滿，至少，在他對軍隊施展令人讚嘆的天賦時，暫時被遺忘，拋到九霄雲外。我一直喜歡觀察專家高人布局作業。就皇帝這項職務而言，他手腕靈活，自信堅定，無人能出其右。我受指派領導所有軍團中最光榮的米內瓦軍團，去摧毀鐵門峽區域敵軍殘留下來的防禦工事。攻下薩米色格土沙堡壘之後，我隨皇帝

德凱巴魯斯國王之死（圖拉真柱，羅馬）

受軍隊致敬的圖拉真（圖拉真柱，羅馬）

進入地下廳殿：德凱巴魯斯國王的臣子們聚集在此，於最後一次盛宴時服毒自殺。皇帝派我點火焚燒這一堆死人屍體。當晚，在戰場邊陡峭的懸崖上，他將涅爾瓦傳給他的鑽石戒環套入我的手指。基本上，這算是繼任皇權的信物。那天夜裡，我心滿意足地進入夢鄉。

我聲名鵲起，二度長居羅馬這段時期因而充滿欣喜，後來，到了我的幸福年代，我再次感受到這種欣喜，但程度更加強烈。圖拉真給我兩百萬塞斯特斯銀幣，讓我恩施賞賜給人民。這個數目當然不夠。但我此時已自行管理財產，而我的財富可觀，從不需要擔憂錢財之事。至於怕不得人歡心這種卑賤的恐懼，亦早已甩除大半。我的下巴上有一道傷疤，剛好可用來當藉口，蓄起希臘哲人式的短鬚。我的穿衣風格簡樸得誇張，直到當上皇帝後都未變：喜愛戴手鐲和塗抹香油的時期早就過了。在當時，簡樸與否其實我並不十分在意。慢慢的，我卻習慣了為簡樸而簡樸，後來更因而喜歡收藏家在光裸樸素的雙手戴上珍貴寶石之強烈對比。把話題轉回到服裝上吧！在我擔任護民官期間，曾發生一件事，算是某種兆頭。有一天，天氣惡劣，我必須對群眾演講，而我那件高盧粗羊毛雨袍不見了。於是，我不得不披一件托加長袍開講。袍子的皺褶宛如水溝，積蓄雨水；雨滴流入我的眼中，我不斷用手抹拭前額。在羅馬，著涼受寒是皇帝才有的特權，因為無論天候如何，他被禁止在托加長袍外披加任何服飾。從那天起，附近的小販婦人與西瓜攤商就相信我將飛黃騰達。

大家常談論青春年少的美夢，都忘了曾經做過什麼算計。那些盤算也是夢，瘋狂的程度不相上下。在羅馬凱旋歡慶時，使心機的人可不只我一個：整個軍隊都爭先恐後，競相奪取功名。我頗愉悅地扮演起野心家：這個角色，我從未認真持續，表現時也必須一直有人從旁耳提面命。我接受了元老院裡最順從最無趣的職務，且盡忠職守：擔任議事紀錄管理人。我有本事，把所有職務都變得有用。皇帝的簡練風格深受軍隊愛戴，但對羅馬來說卻嫌不足。皇后的文學品味與我相近，說服他讓我替他編寫演講稿。這是普洛蒂娜第一次斡旋協助。我本熟練此類討好辭令，這項工作頗為成功。在我仕途起步困難的初期，我就經常為腸枯思竭或胸無點墨的元老們編寫致詞訓話，他們宣讀到後來竟以為自己是原作者。於是，為圖拉真工作時，我宛如少年時做修辭練習功課那般快樂；我一個人在房間裡對著鏡子演練，測試效果，覺得自己就像皇帝。事實上，我一直在學習當皇帝；那些我自認沒有膽量去做的事，既然是別人要出來背書承擔，就變得易如反掌。皇帝的思想單純卻不善表達，因此顯得晦澀難懂，對我來說卻突然變得親切熟悉；我常暗暗得意，誇讚自己知道得比他本人還更清楚些。我喜歡模仿皇上的軍事風格，聽他在元老院宣讀那些看似道地卻是我寫的句子。另外有些日子裡，圖拉真待在房間裡，命令我自己來宣讀那些他早已不記得的講稿。而我的演說已無可挑剔，這都該歸功奧林波斯那位悲劇演員的指導。

這些幾乎不為外人所知的祕密任務換來與皇帝的親近交情，乃致他的信賴；但過往的反感仍未消除。偶爾，日漸衰老的王眼見家族中有個年輕人，有點天真地展開他想像中的生涯，應該會繼續他的道路；那種欣慰曾暫時取代了嫌惡不滿。然而，若在薩米色格土沙的戰場上，欣喜激發出如此高昂的熱情，那是因為那股狂熱穿越了層層的不信任，奮力破土而出。我依然相信，那其中有某種無法連根拔除的恨意，來自好不容易修補復原的多次爭吵，性情不合，或者純粹是年歲漸長者的頑固。皇帝本能地討厭不可或缺的下屬。或許，如果我對職務有時熱誠有時隨便，他會更理解我，一旦我在技術上無懈可擊，在他看來簡直可疑。當皇后替我作媒，安排我與圖拉真的姪孫女薩賓娜結婚，認為這麼做有助我的前程時，就能看出他對我抱持著懷疑。他頑強地反對這門親事，指證歷歷，說我缺少顧家美德，女方還是少女，年紀太輕，甚至搬出久遠以前我曾背債的往事。皇后堅持不讓，我自己也不想認輸。在那個年紀，薩賓娜並非全然沒有魅力。這樁婚事雖然以不斷離家換取平靜，但對我來說，它是那麼多怒氣與麻煩的來源，以致我幾乎忘了，對一個二十八歲的野心家而言，那是一場勝利。

從此我名正言順地成為皇室家族一員，多少被迫與他們一起生活。然而，這個圈子裡的一切我都討厭，只有普洛蒂娜美麗的臉龐除外。西班牙丑角，外省表親，皇家餐桌上擠滿這些人；而這同一批人，後來在我少數幾次滯留羅馬期間，又在我妻子家的晚餐時遇見。我甚至不想說他們看起來都老了，因為，從那時起，那些人全都像百年人瑞。他們身上散發出一股稠膩的智慧，某種迂腐的謹慎。皇帝幾乎一生戎馬，干戈沙場；對羅馬的瞭解遠比我更少。他拿出無人可比的意

普洛蒂娜（Glyptothek Munich）

薩賓娜（Museo Nazionale Romano）

志力，讓自己身處羅馬城為他獻上的最好的一切，或者，看起來像最好的一切。周圍的官員個個端莊體面，倍受尊崇，但學習資質駑鈍，哲學部分有氣無力，看不到事物的本質。我從來不敢領教小普林尼那種誇大的和藹可親；而塔西佗高超的剛正不阿，在我看來，是那種從凱撒去世後就沒有改變過的，屬於共和派的反動世界觀。至於皇帝周圍非官員的那批人，則粗鄙得令人倒胃口；想當然爾，這讓我避免再度冒險。然而，對於這批南轅北轍的人士，我以不可或缺之禮相待。我對某些人態度謙恭，對另一些人則唯唯諾諾，必要時則要放蕩，要聰明但又不能太過。我需要如此反覆無常；我花心思面面俱到，讓這場遊戲難以捉摸。我走在陡峭的鋼索上。我所該學的不是演員課程，而是高空特技訓練。

這個時期，有人指責我與幾名貴婦有染。其中兩三段飽受批判的感情多少持續了一陣子，直到我登基治國初期。羅馬容易令人縱慾放蕩，卻從來不太欣賞治國者的戀情。安東尼和提圖斯都嘗過一點教訓。我的幾段情沒有那麼轟轟烈烈，但依我們的民風，我很難想像，一個總對交際名媛作嘔，又已被婚姻折磨得疲累不堪的男人，如何與另一群千姿百態的女性親熱。我的政敵首推卑鄙的塞爾維安。我那個老姊夫，比我年長三十歲，老謀深算，故能身兼教育者和間諜監督我，宣稱在那些戀情中，野心和好奇心的成分比愛情多；在親密接近人妻的同時，我逐漸探知關於那些丈夫的政治祕辛，情婦們對我吐露的實情，跟後來讓我津津有味的警察報告一樣有用。的確，每一段稍長的關係，幾乎無可避免的，都讓我與某位丈夫取得友好，他或許肥胖或許體弱，或闊綽或怯懦，大致每個都盲目。但是通常，這些友誼極少樂趣，更少利益。我甚至必須坦承，某些情婦在我耳邊洩漏出的露骨情節，最終反而引發我對這些人夫深深同情：他們如此不被瞭解，被嘲諷得如此不堪。當女方聰慧靈巧，我與她們的關係多能舒服愉快，而若她們長相美麗，那這一段情還將變得動人心弦。我研究藝術，熟悉各式雕像，曾學習深入瞭解奈多斯的維納斯及麗達在天鵝下顫抖之作品。那是提布魯斯和普羅佩提烏斯的世界：一縷哀愁，一種有點造作的熾烈，卻頑固得彷彿弗里吉安調式寫成的旋律，階梯上的熱烈暗吻，乳房上起伏波動的長巾，黎明之離去，以及忘在門檻前的花環。

這些女人，我幾乎對她們一無所知。她們獻給了我的部分生命仍留在兩道半掩的門之間；她們說個不停的愛，在我看來，有時像她們佩戴的花環一樣輕浮，如一件時髦的珠寶，一種珍貴又易碎的裝飾；而我懷疑她們擦上胭脂戴上項鍊時，才同時穿戴好熱情。但對她們而言，我的人生更加神祕。她們一點也不想瞭解，寧願從旁幻想亂想。我終於明白，這個遊戲的精神，就是永無止境的虛偽矯飾，誇張的誓言和怨言，時而假意時而隱瞞的歡愉，如跳雙人舞一般的幽會。甚至在爭吵時，等我如意料中那樣反駁一句之後，美麗的淚人兒立刻扭絞雙手，像表演舞臺劇。

我經常想，熱愛女性的戀人們必然極重視神廟與祭祀用品，至少和對他們的女神一樣：他們迷戀用指甲花染紅的指尖，塗抹了香油的肌膚，而那千百種凸顯美貌的小技巧，有時甚至能化腐朽為神奇。這些柔弱的偶像與高大的蠻族女子或粗野笨拙的鄉下農婦不同，誕生於大城市的金色渦旋雕飾，彩染坊的桶槽或浴室裡潮濕的蒸氣，一如維納斯誕生於希臘汪洋之泡沫。提起她們，很難不聯想安提阿某些逗人難耐的溫暖傍晚，熱鬧活潑的羅馬早晨；她們響亮的姓氏，氣派奢華背後的最終祕密是裸體示人，且儘管裸體亦從來不乏精心打扮。換做是我，我想要的更多：剝除美人的一切獨自面對她自己，就像有時她不得不的：病榻中，或死去一個新生兒後，或鏡中出現一道皺紋時。一個男人，當他閱讀，或思考，或算計則亦屬此類，而非以性別論；在最美好的時光裡，他甚至超脫人界。但是我的情婦們似乎只以女性想法自豪：我所找尋的性靈或靈性，尚只不過是一縷芬芳。

當然不是只有如此：我躲在簾幕後，像一個等待適當時機上場的喜劇演員；好奇地監視一個陌生室內的嘈嚷，女人閒聊時的特殊音調，暴怒或爆笑，私密低語，所有我一旦被發現就會戛然停止的一切。孩子們，永遠擺第一的穿著打扮，金錢上的煩惱，在我面前隻字不提，但我不在時，這些事情想必又變得重要；就連做丈夫的，本來倍受嘲諷，也變成必需品，也許還能得到愛。我拿情婦們跟家中女人的陰鬱臉孔相比，後者節儉，野心勃勃，無時不在設法核清家中開銷或監管祖先的半身像是否擦拭乾淨。我懷疑這些冷冰冰的婦人會不會也在花園的藤蔓架下與一個情人相擁；或者相反的，我那些輕浮的美女們，是否一心等我離開，好回頭去跟女管家吵一架。我勉強試著去接合女人這兩種面貌之間的縫隙。

去年，塞爾維安密謀策反，最後付出生命代價。事件發生後不久，我昔日一名情婦特地移駕來到莊園，向我告發她一個女婿。我沒把這項指控當一回事，或許這指控出自於那名岳母的怨恨，也可能是想替我效勞的慾望。不過，這場會談十分有趣：內容像極昔日的遺產法庭，圍繞著遺書，親族間黑暗的陰謀詭計，不被看好或招來厄運的婚姻。在狹隘的女人圈裡，我一再觀察到她們冥頑不靈的現實個性，而當愛情黯淡，她們就陷入愁雲慘霧。某種尖酸刻薄，難相處的忠貞，令我聯想家裡那位脾氣暴躁的薩賓娜。來拜訪我的這個女人，臉部線條似乎被拉平了，模糊了，彷彿一張被歲月粗魯來回塗抹的軟蠟面具。當初，我曾一時認定的美貌，原來始終只是一朵嬌弱的青春之花。但造作依舊主宰了她，這張滿是皺紋的臉笨拙地擠出笑容。過去纏綿悱惻的回憶，若曾有過的話，對我來說也已抹除殆盡；如今，我們僅互相交換客套詞令，她不過是一個和我一樣看得出生了病或年華老去的人，我雖有點惱怒，仍善意相待，一如對待一個久未聯絡的西班牙表姊，一個從納博遠道而來的親戚。

我努力了一會兒，試圖如孩子嬉耍那般，抓住煙霧繚繞，撲打彩虹泡泡。但遺忘太容易……在那些露水戀情之後，發生了那麼多事，我必定記不清相愛的滋味了。畢竟我樂於否認，她們曾經讓我受苦。然而，在所有情婦中，至少有一人是我曾美妙地愛過的。比起其他人，她最細緻也最堅韌，最溫柔也最鐵石心腸。她那纖瘦圓潤的身體就像一根蘆葦草。我一直欣賞髮絲的美感；

人體的這個部分如絲綢波盪。但我國大部分女性的髮式都如高塔，迷宮，舟船或毒蛇盤結。她的秀髮則符合我期望的模樣：像豐收的成串葡萄，或如羽翼展翅。她仰臥著，驕傲的小腦袋倚在我身上，無比露骨地細數她的情史。歡愉之時，我喜歡她的狂野及淡然，她高難度的品味，掏心掏肺撕扯靈魂的狂怒。我知道她有幾十個情人，她自己都數不清；我只是一個無關緊要的路人，不要求彼此忠誠。她瘋狂迷戀一個名叫巴提爾的舞者；單憑他的俊美就能證明那一切愚癡皆合理。她在我懷中啜泣，呢喃他的名字；我的鼓勵支持給她勇氣。其他時刻裡，我們常一起歡笑。她年紀輕輕就死了，死在一座瘴癘之島上。由於她離婚引發醜聞，被家族放逐到那裡。我為她慶幸，因為她怕老；不過，對真正愛過的人們，我們絕不會有這種感覺。她需要大量金錢。有一天，她開口向我借十萬塞斯特斯幣，我隔天就帶來給她。她玲瓏的身形宛如玩擲骨遊戲的小女孩，坐在地上，將麻袋裡的錢幣全數灑在石板上，開始將閃亮的大堆錢幣分成小堆。我知道，對她來說，跟對我們所有揮霍的浪子一樣，這些金幣並非鑄有凱撒頭像的法定貨幣，而是一種神奇的物質，一種私人貨幣，印上想像之獸與舞者巴提爾的模樣。我不再存在。她封閉在自己的世界。她眉頭緊皺，灑脫地不顧自己的美貌，幾乎一下子變得醜陋，像小學生一樣噘嘴，手指扳了又扳，艱難地算著加法。我從未對她如此著迷。

薩爾馬特人再次入侵的消息傳到了羅馬，正值圖拉真慶祝達西亞戰爭贏得凱旋。這場拖延了許久才展開的節慶已進行了八天。先前，他們花了將近一年的時間，從阿非利加和亞細亞運來野獸，趕進競技場大規模屠殺：一萬兩千頭猛獸，找來一萬名格鬥士，施展割喉身手，把羅馬變成殺氣重重的死亡之城。當天晚上，我在阿提安寓所的平臺上，與主人及馬爾西烏斯．杜爾波在一起。城裡燈火通明，充滿可憎的嘈雜歡呼。為了那場艱辛的戰爭，馬爾西烏斯和我獻出了四年青春；而今這場戰事成為百姓沉溺酒池肉林的藉口，好像是他們在凱旋一樣。告訴民眾這些被誇耀得燦爛輝煌的勝利並非定局，另有一批新的敵人壓境；這個時刻極不恰當。皇帝的心神已被亞細亞計畫所占據，對於東北的局勢並不那麼在意，寧願認為問題已經徹底解決。第一場薩爾馬特之役以主動討伐的形態展開。我被任命為總督，執掌元帥大權，派遣到潘諾尼亞。

這場戰事持續了十一個月，戰況慘烈。我仍相信，殲滅達西亞人可說是毫無爭議的決定：沒有一個國家元首會樂意容忍敵人列隊兵臨城下。但德凱巴魯斯王朝崩毀之後，那片區域空無人管，造成薩爾馬特人加速趁虛而入，不知從哪裡冒出來的人馬分頭入侵。那片土地被長年戰爭摧殘殆盡，被我們放火燒了又燒；我們兵力不足，缺乏後援，他們有如啃噬我們達西亞勝利的屍蟲，大量繁殖。近期的勝利大傷我們的軍紀，前哨崗位的氣氛漫不經心，無憂無慮，與在羅馬的慶功時期無異。危險迫在眉睫，有些軍官竟然還愚蠢自信。我們與外界隔絕，困在這個區域，唯一熟悉的部分是原本屬於我國的疆界。若想繼續取得勝利，只能靠我們先進的武器；但我眼見兵械日漸減少，有的遺失，有的耗損。另外一個倚靠是支援部隊，但我不抱期望，因為我知道，我國所有的資源早已往亞細亞集中。

另一個危機開始顯現：四年正式用兵，大動干戈，後方的村莊已成為廢墟；自第一次達西亞戰爭以來，每一群從敵方搜括來的牛羊都動用浩大排場：我見過被從居民手中強行搶下的牲口，成行成列，數也數不清。若這種狀態繼續下去，要不了多久，我們鄉下的農民受不了沉重的軍事負荷，將寧可投效蠻族。來自軍方的掠奪或許只是次要問題，但更引人側目。我有足夠的民意支持，不怕對部隊施行最嚴苛的命令。我將一絲不苟的態度蔚為風潮，自己也身體力行。我開創實施奧古斯都紀律，後來成功地推廣到整個軍隊。粗心大意者及野心勃勃者，只要妨礙我的工作，皆被我遣返羅馬；相反的，我召來前線缺乏的技術人員。前一陣子的勝利令人恃驕怠惰，尤其疏忽修復防衛工事。所有維修費用過於昂貴的器材，我索性整個放棄。每次戰後，都有大批行政官員趁著局勢混亂發展勢力，甚至壯大成為半獨立的地方霸主，大膽猖狂，對我國百姓勒索敲詐，對我們欺瞞背叛。從這方面，再一次，我看出，不久的將來，必有動亂，分崩離析。我不認為能避免這些災難，一如凡人皆不免一死；不過，憑我們的力量，禍事能延後幾個世紀。我開除能力不足的官員，處決最糟糕的那些。我發現自己冷酷無情。

度過了潮濕的夏天，接著是多霧的秋天，與嚴寒的冬季。我忽然亟需應用曾學過的醫藥知識，主要為了調養自己。在邊界度日生活，我逐漸被薩爾馬特人同化了：希臘哲人的短鬚變成蠻族首領的雜毛大鬍。我再次經歷所有在達西亞戰爭中曾經歷的一切，包括噁心作嘔。敵人將俘虜活活燒死；我們也開始砍下敵囚的頭，因為沒辦法把他們專程送到羅馬或亞細亞的奴隸市場。我們的木柵欄上插滿砍下來的頭顱。敵軍對人質施以酷刑，我有好幾個朋友如此喪命。其中一人拖著不斷淌血的雙腿爬回營地，臉孔嚴重扭曲變形，以致我再也想不起來他未受傷時的本來長相。嚴酷的寒冬擄走一批犧牲者：騎兵團或受困於冰雪，或被激流沖走；營帳下，傷者的殘肢斷腿結凍凝霜，病患哼唧呻吟，咳得肝腸寸斷。我身邊聚集了意志力堅強的忠勇之士；這一小群直接效忠於我的人馬擁有最高情操，我唯一仍相信的情操：以鋼鐵般的決心發揮用處。一名薩爾馬特變節者被我留下當翻譯；他冒著生命危險，回部落去煽動叛變。我成功地管理這批移民。從此以後，他們的人在我們的前哨作戰，保衛我們的人。他們偶爾放肆，魯莽，那是天性使然；但在經過馴服調教之後，皆能向敵軍證明冒犯羅馬多麼荒謬可笑。一名薩爾馬特首領步上德凱巴魯斯的後塵：他的屍體被發現在氈毯帳中，一旁是他的女人妻妾，皆被絞死斷氣，還有一個恐怖的麻袋，裡面塞滿他們的小孩。那天，我對無謂浪費的痛恨延伸到蠻族之折損。我為失去這些死者感到可惜，羅馬本可同化他們，日後與之結盟，一起對抗其他更野蠻的游牧民族。這批進攻者潰不成軍之後，來去如風，消失無蹤；但在這幽暗陰鬱的區域，勢必會有其他風暴。戰爭並未停息。在我登基之後幾個月，又不得不開戰，然後結束戰事。那塊疆界，至少，暫時恢復了秩序。我回到羅馬，戰功彪炳。但我已年華老去。

我擔任執政官的第一年仍在戰鬥中度過：那是一場祕密奮戰，但為了和平，持續不懈。然而我並非孤軍奮鬥。在我返回羅馬之前，利奇尼烏斯．蘇拉、阿提安、還有杜爾波皆已轉變態度，與我同行；儘管我對自己的信件進行嚴格審視刪減，朋友們卻明白我的心意，紛紛跟隨我，甚至已走在我前頭。以往，我的經濟狀況大起大落，面對他們時，總讓我十分扭怩不安；一個人還能輕鬆承擔的憂懼害怕或焦急不耐，一旦被迫在他們關切時隱瞞或坦白讓他們痛苦，就變得萬分煎熬；我氣惱他們對我愛護有加，比我自己更為我著想，並且從來不去看清楚：騷動不安的外表下，我其實平靜得多，凡事都不在乎，因而無論發生什麼事都活得下去。但時不我予，我來不及去對自己感興趣，或不感興趣。我這個人逐漸退居幕後，而這卻正是因為我的觀點開始受到重視。重要的是，有個反對侵略征服的人，認真地正視後果與結局，準備在可行之時彌補這項政策的錯誤。

戍守邊疆這個職務讓我看見圖拉真柱上看不見的凱旋面貌。重返行政工作則讓我逐步建立起一份比所有在軍隊中蒐集到的證據更有說服力的檔案，反對軍事行動派。整個軍團和禁衛軍部門一概由義大利亞支援，而遠方的戰事吸走了這個國家本已匱乏的人力。對祖國而言，從軍遠征的壯丁即使未喪命，亦形同流失，因為他們終將被迫留在新征服來的領土上定居。在那個時期，就連在外省，徵兵制度亦引發嚴重的反抗動亂。後來，我曾前往西班牙，監督家族開採銅礦。那趟旅行使我見證戰爭打亂了整個經濟脈動；我相信羅馬商界友人的抗議聲明有其根由。我並沒有天真到認為我們能自主決定避免任何戰爭；但我希望只做防禦性出兵，夢想擁有一支訓練精良的軍隊鎮守邊疆，而疆界若需修改就修改，只力求明確穩定。大而無當的帝國組織，在我看來，任何增添都是病態膨脹，如腫瘤，或水腫，終將把我們害死。

這些觀點，沒有一項能稟奏皇帝。人生，每個人不盡相同，但到了某個時期，皆易屈服於心中的魔鬼或天賦，聽從一種神祕的法則命令，自我毀滅或超越自我；而他正處於這個階段。整體而言，他的執政成果值得景仰；他最優秀的顧問團用盡心思，讓他朝和平發展。然而，這方面的努力，還有那些偉大的建築計畫，以及任內的法律參謀，對他而言，都不如一次勝仗重要。這個男人如此高貴，對自身所需有著精打細算之情操，在國家財政上，理智卻被綁架，瘋狂花費。多瑙河床下撈起的蠻族黃金，德凱巴魯斯國王埋藏的五十萬金條，足以負擔人民福祉並犒賞軍隊，我也得到了一份；然而還有過於豪奢的競賽嬉遊，以及遠征亞細亞的初期耗費。這些不潔的財富對國家實際的財務狀況造成虛幻假象。從戰場得來的，必還於戰場。

就在這個時候，利奇尼烏斯．蘇拉去世了。他是皇帝身邊觀念最開放的顧問。他的死對我們而言如同一場敗仗。對我，他總流露父親般的關愛。他久病纏身，無法實現遠大長期的個人野心；他的體力雖然微弱，仍足以幫助他心目中觀點純正的那個人。圖拉真罔顧他生前的建議，執意展開阿拉比亞遠征；若他還活著，單憑他一人，說不定就能避免帝國陷入疲態，以及花費在帕提亞戰爭上的龐大開銷。這個飽受高燒折磨的男人，在無法入眠的時候，與我討論各種改革藍圖，這些計畫讓他疲累不堪，他把這些計畫的成功，看得比延長幾許殘生還要重要。在他床前，我預見了未來登基後的幾個執政階段，而且行事規章鉅細靡遺。這位垂死之人對皇帝未多加針貶，但他知道王朝中僅存的智慧將隨他一併入土帶走。若他能多活兩三年，我繼任皇權之路或許不會那麼坎坷，他或許能說服皇帝早一點立我為後嗣並昭告天下。不過，這位政治家囑咐我代他完成未竟之業，他的遺言是我登基為皇的一項有力憑據。

若說我的擁護者增加不少，新樹立的敵人可也不遑多讓。所有對手中，威脅最大者為魯西烏斯·奎伊圖斯。他是羅馬與阿拉伯混血兒，旗下的努米底亞尖兵隊在第二次達西亞戰爭中扮演了重要角色，並蠻橫地將戰事推向亞細亞。他整個人都讓我討厭：驕奢起來粗野低俗；身披白紗飄揚，腰繫黃金索帶，矯揉造作；眼神傲慢且不誠實，對待手下敗將與投降者之殘暴更令人咋舌。大批主戰派領袖在內鬥中自殺殘殺，使倖存者因此更加緊鞏固自己的權勢，而我正是帕爾馬的肉中刺，塞蘇斯的眼中釘。幸運的，我的地位幾乎不可動搖。自從皇帝一心忙於戰事，民政事務對我愈發仰賴。有幾位能力過人或學有專精的朋友，或能為我代勞，然而他們皆展現高貴的謙遜，寧可推舉我出馬。皇帝的親信內拉提烏斯·普利史庫斯斷然日日埋首司法專業，不問其他雜事。阿提安的生活只以替我效勞為目的；我更有普洛蒂娜小心謹慎的認可。出戰一年前，我受封為敘利亞總督，後來又擔任軍團長，負責控管及組織我們的基地。那是一個我視為荒誕無理的機構，我竟成為握有大權的主控者之一。我猶豫了一陣子，然後接下這份工作。倘若拒絕，豈不是在這權勢對我迎面而來的絕佳時機自斷生路？同時，也等於拔除了扮演調解者的唯一機會。

在大危機發生前的那幾年，我做了一個決定，敵人皆嗤之以鼻，從未如此小看我。而這種反應，正是我當初一部分的算計。這麼一來，我阻斷了所有攻擊。我決定去希臘生活幾個月。政治，至少從表面看來，與這趟旅行一點關係也沒有。那是一趟享樂散心兼考察研究之旅：我帶回幾只精雕細琢的杯子，還有一些書籍送給普洛蒂娜。在我所擁有的各種官職頭銜中，我衷心歡喜接受的，就是這一個：我被任命為雅典的執政官。我給自己幾個月的時間，在當地工作，並享受簡單可口的佳餚，春季前往開滿銀蓮花的山丘散步，親切地撫摸光裸的大理石像。我去了喀羅尼亞，憑弔上古時代底比斯聖隊那些伴侶戰士；在普魯塔克家中作客兩日。我也曾擁有屬於自己的聖隊，但是，我時常這樣，總認為自己的人生經驗不如歷史事件動人。我在阿卡迪亞狩獵；在德爾斐祈禱。在歐羅塔斯河畔的斯巴達，牧羊人們教我吹笛，那是一首十分古老的曲調，宛如奇特的鳥啼。在墨伽拉附近，剛好遇上村民辦婚禮，徹夜狂歡；我和我的夥伴們大膽混入，與平民一起舞蹈；這在羅馬可是傷風敗俗，嚴厲禁止。

我們的罪行仍處處可見：馬穆斯摧毀的哥林多城牆廢墟，以及尼祿在那次引發公憤的旅行中策動掠劫雕像後，聖殿裡徒留的空缺。希臘榮景不再，維繫在一種氣氛中：沉思的優雅，清晰的細膩，冷靜的快樂。自演說家伊塞優斯的弟子初次聞到熱蜜的甜香、鹽和樹脂以來，這裡一點也

穿希臘長袍的哈德良（British Museum）

沒改變；整體而言，幾個世紀以來都沒改變。角力場上的細沙金黃如昔；菲迪亞斯和蘇格拉底已無法造訪，但在此練習的年輕人們仍如卡爾米德一般秀色可餐。有時，我覺得希臘精神似乎並未發揮到極致，如同前提已鋪陳妥當，卻缺一個能盡顯天資的驚人結論：大豐收尚未來到，陽光下成熟的麥穗和已收割的部分，與當初這片美麗大地埋藏的種子，厄琉息斯曾許諾的豐饒富庶相比，簡直小巫見大巫。甚至在蠻族勁敵薩爾馬特人的營地裡，我亦曾找到幾口端正的花瓶，一面飾有阿波羅像的鏡子，綻放希臘曦微，宛如雪地上蒼白的陽光。我隱約探覺一種可能性：將蠻族希臘化，將羅馬雅典化，導入這獨一無二的文明，將世界潛移默化。大約唯有這種文明，曾幾何時，已擺脫世間之醜怪、畸形與食古不化，為政治和美感定義出一種方法，一種理論。希臘人待人總有一抹淡淡的輕藐，即使他們的推崇誇讚熱烈如火，我亦始終有這種感受；但我並不覺得被冒犯，反而認為很自然。儘管我的名聲地位與他們有別，心裡卻清楚，我永遠不如一名愛琴海水手機靈，不如市集上某個草藥商見廣識博。我不惱怒，誠心接受這個驕傲人種有點目中無人的善意；准許這整支民族享有我總是對自己喜愛的對象讓步的特權。但是，為了讓希臘人有足夠的時間繼續演進，臻於完美，必須替他們營造幾個世紀的和平，安居樂業，以及和平所容許的謹慎自由。希臘仰賴我們，視我們為護衛；因為，畢竟我們號稱是他們的主宰。我心意已決，一定要守護這尊喪失武力的神。

我在敘利亞擔任總督一年後，圖拉真抵達安提阿與我會合。他來視察亞美尼亞遠征的計畫進度。依他的想法，這是進攻帕提亞帝國的序幕。普洛蒂娜像往常一樣陪他前來，同行的還有他的姪女瑪迪蒂，也就是我寬容大量的岳母；好幾年以來，她以女總管的身分隨皇帝赴前線軍營。我的宿敵塞蘇斯、帕爾馬、尼格里努斯仍居議會要職，主導國家政策。這一群人盤據宮中，只等戰爭開打。宮廷裡的鬥爭如火如荼。在戰事賭盤開擲第一把骰子之前，人人各懷鬼胎。

軍隊幾乎立刻出動，浩浩蕩蕩地朝北開拔。我目送他們遠離，等於同時揮別那群吵鬧不休的高官、野心分子和廢物。皇帝和隨從在科馬基尼停留了幾天，已開始慶祝勝利。東方小國的國王聚集在薩塔拉，爭相表明他們的赤膽忠心。若我是圖拉真，應該不會把未來寄託在他們的宣誓上。我的頭號政敵魯西烏斯．奎伊圖斯受封前哨隊指揮官，在一次重大的行軍途中，占領了凡湖沿岸地帶。美索不達米亞北方的區域本已被帕提亞人洗劫一空，手到擒來，易如反掌；奧斯若恩的國王亞伯加在以得撒歸順。冬天到了，皇帝回到安提阿宿營，準備春天再出發正式征服帕提亞；不過他早已下定決心，不接受任何和平解決可能。至此，一切按照他的計畫進行。終於能專心處理這場拖延了許久的冒險，這位六十四高齡的老人顯得年輕起來。

我對局勢的評估依然不樂觀。猶太人和阿拉伯人兩項變因做梗，戰事愈來愈棘手；軍隊經過行省時，當地大財主必須支付巨額開銷，導致他們忿忿不平；新開徵的稅賦讓各地城市皆吃不消。

皇帝回來後沒多久，一場災厄就發生了，也預示其他禍事的來臨：十二月某個深夜，一場地震瞬間摧毀四分之一個安提阿。圖拉真本身遭橫梁挫傷，卻仍英勇地照顧受傷者，他身邊有好幾人當場死亡。敘利亞那批莽民，等不及地在為天災尋找代罪羔羊。而皇帝竟推翻自己的包容原則，犯下大錯，放任他們屠殺一群基督徒。我本人對那個教派也無甚好感，但是，老人遭杖笞，孩童受酷刑，那些畫面令人難安，讓這個多災多難的冬天更加可憎。財源短缺，無法即刻修復震災，成千上萬的人無家可歸，只能就地露宿。我視察了幾趟，發現民間存在一股隱忍不滿，積怨暗恨；而這一切，宮中滿滿的高官權貴連想都沒想過。皇帝繼續在頹垣殘壁中為下一場仗做準備：砍下整片森林建造活動橋與浮橋，以便橫渡底格里斯河。他滿心歡喜地接受元老院頒下的各種新頭銜，等不及結束東方戰事，盡快凱旋回羅馬。稍有延遲，他便大發雷霆，憤怒欲狂。

安提阿這座宮殿為塞琉古人所建，而我為了向他致敬，親自布置（麻煩極了！），以銘文歌功頌德，豎立全副達西亞盔甲討他歡心。眼前這個在廳殿中焦躁來回的人，與二十年前在科隆軍營迎接我的那一位，判若兩人。甚至連他的節操都已老朽。以往，他那稍嫌笨拙的愉快樂觀背後，藏有一份真誠的善意，如今只不過是庸俗的例行公事。他的意志堅決變成冥頑不靈，即刻行動腳踏實地之本領變成全面拒絕思考。過去，他溫柔地與皇后相敬如賓，充滿關愛地糾正責備姪女瑪迪蒂，現在，這些都退化成老年人的依賴：而他依賴這兩位女性，對她們的建議卻愈來愈充耳不聞。御醫克里同擔心他的肝病，他自己卻不當一回事。他喜歡的事物始終缺乏藝術性，老來品味更低。身為皇帝，退朝之後，他恣意在軍營裡放蕩吃喝，找自己看得順眼或覺得俊美的年輕士兵做陪。然而，此舉茲事體大，後果嚴重：他縱情狂飲，身體卻不堪負荷；侍奉他的下人一批比一批粗鄙，都從被解放的奴隸中挑出，心術不正，操控宮廷，甚至參與我和他所有對話，然後轉述給我的政敵。白天，我只能在國事會議上見到皇帝，而他一心懸繫作戰計畫的細節，我從來沒機會自由發表意見。其他所有時間，他迴避任何單獨對談。酒喝多了，這個粗枝大葉的男人也耍起一系列粗陋的狡猾手段。以往那種多情善感不見了，如今他執意要我配合他的享樂品味：聒噪，狂笑，年輕人之間那種乏味至極的笑話，都使他龍心大悅；而且他用這種方法暗示我：現在不是談論正事的時候。他一直在製造機會，只等再多灌我一杯，卸除我的理智。廳裡的一切都圍著我旋轉，四周陳列的野蠻牛頭戰利品彷彿指著我的鼻子當面嘲笑。一甕喝完又一甕，飲酒歌此起彼落地唱開，要不就是某個的年輕侍從魅力十足的放肆大笑。皇帝撐在桌邊，手抖得愈發厲害了，他半真半假地陶醉酒鄉不出來，迷茫遠走，已踏上亞細亞征途，深深陷入自己的幻想裡……

不幸的是，那些幻想真的很美妙。同樣的夢想，曾經令我考慮放棄一切，越過高加索山，繼續往北，朝亞細亞挺進。這個癡念，總教年邁的皇帝午夜夢迴；而在他之前，亞歷山大大帝早已嘗過這種滋味，且大致完成了這個夢想，並在三十歲那年，懷抱著它死去。而這些偉大藍圖中最危險的部分，卻正是其中的智慧：凡人皆如此，滔滔不絕地搬出各種現實理由，只為一圓荒唐謬論，化不可能為可能。東方的問題已讓我們操煩了幾個世紀，難免叫人興起一次徹底解決的念頭。

我們與印度及神祕的絲綢國度之間的貿易，完全仰賴猶太商人和曾橫越帕提亞各處關卡和商路的阿拉伯探險家。一旦阿爾薩息斯騎兵隊那幅員遼闊又多變的帝國被夷為平地，我們就能與那一片富裕的世界直接接觸；對羅馬而言，終於統一後的亞細亞不過是另一個行省。埃及的亞歷山卓港是我們通往印度時，唯一不受帕提亞控制的出口。然而在亞歷山卓，我們同樣不斷遭遇猶太族群的苛求與反抗。若圖拉真遠征成功，我們將得以忽視那座不可靠的大城。但這許多理由從未說服我。若能訂下健全的通商協議，我會更高興；此外，我已窺見降低亞歷山卓重要性之可能，就是另在紅海附近建造一座希臘大城。後來，我建立了安提諾。我開始認識亞細亞這個複雜的世界。這個國度充滿更多樣，更根深蒂固的生活型態，此外，全世界的財富亦仰仗於此。在達西亞成功實行的那種單純的全面滅族計畫已經不合時宜。對我們而言，過了幼發拉底河後，隨即展開危險、幻象與風沙的國度：它使人陷落，道路往往不知所終。稍有差池，結果可能撼動威信，引來各種災禍：僅僅打勝仗還不夠，重點在於長期永遠的勝利；而為了實現這個目標，我們將耗盡國力。這已不是第一次了：某次，一個受過些許希臘文化薰陶的蠻族國王，打贏我們一場仗。那天當晚，他下令演出尤里庇德斯的《酒神女祭司》。一想起他們在舞臺上把克拉蘇的頭顱當成球似地傳來傳去，我就不寒而慄。圖拉真一心復仇雪恥，而我一心阻止他重蹈覆轍。我的預測每每頗為準確；此事並非不可能，畢竟我們已從現狀許多情況得知：贏得幾場無用的勝利後，就移調戍守其他邊界的軍隊，反而造成過度深入前線。皇帝來日不多，死時將是備極哀榮；而我們還有大段歲月要活，必須解決所有問題，撥亂反正。

凱撒寧可在一個小村稱王也不願在羅馬屈居副手，他是對的。不是因為野心，也非志在虛名，而是因為居次要地位者只能在服從、反抗，或更嚴重的共犯這三種風險之間做出選擇。在羅馬，我甚至連副手都不是。皇帝即將遠征，任務艱鉅多舛，但直到出發那一刻，他都尚未指定繼任人選：他每向前邁出一步，所有參謀首長就多一分機會。此時，在我眼中，這個幾乎天真無知的男人顯得比我自己還要複雜。唯一讓我安心的是他的魯莽粗野，這表示脾氣暴躁的皇帝仍把我當兒子對待。其他時候，我默默等著，一旦他不再需要我效力，我就會遭帕爾馬排擠，被奎伊圖斯消滅。我沒有實權，在安提阿的猶太公議會中，甚至沒有任何一位有力成員願意見我。他們跟我們一樣擔心猶太煽動分子強行反叛，如此一來，圖拉真將識破他們猶太同胞的陰謀。我的朋友拉提尼烏斯・亞歷山德出身小亞細亞一支古老皇族，威望與財富皆舉足輕重，而連他的建言也未受採納。小普林尼四年前被派往比提尼亞，在當地去世，來不及把詳細的民情與財務狀況向皇帝報告，想必是他那無可救藥的樂觀個性所致。呂基亞富商歐普拉摩阿斯熟知亞細亞事務，他的祕密報告卻遭帕爾馬恥笑嘲弄。那批奴才每在皇帝酩酊大醉的隔日，藉口他身體不恙，將我趕出皇帝寢宮。其中一個傳令兵名叫菲丁姆，這傢伙，他很誠實，但也很遲鈍，擺明跟我作對，曾有兩次將我拒絕於門外。可是，我的政敵執政官塞蘇斯某天晚上卻與圖拉真閉室密商多時。在那件事之後，我以為自己輸了。我盡力尋求同謀，用天價買通以前會被我爽快送上船服苦役的奴隸，我撫摸過數個噁心的捲髮腦袋。涅爾瓦的鑽石已黯淡無光。

就在這個時候，我最有智慧的守護女神出現了：普洛蒂娜。我跟皇后結識將近二十年。我們有著相同的出身背景，年紀也相仿。我曾見她泰然面對與我現況類似的逆境，當時她的未來甚至更渺茫。在我困難的時候，她亦曾不露痕跡地低調支持。不過，在安提阿這些不順心的日子裡，她的在場，一如後來她對我的器重，皆已變得不可或缺，而直到她去世，我對她的敬意始終未減。我習慣見到她的白衣身影，女性才有的樸素純淨；還有她的沉默，談話得體，只答不問，且永遠簡潔明確。在這座比羅馬榮光古老得多的宮殿裡，她的舉止沒有一絲不協調：這位新貴之女完全配得上塞琉古帝國。無論什麼事，我們兩人幾乎永遠意見一致。我們都熱衷於美化心靈，然後拋棄，喜歡用試金石考驗我們的心智。她偏愛伊比鳩魯派的哲學；那派學說立論的基礎雖然狹窄，但乾淨，我偶爾會將自己的想法鋪陳其上。各方神明之奧祕令我費解，她卻毫不掛懷；對於肉體，她也不如我那般瘋狂迷戀。她厭惡輕浮，因而貞潔；決心表現大器，並非天生寬容；她懂得適度保持戒心，但隨時願意交朋友，甚至接受朋友犯下難以避免的過錯。她決意為友情付出所有，全心投入，而我只有對愛情能做到這樣的地步。她比任何人都瞭解我，我讓她看見我對他人細心藏起的一面。比方說，我私下的懦弱膽怯。我願相信，她對我亦毫無隱瞞。我們之間從未存在親密的肉體關係，有的只是兩顆緊緊交纏的心靈。

我們的交情不需誓言鑿鑿、解釋或拘謹保留：事實足以證明一切。她觀察得比我仔細。迫於時下打扮風格，她編髮成辮；而那頭髮辮盤結之下，光滑的前額呈現法官的威嚴。她能記住芝麻小事，鉅細靡遺；從不像我那樣，猶豫不決或倉卒定論。她一眼就能從最隱密的角落揪出我的對手，冷酷且充滿智慧地評析我的盟友。事實上，我們是同謀，但再怎麼訓練有素的探子，也難以辨識我倆之間的協議暗號。在我面前，她從未粗枝大葉地抱怨皇帝，亦不曾不經意地數落或讚美。至於我，我對皇帝的一片忠心未曾遭受質疑。阿提安剛從羅馬趕來，加入我們的晤面，有時通宵長談，整夜不眠。但這位嬌弱女子堅毅沉著，似乎毫不倦累。她成功地讓我的前養父獲任私人顧問之職，藉此淘汰我的宿敵塞蘇斯。圖拉真或因多疑，或因找不到其他人選來代替我在後方支援的地位，便將我留在安提阿。我仰賴他們兩位，探聽所有官方公報上沒有發布的消息。萬一局勢惡化不可收拾，他們還有辦法集結一部分軍隊為我效忠。一位是患有痛風的老人，專程前來助我，一位是皇室女子，卻有著士兵般的耐性韌性；我的對頭們就連在餐桌上也得對付這樣的兩個人。

我目送他們遠離：皇帝騎在馬背上，穩健，平靜，令人讚嘆；女眷們由轎子擡著，緩緩向前；可畏對手魯西烏斯．奎伊圖斯的努米底亞尖兵隊夾雜在禁衛軍隊伍中。軍隊在幼發拉底河畔度過冬天，只待統帥抵達便踏上征途。帕提亞戰爭就此正式展開。初期捷報成果甘美。巴比倫被征服，軍隊跨過底格里斯河，泰西封已被攻下。一如既往，所有的一切，都向這位用兵如神的男子投降。阿拉伯的查拉塞尼亞國王宣布歸順，並為羅馬小型船隊敞開整段底格里斯河航道。皇帝在波斯灣內的喀拉塞港下船。他踏上了魂牽夢縈的海岸。我的擔憂未減，只是將憂慮如罪惡一般隱藏起來；

太早證實自己的判斷正確是一項錯誤。更甚的是，我也開始懷疑自己，我的疑慮恐怕是一種罪過，阻礙我們去承認一位熟知底細的人有多麼偉大。我忘了有些人能挪移命運之疆界，改寫歷史。我褻瀆了皇帝天神。留守後方，我憂心如焚。倘若，如此巧合，不可能的事發生了，我會不會被排除在外？此時要拿出智慧比任何事都困難，我多麼渴望重披薩馬爾特之役的戰袍，運用普洛蒂娜的影響力，讓自己再獲徵召上戰場。我嫉妒任何能在亞細亞征途上揚塵，能與波斯盔甲軍團肉搏的士兵。這一次，元老院表決通過，皇帝有權舉辦凱旋式，並且不只一場，而是終其一生皆可連續舉辦。我也盡了我該盡的義務：我安排了慶典，準備上卡修斯山頂祭祀。

突然間，這片東方大地上悶燒已久的星火一併爆發，處處燎原。猶太商人拒絕對塞琉古帝國賦稅；昔蘭尼立即隨之叛亂，東方族群屠殺希臘族群。從埃及運送麥糧到我軍的道路被一群耶路撒冷的狂熱派阻絕。在賽普勒斯，猶太暴民俘虜希臘和羅馬居民，強迫他們當格鬥士，自相殘殺。我總算維持住敘利亞的秩序，但發現蹲坐猶太會堂前的乞丐眼中燃著怒火，牽駝人肥厚的嘴唇上掛著沉默冷笑，一股不該出在我們頭上的怨恨直逼而來。猶太人和阿拉伯人起初有共同目標，反對任何威脅到他們的貿易，使心血毀於一旦的戰爭；但以色列趁機攪局，對抗容不下其宗教狂熱，特殊習俗及永不妥協的上帝，進而排擠他們的世界。皇帝匆忙趕回巴比倫，委任奎伊圖斯鎮壓暴動城市：昔蘭尼，以得撒，塞琉西亞，東方各希臘大城籠罩在火海之中，火燒商隊驛站或猶太區，懲罰他們在此密謀策劃叛變。後來，我去視察這些有待重建的城邦，走在廢墟斷柱之下，穿過一排排破碎殘缺的雕像。歐斯羅埃斯國王事先收買了那群叛徒，立刻發動攻擊。亞伯加則率兵起義，回到化為灰燼的以得撒。連亞美尼亞原是圖拉真所倚重的盟友，此時也借調兵力給叛軍。皇帝忽然深陷遼闊無比的戰場，腹背受敵。

冬日，他在哈特拉打了敗仗。那座堡壘位於沙漠中央，幾乎不可攻克，卻犧牲我軍幾千條性命。他的頑強愈來愈趨近於匹夫之勇：如風中殘燭之人，仍拒絕放手。透過普洛蒂娜，我知道，儘管曾經發作一次短暫癱瘓，圖拉真堅持不肯指定繼承人。倘若這位一心仿效亞歷山大的皇帝也在亞細亞某個不潔的角落因高燒或縱慾而死，外患將因內憂變得更加棘手；擁護我的成員，與塞蘇斯派和帕爾馬派之間將爆發一場殊死決戰。突然間，風聲音訊幾乎全面中止；皇帝與我之間那一絲微弱的溝通管道已被努米底亞匪徒把持。就在那個時期，我首次請醫生在我胸前以紅墨水標出心臟的位置：為萬一做最壞的打算，絕不活著落入魯西烏斯．奎伊圖斯手中。我的職務本已繁重，如今又加上維繫各島嶼及邊境行省和平此一難事。然而，白天裡工作得精疲力盡，與漫漫長夜失眠相比算不上什麼。關於帝國的所有難題一次湧上，折磨我，而其中又以我自身的問題最為沉重。我想掌權。我想擁有權力，以便強制推行我的藍圖，試驗我的解決方案，恢復和平關係。我亟欲握有大權，主要是為了在死去之前做自己。

當時，我年近四十。要是我在此時倒下，那麼，我將不過是一串高官姓名中的一個，頂多是一行希臘文銘刻，紀念我曾躋身雅典執政官之列。從那時起，每當我看見有人在盛年殞落，眾人皆以為能確實論其功過，就提醒自己：在這個歲數，只有在自己與幾位朋友的眼中，我才算數，而他們有時勢必也會懷疑我的能力，正如同我懷疑他們一般。我領悟了：僅有少數人能在死去前實現自我，於是我用比較慈悲的態度去評價他們未完成的功業。我老是糾結於人生失意的可能性，思緒困在某個點上動彈不得，如一顆腫囊就此札根。我垂涎權勢之程度好比對愛情的渴望，只要某些儀式尚未完成，戀人就吃不下，睡不著，無法思考，甚至無法去愛。當我無權以主宰的身分做出影響未來的決定時，再如何急迫的任務似乎皆是白費力氣；我需要確保登上大位，才能重拾利益眾生之願。安提阿這座宮殿對我來說宛如監獄，甚或是一座死囚之獄；雖然後來我在此度過了幾年迷亂的幸福生活。我暗中四處求神問卦：阿蒙朱庇特，卡絲塔麗亞，多利庫思宙斯。我請來東方賢士，甚至從安提阿大牢中找來一個要被釘上十字架的罪犯，讓一名巫師當著我的面切開他的喉嚨，只求他的靈魂在生死之間漂浮之際，替我揭示未來。算這個卑賤的傢伙走運逃過一劫，不用遭受更緩慢的死亡，但問題仍然無解。夜裡，我沿著這座宮殿的大小廳堂，漫無目的地遊蕩，走過一格格窗洞，一座座陽臺，牆面上滿布地震留下的裂痕，天文學家處處在石板上書寫計算，詢問天上閃動的星子。然而，未來的兆象，需在大地上找尋。

皇帝終於從哈特拉拔營，決定再次橫渡幼發拉底河；早知道的話，他永遠不該做這項嘗試。天候已酷熱難耐，帕提亞的弓箭手又使這趟艱辛的歸途火上澆油。五月一個灼熱的傍晚，我出城門外，前往歐朗提斯河畔，迎接那一小隊飽受高燒之苦，心力交瘁的人馬：染疾的皇帝，阿提安及女眷們。圖拉真堅持一路騎馬直至宮殿門前，搖搖欲墜。死亡陰影籠罩之下，這個生命力旺盛的男人變得比任何人都多。克里同與瑪迪蒂扶他爬上階梯，攙他躺下，隨侍在側。阿提安和普洛蒂娜將短信中不及詳述的戰況講給我聽。其中一段令我深深感動，從此在我個人記憶與象徵中占據了絕無僅有的地位。皇帝疲憊至極，一抵達喀拉塞後就走到海灘，面對波斯灣的暗潮洶湧，席地而坐。那時，他對勝利仍有把握，但是生平第一次，他深受世界之大所脅迫，並生出時不我予，處處受限之感。斗大的淚珠沿著老人布滿皺紋的臉頰滾落，而人們原以為他無血無淚。首領統帥已將羅馬鷹旗帶至未曾探索之岸，卻徹悟自己永遠無法航行那片魂牽夢縈的海洋：印度，巴克特里亞，讓他在千里之外醉心不已的幽黯東方，對他而言，仍然徒具空名，止於夢想。不利的消息頻傳，迫使他在翌日即刻離開。於是，每當命運向我說不時，我便憶起某個晚上，遙遠的海岸邊，那個流淚的老人：或許，那是他第一次正視自己的人生。

隔天早上，我前往皇帝寢殿。對他，我懷抱著子女之敬意，手足之情誼。這個男人德高望重，一生為麾下每個士兵設身處地，與他們共享一切，卻孤寂落寞而終：他纏綿病榻，仍滔滔不絕研擬各項偉大的作戰藍圖，然而已引不起任何人的興趣。一如往常，他的言語簡短唐突，使想法失色不少；他極為艱難地吐字，跟我談論羅馬為他籌備的凱旋式。他否認失敗，就像也否認死亡一樣。兩天後，他再度發病。我再度焦慮地找阿提安和普洛蒂娜祕密會商。多虧皇后的遠見，我忠心的養父老友一路晉升，官拜權高位重的禁衛軍總長，於是皇家禁衛隊將聽從我們指揮。瑪迪蒂守在重病皇帝的寢殿，寸步不離，幸好她對我們忠心耿耿。此外，這位單純溫良的女子對普洛蒂娜百依百順。然而，我們誰也不敢提醒皇帝繼承者的問題仍是懸案。或許，他和亞歷山大大帝一樣，早已決定不親自指派繼承人；或許他對奎伊圖斯的黨派已做出一些只有他自己知道的承諾。更單純的說法是，他拒絕面對人生的終點：在許多家族裡，經常看到頑固的老人去世之前不立遺囑。對他們而言，這倒不是為了緊守珍貴寶物，或自己的帝國直至最後一刻，儘管痲木無感的手指已不聽話地鬆脫大半；而是不想太早進入死後的狀態，默認自己不需要再做任何決定，不能再引發絲毫驚異，對活著的人們不再具有威脅亦無法再許出承諾。我同情他：大多數曾施行絕對權力者，在臨終時，都拚命尋找孺子可教的繼承人，以確保做事方法相同，甚至犯錯也相同。然而我們兩人的差別實在太大，從我身上難以看出那溫馴繼承人的影子。然而，在他周圍的人群中，卻連一個能領導國家的人也沒有。他唯一能選的是我，才不至於背離人民忠僕與偉大國君之義務。這位凡事評價公職表現的元首可說被迫接受我。而且，他也有非常好的理由可以恨我。漸漸的，他的健康有了點起色，多了些元氣，能離開房間。他常說要展開一場新戰役，但其實自己並不相信能成真。他的醫生克里同擔心他耐不住酷熱，終於說服他決定返回羅馬。回義大利亞的旅途走水路，出發前一晚，他召我上船，命我代替他擔任軍團統帥。他已承諾到這樣的地步。然而，最重要的一步仍沒做。

命令如此，我卻反其道而行，但一切暗中進行。我立即開始與歐斯羅埃斯磋商和平事宜。我抱著極可能不再需要對皇帝報告的心態，孤注一擲。不出十天，一名信差抵達，將我從半夜中驚醒。我立即認出：那是一名普洛蒂娜的心腹。他帶來兩封信。第一封是官方文件，通知我圖拉真受不了海洋波盪，已在塞利努斯下船，病情嚴重，下榻於一名商人的屋宅。第二封信則是密件，對我宣告他的死訊。普洛蒂娜向我保證盡量隱瞞這個消息，讓我享有特權，成為第一個知道的人。我做好萬全措施，確保敘利亞駐防軍隊無虞，便立即動身前往塞利努斯。才剛上路不久，就接獲另一封書信，正式宣布皇帝駕崩。他的遺囑剛由可靠的信使送回羅馬，內容指定我為繼承人。十年來熱切夢想、計劃、討論或閉口不談的一切，凝縮成一則兩行字的訊息：那細緻的女性字跡，是一隻堅定的手以希臘文寫成。阿提安在塞利努斯的碼頭迎接我，他是第一個以皇帝頭銜尊稱我的人。

而就在此處，從病患下船到去世那一刻期間，發生了一連串事件，我始終無法窺得其真貌，儘管這是我命運從此奠基之處。阿提安和女眷們在那名商人屋裡度過的那幾天，永遠地決定了我的人生；但是關於他們那幾天發生的事，一如後來，關於尼羅河畔的那個午後，正因為我執意全部獲悉，結果，落得一無所知。在羅馬，總會有那麼一個愛道人長短的好事者，對我人生這幾段章節發表意見，其實我是整個事件中知道最少的人。我的政敵們指控普洛蒂娜趁皇帝臨終時意識不清，要那垂死之人寥寥寫下幾個字將皇權轉讓給我。毀謗中最不堪者甚至繪聲繪影描述床幔，朦朧的燈火，克里同醫師模仿死者的聲音，唸出圖拉真的臨終遺願。有人拿菲丁姆大做文章：那個痛恨我的傳令兵，沒被我的朋黨買通封口，在主人去世的隔天，極為湊巧地死於一場詭異的高燒。這些兇殘粗暴，詭計多端的畫面，總是能刺激想像，甚至我自己也是。我並不討厭一小群正直人士竟能為了我而犯罪，甚或皇后因對我一片忠心而一步步陷得那麼深。她清楚時局，知道若不做明確的決定，國家將出現什麼樣的危險。我有足夠的榮幸去相信，在智慧、常識、大眾利益及友誼的推波助瀾之下，她或許接受要設下一個必須的騙局。我一開始就取得了那份政敵們交相嚴厲質疑的文件：我本人無法針對一個病人遺言的真假做出宣判。當然，我寧願假設圖拉真在死去前放下了個人成見，誠心誠意將皇位傳給他認為最稱職的人。不過，我還是必須承認，在這件事上，對我來說，結果比手段重要：重點在於掌權者接下來能證明他當之無愧。

我抵達後沒多久，屍體便在岸邊火化，盛大的凱旋葬禮日後將在羅馬舉行。而這場黎明時分的極簡儀式，幾乎沒有人參加，亦只不過是女眷們為圖拉真的人身盡最後一份緩長的居家照護。瑪迪蒂痛哭流涕，熱淚不止；柴火周圍氣流顫動，模糊了視覺，看不清普洛蒂娜的表情。她平靜、漠然，因發燒而顯得些許削瘦；一如往常，冷冷地難以捉摸。阿提安和克里同仔細注意著屍體是否燃燒得宜。清晨泛白無影的空中，一陣輕煙消散。這幾位朋友，誰也沒再提起皇帝死前幾天裡發生了什麼事。他們口徑一致，很顯然的，就是三緘其口；而我所要遵循的則是別問危險的問題。

當天，寡后一行人立即啟程航向羅馬。我回安提阿，沿途接受各軍團的歡呼喝采。一種異常的冷靜占據我整個人：野心與恐懼彷彿一場過去的惡夢。我早就下定決心，無論發生什麼，永遠要盡全力捍衛我登基為皇的機會；不過，取得養子身分之後，一切變得簡單。我掛念的不再是自己的人生，而是能重新為人人著想。

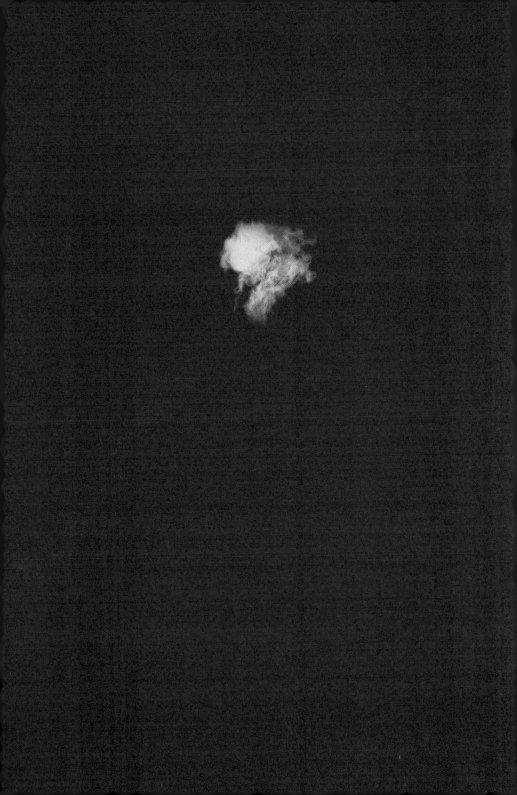

鞏固江山

TELLUS STABILITA

我的人生已步上軌道，但帝國尚未平穩順利。我所繼承的世界彷彿一名正值盛年的男子，身子還很健壯，儘管從醫生的眼光看來，已出現些許不易察覺的損耗。不過這個男人剛經歷一場大病，受盡痙攣折磨。從此後，正大光明的，協商重新展開；我四處散播消息，號稱是圖拉真去世之前所親自叮囑。我將危險的出征計畫一筆勾銷：不僅針對我們無法維繫掌握的美索不達米亞地區，還有過於偏遠的亞美尼亞，只視之為附庸國。這段期間遭遇兩、三項困難；倘若主要關係國覺得拉長時間有利可圖，和平會議之舉行本可能延宕好幾年；結果，靠著受各波斯總督府信任的殷商歐普拉摩阿斯從中交際斡旋，難題全部消弭。我試著把用於戰場的激昂熱情放進外交會談；我強迫和平發生。此外，會談伙伴對和平的渴望不次於我：帕提亞人一心夢想重啟他們的商道，在印度與我國之間居中貿易。重大危機後不到幾個月，我欣喜地看見駱駝商隊重現歐朗提斯河岸；商販們再度聚集各地綠洲，就著傍晚爐火的火光談論時事，每天早晨則裝載貨品，同時帶上我國的一部分思想、文字和風俗習慣，運往陌生的國度。這一切將一點一滴占領地球，比邁步向前的軍團更可靠。黃金之流通，想法之傳播，好比血管中微妙的維生氣體，在遼闊的世界內部重生循環；大地的脈搏再度跳動。

動亂的熱潮亦隨之冷卻。在埃及，暴動曾經激烈得來不及等支援部隊趕到，需要緊急訓練當地農民組成自衛隊。我立即指派與我志同道合的馬爾西烏斯·杜爾波前去重建秩序，他亦施展了極具智慧的魄力。然而，對我而言，整頓好市街秩序僅達成一半目標；可能的話，我希望能整修人心。或者這麼說更妥當：希望秩序能前有未有地主宰一切。我在培琉喜安姆待了一星期，光忙著在希臘與猶太這兩支永遠不能彼此相容的種族之間調停。原本想一睹為快卻什麼也沒看到：尼羅河畔，亞歷山卓博物館，或神廟中的雕像皆然。好不容易找到空檔，在克諾珀斯放蕩享樂，度過一個愉快的夜晚。六個漫漫長日都在悶熱的法庭度過；為了隔絕戶外的熱氣，牆上掛了一幅幅長簾，迎風碰撞，喀喀作響。夜裡，體積碩大的蚊子繞著燈火嗡嗡打轉。我試著讓希臘人明白他們並非永遠最有智慧；讓猶太人知道他們一點也不是最純正的人種。低俗的希臘人為了擾敵哼唱的諷刺歌謠，其實和猶太人的詛咒經文同樣愚蠢。幾個世紀以來，這兩個種族對門而居，卻從來沒有意願去互相瞭解，也沒有雅量接受彼此。纏訟至深夜才精疲力盡離去的訴訟人，隔天一大早又來到我庭上，只見我還在忙著整理一大疊垃圾偽證：號稱被刀刃刺死的屍體，為取信於我而擡上前來，卻經常其實是從薰屍人那裡偷來的死去病患。然而暫時平息下來的每一個小時都是一場勝仗，並像所有勝仗一般不牢靠。每一場判定的官司都開一個先例，替未來做擔保。我不太在乎取得的協議流於表面化，被外力強行介入，甚或極可能曇花一現。我很清楚：好壞榮枯皆世事常態，一時可以千秋，滴水可以穿石，而面具戴久了，也就變成了臉。既然仇恨，愚蠢，瘋癲的作用能長期持續，我看不出睿智、公正與善心為何不能。若我不能說服那些賣舊貨的猶太人與賣醃豬肉的希臘人為佳鄰，和平相處，邊界上的秩序皆是空談。

和平是我的目標，但絕非我崇拜之事；「理想」這個字眼我亦不喜歡，因為離現實太遠。我曾幻想徹底實行拒絕侵占征服的理念，放棄達西亞；而要是先前我能冷靜地直接中斷前任皇帝的政策，應該真的會這麼做。不過，較好的做法，還是盡可能聰慧地運用這些前朝留下的成果，而且是已寫進歷史的成果。在這個新收編的外省擔當第一任總督的是令人讚佩的尤利烏斯·巴蘇斯，過勞而死。想當年，在薩爾馬特邊境，我也必須不眠不休地安撫一個本以為已經歸順的國家，也差一點崩潰，死於這項不計功勞沒有榮耀的工作。我為他在羅馬舉行了凱旋葬禮，通常只有皇帝有此殊榮。向一位默默犧牲的好公僕致上最高敬意，是我對侵略政策間接發動的最終抗議。既然我已成為主宰，能直接中止計畫，就沒有必要高調披露政策的缺失。另一方面，由於魯西烏斯·奎伊圖斯的奸細作祟，醞釀禍端，導致茅利塔尼亞的局勢必須進行一場軍事鎮壓；不過倒不需要我即刻上陣。同樣的，在不列顛，為因應亞細亞戰爭，我國軍隊退守；邊界駐防兵力不足，慘遭喀里多尼亞人趁虛而入，大肆屠殺。尤利烏斯·塞維魯斯火速補救處理，並等我安排好羅馬的事務，以便展開這趟路程遙遠的旅行。但是，當時我一心想親自了結懸而未決的薩爾馬特戰爭，往該地集結足夠的軍隊，消弭蠻族強奪豪取的惡行。因為，無論在薩爾馬特或其他任何地方，我拒絕屈就一成不變的做法。在單用協商不足以解決的狀況下，我認可戰爭是一種達成和平的手段；就好比醫生在試過各種較簡單的辦法後，仍不得已決定使用燒灼器。人類的事務如此複雜，以至於，在我的和平統治下，依然有戰爭；正如一位偉大的統帥，喜也好，惡也罷，一生中總得經歷幾次和平插曲。

身穿軍裝的哈德良（Louvre）

前往北方了斷解決薩爾馬特的衝突之前，我與奎伊圖斯見了一面。對這名昔蘭尼屠城劊子手，我仍不可掉以輕心。我第一步是解散他的努米底亞尖兵隊；但他仍保有元老院的席位，常備軍團中的職務及那一大片西方沙漠，隨他的心意，要拿來當跳板或避難所都可以。他邀我去密細亞狩獵，到了森林深處，精心假造一場意外；若我運氣稍背或身手不夠敏捷，必然命喪他手。但是，最好假裝絲毫未有起疑之心，耐心，等候。不久之後，在下莫西亞，我的前養父以密碼寫成一封書信，告訴我奎伊圖斯匆忙趕回羅馬，剛和帕爾馬勾結洽談。在那個時期，薩爾馬特君王已歸順降服，我可以考慮即刻動身趕回義大利亞。我們的政敵正在鞏固勢力，籌組軍隊。只要這兩個人一天與我們作對，我們的安全就有顧慮。我寫信給阿提安，請他盡快因應。老人家出手狠準，如雷電霹靂。他僭越我的指令，一口氣替我拔除所有公開與我為敵的餘孽。同一天，間隔不到幾個小時，塞蘇斯在拜伊被處決；帕爾馬在他位於特拉奇納的別莊受刑，尼格里努斯則死於他在法凡提亞的行樂宮門前。奎伊圖斯在路途中遇害：當時他與同謀密商完畢，一腳剛踏上準備載他回城的馬車。恐怖浪潮席捲羅馬。塞爾維安，我那老古董般的姊夫，表面上對我的鴻運當頭無話可說，卻貪婪地期待我未來踏錯的每一步。想必他感到了一股喜悅湧上心頭，或許是一輩子最稱心如意的快感。所有加諸於我身上的流言蜚語聽起來皆頗為可信。

得知這些消息時，我正在駛回義大利亞的船艦上，大為驚愕。心頭大患已除，總算鬆了一口氣，的確舒服；但是養父對自己行為的後患無窮，流露出一種老人的無所謂心態：他忘了我必須背負這些謀殺的後果再生活二十幾年。我想到屋大維，他下令的幾次驅逐事件成為奧古斯都回憶錄上的汙點。我亦想到尼祿最初輕犯幾個罪過，後來引發一連串罪行。我記起圖密善的晚年，那個平庸的男人其實並不比其他人糟，但飽受恐懼催殘折磨，逐漸不成人形，死在宮中的模樣宛如一隻林中被圍獵的獸。我的公開生活已經脫離我的掌握：歷史的第一行，深深地刻下我再也無法抹滅的字句。元老院那個龐大組織軟弱怕事，然而一旦受到逼迫，就變得強勢有力；他們永遠不會忘記有四名成員在我的命令下被草率處死。結果，三名謀反分子和一個兇殘的莽夫竟成了殉難犧牲者。我立即召喚阿提安前來布林迪西與我會合，為他的舉動提出解釋。

他在港口旁一間客棧等我，那個房間面朝東方，詩人維吉爾卒逝於此。阿提安痛風發作，步履蹣跚，前來門口迎接。只待眾人退去，剩下我們兩人單獨相處，我立即大發雷霆，嚴加斥責：我一心想經營一個溫和守分的模範朝代，如今卻從四起處決案展開，而其中只有一件無可避免；這樣的做法太危險，沒有先營造出合法性，過於輕忽大意。而無論我接下來寬大為懷，陰險多疑還是公正不阿，這次的濫用職權必將成為眾矢之的；人們將藉此證明我所謂的美德只不過一連串假面具，然後替我打造一則庸俗的暴君傳說，直到歷史完結那天都擺脫不掉。我坦承恐懼，覺得自己擺脫不了殘暴，也擺脫不掉其他人性之過，我同意罪過只會一錯再錯的老生常談，而一旦染過鮮血，終生被視為禽獸。在我眼中曾經那樣忠心不二的老友堪稱膽大放肆，自以為抓住了我的弱點；打著為我效忠的名義，他趁此機會解決了與尼格里努斯及帕爾馬的私人恩怨。他破壞了我的和平大業，替我迎來一趟最糟糕的羅馬歸程。

老人請求賜座，將纏了繃帶的腿擱在一張圓凳上。我一面高談闊論，一面為這隻瘸腿蓋上毯子。他由著我，面帶笑容，彷彿文法教師聆聽學生流利背誦一段艱難的課文。等我說完，他沉著地問我原本打算如何對付那些政敵。假如真的需要，他也能提出這四個男人密謀刺殺我的證據；畢竟殺了我對他們都有好處。所有改朝換代必然招致肅清行動；他自願扛下，保住我的清白。倘若輿論非要有人犧牲，再簡單也不過：只需革除他禁衛軍總長的職務即可。他已預想到這步棋，建議我就這麼做。如果為了與元老院達成妥協還需要表現更多誠意，他甚至願意被貶謫或流放。

阿提安擔任我的監護人，是我哄騙金錢的對象，時局艱困時，他是我的顧問，忠心的官員；然而，第一次，我仔細地端詳這張雙頰下垂，精心梳理乾淨的臉；他的雙手已扭曲變形，靜靜地交叉疊在一根烏木手杖的圓柄上。對於他飛黃騰達的一生，我知道不少細節：他的妻子身體孱弱，需要照顧，是他的摯愛；女兒皆已出嫁，他對孫子們抱著有節制卻又頑強的雄心，正如他對自己一樣；他喜歡精緻美食，明顯愛好希臘玉石浮雕與年輕女舞者。而他把我置於這一切之上，三十年來，他最掛心的事就是保護我，為我效忠。與其說我喜歡自己，不如說是喜歡自己的想法、計畫，或頂多憧憬自己未來的形象；因此，人與人之間這樣平凡的誠心誠意，對我而言顯得不可思議，深不可測。沒有人值得如此對待，我至今仍百思不解。我聽從他的建議，將他革職。他那淺淺的微笑明白告訴我：他早就等著自己的說法被兌現。他很清楚，時機不對，儘管對老友有再多關心，也不會阻止我採用最有利的對策；這位心思細膩的政治人物正希望我如此。毋須過分誇張他失勢多久：在他黯然淡出幾個月後，我成功讓他躋身元老院。對這位騎士階級出身的男人，這是我所能給予的最高榮譽。他的晚年寬裕，享受羅馬騎士的財富；由於熟知各家族人脈，精通時事政務，擁有充沛的影響力。我經常受邀去他位於阿爾班山上的莊園作客。這一切又如何？在回羅馬之前，我曾如亞歷山大大帝在出戰前夕那樣，向恐懼獻上祭禮：被我犧牲的人之中，連阿提安也算在內。

阿提安所料不錯：若缺少些許畏懼合成，尊敬這塊純金的質地將過分柔軟。四名執政官的血案和偽造遺囑的事情一樣：性情正直的，心地善良的，皆不願相信我涉入其中；犬儒派假想更糟的情節，卻也因而更加敬佩我。人們發現我並不記恨追究，羅馬隨即恢復平靜。人人得以安心，喜悅之餘，很快地就忘了死去的那幾人。我的敦厚贏得驚喜讚嘆，因為人們認定那是我每天早上刻意且自願的選擇，寧可展現溫和而不輕易暴力相向。人們讚揚我單純，因為他們以為這其中必有算計。圖拉真擁有大多數平凡美德，我的德行則較出人意表，稍加想像，可能被視為一種精心美化的邪念。我仍是以前的我，但是昔日受輕視的部分如今變得甘美：我處處講究禮節，這種態度曾被粗野的人們當成軟弱，甚或懦弱；現在看起來則像一把內藏勢力的光滑刀鞘。面對哀求乞討者，我耐心十足；我常到軍醫院探視病患；對返鄉回家的老兵，我親切和藹；這一切皆被吹捧上天，但其實與我一生對待家僕和佃農的方式並無差別。我們每個人所擁有的美德比想像的多，但只有在功成名就之後，這些美德才會被凸顯；或許這是因為人們預期，成功之後，我們就不會再繼續遵守這些德行。人們要等到驚訝地發現統領世界之主宰者並非一味愚蠢地無血無淚，才肯承認自己最醜陋的缺點。

我拒絕了所有頭銜。執政後第一個月，在我不知情的狀況下，元老院用了一長串榮耀美稱來為我錦上添花，好比一條流蘇披巾，緊緊圈圍在某些皇帝的脖子上。達西亞的，帕提亞的，日耳曼的：圖拉真生前喜歡那些戰曲的壯麗喧騰，也愛帕提亞王朝的鑼鼓鈸鐃。這些音色在他身上引發迴響，給他共鳴，對我卻只造成刺激侵擾，讓我昏悶耳鳴。我下令取消這一切，並暫時婉拒了「祖國之父」這樣崇高的名銜。這個稱號，當初奧古斯都直到執政晚期才願接受，而我自認尚不夠資格。凱旋式亦是同樣的道理：我唯一的功勞即在結束戰爭，同意為戰爭慶賀，豈不可笑？將我的推辭視為謙虛之舉的人與責備我驕傲自矜的人都錯了。我的盤算並不著重於造成他人良好觀感，而在於給自身帶來好處。我希望我的威望純屬個人，緊緊依附於我，能立即評量出我的思緒多麼敏捷，威力多大，完成了多少項目。頭銜，要來的話，日後總會來；其他名號，見證較不為人知的勝利，我還擔當不起。目前，我還有許多事要努力，才能成為，或盡可能名副其實，當之無愧的，做為哈德良。

人們指控我不愛羅馬。然而，在國家與我互相試探彼此的這兩年，這座城顯得很美：窄巷小徑，熱鬧擁擠的廣場，暗肉色的紅磚。從東方和希臘歸來，再見羅馬，城市卻染上一種陌生的面貌，堪令一個土生土長的羅馬人認不出來。我重新適應此處潮濕又漫天煤灰的冬季；習慣它阿非利加般的夏天，僅能仰賴蒂沃利的瀑布及阿爾班的湖水來添點涼爽。還有羅馬人民，幾乎粗鄙如鄉下人，眼界只及於羅馬七丘；但他們憑著野心勃勃，利益的誘惑，以及征戰及奴役制度的偶然成果，逐漸與世界所有種族匯聚一堂：刺青的黑人，毛茸茸的日耳曼族，纖瘦的希臘人及壯碩的東方人。我拋開事事講究的束縛，在平民使用時段前往大眾浴場，並學著忍受競技表演——在此之前，在我眼中那些只是野蠻且揮霍浪費的比賽。我的想法並未改變，我討厭這種野獸完全沒有贏面的屠殺。然而漸漸的，我察覺這些活動具有典儀價值，對未經教化的群眾產生悲劇般的淨化效果。我希望節慶盛大豪華，媲美圖拉真時期，但要更具藝術性與禮儀。我強迫自己欣賞格鬥士精準的劍術，前提是沒有人被強迫選擇從事這一行。我學著從競賽場高高的看臺上透過傳令官與群眾交涉，一定恭恭敬敬請他們安靜，如此他們也會對我有百倍敬意；此外什麼也不要答應他們，除非他們有權合理期待；一定要說明原因，否則也不能輕易拒絕他們。我不像你，我沒把書本帶進皇家包廂：無視於他人的喜悅，對他們是一種侮辱。若表演令我噁心，練習努力忍耐，對我來說，比閱讀愛比克泰德更有價值。

道德是一種私人操守，分寸是公眾事務。所有炫耀的行為總讓我覺得庸俗至極。我禁止混浴，那是爭吵打鬥不斷的原因；貪食的維提里烏斯所鑄造的巨大銀盤，我也下令熔化歸還國庫。前朝幾位冠名凱撒的皇帝都得了個圖謀繼承正統的可厭名聲，我給自己訂下規矩，無論為國家或我個人，不同意任何遺贈，以免直接繼承人認為取得理所當然。我試圖減少皇家宅院中過多的奴隸人數，尤其要節制他們的厚顏狗膽，竟敢與上層階級的人平起平坐，甚至偶爾還加以恫嚇。一天，一名家僕對元老出言不遜，我立即命人掌嘴。我對紊亂無序恨之入骨，甚至不惜在競技場鞭打那些沉迷賭博的浪蕩子。為了避免混淆體統，我堅持在城裡公開場所穿托加長袍，以及有紫紅緞帶的元老服。與所有榮耀的事情一樣，這些服飾並不方便，我只在羅馬強迫自己這麼做。接見友人時，我一定起身；演講時全程站立，不贊同坐臥姿所流露的隨便態度。我下令減少城裡多得荒唐的車輛，它們占滿街道，原想奢享便捷，卻反深受其害：因為比起沿著神聖大道接踵排列的百部車輛，行人徒步的速度反而超前。出門拜訪時，我習慣乘轎，直接擡入受訪者的私宅，省去主人走出戶外，在羅馬的烈日下或狂暴的風中等候我到來。

我與親族團聚。對姊姊寶琳娜，我始終保有幾許親情；塞爾維安似乎不像以前那般討厭可憎。我的岳母瑪迪蒂從東方回來，已現絕症的初期病徵，我費心舉辦些簡樸的小宴會，排遣她的病痛之苦，沒有惡意地用一小杯酒灌醉這位純真如少女的婦人。我的妻子又犯心情不佳的毛病，隱避到鄉間。她雖不在場，家族親友間的歡樂卻絲毫不減。在所有人當中，我最無法取悅的就是她，但我沒盡多少努力也是真的。我常去前皇后的小宅院。守寡之後，她一心一意，細細品味沉思與閱讀的真趣。接待我的，每每是普洛蒂娜全然的沉默。她緩緩隱退；一天天過去，那花園，明亮的廳房，益發像一座繆思女神的園地，有如仙后的神廟。她的友情依舊嚴苛，不過仔細想想，她的嚴苛都深具道理。

我和朋友見面，體會到久別重逢，另眼看人及被刮目相看的美妙愉悅。昔日一起享樂一起研讀文典的同窗，維克多．沃可尼烏斯去世了，我負責替他撰寫追悼詞。我在提及亡者的美德時，宣稱他貞潔無暇，但他本人的詩作卻正好完全駁斥這一點，而且，被維克多生前稱為「甜美折磨」，一頭蜜色捲髮的泰斯提里斯也出席了葬禮。聽我如此說法，眾人皆面露微笑。我的虛偽並非如表面看來那般露骨：所有具品味的逸樂，對我而言都是純潔。我將羅馬當成一幢屋宅來布局，使屋主能安心離開，不擔心房舍因他不在而受損。新的合作夥伴證明了他們的能耐，歸順的政敵與昔時共患難的盟友在帕拉提諾山丘共進晚餐。內拉提烏斯．普利史庫斯在我桌上草擬立法計畫；阿波羅多洛斯也為大家講解他的建築圖樣；家財萬貫的貴族凱歐尼烏斯．康茂德出身伊特魯里亞地區的古老世家，說是具有皇家血統也不為過。他精通美酒，識人準確，與我結盟，一起為我在元老院的下一次動作而努力。

他的兒子路奇烏斯當時剛滿十八歲。小王子樂天愛笑，為我原本希望莊嚴隆重的餐宴增添不少活潑氣氛。這孩子已染上某些荒謬又絕妙的癖好：熱愛為朋友料理珍饈佳餚，極致講究花卉裝飾，瘋狂迷戀賭博與變裝。在他心目中，詩人馬提亞爾的地位有如維吉爾，他常吟誦那些淫穢的詩句，無恥放蕩得令人著迷。我許下不少承諾，結果深受其擾。這個活躍舞動的青春牧神占據我六個月的生命。

後來幾年，我經常在見不到路奇烏斯的人影，以及再次相見之間度過，我腦海中的他還是那個由記憶片段交疊出的形象，恐怕與他短暫人生中的任何時期都不相符。他是羅馬風尚有點傲慢的評判者；或剛起步的演說家，怯生生地試探幾種修辭風格，遇到困難時徵詢我的意見；又是眉頭深鎖的年輕軍官，蹂躪著他僅有的幾綹鬍鬚；也是那個我徹夜守在床頭，照料至臨終，咳得全身顫動的病人。但這些都是很後來的事了。少年路奇烏斯的形象始終藏在我記憶的祕密深處：他的臉龐，他的身軀，白裡泛紅的肌膚如大理石般晶瑩剔透，完全化身為卡利馬科斯的情詩及史特拉頓幾行優美素樸的句子。

但我急於離開羅馬。我執掌帝國之前，羅馬皇帝若不在城內，主要都是因為身在沙場；然而，我的鴻圖大志，和平行動，以及人生，也開始要打破羅馬藩籬往外拓展。

還剩一件事情需留心處理：舉辦圖拉真病榻中魂牽夢縈的凱旋式。一場只能為亡者存在的慶典。活著的時候，總有人來指責我們的弱點，如凱撒的禿頭與情史即備受批評。然而死者卻有權享受陵墓落成典禮，長達幾小時的豪華喧鬧，幾個世紀的榮耀，與數千年後終至湮滅淡忘。死人的運勢災厄不侵，即使吃了敗仗，亦能華麗地高奏凱歌。圖拉真的最後一場凱旋式並非要慶賀在帕提亞多少令人存疑的功勳，而是紀念他一生崇高的努力。我們所有人聚集在一起，追思自奧古斯都晚年以來最優秀，最認真不懈，最正直，最少不公不義的羅馬皇帝。他的缺點不過就是那些特點了，讓人能認出大理石半身頭像雕塑得多麼相像完美。環繞著昂然屹立的圖拉真柱向上延伸，皇帝的靈魂升天。我的養父取得神格，與眾多永恆戰神的化身同列：這些人物，一個世紀又一個世紀，下凡來製造動盪，創新世界。站在帕拉提諾山的高臺上，我評估我們之間的差異，我要讓自己朝更平靜的終點而去。我開始夢想擁有奧林帕斯神界的太平盛世。

羅馬不再局限於羅馬城中，它必須滅亡，或從此與半個世界旗鼓相當。那一座座屋頂，露臺，高高低低的屋宅如小島浮沉，在金黃夕陽照耀之下染成無比美麗的瑰紅色，已不似王政時期，只能膽戰心驚地用城牆圍起，我親自在日耳曼森林邊緣和不列顛荒原修築了一大部分長城。每次，轉過某條陽光大道，遠遠望見一座希臘式衛城要塞及其所防護的城市，完美如一朵花，依傍著山丘，宛若草莖頂上的花萼；我總覺得這株無與倫比植物的生長已臻極致，成就於時空的某個點，某個段落。以植物而言，唯一的擴張機會是種子：希臘播下思想的種子，豐饒了全世界。相形之下，羅馬笨重，尚未成器，徒然空泛地沿著河畔平原蔓生，卻不斷尋求更大的成長，於是，城邦變成了國家。可能的話，我亦希望國家更強大，擴及全世界，萬事萬物。對一座七丘小城而言，羅馬已具備充足的優點，但若欲施加於整個地球，則要更具彈性與多元變化。羅馬，我大膽地第一個宣稱它永垂不朽；它愈來愈像亞細亞崇拜中的大地母神，能孕育子孫，物產豐收，且將猛獅及成群蜜蜂都守護在懷裡。然而，任何號稱永恆的人造物都必須配合大自然多變的節奏，與星辰運行同步。我們羅馬不再是老伊凡德時代的鄉野小鎮，是早已邁入未來的大都；共和時期的羅馬以四處劫掠為角色；在早期幾位君王的統治之下，這座瘋狂的首都有溫和下來的趨勢。日後將出現其他型態的羅馬，現在我難以想像它們的面貌，但必將貢獻一己之力塑造其形象。有些城市年代古遠，神聖，卻已歷經變革，對現今的人類而言已喪失價值。參觀這些地方的時候，我每每暗下決心，必盡力避免我的羅馬走上底比斯、巴比倫或泰爾的石化命運。它將掙脫石磚的軀殼，由國家、公民與共和精神等字眼築成，擁有更牢靠的不死靈魂。在那些尚未開化的國度，如萊因河，多瑙河，或巴塔維亞沿海，每座以木柵防護的村落總讓我想起：蘆葦小茅屋裡，我們的羅馬孿生兄弟曾睡在堆肥爛葉上，吸吮母狼的乳頭。這些未來的大城將成為另一個羅馬：在各國與種族之上，於它們地理與歷史的機緣巧合，神祇或先祖的不同要求，我們不斷地累積堆疊，加諸一統的人類行為與經驗的經驗論，卻毋須破壞之前既存的一切。羅馬可能附身於任何小城市，萬世流傳；那兒的法官努力檢查商販是否偷斤減兩，清掃並照明當地街巷，對抗無序混亂、漫不經心、恐懼、不公，理智地重新詮釋所有法律。羅馬將與人類最後一個城邦共存亡。

「人道，幸福，自由」，這幾個美麗的詞語鑄在我執政時期的貨幣上。那不是我自創出來的：任何一位希臘哲人，幾乎每個有文化素養的羅馬人，對於世界的想像都與我一樣。我曾聽見圖拉

哈德良在位期間的貨幣（Cabinet des Médailles, Paris）

真在面對一則過於嚴苛導致結果不公平的法條時，疾呼這條罰則早已不合時宜。然而，針對所謂的合乎時宜，特意以此為目標，決定所有行動，不視之為哲學家的飄渺夢想或仁善國君有點空洞的願景；或許我是第一人。我感謝諸神賜我活在這個時代，讓我扛起謹慎重組一個世界的大任，而非從一團混沌不明中抽絲剝繭，萃取某種畸形怪狀的材料，或枕靠在一具屍體上，試圖讓他重生。我慶幸羅馬的過去夠長，能為我們提供範例，卻不致沉重得將我們壓垮；我們的技術發展已具水準，保持城市衛生不是難事，人民富足，但不至於遭無用之物拖累；我們的藝術宛如一棵棵大樹，產量極為豐盛，因而露出些許疲態，但尚能結出幾種甜美的果實。我欣慰我們可敬的宗教尚未成形，濾除了所有的強硬不妥協及野蠻的儀式，神祕地將我們與人類及地球最遠古的幻夢結合，卻未禁止以世俗的方式去解釋事物現象，或理智看待人類的行為。最後，我很高興人道、自由和幸福這些字眼尚未因過度謬用，而喪失它們的價值。

我看到所有改善人類生存環境的努力都遭遇這樣一股反對聲浪：也許人類根本不配享有。不過，我毫不費力地將這項異議排拒在外：只要卡利古拉的夢想依然不可能實現，只要全體人類並未被一併視為可隨意砍下的頭顱，我們就該去包容這些努力，納為己有，利用它來達成我們的目的；而為得到真正的好處，當然應該大力支持。我習慣以一系列對自己的長期觀察為依據：凡清楚透徹的解釋都能說服我，彬彬有禮的態度皆能打動我，幸福幾乎永遠教我從善如流。而當人們善意勸說：幸福令人心煩，自由使人鬆懈，人道腐化人道施行的對象；我總當作耳邊風。的確有可能，但是，在世界運作正常的狀態下，這種說法好比拒絕適度餵食一個孱瘦的人，理由是怕他在幾年後罹患血液過多症。每當要盡力減少無用的奴役，避免不必要的不幸時，彷彿為了考驗人類的堅忍情操，世界總真的發生一連串長長的災厄，死亡，老去，絕症，苦苦暗戀，友情遭拒絕或背叛，人生庸庸碌碌，比我們的計畫規模短小，較我們的幻想黯淡；總之，事物的天賦本質就是要帶來不幸。

我必須承認：我幾乎不信律法。法律太嚴，人們動輒觸犯，理直氣壯。法律太複雜，而狡黠的人總能在這張脆弱的恢恢法網中鑽漏洞，穿梭自如。尊崇古代律法之舉反映出人類最深刻的虔敬之心，同時也亦被麻木不仁的法官拿來當墊背，高枕無憂。最古早的法規頗具野蠻特質，而野蠻正是律法努力矯正的重點，但當中最受敬仰的始終仍是武力下的產物。或許值得慶幸：我們大部分的刑法只實施於一小群罪犯；我們的民法從來不夠靈活，無法適應事物寬廣遼闊的層面和行雲流水般的變化。法律演進的速度不如風俗，跟不上腳步已構成危險，若居然還想迎頭趕上引領風俗，就只有更加危險。不過，從一堆危險的創新或陳舊的例行公事中，就像醫學的發展那樣，這裡一點，那裡一點的，倒也浮現出幾帖有效的藥方。經過希臘哲人的教導，我們對人的本質有了比較清楚的認識。幾個世代以來，我們最優秀的法學家朝符合眾人共識的方向努力。我本人也實施過部分改革，恰是碩果僅存的幾項。凡太經常被觸犯的法律皆是惡法，應交由立法機構廢除或修改，以防人們對這項瘋狂命令的反感輕蔑擴散到其他公平的法律上。我給自己訂定的目標是謹慎排除多餘的條款，僅留一小批經過睿智決定後才頒布的規章。以人類利益為考量，重新評估舊有法規的時刻似乎已到來。

有一天，在西班牙的塔拉戈納附近，我獨自參觀一座半荒廢的採礦場。有一名奴隸算是長命，在這些地道裡度過了大半輩子。他持刀向我撲來。這一點也不欠邏輯：他要為自己四十三年的奴役向皇帝討一個公道。我輕易地卸下他的武器，把他交給我的醫生。他的怒氣消了，變回本來面目：沒有比其他人不理智，卻比許多人更忠誠。假若蠻橫執法，這名罪犯早已當場被處死；但他成了我一名有用的僕人。大部分人都與這名奴隸無異：平時太過服從，長期痲木遲鈍，只零星點綴幾次突兀而無用的反抗。我想知道適度管理的自由是否會帶來更多好處，卻訝異地發現沒有幾位君王做過這樣的嘗試。對我而言，這名被判在礦坑工作的蠻族成為我國所有奴隸，所有蠻族的象徵。我覺得以對待這名男子的方式來對待他們，以仁德感化，讓他們不再具有攻擊性，並非不可能；只要先讓他們對卸除武裝的那隻手感到安心。在此之前，所有人民皆因主政者缺乏氣度而喪命：斯巴達王國本可存活更久，若他們當初能令黑勞士感受到國家續存的好處。阿特拉斯總有一天會放棄扛負天下的重責大任，而他的反抗將撼動大地。我真希望那一刻愈晚到來愈好，可以的話，避免真有那麼一天，蠻族從外奴隸從內，猛烈攻擊一個要求他們留在遠處尊崇，壓低身段服侍，卻不與他們共享利益的世界。我決心讓最一無所有的貧苦窮人，無論是清掃汙水坑的奴隸，或徘徊邊界上饑腸轆轆的蠻族，都看到羅馬續存的好處。

我懷疑世界上的各派哲學思想真的能消滅奴隸制度：頂多只是換個名稱罷了。我能想像各種比我們更陰險狡詐，因而更加不堪的奴役形式：或將人類變成愚蠢不求上進的機器，其實被操縱控制還自以為自由；或摒除娛樂與享受，僅培養他們追求工作的喜好，瘋狂熱衷，一如蠻族之好戰。比起這類精神上或人類想像上的奴役，我們這種實際的奴役還好一點。無論如何，迫使一個人屈從於另一個人，這種醜惡可憎的狀態必須小心地受法律控制。我警惕地注意，不讓奴隸繼續被當成沒有名字的商品販賣，罔顧其家族親戚；也不要法官輕視他，不接受他信誓旦旦的證詞，只記下他屈打成招後的話語。我禁止強迫奴隸從事不名譽或危險的工作，將他們賣給妓院老闆或格鬥士學校。但願去做這些事的人都喜歡這份職業，那麼，事情只會做得更好。在農地裡，管理者經常濫用職權，我盡可能用自由移民來替換奴隸。我國的稗官野史裡處處記載著老饕拿奴隸肉餵養海鱔的事蹟；不過駭人聽聞及千夫所指的犯罪還可懲罰，相較於鐵石心腸的富人平日習以為常地犯下千萬種獸行，卻無人問津擔憂，反而不算什麼。有一名家財萬貫，德高望重的貴婦虐待老邁家奴，我將她逐出羅馬，引來叫嚷抗議；的確，任何一個棄殘老父母於不顧的不孝子都更叫人震驚；但在我眼中，這兩種沒人性的作為沒有什麼差別。

女性的境況由奇怪的風俗界定：她們既被奴役又受保護，脆弱又強勢，太被輕視又過度受尊敬。在這樣混沌而互相矛盾的習俗中，社會行為與自然天性自是難以區分，更且交錯重疊。然而，無論哪一方面，這樣混淆不清的情況其實比表面上安定得多：整體而言，女性只想讓自己維持現狀，不為變化所動，甚或利用變化來達成她們一成不變的目的。比起古時候，今日的女性自由多了，至少明顯多了，而這只不過是繁榮盛世裡生活較輕鬆的表現；原則，甚至昔時的偏見，皆未曾真的受到動搖。無論真誠與否，官方讚辭及墓碑上的文字持續讚美我們的婦女勤勉、堅貞、莊重，一切仍是共和時期對女性的要求。這些真真假假的變化一點也沒改變小老百姓一貫放縱的習性，也改變不了資產階級永不鬆懈的謹慎。唯有時間能證明哪些改變將恆常持久。女性的弱點與奴隸的一樣，都敗在社會所賦予他們的合法地位。她們將力氣報復到各種小事上：在那些事情上，她們的權力幾乎無止境。我極少見到不由女人當家的屋宅，也經常看見管家、廚子或被解放的奴隸獨攬大權。財務方面，於法她們要受到某種監護；實際上，在蘇布拉的每間小舖裡，賣雞鴨的或水果的老闆娘大搖大擺地坐鎮櫃檯是常有的事。阿提安的妻子掌管家財，手法高明聰穎，不遜於優秀的商人。法律應該盡可能不背離現實：我擴大女性理財的自由，可為自己的財富立遺囑，亦可繼承。我堅持不可未經本人同意即進行婚事：這種合法的強暴無異於任何強暴，皆令人唾棄。婚姻是女性的終身大事，當然要在心甘情願的狀態下定案才合理。

我們的惡，部分肇因於可恥的富人和潦倒無助的窮人太多。值得欣慰的是，如今，這兩個極端之間已建立一種平衡：皇帝與被解放的奴隸坐擁鉅產的時代已過去，特里馬奇翁與尼祿皆已死去。不過，一切仍有待整頓，以求世界經濟巧妙重組。掌權之後，我放棄各城市自願進貢給皇帝的獻禮：中飽私囊不過是變相的偷竊。我建議你也要放棄。全面取消私人欠給國家的債務極為冒險，但在十年的戰爭經濟後，重零開始確實有其必要。一個世紀以來，我們的貨幣危險地疲軟頹弱，然而，羅馬之永垂不朽全憑金幣的匯率來評量，因此，我們有責任讓貨幣的價值及重量貼切地反應實際物價。我們的土地耕耘隨意散漫：只有幾個比較幸運的地區，埃及、阿非利加、托斯卡尼亞和另幾處地方懂得如何以農業維生，有技巧地耕作小麥或葡萄。我所關切的一大議題即在支持這個階層，從中培養技術人員，教導較原始，較墨守成規，或較笨拙的村民。許多大財主不為眾人著想，任憑農地荒廢休耕，我終結了這種陋習。從此以後，凡超過五年未耕種的田地都屬於願意負責用它生產的勞動者。礦採的開發亦比照辦理。我國多數富人捐出鉅款，獻給國家，公家機關及君王。其中很多人這麼做純為私利，少數幾人出於美德，但最終幾乎所有人都各有所收獲。但是，我希望看見他們用其他形式展現慷慨，而非炫耀施捨；希望教育他們以正當手段增加財富，為群體利益著想，就像他們為了自己孩子的富足所做的事情那樣。我本人亦秉持這種精神來掌管皇室，不允許任何人對土地一毛不拔，像守財奴守著儲金盆。

有時候，商人是我國最優秀的地理學者，天文學家，最有學問的博物學者。而銀行家堪稱識人最有一套。我利用他們這些特別的本領，但也盡全力抗阻侵占吞食之事。給予船家保護支援後，與國外的貿易增加了十倍，我因此不用花大錢去補強所費不貲的皇家艦隊，這主要關乎東方與阿非利加之貨物進口。義大利亞是一座孤島，自從難以自給自足以來，需仰賴小麥掮客來維繫糧食庫存。要避免這種狀況所造成的風險，唯一的辦法，就是將這些不可或缺的生意人封為官員，嚴加監視。近幾年，我們早期設立的行省已繁榮鼎盛，也許還能再更上層樓。然而重要的是，這些繁華的成果必須大家共享，而非只成就赫羅狄斯．阿提庫斯的銀行庫，或買斷一座希臘村莊所有橄欖油的那個小投機販子。任何法律，只要能減少在我們城市鑽爬的無數仲介者，多麼嚴峻皆不為過：那群人腦滿腸肥，猥瑣淫邪，倚在每一座櫃檯前交頭接耳，準備破壞所有對他們沒有即時好處的政策。將國有糧倉審慎分配，有助於遏止荒年時糧價不當暴漲。但我尤其冀望生產者自行組織安排，如高盧的葡萄酒農和攸克辛海的漁夫：後者連一點點勉強可溫飽的收入亦遭進口魚子醬及鹹魚的商人剝削，還必須冒著危險為他們辛苦工作。有一天，堪稱我一生中極美妙的一天，我說服群島的水手聯合起來成立行會，直接與各大城市的店家接洽交易。身為一國之君，我從來沒覺得自己這麼有用過。

軍隊經常以為和平只是一段無所事事的時期，在兩次戰役之間空轉；以為按兵不動與混亂動盪之轉換其實是為準備一場非打不可的仗，然後上戰場。我破除這種一成不變的做法，不斷巡視前哨。此乃眾多手段之一，為使這支溫和的軍隊維持可用的機動狀態。無論在平原或山地，森林邊緣或荒漠之中，散布開來或集中一區，軍團皆以同樣的方式駐紮營隊，布署工事，在科隆搭木棚以抵抗風雪，在隆貝西斯建木屋以防沙塵暴。軍火倉庫裡無用的器材我已下令變賣，軍官處所都需尊奉一君主雕像，共同服膺領導。但這種整齊劃一的規格僅是表象，在這些可輪替調換的軍營裡，進駐的大批輔助部隊其實都不一樣。每一個種族都為軍隊帶來特有的強項、武器，以及少年兵、騎士或弓箭手的身手本領。在統一的面貌下保有多元本質，這正是我追尋的帝國目標。我允許士兵使用他們祖國的戰呼，以他們的母語發號施令；我批准老兵與蠻族女子結婚，承認其子女之合法性。藉由這種方式，我致力和緩軍營裡野蠻的生活，把這些單純的人當成人類看待。冒著他們因有牽掛而不夠機動的風險，我打算讓他們對正在捍衛的這方土地產生歸屬感，不惜將軍隊在地化。我希望以帝國的規模，重建相當於共和政體早期的民兵制度，讓每個人守護自己的田地家園。我特別用心鑽研，提升軍團的技術效率；我打算利用這些軍事中心，把它們當成提升文明教化的槓桿，從一個夠穩當的區塊，逐步介入謀生方式已脆弱鈍化的公民生活。軍隊成為一條連結線，串連居住於森林，大草原及沼澤區的民族與城市裡講究的居民；充當學校，給予蠻族基礎教育，教導有文化的希臘人，或習慣了羅馬優渥生活的年輕騎士堅毅與責任。我親身體驗過生活辛苦的一面，也嘗過其輕鬆安逸及狡詐欺瞞。我取消特權，禁止軍官請假過度頻繁；我撤除軍營中的宴會廳、康樂站及花費龐大的花園。這些空出來的建築成為傷殘老兵的醫務站和收容所。我們徵召士兵入伍時他們太稚嫩，允許退伍時已太年邁，這既不敷成本又殘酷無情。我改變了這一切。奧古斯都紀律應為當代人道思維盡一份力量。

我們皆是國家的公僕，不是帝王。曾有一天，有個婦人前來訴怨，我拒絕把她的話聽完，她怒吼高喊，表示若我沒時間聽她說話，就不會有時間治理國家。她是對的。我搬出的藉口並不純正。然而，時間真的不夠：帝國疆域愈大，各方面的權責就愈集中在身為公僕的首長手裡。這個忙碌的人非得把部分工作分攤出去不可，他的天賦才能將愈來愈取決於身邊圍繞的要員是否可信。克勞狄烏斯和尼祿之罪惡在於怠惰，任由被解放的奴隸或奴僕強行擔任吏員、幕僚和代表主人發言的角色。在我的生活及差旅中，一大部分時間用於從一批新進官僚中挑選行政首長，訓練他們，針對各職務之所需，審慎搭配最適當的人才，為國家所倚賴的中堅階級開啟善盡用人的可能。

民兵部隊有何危險，我看得出來，一語即可道盡：容易淪為因循苟且的機構。若不加以留意，這些幾世紀前即已架設的齒輪將失序脫軌。主事者應不斷調校其運轉，預估並著手修補磨損之處。但是，經驗證明，儘管我們奉獻無限心力去挑選繼承人，庸才皇帝仍占多數，一個世紀至少會出現一名理智失常的統治者。在國家出現危機的時期，這些井然有序的官員將能繼續操忙重要的基本事務，彌補代理，直到下一個睿智的君王出現；而這段時間偶爾會拖得極長。某些皇帝喜歡招搖，身後跟著脖子上套了枷鎖的蠻族，一望無際的俘虜隊伍。而我親自養成的菁英官員獻給我的是另一列隊伍：元首顧問團。多虧了顧問團成員，我能安心離開羅馬好幾年，回來也只是短暫停留。我與顧問們飛書往來，危急時上信號臺發送訊息。他們亦自行栽培了有用的助手。這支能幹的團隊是我的傑作，他們的勝任表現，讓我能前往他處努力；而未來，也讓我在離世赴死時不致太憂心掛懷。

二十年的執政期間，我有十二年居無定所。我住過亞細亞商人的宮殿，希臘人莊重樸素的屋宅，高盧人設有浴池及附暖氣設備的羅馬莊園，茅屋或農村。用布料與繩索搭建的輕便帳棚依舊是我最喜愛的建物。搭乘過的船艦種類比起陸上住所之多樣毫不遜色：我自己的船艦上有座健身房和一間書房，但我極度提防任何固定僵化的形式，故無法心繫於哪一種居所，即便可移動者亦然。某敘利亞百萬富翁的遊憩船舫，艦隊船身高大的帆船，或希臘漁夫狹長輕舟，對我來說皆一樣舒適合宜。唯一的奢侈享受是速度，以及所有帶來速度的一切：最優良的馬匹，架設得最平衡的車廂，最輕便的行囊，最合乎氣候的衣著配飾。但首先，最重要的資產是健康完美的身體：硬著頭皮走上二十里格也不當一回事，整夜失眠僅被視為思考之邀約。少有人喜歡長時間旅行，一切習慣時時受破壞干擾，所有成見不斷受到動搖。但我努力修為，不讓自己帶任何成見，僅染上少許習慣。我愛用舒適美妙的厚床墊，卻也喜歡觸踏大地，聞嗅泥土的氣味，讚賞世界的每個區塊不盡均等。我天生愛好變化多端的飲食，不列顛的燕麥糊或阿非利加的西瓜皆來者不拒。有一天，我甚至嘗了某些日耳曼平民奉為美食的半腐野味。我吐了，但總算體驗過。我對愛情的偏好有強烈的主見，擔心連這方面都一成不變。我的隨從人數有限，只保留必要或機敏伶俐的，絕少將我與世界隔絕。我注意保持行動自由，平易近人。

羅馬帝國的行省，那些遼闊的官方屬地，每一處的象徵標誌都由我親自挑選：不列顛棲在巨石堆上，達西亞則用它的彎刀表現。對我來說，每一個行省皆獨特：或是我遍尋遮蔭的森林，曾汲水飲用的井，或駐足時偶然相遇的人們，熟識的，甚或深愛過的面孔。我走過我國每一條路的每一里，那或許是羅馬給大地最美的獻禮。然而，最難忘的時刻卻在於，當大道止於峻嶺陡坡，只得攀爬一道又一道壁縫，一塊又一塊岩石，終於登上庇里牛斯或阿爾卑斯的某座山頂迎接第一道曙光。

在我之前，早已有人曾遍遊大地：畢達哥拉斯，柏拉圖，十來位先哲，外加不少探險家。但史上頭一遭，旅人同時具有一國之君的身分，擁有完全的自由，能去觀賞、改造、創建。這是天賜良機，我有所領悟：下一次，職位、個性與天地風光要再遇上如此幸運圓滿的結合，或許得等上好幾個世紀。於是，我發現拋開過去重新做人的好處：做一個孑然一身的人，婚姻極少束縛，無子嗣，幾乎無祖先，如同僅把綺色佳島擺在心中的尤里西斯。在此必須坦承一件我未曾告訴任何人的事：我從未對任何地方有過完全的歸屬感，連我心儀的雅典，甚或羅馬，都沒有。我在每個地方都是異鄉客，但卻無一處讓我感覺自己是外人。旅途中，我從事各種專業，而那都算是皇帝的部分職責：我又過起軍旅生活，如同套上一件愈穿愈舒服的舊衣。我再次講軍營裡的語言，毫無困難：這裡說的拉丁文受各種蠻族語擠壓而變得不三不四，動不動就要帶幾句咒罵與露骨輕挑的玩笑。我重新適應了在行動的日子裡攜帶笨重裝備，以及當左手持重盾時，整個身體為保持平衡都必須承受的重心移轉。而無論到何處，或查核亞細亞行省之帳目，或某個不列顛小鎮為建造一座公共浴場而揹舉之債務，沒完沒了的會計工作更逼得我喘不過氣。至於法官這個角色我已經提過了。我腦海中浮現其他某些職務的相似性：家家戶戶去看病的行腳醫生；被喚去修馬路或接水管的道路工人；從甲板的這頭跑到那頭，為操槳手們打氣，卻盡量不使用長鞭的監工。而今天，在莊園的露臺上，看著奴隸修剪果樹樹枝或鏟鋤花壇裡的雜草，我又想起來來回回、全神貫注的園丁。

我並不擔心隨我出巡的工匠，他們對旅行的喜好並不亞於我；反倒是文官有些麻煩。腓拉更不可或缺，缺點是像個老太婆；卻也是唯一歷經風霜撐過來的史記官，直到現在尚未退休。詩人弗羅魯斯，我賜他拉丁文史記官一職，他則處處嚷嚷，說他才不想當凱撒，不想忍受塞西亞的酷寒及不列顛的冷雨。他對長途徒步健行亦不感興趣。至於我，我很樂意讓他擁有羅馬文人的美妙生活，去小酒館結交文友，每晚分享同樣的華麗詞藻，相親相愛地任同樣的蚊子叮咬。我給蘇埃托尼烏斯檔案管理人之官職，賜他閱讀機密文獻的機會，以完成他的凱撒傳記。這個被稱為冷靜者特朗奎魯斯的傢伙聰慧狡黠，你只能想像他待在圖書館裡的模樣。他也留在羅馬，後來成為我妻子的一名親信，屬於那一小群憤世嫉俗的保守派，經常聚集在她宮中，批評世事時局。這群人令我十分不喜，我命令特朗奎魯斯退休，他回薩比尼山老家的小寓所，不受干擾，靜靜遙想提庇留的罪行。法沃里努斯曾有一段時間在希臘擔任書記官，這個聲音尖細的矮子倒還有幾分品味。在我遇過的人當中，他的思想謬誤的程度數一數二；我們經常爭吵，但他的學識淵博頗令我著迷。我以捉弄他的疑病症為樂，以致他把身體健康當成寵愛的情婦一般呵護。他的印度僕人拿高價從東方買來的米替他煮飯。可惜的是，這位異國廚師的希臘語說得極差，又不會說其他語言，絲毫無法告訴我他家鄉的事。法沃里努斯自誇這一生成就了三件頗為稀罕之事：身為高盧人，他希臘化的程度比任何人更徹底；一介草民，卻能與皇帝爭論不休，且並未因此而過得較差：這項特質可說完全是為我加分。最後，明明無能不舉，卻不斷因與已婚女子通姦支付罰金。的確，外省那些仰慕他的女子給他造成不少困擾，不只一次，我不得不出手搭救。我對他終究倦乏。歐德蒙取代了他的地位。不過，整體而言，很奇妙的，我得到了很好的對待。天知道是怎麼回事，經過旅途中難免摩擦的親密相處，這一小群友人部下並未忘記保持敬重。更令人驚訝的不是他們的忠誠，而是他們真有可能謹守分際。未來，蘇埃托尼烏斯之輩將幾乎蒐集不到關於我的野史軼事。我人生中為大眾所知的部分，皆已親自披露。至於政治上與其他方面，都有朋友幫我保密；不過，公平地說，我也經常為他們做同樣的事。

大興土木實乃與大地合作：是在一幅風景中置入人類的記號，從此永遠改變了風景；亦是為城市生命緩慢的演化做一點貢獻。為找出一座橋或一座噴泉最適當的位置，為了賦予一條山路最短又最完美的曲線，所耗費的是數不盡的心力……墨伽拉大道的拓寬工程將斯基隆岩石區的景觀改頭換面；長達兩千斯塔德之遠的石板路，加上堡壘及軍事哨站，連接安提諾和紅海；從此，沙漠自危險的時代進入安全的時代。花費亞細亞五百座城的所有稅收來建造特洛阿德的水道系統並不為過；從這種角度來看，迦太基的水道算是彌補了布匿戰爭的殘酷艱苦。基本上，樹立防禦工事與建造堤防是同一件事：找出能防衛一片堤岸或一個帝國的那條線，能消弭、阻攔、粉碎波浪或蠻族攻勢的那個點。挖沙造港即是豐饒海灣之美。興建圖書館，更相當於建造公共穀倉，聚集存糧，用以度過心靈之冬：透過某些徵兆，儘管非我所願，我仍預見這寒冬必將到來。我非常喜歡重建：那是與時間合作，面對其過去之面貌，掌握或改變其精神，且藉此當作跳板，邁向一個更長遠的未來。那像是翻開大石塊，找到源泉之祕密。

人生苦短：我們不斷談論過去或將接替我們的世紀，彷彿它們完全跟我們無關；然而，在我的戲法裡，我以石頭來接觸連結。我築起的長城上，曾觸摸城牆的逝者體溫猶存，尚未誕生的雙手也將輕撫這些圓柱柱身。愈沉思冥想死亡，自己的，尤其是他人的死亡，我就愈想試圖讓我們的生命，多出一些完全亡滅不了的延長。在羅馬，我喜愛使用恆久不壞的磚。磚誕生於大地，回歸大地的速度極為緩慢。雖經肉眼難見的下沉或風化分解，磚所留下的遺跡龐然依舊，儘管外觀已看不出是堡壘、競技場或一座墳。在希臘和亞細亞，我使用原產大理石。這美麗的素材一經動手雕刻，即忠實地保留人類的尺度，神殿的藍圖得以完整地保存在每一塊鼓形柱段的殘骸裡。

建築充滿可能性，比維特魯威所能變換的四種柱式更多采多姿。我們的大規模建設，一如我國的音樂調性，可以變化出無止境的組合。為了建造萬神殿，我回溯到古老的伊特魯里亞時期，那個有各種算命師及內臟占卜師的時期；相反的，維納斯的祭壇，在陽光下流露愛奧尼亞式的圓潤風格，運用大量雪白及玫瑰色石柱，環繞在性感豐腴的女神周圍，凱撒一族由此而生。雅典的奧林帕斯主神宙斯神廟造來與帕德嫩神廟形成精確平衡：一個坐落於平原，另一個聳立於丘陵；

一個占地遼闊，另一個則完美無缺。熾熱激昂對祥和寧靜屈膝，光輝燦爛拜倒於經典之美。紀念安提諾烏斯的小教堂及神廟，魔幻的房間，連繫生死的神祕通道，痛苦及幸福交纏得令人窒息的祈禱室，皆是禱告與召喚逝者之處：我在此專注於我的悲傷。我的墳墓位於臺伯河岸，以巨大的尺寸重現亞壁大道上的古墓穴，但過大的比例使之變形，令人想到泰西封、巴比倫，還有它們的大露臺及高塔：爬上去，人就離星星近一些。衣冠塚裡方尖碑羅列，並開闢一條條斯芬克斯雕像小徑，這些埃及陵墓風格迫使隱約有敵意的羅馬永遠緬懷我那引人無限哀思的密友。莊園是旅程之墳，是游牧者最終駐紮之處，雖以大理石建造，卻相當於亞細亞諸君王的營帳屋篷。此處幾乎包含所有我們願意嘗試的品味，因而已跨進形狀之殿堂。且看色彩的世界：深海一般的碧玉綠，細密如肌膚的斑岩，玄武岩，暗沉的黑曜石。鮮紅的帷幔掛毯搭配精巧的刺繡，一幅比一幅精采；牆面或路面的拼花永遠不嫌金碧輝煌，雪白，或深暗。每塊石材都奇特地具體實現一份意志，一段紀念，有時，是一項艱鉅任務。每座建物皆代表一幅夢想藍圖。

普洛蒂諾波利斯，哈德良堡，安提諾，哈德良獵城……我盡力為人類增建巢穴。水管工人與石匠，工程師與建築師，他們主導這些城市之誕生；建造過程中另需藉助一些卜測地下水源的天賦。當大半個世界猶為樹林、沙漠及荒原所占據，眼見一條鋪上石板的小路，一座神廟，無論廟裡供奉哪一位神明；公共浴池與茅坑，商店之中理髮師傅與客人談論羅馬的時事，糕餅舖、鞋店甚或書攤，醫生招牌，一座劇場，偶爾上演幾齣泰倫提烏斯的喜劇：城市風景確實賞心悅目。國內有些講究細節的人抱怨這些城市過於統一，受不了在每一個地方遇見同一個皇帝的雕像和同樣的水管。他們大錯特錯：尼姆之美與阿爾勒之美截然不同。然而遍布三座大陸的這種整齊劃一宛如里程碑，令滿足旅人的需求不致忐忑。我們的城邦，即使是最乏味的幾座，亦有其引人之處：是可靠的驛站、崗哨或避風港。城市這種格局，人為的建設，要說單調亦無不可，但其單調如蜂巢，一格一格裝滿香甜的蜜液；城市亦是接觸交流之處，農民前來販售產物，流連忘返，張著嘴呆望柱廊下的畫作……我建造城市的同時催生各種相遇：我與大地一角之相遇，皇帝治國藍圖與我個人生命事件的接連。建造普洛蒂諾波利斯雖起於在色雷斯有開設新的農產集散地的需求，然而亦有褒揚普洛蒂娜的淡淡渴望。哈德良獵城用來當作小亞細亞林區居民的海外商行；但起初，那是我的夏日避暑去處，森林裡獵物豐富；阿提斯丘陵山腳下，有粗製原木蓋成的打獵小屋，還有淘淘瀑流經過，供我們每天早晨皆來沐浴。哈德良堡位於伊庇魯斯，為貧窮的行省重新開張一座都會中心，是昔日一次參訪多多納祭壇求神諭之結果。哈德良堡是座農業軍事城，戰略地位重要，戍守蠻族區域邊緣，居民為曾參與薩爾馬特戰爭的老兵。我熟知他們每一個人的強項與弱點，姓名，服役年數及身上的傷痕。最珍貴的安提諾於不幸發生之處誕生，介於岩壁與河流之間，縮擠在一段乾旱的狹長土地上。我一心想用更多其他辦法來豐饒它，如與印度貿易，河運，希臘大城的智慧優雅。世界上，沒有一個地方更令我不願重返，也少有地方讓我如此費心。這是一座綿延不盡的列柱之城。為了神廟入口及凱旋門上的雕像，我與安提諾的總督菲度斯．阿奇拉公文往來多次；我為城市的各區與村社命名，它們各有明顯的或隱密的象徵意義，將我的所有回憶編列成冊。我親自畫下哥林多式的柱廊藍圖，以及沿河岸秩序井然、成排羅列的棕櫚樹。那近乎完美的四邊形，我在腦海中細覽不下千次：以平行的街道切割，由一條從希臘劇場直通陵墓的凱旋大道分成兩半。

我們的生活被雕像塞滿，被精美的繪畫或雕刻餵飽，但這種豐富其實是假象。因為我們只是不斷複製那些如今已超出我們創造力的大師傑作。我也一樣，請人為莊園複製赫馬芙羅狄斯及人頭馬，妮奧彼德及維納斯的雕像。我堅持盡可能生活在這些美妙如樂曲的形體中。我鼓勵用過往的經驗做實驗，考究的尚古精神有助於尋回失傳了的創意與技術。我嘗試種種變化，以紅色大理石改製一尊本是白色的被剝皮的馬西亞斯大理石像，藉此將他帶入彩繪人物的世界；或將埃及雕像的黑色顆粒帶入帕羅斯島的純白大理石中，將偶像變成鬼樣。我們的藝術臻於完美，也就是說，已達窮盡完整，但其完美有如純淨之聲，可能在抑揚頓挫中吹毛求疵：找到那放諸四海皆準的辦法後巧妙拿捏，不斷朝它靠攏或永遠背道而馳；將限度發揮到極致或不加節制；將無數的新建設封存在這片美麗境地；一切端看我們的作為。其中好處是有千百個參考點當作後盾，可恣意在智性上追隨斯科帕斯，或在感官上爽快背離普拉克西特列斯。接觸過蠻族的藝術之後，我相信，每一個種族都會局限於某些題材，在眾多可能的風格中僅選擇幾種；每一個時代亦在每個種族所擁有的可能性中再做淘汰。我曾在埃及見過龐然巨大的天神與國王；在薩爾馬特戰俘手腕上的手環則可看到，經常出現同樣的奔馳戰馬或兩條互相吞噬的蛇。不過，我們的藝術（我指的是希臘藝術）執著地以人類為題材。只有我們懂得在一尊靜態不動的軀體上展現潛在的力量與敏捷；只有我們能讓光滑的額頭等同睿智的思想。我與我們的雕刻家一樣，僅止於人類，心滿意足：人的問題包羅萬象，甚至觸及永恆。我鍾愛至極的森林整個凝縮成一隻人頭馬的形象；暴風雨的呼吸從來不如海洋女神搖曳飄蕩的長巾生動。自然物，神聖的象徵，只在與人連結時才有分量：松果代表陽具崇拜並有喪葬意義，雕飾白鴿的淺口盆令人聯想泉畔午睡，怪獸格里芬則抓走心愛的人飛上天。

我對人物塑像這門藝術不感興趣。我們羅馬族的人物像只有編年史的價值：確實複製冒出來的皺紋或每一個特殊缺陷，拓印我們在生命中不經意擦肩，死後即遭我們遺忘的人物。相反的，希臘人卻喜歡美化人像，以致於不怎麼在乎每個人的長相其實各有不同。我只瞥過自己的雕像一眼：黝黑的臉孔雕在雪白大理石上變得不自然，那睜得大大的雙眼，細扁卻豐腴的嘴唇，緊緊抿住，緊繃得幾乎顫抖。但我的心思更懸念於另一張臉。從他走進我生命的那一刻起，藝術便不再奢侈，而成為一種資源，一種救援形態。我要全世界認識這張臉：時至今日，這孩子的畫像比任何顯耀名門或皇后都多。首先，我一心想用雕塑的方式存留他不斷演化的美貌；後來，藝術變成一種魔術，能喚出一張逝去的面容。巨幅人像彷彿可如實表達我們對珍惜之人的愛有多少。那些圖像，我要它們如湊近觀看時一般巨大，如惡夢的幻影及亡靈一般巍峨莊嚴，如這段回憶所殘留的那般沉重。我要求一個完美的成品，不，是純粹的盡善盡美，所有早夭於二十歲男孩在愛人心目中的那個神的形象，而且作品還要與本人不分軒輊，流露家常姿態，不可疏漏這張比美還珍貴的臉龐上任何不同凡響之處。為了保持一道濃眉的粗線條，一片嘴唇略微腫脹的弧度，我不知費了多少唇舌……為了讓一副終將腐朽或早已毀損的軀體永垂不朽，我絕望地仰賴岩石之恆久，青銅之忠實；但我亦仍執意每日以混和了酸液的油塗抹大理石，讓石材展現青春肉體之光澤，乃至柔潤。無論我身在何處，這張獨一無二的臉龐時時浮現。我揉合各號神祇，將祂們的性別及永恆象徵打亂重組：剛強的森林女神戴安娜搭配憂鬱的酒神巴克斯；角力場上魁梧的荷米斯變成兩倍大的沉睡之神，頭倚靠在胳臂上，如落花般凌亂。我察覺到一名沉思中的少年與英姿煥發的雅典娜多麼相像。

我的雕刻師皆有點茫然不知所措；資質較平庸者，不是線條表現得太柔和，就是過分加重強調，紛紛敗陣下來；不過，所有人多少都加入一些幻想成分。生動的雕像與畫像反映出少年十五歲到二十歲遼闊多變的人生風景：認真嚴肅的乖孩子。一名哥林多的師傅大膽地保留少年鬆懈自在的姿態：挺出肚子，垂下肩膀，一手插腰，彷彿立在街角關注一局擲骰子賭博。還有那尊大理石像：艾芙洛狄西亞的帕皮亞雕出一副極致的裸體，毫無武裝，如水仙一般清新嬌弱。而在我指令之下，阿里斯提亞斯以一塊有點粗糙的石頭，雕出了那昂然專橫的小腦袋……有些畫作以死亡為題材，死神留下標記之處，一張張大臉，嘴角透露學問，滿載祕密，而那些祕密早已與我無關，因為早已與生命無關。那座浮雕，出自卡里亞人安托尼亞諾斯之鬼斧神工，呈現一位穿著生絲的葡萄採收人以及友善地靠在他一隻裸腿上的愛犬，洋溢艾麗榭樂土般的美妙恩澤。而那副簡直令人不忍卒睹的面具，出自某位昔蘭尼雕刻師之手：同一張面孔上，既苦亦樂，悲喜相互衝擊，好比兩道巨浪沖打同一塊岩石。而那些廉價的泥塑小雕像則是和平大地之守護神，化身為一名手持花果的斜倚少年，用來宣揚帝威：「鞏固江山」。

「人皆有志」。人人都有其喜好，亦有其目標，或者說有其野心，有其極隱密的偏好及最高尚的理想。我的志向，一言以蔽之，即為「美」字。儘管理性與眼睛之感受足以明證，這個志向卻依然難以清楚定義。我自覺對世界之美有一份責任。我希望所有城市皆華美，通風良好，水源潔淨清澈，居民的身軀不受貧苦或奴役而貶損，亦不染炫富之粗鄙惡俗而自我膨脹；願學生能以正確發音背誦脫俗不愚蠢的課文，持家的女性舉止流露母性的光輝，強大的撫慰力量；願年輕人常去體育場健身，對運動與藝術皆不致一竅不通；願果園結滿鮮甜碩美的果實，田作豐收，穀糧滿倉。我希望和平羅馬強盛無邊的安定力量延伸到一切事物，一如天上聖樂奏起，潛移默化且不絕於耳；願最卑微的旅人在某個國度流浪，或從一座大陸前往另一座大陸時，不需為手續苦惱，沒有危險，處處得到最基本的法律保護及文化禮遇；願我們的士兵繼續在邊疆跳皮洛士戰舞；願匠舖工坊和神廟寺院，一切運作順利正常；願汪洋上美麗的船艦乘風破浪，大道車馬絡繹不絕；願在一個井然有序的世界裡，哲學家與舞者皆得其所。這份理想其實渺小，若人們肯挪出一部分在逞兇惡鬥或愚昧事情上的力氣，用於其上，應經常可接近達成之境。我得到天賜良機，能在本世紀最後這二十幾年實現部分理想。來自尼科米底亞的阿利安是當代最卓越的智者之一，他總愛提醒我老泰爾潘德的優美詩句，以三個字詞言簡意賅地定義出理想的斯巴達人，還有斯巴達一心夢想卻從未實現的完美生活模式：力量，正義，繆思。力量是一切的基礎，紀律少了它，就成不了美；堅決缺了它，就沒有正義。正義是維繫各部分之平衡點，組成和諧的整體，不容絲毫逾矩。而力量與正義，亦不過是繆思諸女神手中調音完美的樂器。一切赤貧、粗暴，與侮辱謾罵一樣，皆禁止加諸於美好的人類群體。在各領域所組成的和聲中，任何極度的不公不義，皆如荒腔走板的音符，需極力避免。

日耳曼地區必須建造一些防禦工事或軍營，開闢或整修一些道路；這些工程將我困在當地將近一年；一座座新蓋的堡壘聳立，遍布七十里格，沿著萊因河捍衛我們的疆界。這川流湍急的葡萄酒鄉的一切皆在我意料中：我重溫當年那青年軍官為圖拉真帶來登基消息時所趕過的路。還有，在那以杉林砍來的原木所搭建的最後一座碉堡後方，我又重遇那同樣單調的漆黑風景，自奧古斯都軍團莽然挺進後即將我們隔絕在外的那個世界；同樣的樹海，同樣的金髮白人族之保留區。重新整頓的工作告一段落之後，我沿著比利時及巴達維亞向前，一直到萊因河口。沙丘荒蕪，構成一片北方風景，偶爾間雜咻咻鳴響的葦草。新市集港內，屋舍建築在木樁上，伴倚停泊門前的船隻；屋頂上，海鳥高棲。我喜歡這些陰鬱的地方，但我的副官們都覺得景色醜陋：天空灰濛，河水泥黃，經河流蝕刻的土地樣貌畸零，黯淡無光，軟泥遍布，神明不肯眷顧塑形。

一艘近乎平底的船艦載我航向不列顛島。狂風連續幾次將我們推回出發的海岸。這趟逆風之旅賜予我驚人的空閒時間。沉滯多阻的海面升起巨大雲氣，夾帶汙沙，不斷翻騰。昔日在達西亞和薩爾馬特之時，我曾虔誠地凝望大地；而今在此，我生平第一次窺見海神的面貌，比我們自己的更混沌狂亂，亦首次見識一個無窮盡的水世界。在普魯塔克的作品中，我曾讀到一則航海傳說：有一座島，位於幽冥之海附近海域，據說幾個世紀以前，戰勝的奧林帕斯諸神將戰敗的泰坦族趕到這裡。這些巨人俘虜被礁岩與海浪囚禁，在日夜不歇的汪洋鞭撻之下，無法成眠，心神卻不斷為迷夢所占據，依然兇猛殘暴，焦慮不安，飽受慾望磨難煎熬，反抗奧林帕斯的威權。從這則發生於海天一角的神話中，我發現了與我志同道合的哲學理論：每個人，在其短暫的一生中，必須不斷抉擇：希望無窮，努力不懈，還是無欲無求，明哲保身？混亂與安定何者為樂？要當泰坦族還是奧林帕斯主神？要在這些對立之間做抉擇，還是終有一日調解選項，使兩造一致和諧？

在不列顛完成的內政改革屬於我的施政傑作，前文已做略述。在此所要強調的是：在和平的氣氛下，再次進駐這座位於已知世界邊緣之大島的皇帝，我是第一人；克勞狄烏斯曾以元帥將軍的身分來此冒險幾天。整個冬天，在我的指定之下，倫敦尼烏姆成為實際的世界中心，與當初為因應帕提亞戰爭提高安提阿的地位一樣。依此類推，出巡視察使權力重心隨每一趟旅行移動：挪到萊茵河畔或泰晤士河岸一段時間，我可趁此機會評估，在那樣一個地方設置皇都可能有何好壞。留在不列顛期間促使我去正視，設想是否可能將帝國中心設在西方，阿特拉斯的世界。這樣的想像並沒有實際價值；然而，一旦算計者認為自己的估測在未來大有可為，想法就不再顯得荒謬。

在我抵達前約三個月，第六軍團「勝利」已先一步轉移陣地，來到不列顛領土，取代在我們出征帕提亞時，駐守不列顛島上的第九軍團。當時喀里多尼亞人趁虛而入，這支軍隊慘遭砍殺瓦解，給帝國一記難堪的反擊。我們採

不列顛的哈德良長城

取兩項重大措施，阻止類似悲劇再現。首先，新增一支由當地民族組成的輔助部隊來加強我方軍力：在艾伯拉肯，一座綠意盎然的小山丘頂，我首次見識這支新成軍的不列顛部隊操演。再者，豎立一道城牆，從東西最窄之處將大島一分為二，保護土地肥沃、受控制的南方地區，抵擋北方部族入侵攻擊。在那條長達八十里格的前線上，處處有工程同時進行，我親自視察了一大部分。這塊貫穿東西兩岸，謹慎劃定的地帶提供我機會去測試一種防禦系統，或許日後能應用到其他任何地方。不過，這項純軍事用途的成就已經發揮作用，促進和平，讓不列顛南邊得以繁榮發展。村鎮林立，逐漸朝邊境聚集。軍團的開鑿壕溝任務是由當地人支援：不久之前，這些山地人中許多尚且頑強不從，而建造長城，無可辯駁的，成為他們臣服於羅馬宗主之威的首要證據；軍餉則可視為他們捧在手裡的第一塊羅馬貨幣。這座長城成為我放棄征戰策略的象徵：在最前線的堡壘下方，我令人設立一座界神特爾米努斯的神廟。

這多雨大地的一切都令我著迷：丘陵山腰薄霧纏繞，獻給寧芙仙女們的湖泊比我國的更奇幻，種族天生憂鬱，長著灰色眼睛。我的嚮導是不列顛輔助部隊裡的一名年輕軍官。這名金髮美男子學過拉丁文，會說幾句希臘語，暗暗摸索，自己學著寫幾首希臘情詩。一個清冷的秋夜，我帶著翻譯去找一位女先知。我們坐在一間塞爾特樵夫的小屋，滿室煙霧繚繞，腿上穿著又笨又重的粗羊毛褲保暖。只見一名老婦人朝我們匍匐而來：全身雨淋濕透，蓬頭亂髮如狂風掃過，野蠻又鬼祟，宛如森林裡的動物。她撲向在壁爐上烙著的燕麥小麵餅。我的嚮導對女先知柔聲勸說了幾句；她答應為我檢視煙縷之盤旋，突然噴濺的火花，以及葡萄枝與灰燼搭起的脆弱結構。她看見一座座城市興起，人們歡欣雀躍；但也有城市大火，懷恨在心的俘虜隊伍，使我的和平大夢成空。還有一張年輕柔和的面孔，她認為是女性，但我並不相信；一抹白色幽靈，或許只是一尊雕像，但對這個住在森林荒地的女人而言，那是比鬼魂更無法解釋的事物。然後，模糊朦朧的幾年後，我將死去：這一點，沒有她我也能預知。

高盧繁盛，西班牙富庶，相較於不列顛，占去我較少時光。在納博附近的高盧境內，希臘遺風竟擴及至此，使我得以重溫美妙的學習演說的學院，以及純淨天空下的廊柱。我在尼姆稍做停留，建構一份藍圖，打算蓋一座聖殿獻給普洛蒂娜，預備日後做為她的神廟。親族關係使皇后鍾愛這座城市，也使得我對它荒旱金黃的景觀愈加情有獨鍾。

不過，在茅利塔尼亞，反抗煙硝不斷。我縮短縱貫西班牙的行程，甚至在從科爾多瓦前往海邊時，路經義大利加，來到我兒時生長的城市，祖先的家鄉，亦過門不入。我在卡地斯乘船，駛向阿非利加。

阿特拉斯山脈滿身刺青的俊美戰士仍時時侵擾阿非利加沿岸的城市。我在那裡短暫滯留了幾天，經歷了等同努米底亞的薩爾馬特之役；再次見到部落一支支被馴服，大漠之中，不可一世的首領頭目卑躬屈膝，混雜在女人、包袱與跪倒在地的牲口之中。只是這一次，冰天雪地換成了漫天風沙。

如果真有那麼一次，在羅馬度過春天該有多好，重返開始興建的莊園，再次享受路奇烏斯的任性、輕撫，以及普洛蒂娜的情誼。然而，這段城居時光幾乎隨即被一觸即發的戰事警訊打斷。與帕提亞的和平維持不過三年，幼發拉底河流域又爆發嚴重事端。我即刻動身，前往東方。

我鐵了心，執意捨棄出動軍團，用另一種不那麼尋常的方式來解決邊境上的紛爭。一場與帕提亞皇帝歐斯羅埃斯的私人會面於焉展開。此行我帶上了皇帝的女兒。在圖拉真占領巴比倫的時期，她尚在襁褓中即被俘虜囚禁，然後留在羅馬當人質。那是個有一雙大眼睛的嬌弱女孩。有她與伺候她的女僕們同行，對這趟旅行多少帶來麻煩，而準時抵達卻又極為重要。這批女人戴著面紗，坐在一頂小帳棚內，簾幕嚴密低垂，由駱駝載著，搖搖晃晃地穿越敘利亞沙漠。晚上到了驛站，我總派人詢問公主有否任何需求。

到了呂基亞，我特地停留一個小時，決定請擅長談判的富商歐普拉摩阿斯陪我一同前往帕提亞領土。事出突然，他來不及如平時那樣炫耀雄厚的財力。這個養尊處優的男人卻也能適應沙漠中一切偶發狀況，不失為一位令人讚賞的旅伴。

會面地點位於幼發拉底河左岸，距離杜拉城不遠。我們乘木筏橫渡大河。帕提亞的皇家禁衛軍身穿金色盔甲，騎乘同樣閃亮的馬匹，沿著河堤排成一列，耀眼而炫目。與我形影不離的腓拉更面色慘白，隨行的軍官們也不禁心生畏意：這場會面有可能暗藏陷阱。歐普拉摩阿斯嗅慣了亞細亞的空氣，神色自若，對這時而寂靜時而喧嚷，按兵不動之中又突然一陣馬蹄雜沓，以及荒漠憑空出現這樣闊綽排場，彷彿沙地上鋪了一塊豪華氈毯等等狀況，處之泰然。至於我，不可思議的，一點也不擔心：宛如穩坐小舟裡的凱撒，我將自己交給這些載著我命運的筏板。我一上岸即把帕提亞公主歸還給她的父親，並未質押在我方，等到安全離開才交換，實際證明了自己這份坦蕩自信的胸懷。同時，我也允諾歸還阿爾薩息斯王朝的金寶座：昔日圖拉真把它搶了過來，對我們一點用處也沒有，東方部族基於迷信，卻視之為稀世珍寶。

與歐斯羅埃斯的盛大會面只不過是表面做戲。其實，這和鬩牆的鄰居為雙方和睦而努力協調並無兩樣。我面對的是一名有涵養的蠻族，精通希臘語，一點不愚蠢，但也絲毫不見得比我陰險狡詐；不過他頗為三心兩意，足見並非十分可靠。我奇特的頭腦運作模式幫我抓到那難以捉摸的想法。我面對帕提亞皇帝而坐，學著試探預測，然後很快地就開始左右他的回答。我走進他的戲碼，想像自己變成了歐斯羅埃斯，正在與哈德良談判。我討厭無用的爭論，其實雙方早就知道自己會不會讓步，但我特別欣賞實話實說：這是簡化事情，加快腳步的好方法。帕提亞人怕我們，我們對帕提亞人戒慎防備。當雙方的畏懼接合，戰爭將由此觸發。波斯總督們為了個人利益而推動戰爭。我很快就察覺：歐斯羅埃斯也有他的奎伊圖斯和帕爾馬。在這些於邊界屯兵的半獨立君王中，法哈斯曼尼斯對帕提亞帝國構成的威脅遠大於對我們的危險。有人指控我用金援掌控那些卑劣腐敗的王，但金錢就應該用在這種地方。對於我國軍力之優越，我太有自信，不至於被愚蠢的虛榮沖昏頭。我早已做好準備，凡與空洞名聲相關的皆可放棄，其他的一切則絕不退讓。最困難之處在於讓歐斯羅埃斯相信，我之所以不輕易承諾，是因為我堅持說到做到。而他真的相信，或者看起來是真的相信我。那場會面所締造的協議至今仍持續，十五年來，雙方皆未破壞邊界上的和平。在我死後，馬可，相信你能把這個狀態維持下去，一切交給你了。

一天晚上，在皇家營帳下，歐斯羅埃斯為我舉行盛宴。在眾多女子與長睫如翦的年輕侍從中，我看見一個裸體男子，骨瘦如柴，一動也不動，眼睛睜得大大的，卻似乎無視面前的滿桌葷肉、炫技雜耍及妖媚舞孃。我請翻譯協助，與他攀談，但他不屑回應。這是一名真正的智者。不過，他的弟子們話可就多了。這些虔誠的流浪者來自印度，他們的導師屬於權貴的婆羅門階級。我當時學到：沉思冥想引領他相信整個宇宙僅由虛幻與謬誤交織而成，對他而言，唯有苦行，放下，死亡，才能避開萬物之洶湧多變；而我們的赫拉克利特則相反：他任憑肉身隨波逐流，心靈卻超越理性的世界，直接與純粹的神界相通，那片恆定而空曠的蒼穹，亦曾是柏拉圖嚮往之夢。透過譯者們笨拙的解說，我隱約感受到，他的想法與我們的一些哲學家並非完全不同；只是這位印度人表達得更純粹更決斷。這位婆羅門貴族已達到一個境界：除了肉身以外，再無任何事物阻隔在他與神之間。神無從觸摸，無形無體，他想與神合而為一，決定於隔天自焚。歐斯羅埃斯邀我參加這場莊嚴的儀式。一架沉香木柴堆燃起火光，男子投身其中，一聲不哼，逐漸消失。他的弟子們沒有顯露絲毫遺憾不捨，對他們而言，那並非一場葬禮。

那天夜裡，我對此事反覆思索良久。在垂掛華麗錦緞的帳篷裡，我躺臥在一張上好的羊毛毯上。一名侍童正在為我按摩雙腳。營帳外傳來小亞細亞夜晚僅有的雜響：奴隸們在我的門前交談，棕櫚樹婆娑搖曳，歐普拉摩阿斯隔著布幔在鄰帳打呼酣睡，一匹栓在柱上的馬兒踔蹄，而稍遠處，從女眷區發出的，一首哀傷的歌曲沉沉低吟。而那位婆羅門大師對這一切不為所動。那個醉心於拒絕身外之事的男人縱身躍入熊熊烈火，宛如戀人滾上空床。他拋開所有事物，所有人，然後也拋開自己，棄之如蔽體的衣物，因衣服遮蔽他獨一無二的存在，那肉眼看不見的，他最珍視的虛空。

我覺得自己不一樣，我隨時接受其他選擇。苦行，放下，否定，我對這些並不全然陌生：幾乎所有二十歲左右的年輕人都會這麼做，我也曾身體力行。當時我的歲數還更小一些，在羅馬，由一名朋友帶著，我去蘇布拉窮人區的陋室拜見老愛比克泰德，幾天後他就遭到圖密善驅逐。他曾是奴隸，當初，粗暴的主人把他的腿都打斷了，也聽不見他哼一聲痛；而今，孱弱的老人依舊堅毅地忍受著結石的長期折磨。在我看來，他擁有一份近乎神授的自由。我敬佩地凝視那對拐杖，那張草蓆，那盞陶土燈，泥塑盆裡的木湯匙，那些純樸生活僅需的幾項簡單工具。但愛比克泰德捨棄了太多；我很快就領悟到，對我而言，沒有什麼比放棄更簡單，更危險。那名印度人依循邏輯上的必然，連生命也拋棄。這種純粹的狂熱行徑可使我受益良多，但前提是將其中意義另做詮釋。那些哲人致力超脫有形之茫茫汪洋，尋找心目中的神，將神簡化為那獨特、觸摸不到且無形的特質，然而有一天，當神成為全宇宙之神，這種特質即化為烏有。我以另一種觀點看待自己與神的關係。我將自己想像成神的助手，助祂建立世界的形狀與秩序，使其發展，不斷迴繞再迴繞，開枝散葉，盤根錯節。我是車輪轉動的一個環節，是參與繁衍萬物之獨特力量的一部分，是老鷹和公牛，男人和天鵝，陽具和大腦全部聚集在一塊，是海神波頓同時也是朱庇特。

大約就在那個時期，我開始覺得自己是神。別誤會：我始終仍是，永遠都是，那個靠大地生產的果實與禽畜維生，將食物渣屑還給大地，星球每次運轉就不得不遷就睡眠，過久感受不到熱戀溫度就憂心如焚的凡人。我的力量，體能或思想的靈活度，都憑藉純粹凡人的鍛鍊來細心維持。然而，這一切若非如神一般的親身經歷，又該如何解釋？懵懂年少時冒險實驗的精神，以及急著把握時光之衝動，早已結束。年屆四十四，我覺得自己不再容易失去耐心，我充滿自信，契合我完美的本質，我是永恆的。你要明白，此處所論的全部在於是智性層次；至於譫妄，如果必須用這種說法稱呼的話，則是後來的事。我是神，原因很簡單，因為我是人。希臘後來授予我的那些神的封號，皆不過是公開聲明我本人長期以來早已確知之事。我相信，即使我被關進圖密善的牢房，或置身礦坑深處，亦可能自覺是神。而若我敢如此狂妄稱神，那是因為，對我而言，這種感覺沒什麼了不起，一點也不奇特。不僅我，其他人也曾有過，或者未來也會有人如此感受。

我說過，神格頭銜對我那令人訝異的篤定影響甚微；相反的，執行皇帝一職時，每一項最簡單的例行公事皆在在證明我的自信有理。若朱庇特是世界之腦，那麼，背負整頓與管轄人類事務的人，很合理的，大可自認為是這主宰一切之腦的一部分。人類，姑且不論對錯，幾乎永遠以天命神意的角度去塑造自己的神；而我迫於職責，必須對一部分人類扮演神的角色。國家的權力愈擴展，愈用冷酷嚴苛的鎖鍊將人們綑綁，人心就愈渴望在這條巨大鎖鏈的另一端安置一位保護者的崇高形象。無論我是否願意，帝國的東方子民已將我視為神明，即使在西方，甚至在羅馬，結果也一樣。原本，我們只有在死後才會被正式宣布為神，但民間隱隱瀰漫一股虔敬，愈來愈樂意在我們還活著的時候就將我們神化。不久後，帕提亞為感念羅馬皇帝促進和平並遵守協議，建立了幾座神廟。甚至在沃洛吉斯，那遼闊的異國世界中央，都有一座祭拜我的神壇。我絲毫不認為崇拜有淪於瘋狂之危險，也不認為接受崇拜的人自以為優越；反而從中發現一種抑制約束，一種效法先人成為楷模的責任，必須在凡人的權勢中融入部份至高無上的智慧。簡而言之，當神比當皇帝需要更多美德。

十八個月後，我在厄琉息斯接受祕儀奧義。某方面而言，與歐斯羅埃斯這次的會面是我人生的轉捩點。我沒有立即返回羅馬，決定花幾年時間探訪希臘與帝國的東方各行省。於是雅典益發成為我的祖國，我的重鎮。我決意討好希臘人，並盡可能把自己希臘化。但此次奧義啟蒙之行，原本部分起因於政治考量，卻成為我前所未有的宗教體驗。這些重大儀式之作用僅在於將人生的重大事件化為象徵，但象徵比實際行為的意義深遠，從恆常運行的角度，為我們的每一個舉動提出解釋。我在厄琉息斯所習得的奧義內容必須嚴加保密，況且，基於它無法以言語述說之本質，祕密被洩漏出來的機會極小。就算說成話語，只會覺得平庸；而這正是其深奧之處。後來，祕儀祭司與我進行私人對談，傳授我更高深的意義，但幾乎已波瀾不驚；遠不若我這個最無知的朝聖者，參加淨身儀式，喝下泉水時所受到的啟蒙震撼。我聽見各種不和諧的聲音沖銷化解，發出共鳴；曾有那麼一刻，我倚在另一個境界，從遠處凝望，卻又彷彿近在眼前：看這人與神的行進隊伍，行列之中有我一個位置；看這個世界尚存苦難，而錯誤已不復在。人類的命運，這模糊不清的軌跡，宛如天上的星圖閃爍，就連未經訓練的眼睛也能挑出多處謬誤。

走筆至此，不妨談談我的一個習性。終我一生，這個習性指引我該走的道路，雖不及厄琉息斯的小徑隱密，但基本上與之平行：我想談的是研究星象。我始終是天文學者的好友，占星學家的顧客。後者這門科學不十分可信，細究起來錯誤百出，但整體而言或許是真的：人既身為宇宙的一粒微塵，共同依循主宰天空之法則，朝天體探問人生主旨，尋求關乎我們成敗的冷冷共鳴，這並非荒謬之舉。每個秋夜，我總不忘朝南與水瓶座照面打招呼：上天的司酒神，將神澤遍灑的分配者，我在此星座下誕生。我不忘觀察掌管我人生的木星朱庇特與金星維納斯的運行，同時評估土星薩頓帶給我的厄運影響。雖然夜間醒著的時候，我經常從事這種人類對星辰蒼穹的奇特投射活動，但我對天體數學，對這些巨大的燃燒星體產生的抽象思辨更感興趣。與國內幾位最大膽的學者一樣，我傾向於相信，大地本身亦參與這場晝夜循環，而厄琉息斯的神聖行進隊伍頂多是人類對此的模擬。在這樣一個世界，一切皆不過是各方角力之渦流，微粒的舞動，無所謂高低，也不存在外圍或中央；我難以想像會有一顆球靜止不動，或有一個點不隨之運轉，固定原處。另有些時候，喜帕恰斯昔日在亞歷山卓的分點歲差計算使我魂牽夢縈，難以成眠。那些數學算式讓我發現，同樣是厄琉息斯神祕的推移與回歸，不用寓言或象徵，亦可用明確的舉證展現出來。在我們的時代，室女座的麥穗星不再位於喜帕恰斯星圖上的那一個點，但這種變動代表一個周期循環結束，甚至證實了天文學家的假設。慢慢的，不可抗拒的，這片星空又會變回喜帕恰斯時代的模樣，然後再次變化成哈德良時期的面貌。紊亂融入規律，變化成為天文學家可事先推測之局勢的一部分。在此，一如厄琉息斯祕儀的吶喊與舞蹈，透過建立明確的定理，人類亦昭然揭示：其精神與宇宙同在。仰望夜空的人與被仰望的星子，不可避免的，朝各自的盡頭滾落，於天際某處畫出記號。而下沉降落的每個當下就是暫停，一個參考點，曲線上如金鍊一般牢固的一截。每一次滑移都讓我們回到一個點，因為我們恰巧在此，所以覺得此處即是中心點。

童年時，祖父馬魯利努斯總舉高手臂，指引我看夜空中的星座；從那時起，對天體的好奇就深植我心。駐軍守夜時，我透過雲層，凝望蠻族天空中的月升月落；後來，在阿提卡清朗的夜空下，來自羅德島的天文學家泰隆對我解說他的世界結構。愛琴海中央，我躺在一艘船的甲板上，看著船桅在星子間緩緩搖晃移動，從金牛座的紅眼睛到七姊妹星團的淚珠，從天馬座到天鵝座；我盡力回答與我一起觀看同一片夜空的少年，他提了許多既天真又嚴肅的問題。在這裡，蒂沃利莊園，我請人建造了一座天文臺；但如今拖著這身病，我再也爬不上那些階梯了。在我這一生中，曾有那麼一次，我盡了更大的努力：犧牲一整夜，獻給星辰。那是在會見歐斯羅埃斯之後，橫渡敘利亞沙漠期間。我仰臥，明睜著眼，幾個小時裡拋開人類所有的煩惱，從傍晚到黎明，將自己奉獻給那個火焰與水晶的世界。那是我畢生最美的一趟旅行。天琴座中那顆明亮的大星星在我頭頂上閃耀，對活在幾萬年後的人類而言，它將成為極星，而那時我們都已不在人世。雙子座在夕陽最後幾抹餘暉中微弱發光；蛇夫在人馬前方，天鷹闊展雙翅，飛向天頂；牠爪下的那個星座尚未被天文學家指認，但我早已給予最珍貴的命名。夜，從來不似在房內活動和睡覺的人所以為的那般一片漆黑，其實天空起初幽暗得多，然後又變得明亮得多。為驅嚇豺狼的營火熄滅了，那熾紅的炭堆令我憶起站在葡萄藤前的祖父，他當初的預言如今已成真，且不久後即將成為歷史了。我曾嘗試多種形態，試圖與神為伍；我曾不止一次體驗靈魂出竅，有時痛苦難當，有時甜美得令人不知所措。敘利亞那一夜則透徹清明得詭異。蒼穹中整座天宮的運行移動精準地刻印在我腦海，非任何片段的觀察所能及。就在此時，寫信給你的這一刻，我確切地知道，哪些星星正在經過這裡，蒂沃利；哪些星星掛在這座灰泥粉飾彩繪華麗的屋頂上方，而哪些又在他方，那邊，墳墓上。幾年後，死亡成為我不斷凝視的標的，窮我未被帝國耗盡之精神智力，全心奉獻之思想。談論死亡，亦即談論死亡可通達的神祕世界。經過如此多番深思熟慮，親身試煉，這些思考和經驗有時甚至可招致非議，但那片黑幕背後究竟發生什麼事，我仍一無所知。然而，敘利亞那一夜代表我對永恆不死清楚認知。

金色年代

SAECULUM

AUREUM

與歐斯羅埃斯會面之後那個夏天在小亞細亞度過。我在比提尼亞稍做停留，親自監看帝國森林的砍伐工程。在明亮，文明，知性的城市尼科米底亞，該行省的財政總督科奈烏斯．龐培．普洛庫魯斯將寓所招待我居住。那是尼科美德國王的宮殿，充滿年輕凱撒纏綿悱惻的回憶。普羅朋提德海的微風吹來，使這些陰暗的廳室空氣清新。普洛庫魯斯是一個有品味的男人，為我舉辦了文學聚會。經過此地的詭辯派哲人，小群學生及藝文愛好者共聚在花園，圍在一座獻給牧羊神潘恩的泉水畔。時時有一個奴僕將一只大陶土甕浸入泉中；與這純淨的泉水相比，再如何清晰的詩句也顯得混濁。

那天晚上，我們讀了一齣呂哥弗隆的劇作，頗為深奧難懂。我喜歡這位詩人使用疊聲、隱喻及畫面之大膽瘋狂，也欣賞他布局中複雜的輝映和迴響。一名男孩遠遠地坐在外圍角落，專注聽著這些艱澀的詩節段落，神態自若又若有所思；我當下想像：彷彿森林深處一位牧羊人，漫不經心捕捉幾聲隱隱的鳥啼。那個男孩沒帶蠟板，也沒有鐵筆。他坐在池畔，手指輕輕觸碰如鏡水面。我探聽得知，他父親曾在龐大的皇苑管理部門擔任一個小職務；男孩從小由祖父照顧，學齡後被送到父母的一位主顧家，在這個貧窮的家庭眼中，那位尼科米底亞的船東是個有錢人。

等其他人都離開後，我要他留下。他讀書不多，幾乎什麼都不懂，事事多慮，卻又輕信他人。他的家鄉在克勞狄歐波利斯，我曾去過那座城，藉此讓他開口提及他家族的小屋，位於大松林邊上，而那裡的松樹正用來供給我軍艦隊的船桅。他又說起山丘上的阿提斯神廟，他喜歡那裡奏出的尖細樂聲；還有他家鄉的駿馬，以及他家鄉特有的各種奇怪神明。他的聲音有點含糊，說起希臘文帶有亞細亞口音。他驀然發現有人專心聽他說話，甚至可能目不轉睛地注視著他，於是一陣慌亂，臉紅起來，又陷入沉默，堅持不開口；這種狀況，不久後我也就習慣了。一種親密感悄然萌芽。後來，他陪我經歷所有旅行，幾個奇幻的年頭於焉展開。

安提諾烏斯是希臘人。他的古老家族默默無聞，我追溯其族譜，可直到普羅朋提德海沿岸最早有阿卡迪亞佃農的時代。不過亞細亞的一切將這稍嫌腥嗆的血統釀成蜜滴，香氣干擾了一甕純酒。我在他身上看到阿波羅尼烏斯信徒的迷信，波斯大王的東方子民對君權的信仰。他這個人無比安靜，跟隨在我身旁，像一頭動物或守護精靈。他彷彿一隻小狗，擁有數不清的本事，可活潑詼諧亦可慵懶作陪，時而野蠻難馴，時而百依百順。這頭俊美的獵犬，貪婪地渴望撫摸，要求指令，臥踞在我的生命裡。我讚賞他那種近乎高傲的態度，但凡他不喜歡或不崇拜之事，一概不理：這樣的冷淡反而使他能保持客觀、審慎，擁有一切深思熟慮，嚴謹不苟之類的美德。我驚嘆他剛強的溫柔，投入全副身心的暗暗效忠。然而，他的順從並不盲目，在默許或幻夢入神時經常垂下的眼簾有時會擡起；用世界上最專注的一雙眼睛直視我，我覺得自己正接受審判。但那種審判就像神受其信徒之檢視：我的強硬冷酷，我的疑心重重（因為我後來的確有這個毛病），都被耐心的，認真的，一一接受。我生平只有一次當過絕對主宰，而且只主宰一個人。

安提諾烏斯（Museo Archeologico Nazionale di Napoli）

若我對那顯而易見的美貌始終隻字未提，可別以為我的緘默是一個完全被征服的男人故意賣弄玄虛。我們絕望尋覓著的身姿就是捉摸不住，總是稍縱即逝……我腦中又浮現他歪著頭，披下一頭烏黑如夜的秀髮；雙眼那般細長，眼簾幾乎拉成了斜線；一張寬闊的年輕臉龐，彷彿斜臥。那柔軟的身體不斷變化，如同一株植物，而有些變更歸因於時間。孩子變了，長大了。怠惰一個星期，他就萎靡不振；狩獵一個下午又立即使他堅實強健，擁有田徑選手的敏捷。陽光下曬一小時，膚色就從茉莉變成蜜。幼馬般有點笨重的雙腿抽長了，孩童精巧圓潤的臉頰消失，微微凹陷，顴骨隆起；年輕長跑選手鼓脹著胸腔，顯出酒神女祭司頸部似的光滑曲線。嘟嘟翹起的嘴唇上掛了一絲苦澀的激情，一絲哀傷的饜足。事實上，這張臉不斷在變，彷彿是我日夜不停雕刻著他的容顏。

回首來時路，我想，那段時光是我的金色年代。一切都輕而易舉：昔日的努力得到了報償，輕鬆順暢之感宛如神賜。旅行是遊戲人生：是可知、可掌握、可技巧安排的樂趣。工作即便接二連三，卻只讓人樂在其中。在我這一生，權力也好，幸福也好，一切都來得晚。當時，這段人生充滿正午的耀眼光芒，午睡時分的暖陽將一切，包括房間裡的物品與躺在身旁的人兒，全部籠罩在金色氛圍中。極致的熱情自有其無邪純真，幾乎與所有其他事物一樣易碎：其餘的人類之美皆屬觀賞用途，不再是我所追捕的獵物。這場起初平庸無奇的際遇漸漸豐富了起來，卻也讓我的生活變得單純：未來幾乎一點也不重要，我不再求神問卜，星子不過是鑲綴在天頂的奇妙圖畫。我從未如此愉悅地發覺：小島海天交接處，晨曦中泛起的微光；祭祀寧芙仙女們的山洞清涼沁人，時時有成群候鳥盤據；夕陽西下暮色中，鵪鶉笨重地飛行。我重讀詩作，感覺有幾位詩人讀來比以前優秀，大部分則顯得更糟。我提筆寫詩，作品似乎沒有平時那麼差勁。

在比提尼亞的樹海：遼闊的軟木橡樹林和松樹林；獵宮中，透光的格窗拱廊上，一回到家的少年，羽箭、短劍、金腰帶就全卸下，隨意亂丟，與狗兒們抱在一起在皮躺椅上打滾。平原聚積了漫長夏日的暑氣，薩卡里亞河畔的草原上方蒸起一道煙靄，未經馴服的馬群恣意馳騁。天一亮，我們就走到河畔坡岸戲水，途中窸窸窣窣地經過一夜露水浸濕的長草，天邊掛著細細的金鉤月，恰是比提尼亞的標誌。這個地方被賜予各種特權，甚至得以冠上我的名號。

到了錫諾普，我們受到寒冬突襲。在堪比塞西亞的嚴寒氣候之中，我為擴港工程舉行動土儀式；事實上工程早已遵我命令，由艦隊水手操作執行。在前往拜占庭的路上，地方王公貴族命人在沿路的村鎮入口生起巨大火堆，讓我們的禁衛軍聚在此處取暖。暴風雪中，橫渡博斯普魯斯海峽這趟航程極美。在色雷斯森林中，我們騎馬出巡。刺骨寒風鑽進大衣外袍，數不清的雨滴如小鼓一般彈打在樹葉和帳棚頂上；我們在工人營地休憩暫歇：這裡即將豎立起哈德良堡。達西亞戰爭的老兵歡呼喝采，不久後，這灘軟泥之上將造出城牆高塔。為了訪查多瑙河的駐防部隊，我在春天回到一個繁華的市鎮，也就是今日的薩米色格土沙。比提尼亞少年的手上戴了一串德凱巴魯斯國王的手鍊。我們從北邊回希臘，途經清流四濺的坦佩谷，我徘徊良久。接著去金黃色的艾維亞島，再去玫瑰紅酒色的阿提卡。雅典僅僅蜻蜓點水。在厄琉息斯，在接受祕儀奧義之時，我混雜在同來參與盛會的朝聖團人群中，三天三夜：他們唯一的防範措施就是禁止攜帶刀刃入場。

我帶安提諾烏斯回他祖先的發源地阿卡迪亞。那兒的森林依舊與古老獵狼人居住的時代一樣，無法進入。騎士偶爾馬鞭一揮，還會嚇跑一條毒蛇。多岩的山頂上，烈日當空，如盛夏的火球。少年背倚在岩石上，頭垂在胸前，沉沉睡著；山風撫亂了他的髮絲，宛如大白天裡的恩迪彌翁。我的年輕獵手費了九牛二虎之力才馴服一隻野兔，卻慘遭獵犬們撕咬而死：在那些明媚無憂的時日中，這是唯一的不幸。直到那時，曼丁尼亞的人們仍對這個比提尼亞佃農家庭一無所知，如今恍然發現他們之間有親族關係。少年在這座城後來也有屬於他的神廟，這座城也因為我變得更加豐富多采。此處海神涅普頓祭壇的年代遙遠得無法追憶，已崩為廢墟仍備受尊崇，甚至禁止任何人進入；比人類起源還古老的神祕，深藏於緊閉的門扉後，恆久流傳。於是我興建了一座新的神廟，占地遼闊許多，將遺址廢墟完全包覆起來，如同果實中心的果核，從此得以安置。距曼丁尼亞不遠的道路上，我命人重修埃帕米農達的墳墓。他死於戰場，與一同戰死的年輕夥伴共葬。我豎立紀念柱，刻上一首詩，緬懷那起事蹟：從久遠之後的目光來看，那個時代的一切顯得高貴而單純，無論是柔情，榮耀，還是死亡。在亞該亞，哥林多地峽運動會盛大舉行，自遠古時代以來，排場之豪華前所未見。透過重新舉辦這些重要的希臘慶典，我希望能復甦整個希臘地區之活力。為追逐獵物，我們被引入赫利孔山；深秋最後一批紅葉將山谷染成金黃。我們在納西瑟斯照見自己的泉水畔休憩，不遠處有一座愛神的祭壇：我們將狩獵的戰利品，獻給這位最有智慧的神祇，在神廟牆壁的金色釘子掛上一張幼熊毛皮。

我搭著以弗所商人艾拉斯托借我的船，航行過群島，悠哉於法利羅灣停泊靠岸。我回到雅典城，彷彿回到自己的家。我大膽地插手改造這樣的美感，嘗試將這座令人讚嘆的城市增強成一座完美的城市。經過一段漫長的衰敗以來，頭一回，雅典又有了新生命，重新開始成長。我將城區範圍擴大一倍，沿著伊力索河，我預見一座全新的雅典，它是提修斯之城，也是哈德良之城。百廢待舉。六個世紀以前，供奉奧林帕斯主神宙斯的神廟，工程才剛開始就遭擱置。我的工匠們展開建造作業：自伯里克里斯以下，雅典終於再次有了振奮人心的建設。我完成了塞琉古帝國想完成卻未竟業之事，彌補我們的前輩蘇拉在當地犯下的掠奪破壞。我親自監督工程，每天在機械複雜的滑輪，半成品的圓柱，以及隨便堆在蔚藍天空下的雪白石塊所組成的迷宮裡來回穿梭。在那兒，我感受到幾分類似造船工地的興奮氣氛：一幢擱淺的建築獲救脫困，正在裝設布置，為未來的亮相做準備。晚上，工程藝術讓位給音樂，那是肉眼看不見的工程。各種藝術，我多少接觸一些，唯獨音樂這一項，我持之以恆地練習，自認功力頗優異。在羅馬時，我把這份愛好深藏起來，到了雅典，終於可以恣意地沉浸其中。樂手們通常聚集在種有絲柏的院子裡，圍在一座荷米斯的雕像下方。約莫僅有六、七人，以笛子與里拉七弦琴合奏，偶爾會有西塔拉琴的高手加入。

我通常吹長笛。我們一起演奏幾乎已遭人們遺忘的古老曲調，也練幾首為我而譜的新曲。我喜歡多利安調的陽剛樸實，卻也不討厭奢靡或熱情的旋律、激昂或靈巧的斷奏，但嚴肅的人們對一切皆戒慎恐懼，視之為洪水猛獸，淫亂理智和心靈，拒之千里。穿過琴弦，我窺望我的少年伴侶的側臉；他乖巧專注地在樂團中演奏自己的部分，小心翼翼地以指尖撥弄緊繃的琴弦。

那個美好的冬季充滿友好的交際往來：阿提庫斯財力雄厚，他開設的銀行金援我的市政建築事務，當然亦從中獲利不少。他邀我去他位於基菲希亞的花園。有一群即興演說家和受歡迎的主流作家以他為中心，常在此聚會。他的兒子，年輕的赫羅狄斯，十分健談，既懂得帶動話題，又說得妙趣橫生。後來，在我的雅典晚宴上，他成了不可或缺的常客。曾經，雅典的青年兵役學校派他到薩爾馬特邊界祝賀我登基，他在我面前緊張得忘詞；如今他已完全擺脫當年的羞澀。然而他的日益虛榮，在我看來，頂多是小小的滑稽。來自勞狄加的大演說家帕勒蒙，口才與赫羅狄斯不相上下，以其如帕克托羅斯河水般淵博浩瀚，閃耀燦爛的亞細亞風格令我著迷。這位聰明的文字專家，生活與演說的風格一樣引人注目。然而，最珍貴的一場際遇是結識尼科米底亞的阿利安，我最要好的朋友。他大約比我小十二歲，當時已展開亮眼的政治及軍旅生涯，至今仍持續建功效命。他處理重大事務經驗豐富，對馬匹，犬類及所有體能訓練知識嫻熟，比僅會花言巧語的人高明不知多少倍。他年輕時，曾受制於一種奇妙的狂熱癡迷，若非那股精神，或許他就不是真的充滿智慧，不是真的如此偉大：在伊庇魯斯的尼可波利，他曾花了生命中兩年的時間，在愛比克泰德臨終的那個冰冷且家徒四壁的小房間度過，致力一字不漏地記錄病重的老哲學家生前最後的每一句話。那段熱誠奉獻的時光在他人生中劃下深刻的印記，他以一種認真的素樸，謹記大師了不起的教誨。他暗自恪遵苦修教條，一絲不苟，沒有人會懷疑。他雖然長期鑽研斯多葛派的功課，態度卻未因而僵化，變成自以為是的智者：此人細膩過人，不至於察覺不到美德與愛一樣，有其極端；且品德與愛的可貴之處，即在於稀有，是獨一無二的傑作，豪邁的逾矩。先哲色諾芬處世泰然聰慧，正直無瑕，始終是他的楷模。他正在撰寫家鄉比提尼亞的歷史。這個省分，因幾位總督長期管理不善，於是被我納入自己的職權下。阿利安為我的改革計畫提供許多建議。這位勤於研讀蘇格拉底對話錄的讀書人，完全瞭解希臘人特別喜歡以英雄主義，奉獻精神，以及智慧來彰顯熱情的友誼之愛，所以，對我寵愛的少年，他待以溫柔的尊重。他們兩個比提尼亞人用軟呢的愛奧尼亞方言對談，詞尾韻腳聽來簡直有如荷馬的詩句；後來，我還說服阿利安使用這種方言寫作。

那個時期，雅典流行的生活哲學是清心寡慾，粗茶淡飯：德蒙納克斯在科隆那斯鎮的小屋裡逍遙度日即為典範。他不是蘇格拉底，既無細膩也無熱忱，但我喜歡他那種詼諧的老好人調調。喜劇演員阿里斯多美奈斯是另一個心地單純的朋友，熱烈詮釋古老的阿提卡喜劇。我稱他為「我的希臘珠雞」：因為他身材短小，肥潤，性情歡樂像個孩子，也像小鳥。但他比任何人都熟悉禮儀，詩歌，古代料理的食譜。很長一段時間，他讓我開心，教我許多事。那段時間，安提諾烏斯特別依賴哲學家查布里亞斯——柏拉圖學說弟子，對奧菲祕教略有涉獵，極為天真無邪，對我的少年如守門犬一般忠心，後來並將這片赤誠愛烏及屋地轉移到我身上。他在宮廷裡生活了十一年，卻一點也沒變，依然老實，忠誠，潔身自愛地做自己的夢，對陰謀詭計視而不見，惑眾謠言充耳不聞。有時他讓我惱怒，但直到我死之前，都不會把他趕開。

我與斯多葛派哲學家厄弗拉特斯相處的時間較短暫。他在羅馬功成名就之後，就退隱雅典。我聘請他當教師，但他長期受肝膿瘍之苦，身體愈來愈虛弱，深信人生已不再具任何活下去的意義。他求我允許他自殺卸職。我從來不與自願了結者作對；我確實考慮過，在圖拉真死前那段危急時刻，那是一種可能的結束方式。自殺這個問題從那時起就縈繞我心，在我看來，是一種簡單的解決辦法。我按照厄弗拉特斯的要求，賜予我的許可。我派我的比提尼亞少年去傳達旨意，或許因為，換作是我，我會樂意從這樣一位使者手中接獲最終答案。哲學家當晚來到宮中，與我一如往常地閒聊，毫無異樣。隔日，他自殺身亡。孩子因而陰鬱不樂好幾天，我們針對這件事談論了好幾次。俊美可人的少年滿懷恐懼地看待死亡；我並未察覺他其實已多番考慮此事。對我而言，當世界顯得如此美好，我難以理解為何有人要自願離開；無論它有多少不幸，為何不堅持到底，窮盡己力，挖掘所思、所接觸，乃至所見的最終可能。後來，我的看法改變不少。

日期有些錯亂，因為我的記憶有如一幅僅有的壁畫，所有事件與好幾個季節的旅行層層交疊其上。以弗所的商人艾拉斯托，他將借給我的船隻裝設得豪華舒適；船艦朝東方航行，然後往南，最後轉回這在我心目中成為西方的義大利。我去過羅德島兩次；雪白耀眼得令人眩目的提洛島，第一次，於某個四月的早晨參觀；後來在夏至滿月時又去了一次。伊庇魯斯沿岸天候不佳，於是我有較多時間參訪多多納。在西西里島，我們在敘拉古耽擱了幾天，探查屬於阿蕊圖斯和齊雅娜，兩位美麗的藍色寧芙女仙的神祕泉源。我想到利奇尼烏斯．蘇拉，將他公餘僅剩的一點時間都投注在研究流水之奇妙。我曾聽說，從埃特納火山眺望，可見到愛奧尼亞海上令人驚嘆的七彩曙光。我決定登上那座火山。我們從葡萄園坡地走到熔岩石區，接著走進雪裡。少年舞動雙腿，在那些艱險的山坡上奔跑。陪我上山的學者們則騎在騾背上。山巔上已搭蓋一處遮蔽所，方便我們等待黎明。黎明到來：一道寬闊的虹彩霞光橫越天際，奇異的火光在山頂的冰雪上閃耀；空曠的大地與汪洋在眼前展開，阿非利加肉眼可見，希臘依稀可辨。那是我人生的一個巔峰。什麼也不缺：有雲朵的金色流蘇，盤旋的老鷹，不朽的獻禮。

翠鳥的季節，我生命中的至點……我這麼說，絲毫沒有因為記憶遙遠模糊而高估了當時的幸福；相反的，我必須費心努力，才不至於讓那意象乏味無趣。此刻，回憶那段時光，是我難以承受的強烈感受。我比大多數人真誠，就不拐彎抹角了，在此坦承構成那份喜樂的祕密：平靜，在我看來，是愛情最美的效果之一，有助於心靈的運作及鍛練修養。而我訝異，這樣的喜悅，在人的一生中，那麼飄渺不定，那麼難得完美，然而無論我們透過何種層面追尋或獲得，所謂的智者都是抱著懷疑的態度，譴責這種愉悅會讓人習慣或節制無度，卻從不憂慮欠缺與失去；他們竟費

位於生命中至點的哈德良（Musei Capitolini）

力去強制鎮壓自己的感官，而不把時間花在調整或美化自己的心靈。在那個時期，我開始鞏固自己的幸福，品嘗之，也評斷之，毫不馬虎，一如我反省自己的行為時從不放過任何細節；而什麼是快感享受，難道不正是肉體熱情專注的片刻？所有幸福皆是經典傑作：差之毫釐即失之千里，片刻遲疑即墮入歪道，贅添一筆則全盤皆墨，迷糊一時則愚蠢一世。我絕不是因為幸福而魯莽行事，雖然後來這份幸福因而粉碎。凡順應那幸福之事皆有智慧。我依然相信，比我更有智慧的人，很有可能至死都幸福。

要等到比較後來，在位於希臘與亞細亞交融的弗里吉亞，我才得到這份幸福最完整清晰的意象。我們在一處荒蠻的野地紮營，那是阿爾西比亞德斯的墓地。這員大將遭波斯總督詭計暗算，在此遇害。我命人用帕羅斯島的雪白大理石為這位在希臘極受愛戴的人物打造一尊雕像，設立在這荒廢了幾個世紀的墳墓上。另外，我亦下令應每年在此舉行紀念儀式。鄰村的居民前來共襄盛舉，與我的護衛人員一起參加了第一次的典禮。我們獻祭一頭公牛，部分牲肉用來料理晚上的盛宴。眾人臨時起意，在草原上賽起馬來；比提尼亞少年混在人群中跳舞，激昂中透露著優雅；他仰起健壯美麗的頸子，放聲高歌。我喜歡以死人衡量自己的分量：那一晚，我拿自己的人生與那位大享樂家相比：當時他老了，在此處中箭倒地，得一個年輕朋友挺身相救，還有名雅典交際花為他哭泣。我不曾嚮往阿爾西比亞德斯過去意氣風發的青春，但我的年輕時光多采多姿，與他旗鼓相當，甚至超越有之。我亦曾多般享受，卻比他思慮周嚴，勤奮許多；我與他一樣，得到被愛的奇妙幸福。阿爾西比亞德斯能令一切人對他著迷，甚至歷史亦難逃其魅力。然而，他棄成堆死亡的雅典人不顧，任他們曝屍於敘拉古的岩場；他還拋下飄搖欲墜的祖國，以及十字路口那些被他親手削刨破壞、東倒西歪的神像。我治理的世界，無疑比這位雅典將軍的時代廣闊許多，而我成功維繫這個世界的和平。我待這片疆土如一艘美麗的船，為它配備繩纜索具，將它裝設布署成能夠持續航行幾個世紀的艦艇。我竭盡所能地奮鬥，促進人類通曉神的旨意，但並不犧牲人性。我的幸福即是這一切之報償。

羅馬依舊在。但我已不再被迫要去試探，去再三證明，去討好。我的領導成就不容忽略；戰爭時期敞開的雅努斯神廟之門始終緊閉。各項努力企圖結出成果；行省的繁榮回饋到首都大城。登基時他們想加封給我的國父頭銜，我不再推辭。

普洛蒂娜已經不在了。上次回羅馬時，是我們最後一面；我見到她有些倦累的笑容。官方名義上，我稱她為母；而事實上，關係更深切：她是我唯一的女性朋友。這一次再尋她，僅剩圖拉真柱下一罐小小的骨灰罈。我親自參加了封神大典，而且打破皇室慣例，將喪期訂為九天。然而，死亡並不能改變我們之間親密的情誼；多年來，相見與否，早已不重要。她依然是我心目中始終如一的皇后：是一股精神，是與我的思想結合為一的靈魂。

幾項重大建設逐漸接近竣工：競技場重整修復，洗去尼祿留下的那些陰魂不散的記憶，捨這位皇帝的人像不用，改以太陽神赫利奧斯的巨型雕像裝飾，相似的發音暗示我的氏族之名埃里烏斯。維納斯和羅馬神廟已達最後階段，這座神廟亦建築在惡名昭彰的金宮原址上；那座由尼祿建造的宮殿欠缺品味，炫耀他那令人難以苟同的奢華。至於神廟，「羅馬」與「愛」：永恆之城的神性，與啟發一切喜悅的愛情之母首次合而為一。這是我的一項人生理念。如此一來，羅馬的強大有了神聖且通達寰宇的特性，呈現我一心賦予之的和平守護神形象。偶爾，我會把已仙逝的皇后比擬成那位眾神的顧問，聰慧過人的維納斯。

在尼祿金宮原址上，哈德良重新修復的競技場。

萬神殿正面的大理石板上，寫的建造者是阿格里帕，而不是哈德良。

在我眼中，愈來愈神祕的，眾神之神性融為一個整體，無窮無盡地做四射發散，一再展現同一種力量：祂們之間的矛盾衝突不過是一種協調共識的方式。於是，興建一座崇拜眾神的廟宇，也就是萬神殿，這個念頭在我腦中揮之不去。我將建地選在奧古斯都的女婿阿格里帕設計給市民的舊公共浴場遺址上。原先的建築物僅剩一座門廊，和一塊獻給羅馬人民的大理石板。這塊石板得到悉心保存，以原樣鑲在新神廟的門面上。這座建築是我的想法，有沒有我的名字並不重要。相反的，透過一行超過一個世紀的古老文字雕刻，讓萬神殿回溯到帝國開創初期，奧古斯都那個修養生息的朝代，正是我所樂見。即使是我的創新，我亦樂得自詡為大業繼承者。不僅止於官方名義上的父親圖拉真與祖父涅爾瓦，我甚至攀上了那被蘇埃托尼烏斯狠狠批判的十二位帝王：我看重的是提庇留的洞悉世事，而非他的冷酷；是克勞狄的學識淵博，而非其軟弱；是尼祿的藝術品味，但撇除一切愚蠢的虛榮作祟；是提圖斯的善心，卻不想像他那樣平庸無趣；是維斯帕西安的精打細算，而非他可笑的錙銖必較。他們皆是我該學習的楷模。先帝們各別在人類事務上扮演了自己的角色；而今，輪到我來評估他們的行為，從中挑選出需繼續效法的，去蕪存菁，直到有一天出現其他人，多少已具備資格且一樣責任在身；就由他挑起這個擔子，評價我的種種行為。

維納斯和羅馬神廟

維納斯和羅馬神廟之祝聖典禮宛如一場凱旋式，加上賽戰車，露天表演，分發香料與香油。多虧了二十四頭大象，徒步載來這些巨大的石塊，減輕奴隸許多耗費體力的工作。這些象隻走在隊伍中，也宛如活的巨石。舉辦這場盛會的日期即為羅馬的誕生紀念日，也就是建城後八百八十二年那個四月滿月日中旬後的第八天。羅馬的春天從來未曾那麼熱烈，那麼愜意，那麼藍。同一天，一場較莊嚴肅穆，幾乎沉悶無聲的獻祭大典在萬神殿裡頭展開。我親自修改了阿波羅多洛斯過於保守的建築藍圖。主體結構部分，我回溯到羅馬最原始的傳說時代之風格，參考古伊特魯里亞的圓形神廟，使用希臘藝術時只做為裝飾，增添一些奢華感。我希望這座獻給所有神明的祭壇複製地球及恆星的形狀，球體蘊藏著永恆的火種，空心的設計旨在包容萬物。那亦是祖先茅草屋的形狀：人類最古老的炊煙就從屋脊的開口冒出。圓頂以一種堅硬卻質輕的火山石建造，彷彿仍在隨著火焰上升湧出似的，透過穹頂的大孔，與輪替著漆黑與蔚藍的天空交流。這座開放又神祕的神廟以日晷的概念設計。時辰在這些由希臘工匠細心磨得發亮的藻井間循環；日輪有如一面金色圓盾高掛，雨水在石板上形成清澈的水窪；祝禱似一陣煙，飄向我們安放神明的天空。對我而言，這場慶典是萬物合一的時刻。站在天井底部，我朝官員分列兩側，我盛年之命運，他們是組成的重要人物，此時也已經底定大半了。我看到刻苦嚴峻的馬爾西烏斯．杜爾波，他是為國家盡心的忠僕；還有蹙眉倨傲的塞爾維安，悄悄話愈講愈小聲，我已聽不見他在發什麼牢騷；帶著皇族優雅的魯基烏斯；以及，外圍稍遠的地方，在那明暗交會，眾神顯靈之處，希臘少年那張出神幻想的臉龐：在我心目中，他是我的命運之神福爾圖娜。我的妻子剛受封皇后頭銜，也在場觀禮。

其實長久以來，我偏好眾神之間的愛情與爭吵故事，不喜哲學家們對神性本質的拙劣評論；我願意充當朱庇特在人世的形象：祂之所以為神乃因充滿人性，是世界的支柱，正義的化身，萬物之秩序，但同時也是加尼米德和歐羅巴的戀人，冷落妒婦朱諾的花心丈夫。那一天，我的思緒執意將一切置於沒有暗影的光明之中，於是將皇后比擬為天后；我崇敬這位女神，前不久參觀阿爾戈斯時，曾特地獻上一隻以寶石裝飾的金孔雀。我本可以與皇后離婚，藉此擺脫這個我一點也不愛的女人；若我是平凡百姓，

萬神殿複製地球及恆星的形狀，這是座獻給所有神明的祭壇。

必毫不猶豫地採取行動。但她未曾煩我幾次，而且行為得宜，以如此公開侮辱之手段對她，不能服眾。她年紀輕輕就嫁為人妻，對我的冷淡疏離頗有微詞，但差不多就像她叔父惱怒我的債務那樣。如今，她親眼見證一場勢必漫長的熱情流露，卻不動聲色，表現得若無其事。如同許多感受不到愛情的女人，她不懂愛的力量；而因為無知，也就一併排除了寬容與妒忌的情緒。只有在她的頭銜或安全受到威脅時，她才會擔心，而事態現狀無可擔憂。在她身上已絲毫察覺不出過去短暫吸引我的少女魅力；這個韶華早衰的西班牙女子變得死氣沉沉又強硬頑固。多虧她天性冷酷，我知道她沒有其他戀人，也欣慰她懂得謹守禮教，總戴著已婚婦人的面紗，幾乎等同寡婦黑紗。我頗樂見羅馬錢幣的正面鑄上皇后的側臉肖像，背面並刻上一段銘文，有時寫貞節，有時寫貞靜。我時常會聯想起，在厄琉息斯祕儀慶典之夜，女主祭與聖教導師之間那場虛構的婚禮：那並非一次結合，甚至沒有接觸，僅是一個儀式，神聖如斯。

慶典當晚，我位在一座露天平臺，觀看像著火一樣的羅馬城。這把喜慶之火可比尼祿點燃的焚城大火，幾乎一樣可怕。羅馬成了一只熔鍋，又像火爐；是沸騰滾燙的金屬，是鐵錘，也是鐵砧。它是歷史變遷與重現的明顯見證，是以後這個世界上，人類活得最哄亂熱鬧的地方。古時候，有個人從特洛伊的戰火中逃出，帶著老父，幼子及家族守護神流亡；於是那天晚上，就在慶典的火焰中，特洛伊的大火傳承到我們手上。懷著一種恐怖敬畏，我還想像了未來的火海赤焰。過去、現在和未來的幾百萬生靈，這些重蓋在老建築上的新建築，日後亦將被等待誕生的建築物取代；

一波一波，在時間之河中，後浪推前浪。那天夜裡，偶然的，這股長浪沖奔至我腳前拍碎。那些歡喜欲狂的時刻我就不多提了：那件聖衣，我極不願穿上的帝王紅袍，如今披在那少年肩上，而他逐漸變成我的守護精靈：深紅衣袍與泛著淡金光采的頸背如此相襯，自然令我心喜；但更急切的是強迫我的幸福之神，命運女神，那些虛無飄渺的個體，附身在這十足凡塵的形體中，取得其體溫熱度及血肉貨真價實的重量。我極少居住帕拉提諾山的宮殿，但剛命人重修了護城牆。這道城牆蜿蜒宛如舟船的側翼；簾幔拉開，讓羅馬的夜進來，像是船尾的旗幟飄揚；人群的叫嚷則是風在繩索間呼嘯。遠方陰影處發現巨大暗礁：在臺伯河畔，才剛動工開挖我的墳墓的巨型地基。我看了既不恐懼，也不懊悔，對短暫的生命沒有無用的冥想。

漸漸的，物換星移。兩年多來，歲月之流逝都反映在一名少年的進步上，他成長，發光，達到巔峰：低沉的嗓音慢慢習慣對馬車夫及狩獵師發號施令；步伐是跑者所能邁出的最大極限；那雙騎士的小腿，掌控坐騎的技巧更加專業；這個學生曾在克勞狄歐波利斯默記荷馬的長篇段落，現在特別熱愛情感濃烈又深奧的詩作，迷戀柏拉圖的某些篇章。他不再是那個一聽到歇息指令即跳下馬背，用雙手捧來泉水給我的衝動男孩；如今，奉獻者清楚知道自己的付出價值連城。在托斯卡尼亞，路奇烏斯的領地裡進行狩獵那段期間，我喜歡把這張完美的臉孔混入那些達官貴人凝重擔憂的表情，東方人稜角分明的側面，還有蠻族領犬獵人的肥厚臉鼻；強迫我最寵愛的少年扮演朋友這個艱難角色。在羅馬，關於這張年輕的面孔，已集成不少蜚短流長。開始有人進行下流卑鄙的運作，意圖抓住這方面的影響力，甚或用別的人來淘汰他。這名十八歲的青年思想單純，因而擁有一種冷漠視之的能力；這一點，連最有智慧的學者都做不到：他懂得傲然蔑視，甚或漠視這一切。但那美麗的雙唇抿出一道苦澀折痕，沒逃過雕刻師們的法眼。

在此，我平白送給衛道派一個扳倒我的大好機會。監察官們包藏禍心，預備揭發我誤入歧途後的步步錯誤，行為逾矩所招致的後果。我難以反駁他們，因為我實在看不出何謂誤入歧途，哪裡行為逾矩。若說我有罪，我亦努力以實際的情節重大程度來審視它；我告訴自己，自殺並不少見，死於二十歲是常有的事。安提諾烏斯之死只是我一個人的問題和災難。這場禍事可能與過度滿溢的喜悅，一再累積的經驗密不可分；然而即便這些經驗將深陷危機，我自己是絕不願錯過，也不願我的伴侶錯過。我的愧疚甚至逐漸轉變成一種苦澀的占有，一種自我安慰的方式：自始至終，我都是他命運的悲傷主宰。但我相當明白還必須加上那俊美異國少年的決心，而無論如何，我們所愛的每一個人，都是這位美少年的翻版。我把所有過錯怪罪到自己身上，不過是將這青春的容顏變成一尊蠟像，任我親手捏塑，然後親手捏碎。他的離世是一項絕無僅有的傑作，我無權詆毀；那孩子自己的死，功過應讓他自己來承擔。

不消說，我不譴責對肉慾之偏好；那絲毫不足以為奇，情愛之中，那是我選擇決定之依據。

在我一生中，不乏類似的激情經歷；至今，這些頻繁發生的愛戀僅用去我極微量的盟誓、謊言與損傷卑鄙。我對路奇烏斯的迷戀僅如曇花一現，僅招致幾件還算容易彌補的蠢事。但在當時，沒有什麼能使那段極致的情感避免掉同樣的發展；只有一種情形，就是那段情獨一無二，與其他戀情不能一概而論。但只是習慣，亦可能把我們導往一個黯淡無光的結局；不過，也不至於釀成災禍。但凡不抗拒生命之緩慢磨損衰退的人，皆將招致這樣的結局。我也許終將眼見熱情轉成友情，如衛道派所希冀，或如較常見的狀況，變得冷漠。這個年輕的生命，可能在我們的關係開始為我帶來壓力時，就會離我而去；他的人生還會建立起其他日常的感官享樂，或者說，同樣的官能之樂，只是以其他形態出現。他的未來可能包含一段婚姻，過得不比其他人差，也不比其他人好；任職外省機關，或者在比提尼亞管理幾塊農地；若非如此，則可能得過且過，擔當某些下屬差事，繼續在皇宮裡生活。最糟的狀況：這些失寵的人最常過的人生是，變成人家的密友或當老鴇。所謂智慧，若說我懂得箇中滋味，是要能涵納每一種可能性與險境；因為，儘管努力去趨吉避凶，人生本如此。但是那個孩子和我，我們都沒有智慧。

並非等到安提諾烏斯出現我才覺得自己是神。然而，成功不斷為我帶來令人暈眩的好運；連四季似乎都與隨從詩人及樂手們唱和，將我們的存在妝點成一場奧林帕斯的慶典。在我抵達迦太基那天，一場長達五年的旱災結束。傾盆大雨降下，人群狂歡喝采，推崇我是天上來的施恩者。阿非利加後來大興土木做工程建設，就是用以疏導這場泛濫的天降甘霖。在那不久之前，我們中

以巴克斯為形象，是安提諾烏斯雕像經常出現的主題。(Musei Vaticani)

途暫停薩丁尼亞島，一場暴風雨，迫使我們在一間農人小屋尋求遮蔽。安提諾烏斯幫忙接待的主人翻烤碳火上的幾片金槍魚。一時之間，我以為自己是宙斯，帶著荷米斯造訪費萊蒙。青年盤坐在床上，活像那脫去涼鞋的荷米斯；他也是酒神巴克斯，會採收葡萄，或為我品嘗那盅紅酒；更跟厄洛斯一樣，手指因拉弓弦而長出了繭。雌雄莫辨的角色那麼多，魅力神威那麼大我偶爾也會遺忘他是人類：那個孩子，白費力氣卻勤奮不懈地學習拉丁文，請求建築工程師德克里安努斯教他數學，不久後卻又放棄，遭受一點責備，就跑到船首望著大海生悶氣。

阿非利加之旅在七月的烈日下結束，我們抵達終點：隆貝西斯的新營區。我的少年伴侶孩子氣地披上盔甲和戰袍；我當了幾天赤裸的戰神，戴上頭盔，參加軍營的訓練；亦扮演運動好手海克力斯，覺得自己尚擁有年輕強健的體魄，不禁飄飄然。儘管天候炎熱，而且在我抵達之前，他們已進行了漫長的土方工程，軍隊及其他所有單位皆運作流暢，有如神助：根本不可能強迫哪位跑者多跳一個障礙，命令哪位騎士再完成一個跳躍，反而糟蹋了演習行動的價值，打破平衡其中美感。對軍官們，我唯一指出的錯誤簡直是雞蛋裡挑骨頭：在曠野上模擬進攻作戰時，有一群馬匹無處掩護。地方總督科內里安努斯在各方面都滿足我的要求。這一大群人，拉車載貨的勞役牲畜，與擠在統帥營帳旁要親吻我的手，帶著她們強壯孩子而來的蠻族女子，都有著良好的秩序。那種服從並非奴性；野性的活力恰能用來支持我的安全計畫；治理毋須大費周章，更毋須偏廢何事。我突發奇想，或許可請阿利安撰寫一部策略論，完美的紀律就像美麗的人體。

三個月後，我到了雅典，奧林帕斯主神宙斯神廟的奉獻儀式，準備進行盛大的節慶活動，頗具羅馬式的莊嚴隆重；同樣的慶祝儀式，在羅馬是人間，在雅典則宛若天界。在一個金秋午後，我佇足在以超乎凡人尺寸打造的宙斯柱廊下。這座大理石神廟聳立在杜卡利翁觀看大洪水退潮之處，似乎卸去了重量，彷彿一朵沉甸甸的白雲飄浮，而我身著儀典禮服，與近在眼前的喜梅特山之向晚同一個色調。我先前已將落成演講的重責大任交給帕勒蒙。就在那個時刻，希臘授予我各種神妙的稱謂：施惠者，奧林帕斯主神，神顯者，萬事萬物之主宰；而其中最美，亦最難匹配得上的，則是愛奧尼亞人，希臘之友。從這些稱號中，

雅典停滯了六個世紀的宙斯神廟，終於在哈德良任內完成。

我看見了成就顯赫聲名之源由，亦發現我一生辛勞最祕密的目的。帕勒蒙頗有演員天分；偶爾，大喜劇家賣弄的表情動作亦能演譯情感，使所有人都能感受，甚至歷時百年不衰。在發表開場白之前，他仰起頭，專注冥想，彷彿將此時此刻所有的天賦神恩都集中在身上。我亦以年華歲月及我的希臘人生配合召喚。我的權威其實不是權勢，而是一種神祕的力量，超越凡人，但只有透過人類施展才能有效發揮。羅馬與雅典的結合已大功告成；過去再次擁有未來的面貌；如一艘長期停滯於靜態中的船艦，希臘重新啟航，再度揚帆，感受乘風的快意。而就在那一刻，一股愁緒讓我的心揪痛了一下；我聯想到：成就，完善，這些字眼都含有結束之意。或許，我所做的一切，只不過是為吞噬一切的時間再獻上一份犧牲品。

隨後，我們進入神殿內部，雕刻師傅們還忙著工作：宙斯的雛形龐大無比，以黃金及象牙製成，在幽暗中朦朧發亮。鷹架下方，有一隻巨蟒：那是我派人到印度找來，當作這座希臘神廟的祭品。盤旋在金銀絲編籃中的這頭神物，代表大地精神之爬蟲，長久以來被認為與象徵皇帝守護精靈的裸體少年有關。安提諾烏斯愈來愈投入這個角色，親自拿剪過翅膀的鷦鷯餵食那隻怪物。然後，他高舉雙臂，祈禱起來。我知道他在為我禱告，單向我一人祈求。但我的神力不夠，猜不到其中意義，亦無法預知他的心願是否終有實現的一天。走出那片靜默與蒼灰淡藍的暮色，重回燈火通明的雅典，再見小老百姓的家常熟稔，聽傍晚塵土飛揚的空中傳來陣陣叫喊，我不禁鬆了一口氣。那張青春的臉龐，很快就要拿來裝飾希臘文明世界裡的許多錢幣，成為人們熟悉的存在，成為一種兆示。

我的愛沒有減少，我愛得更甚。但愛戀之重量，好比溫柔橫放在胸膛上的那隻手臂，逐漸壓得難以負荷。短暫的過客又出場了：我憶起在米利都停留時曾陪伴我的那個年輕人，他既剛強又細膩，但我卻放棄了。我想起薩第斯那一夜，詩人史特拉頓領我們逛過一個又一個窯子，我們被圖懷不軌的征服者包圍。那個史特拉頓，他寧願選擇徘徊亞細亞小酒館黯淡自在，也不喜歡待在我的宮中。此人感受敏銳又擅挖苦嘲笑，總愛堅稱所有不快活之事皆屬虛幻，或許藉此原諒自己為追求歡快而犧牲其他的一切。曾有一晚，在士麥拿，我強迫我所寵愛的人兒當面忍受一名妓女在場。那孩子對愛情自有一種嚴肅的想像，因為他認為愛必須專一排他。他厭惡到了極點，以至於噁心嘔吐。後來，他也就習慣了。那一次次白費力氣的嘗試足以證明我生性放蕩；而其中摻雜了對創造一種新親密關係的期望，願歡愛的伴侶永遠是心目中的最愛和好友；同時有教導對方的渴望，想用我個人的青春經驗洗去他的年少青澀；而或許，較難以啟齒的意圖是，漸漸貶低他的地位，降級成毋須任何承諾的逢場作戲。

這段蒙上陰影的感情恐將拖累我一生，受困的恐懼逼使我不得不粗暴以對。在一次前往特洛阿德的行程途中，我們於一片慘綠成災的天色下，參訪斯卡曼德河谷平原：我親自前來視察洪水肆虐之災情，大水將古墳淹成一座座小島。我擠出一點時間，前往赫克特的墳前哀思，安提諾烏斯則去帕特羅克洛斯的墳上出神。當時，我沒看出身旁的幼鹿少年將阿基里斯的同伴視為可敬對手，反而嘲弄那些在書中處處被歌頌的熱情忠貞。美人受到侮辱，血脈賁張，全身漲紅。於是率直更加成為我禁止自己的一項美德。我瞭解到，希臘用英雄式的教條層層論述成熟男子對年少伴侶的依戀，但對我們而言，那經常只是虛偽的裝腔作勢。沒想到，對於來自羅馬的偏見，我其實頗在意。我提醒自己：人們對歡愉享樂的事情共襄盛舉，卻視真愛為可恥的怪癖。我狂躁不已，決心不依賴任何人。我對年輕人會有的缺點惱怒不已，然而這卻是我自作孽的選擇；在這段不平凡的熱戀中，我又發現以往那些羅馬情婦激怒我的事物：香氣，矯揉做作的打扮，冰冷的奢華行頭，紛紛重新出現在我的生活。幾乎無來由的各種恐懼鑽入那顆憂鬱的心靈；我看見他為自己即將邁入十九歲而焦慮。危險的衝動與暴躁的怒火，憾動他頑強額頭上如美杜莎的捲髮，他時而陷入彷彿驚愕呆滯的哀傷，時而是愈來愈容易受傷心碎的柔弱。我曾打過他，永遠不會忘記他眼中的驚恐。但挨了打的偶像仍是偶像，贖罪的獻祭於焉展開。

亞細亞所有的神祕，強化了它們的刺耳音樂所造成的肉慾難安。厄琉息斯祕教的時代已成過去。那些隱密或奇怪的宗教洗禮，可容忍但已超出允許範圍，以立法者的目光無法放心看待的修行，正適合此刻的人生：我們在舞蹈中旋轉暈眩，歌唱時以吼叫收尾。在薩莫色雷斯島，我曾接受卡比洛斯眾神的神祕奧義，儀式古老而淫晦，如肉體與鮮血般神聖；特洛弗尼烏斯洞穴裡，飽飲了乳汁的蛇群，從我腳踝邊滑過；在色雷斯的奧菲慶典上，我學習到野蠻的拜把儀式。曾經以最嚴苛的刑罰禁止任何致殘行為的皇帝，竟同意參加敘利亞女神祭司的狂歡歌舞：我眼見滿身是血的人體恐怖地旋轉跳舞。而我的少年伴侶有如一頭遇見巨蛇的小山羊，呆愣原地，驚懼地凝視著那些人，看他們根據年齡及性別之所需，選擇做出與死亡同等義無反顧的明確答案，而且或許還更醜陋恐怖。但恐怖的經驗在一次駐留帕米拉期間達到極致。阿拉伯商人梅勒斯．阿格里帕接待我們，在氣派又粗野的奢侈環境裡住了三個星期。梅勒斯在密特拉祕教裡地位崇高，對自己的祭司職責卻不十分嚴肅看待。有一天，酒過幾巡後，他邀請安提諾烏斯參加公牛祭禮。少年知道我昔日曾經參與一場類似的儀式，於是興奮地接受了。我不認為應該反對這樣的即興節目；畢竟，完成任務後，只需要簡單淨身齋戒即可。我並同意親自擔任助祭人，另一名助手則是我的阿拉伯語文書官，馬爾庫斯．烏爾庇斯．卡斯托拉斯。我們在預定時間走入聖典山洞。比提尼亞少年仰臥在地，迎接灑血洗禮。然而當我看見他布滿血痕的身軀從溝渠中浮起，秀髮纏著黏稠的汙泥，臉龐也被噴濺得泥血斑斑，還不能洗去，必須順其自然脫落消除，一股嫌惡湧上我的喉頭，對這些在地底舉行的邪教祕儀無比反感。幾天之後，我下令禁止駐紮在霍姆斯的部隊接近黑暗的密特拉地下神廟。

我遇見了不祥之兆：如同安東尼在最後一場戰役之前那樣，夜裡，我聽見守護神祇交接的樂聲逐漸遠去，祂們都走了……我聽著，卻不知提防。我的人身安全跟個騎士一樣，身上掛著附身符以保佑不會失足落馬。在薩摩撒特，東方各小國的國王在我的應許之下齊聚一堂舉行會談。前往山中狩獵時，奧斯若恩的國王亞伯加親自教我馴鷹術；彷彿舞臺上的場景，精心設計引出獵物的步驟，將成群的羚羊趕入眾皇室的獵網中。安提諾烏斯也帶著一對花豹加入了追逐，他用盡全力，好不容易才拉住這兩隻扯著金項圈往前衝的花豹。在這一切光鮮亮麗的表象下，達成了各項協議；一成不變的，協商結果對我而言只有好處，我始終是每賭必贏的玩家。那個冬天就在安提阿的宮殿度過；以前，就在這裡，我曾請巫師指點迷津，占卜未來。然而，未來已無法為我帶來任何事物，至少帶不來任何能稱為天賦神賜之物。果子都採收了，人生的酒液已盈滿木桶。的確，我已不再控制我自己的命運；如今再看過去悉心研究出的紀律守則，不過是一個人踏上天命的初步階段而已；彷彿舞者在練習時強迫自己戴上鎖鍊，以求卸下後能跳得更高。在一些事情上，對自我苛刻仍然必要：我依舊禁止人們在二更之前為我斟酒：我記憶猶新，曾在同樣磨得光亮的木桌上，看見圖拉真顫抖的手。不過，醉法何其多。我的歲月顯不出一絲陰影，沒有死亡，沒有失敗，沒有自作自受以致不知不覺垮臺的可能，亦沒有其實終將到來的年華老去。然而我馬不停蹄，彷彿這段時間的每一刻皆是最美又最後的一刻。

我經常旅居小亞細亞，因而接觸到一小群真心追求奇術的學者。每一個世紀皆有膽識過人之輩，而我們最優秀的人才，對愈發流於學院派的哲學已感到厭倦，喜歡在人類禁忌的邊界遊走。在泰爾，比布魯斯的菲隆為我揭示某些腓尼基古魔法。他跟隨我到安提阿。努莫尼奧斯在此傳授柏拉圖對靈魂本質的神祕學說。他的詮釋仍嫌保守，但能啟發一個比他大膽的人才甚深甚遠。他的弟子們會召鬼，那不過是個老把戲。各種彷彿以我的夢境精髓所塑成的奇怪模樣，從安息香的裊裊煙霧中顯現，晃動，消融，我卻只覺得，他們都與某張活生生的，熟識的面孔極為相像。這一切或許只不過是一個街頭賣藝人的障眼法：倘若如此，那個賣藝人真是個行家。我重拾年輕時曾粗略接觸的解剖學；不再為了正確學習軀體結構。我的好奇心落在心靈與肉體融合的過渡區域；在那裡，夢境回應現實，甚至偶爾走在現實之前；在那裡，生與死交換屬性及面具。我的醫生赫莫杰內斯不贊成這些實驗。不過，他還是帶我認識了一小群有研究這些問題的醫生。在他們的協助下，我試圖指出靈魂的方位，找到它與肉體的連結，估算它需要多久的時間才能脫離出竅。幾頭動物為了這些研究犧牲。外科醫師撒提洛斯帶我去他的診所，觀察病人臨終。我們不著邊際地高談闊論：靈魂難道僅是肉體究極之成就，脆弱地呈現存在之痛苦與歡愉？亦或是，相反的，靈魂比肉體更早存在，是靈魂以其形象塑造了肉體，因此這副軀體，或好或壞，只是它暫時的工具？能否從肉身內部召喚它，使靈魂與肉體再次緊密結合，一起燃燒，這不就是我們所說的生命？倘若靈魂擁有自身的身分，靈魂與靈魂能否互換，從一人移轉到另一人身上，一如兩名戀人互吻時交換的一瓣水果或一口美酒？在這些事情上，所有智者每年更改二十次看法；在我身上，是懷疑論思想與知識渴求的交戰，是熱忱與嘲諷的彼此搏鬥。我確信，我們的智識只能從我們身上過濾出一點點事實的殘餘：我開始對晦暗的感官世界愈來愈感興趣，它闇黑如夜，卻費人疑猜的，也有令人目盲的太陽照耀與轉動著。大約在同一個時期，有天晚上，一直在採集還魂鬼故事的腓拉更跟我們講述了《哥林多未婚妻》的內容，他信誓旦旦地保證真有此事。愛情將一個幽靈帶回人世，暫時還她一副軀體，這則軼事感動了我們在場每一個人，不過感動程度各自不同。好幾個人躍躍欲試，想要如法炮製一番：撒提洛斯想要召喚他的老師阿斯帕修斯，他曾與老師有過一些協定，卻從來沒遵守，其中一項就是，死去的人要答應為活著的人帶來消息。安提諾烏斯也對我做出同樣的承諾，我一笑置之，沒理由認為那孩子會比我早死。菲隆想辦法讓他死去的妻子顯靈。我同意念出我父母親的名字，但基於某種分寸，我沒提普洛蒂娜。大家的嘗試沒一個成功。不過，幾扇奇特的門已被開啟。

離開安提阿的幾天前，我依例前往卡修斯山頂祭拜。登山行程安排在夜間；與攀爬埃特納火山時一樣，我只帶了少數幾個腳力好的朋友隨行。我的目的不僅是在那座比任何地方都神聖的祭壇完成贖罪儀式，亦想從頂峰見到那輝煌曙光：每有機會凝望這日日出現的雄偉景觀，我總暗自歡喜叫好。高聳的山頂上，神廟的銅飾在陽光下閃耀；亞細亞的平原與大海仍深陷暗影中，我們被照亮的臉龐笑容燦爛。在那一小段時間中，唯有登上山脊祈禱的人有福享受晨光。為這場祭典，我們準備了一切；先騎馬走一段，然後沿著崎嶇危險的羊腸小徑徒步前行。山路兩旁的樹種是金雀花和乳香黃連木，夜裡散發特有的香味。空氣濕悶沉重，那個春天彷彿夏天一般燃著高溫。我生平第一次在上山時爬得上氣不接下氣，不得不在我最愛的少年肩頭靠一下。赫莫杰內斯會觀氣象，早就預測會下一場雷陣雨；果然在距離山頂百來步之處，瞬間天色大變。祭司們就著閃電的亮光出來迎接；我們一行幾人全身濕透，連忙圍著布置好的祭臺就位，準備祭拜儀式。就在即將結束之時，一道閃電將我們照得慘白，當場劈死了牲品和宰殺牲品的祭司。驚魂甫定後，身為醫生的赫莫杰內斯好奇地彎腰探視遭雷劈中的犧牲者。查布里亞斯和主祭司高聲讚嘆：從此，被天神之劍腰斬犧牲的男人和幼獸永遠地與我的守護精靈合而為一；兩個替身的生命將延長我的壽命。安提諾烏斯緊抓住我的胳臂，顫抖不已。我當時誤會了：那並非因為恐懼，而是頓悟到一件我後來才懂的事。一個對衰敗低落惶恐的人，也就是說，害怕年華老去的人，必然早就對自己許下諾言，在第一個走下坡的徵兆出現時，甚至更早之前，即慨然赴死。如今，我終於能夠相信，像這樣的諾言，我們許多人亦曾對自己許下卻並未遵守，但在他心裡萌芽的時間可回溯到十分久遠以前，早在尼科米底亞時期，我們於泉水邊相遇那一刻起。我才能解釋他對諸事懶散，卻對享樂歡愉興致勃勃，個性憂愁，卻對未來完全淡漠的態度。更重要的是，這離世必須沒有一點反抗的樣子，也沒有絲毫怨言。卡修斯山的閃電為他照亮一條出路：死亡可以變成一種最後的效忠，一份最後的，也是唯一的贈禮。

與那張驚恐臉龐所展現的笑靨相比，燦爛的曙光實在不算什麼。幾天後，我再次見到那同樣的笑容，但掩飾較深，蒙上一層不明的意味。晚餐時，閒時兼研究手相術的帕勒蒙想看少年的手掌。那掌心裡竟藏著一場驚人的流星殞落，連我亦駭然不已。孩子抽回手，輕柔地握緊，幾乎靦腆地不好意思起來。那時，他試圖守住他的心思把戲，以及，自身結局之祕密。

我們在耶路撒冷稍做停留。我在當地視察藍圖，打算在被提圖斯夷為平地的猶太城邦原址建造一座新城市。猶太行省施政良好，對東方的貿易愈發進步，這個路線交會之地需要發展成一座都會大城。我預定建一座常見的羅馬式首都：愛利雅家比多連將有其神廟，市集，公共浴池，羅馬維納斯之祭壇。我最近很沉迷於行事激情溫柔的宗教崇拜，於是在摩利亞山區選中一個最適合的山洞，舉行阿多尼斯祭。這些計畫惹惱了猶太平民：他們已被剝奪了繼承權，寧可留下廢墟殘骸，也不接受一座能帶來所有營利，知識及享樂等大好機會的大城。對斷垣頹牆揮下第一下鐵鍬的工人們遭到人群痛毆。我不顧反對聲浪，繼續動工：後來在建造安提諾城時發揮規劃長才的菲度斯·阿奇拉，在此先接下了耶路撒冷的工程。我不願在瓦礫堆上看見仇恨激增。一個月後，我們抵達培琉喜安姆。我特意重修了龐培的墳。愈深入這些東方事務，這位偉大凱撒永遠的手下敗將的政治天分愈令我欽佩。在這個局勢不穩的亞細亞，龐培努力地建立秩序，在我看來，有些作為似乎比凱撒為羅馬所做的更有效率。這批整修工程是我對歷史上的亡魂所做的最後致意，因為不久後，我就得去忙其他墳墓的事情了。

我們抵達亞歷山卓時十分低調。進城的凱旋式延期，等待皇后駕臨。他們竟說服了我那極少出門旅行的妻子到氣候較溫暖的埃及來過冬。而路奇烏斯患上難纏的咳嗽，久久不癒，也要來試試這個療法。一隊小軍艦集結起來，航行尼羅河，節目包括一連串官方視察，慶典，盛宴，保證和帕拉提諾山上一整個季節的活動同樣累人。這一切都是我親自安排的：在這個習慣皇家排場的古老國度，宮廷的奢華與威望仍有其政治作用。

但我因此更想趁貴賓們到來之前，盡情狩獵幾天。在帕米拉的時候，梅勒斯．阿格里帕已替我們在沙漠中辦了幾場；但範圍不夠大，沒能遇上獅子。兩年前，阿非利加這片大地曾為我獻上幾次美妙的大型野獸狩獵經驗；當時，安提諾烏斯還太年輕，完全是個生手，沒能獲准處於第一線。因此，為了他，我的表現懦弱得連我自己都不敢想像。我事事順著他，答應讓他在這一次的獵獅行動擔任主要獵手。把他當成孩子對待的時期已過去了，而且，他的年輕力壯令我十分驕傲。

我們前往阿蒙的綠洲，那兒距離亞歷山卓有幾天路程。遙想當年，亞歷山大大帝曾從祭司們口中得知他為天神之子的祕密。當地土著已提出警告，附近區域有一頭特別危險的猛獸出沒，經常攻擊人類。晚上圍著營火，我們開心地拿即將到手的戰果與海克力斯的功蹟相比。不過頭幾天，我們僅帶回幾頭瞪羚。那一次，我們決定兩人都到一個長滿蘆葦的沙沼附近盯哨。那頭雄獅常在黃昏時來此飲水。黑人們被指派吹海螺，敲鑼鈸，高聲尖叫，把牠趕到我們這裡來；禁衛隊裡的其他人則留在稍遠的地方。氣流沉悶靜滯，甚至不需要顧慮風向。當時應該是剛過日出後第十點鐘，因為安提諾烏斯指點我看：池塘裡的紅睡蓮還盛開著。突然間，蘆葦叢中一陣窸窣踩踏，高貴的猛獸轉身，美麗駭人的獸面正對我們，那是危險最具神性的面貌之一。我的位置偏後了些，來不及攔住那孩子：他莽撞地策馬向前，射出長矛，又擲出僅有的兩把標槍，技術不錯，但距離太近。猛獅被刺穿頸部，倒下，尾巴用力拍打土地；揚起的沙塵使我們分不清東南西北，僅辨識得出一具狂亂咆哮的形體。雄獅終於重新站起，凝聚全身之力，撲向馬匹及已失去武裝的騎士。我早已料到這種可能；幸運的是，安提諾烏斯的坐騎沒有失控。面對此種局面，我們的牲口皆經過令人讚嘆的優良訓練。我駕馬趕到，暴露坐騎右側，斜插人獅之間。我十分習慣這樣的舉動：結束垂死猛獸的性命，對我而言並不困難。牠再次頹倒，鼻尖栽入泥沼，水面上留下一道黑色血痕。這頭毛色如沙漠，如蜜液，如陽光的大貓，斷氣那一刻之莊嚴更勝人類。安提諾烏斯從滿身大汗，仍不停顫抖的馬兒背上躍下；同伴們趕來會合，黑人們將死去的碩大獵物拖回營地。

大夥兒臨時擺宴慶祝了一番。少年趴伏在一只銅盤前，親手為我們獻上一份份以灰燼悶熟的羔羊肉。我們暢飲棕櫚酒為他慶賀。他的情緒高漲，宛如一首軍歌那樣慷慨激昂。對於我挺身搭救的行為，他或許想得誇張了些，會錯了意，忘了我對任何陷入險境的獵人都會這麼做。不過，我們感到自己回到那個悲壯的英雄世界：那裡的戀人彼此甘為對方赴死。他的喜悅彷彿頌歌裡的詩節，時而充滿感激，時而驕傲得意。黑人土著令人讚嘆：當天晚上，獸皮已剝下，用兩根木樁架掛在我的營帳前，於星光下搖曳。儘管周圍遍撒香草，那猛獸的氣味仍整夜縈繞不去。隔天，我們以水果當餐，餐後即拔營。離去之時，我們在一個溝渠裡發現前一天那頭高貴雄獅的殘骸：僅剩一副腥紅骨架，上方飛蠅如雲。

幾天後，我們回到亞歷山卓。詩人龐克拉特斯在博物館為我舉辦了一場特別的饗宴。我們聚集在一座音樂廳，廳裡有各種珍貴的樂器：古老的多利安里拉琴，比我們的樣式沉重，但沒那麼複雜，與波斯和埃及琴身彎曲的齊特琴並列。還有腓尼基人的高音蘆笛，音響則如閹人般尖聲細氣；還有我不知道名稱的精巧印度笛。一名衣索比亞人緩緩拍擊阿非利加種葫蘆。若非我早已決定簡化生活，僅保留對我真正根本重要的一切，恐怕就會被那名持著三角豎琴奏出哀傷曲音的冷豔美女誘惑。克里特的米索米德斯是我最喜愛的樂師，他以水力管風琴伴奏，吟誦詩作〈斯芬克斯〉。這首作品令人不安，曲折迂迴，如風吹飛沙一般難以捉摸。演奏廳對著一座內庭敞開；八月已近尾聲，燦如怒火的午後陽光下，一池睡蓮布滿水面。中場休息時間，龐克拉特斯堅持要我們湊近欣賞那些品種稀有的奇花：鮮紅如血，只在夏末綻放。我與少年立即認出我們在阿蒙綠洲裡看見的豔麗紅蓮。龐克拉特斯立即興奮地想像受傷的猛獸在蓮花叢中斷氣的景象。他向我自薦，打算把這場狩獵寫成詩篇；詩作中，雄獅的血將染紅水中睡蓮。這種設定並不新鮮，但我還是把這項任務委託給他。龐克拉特斯不愧是宮廷詩人，隨口就念出幾行讚揚安提諾烏斯的可喜詩句：玫瑰，風信子，燕子草皆失色，任那豔紅花冠獨占鰲頭，從此以少年命名。一名奴僕受命踩進池中採一束蓮花。少年已習慣各種讚美，一本正經地接過這些蠟紅色的花朵；夜幕降臨，粗如小蛇的彎軟長莖頂上，花苞闔起，彷彿閉上了眼。

就在此時，皇后駕臨。長途跋涉令她精疲力盡；她變得十分嬌弱，但個性一樣剛硬。她在政治圈的關係已不再給我帶來麻煩，想當年她還傻呼呼地煽動蘇埃托尼烏斯；如今圍在她身邊的只有幾名無害的文藝女性。現任的閨中密友名喚尤莉亞．巴爾比亞，希臘詩寫得頗佳。皇后及女侍隨從在呂克昂講堂住下，從此深居簡出。路奇烏斯則相反，一如往常地對所有玩享之樂充滿好奇，動腦的和動眼睛的都喜歡。

年屆二十六，他驚人的俊美幾乎一點也沒改變，在羅馬街頭總引來年輕人歡呼喝采。他依然行事荒唐，帶著一絲嘲諷，快樂逍遙。以往的任性如今變成了癖癮；沒帶御廚就不出門，他的園丁甚至神乎其技地在船上替他用奇花珍草種出美妙的花壇。他走到哪裡都拖著自己設計的睡床，它有四張床墊，分別塞填了四種特別的香草，以圍著他的年輕貌美的情婦們為枕，與她們相擁共眠。他的侍童皆撲香粉塗胭脂，穿著有如扮演西風之神齊菲爾和愛神厄洛斯；他們盡力遵循指示，陪他玩一些有時近乎殘酷的遊戲：曾有一次，我不得不介入，以免小博瑞阿斯為滿足他對纖瘦體態的喜愛而被餓死。這一切行徑與其說可愛不如說可惡。我們一起參觀了所有亞歷山卓城值得參觀的景點：燈塔，亞歷山大的陵墓，安東尼的陵墓，在此，屋大維永遠是克麗奧佩特拉的手下敗將；而神廟，匠舖，工坊，甚至薰屍人的城外郊區，無一遺漏。我在一名手藝精良的雕刻師那裡買下一批維納斯，戴安娜，荷米斯，打算運到義大利加，裝飾我的故鄉，重修成現代國度。塞拉皮斯神廟的祭司送我一套乳白色酒杯，我轉贈給了塞爾維安。為姊姊寶琳娜著想，我仍努力與他維持基本的良好關係。許多重大的市政計畫就在此類枯燥乏味的巡視之下實現成形。

亞歷山卓城的宗教種類與交易形式一樣繁多：產品的品質亦更令人質疑。基督徒特別獨樹一格，設立多種教派，一點用處也沒有。有兩個騙徒，瓦倫提努和巴希里德，互相使詐算計，受羅馬警察嚴密監視。埃及人民中的敗類趁著每次的教規修行儀式，手持短棍撲打外國人。在亞歷山卓城，聖牛阿皮斯之死所引發的動亂比羅馬的皇位繼承更激烈。追求潮流的人不時更換崇拜的神，一如別地方的人換醫生一樣，為的就是要更成功。不過，他們唯一的偶像是黃金；在其他任何地方，我未曾見過強要東西比他們更無恥的人。處處可見頌揚我功德的溢美之詞，但我拒絕減免當地人民一項課稅，何況他們非常有能力負擔這筆稅金，於是這批烏合之眾很快就棄我而去了。兩名陪伴我的年輕人幾度遭到辱罵：人們責備路奇烏斯奢華無度，確實必須承認太過火，至於安提諾烏斯，則說他出身低賤，並散播一些荒謬的謠言，甚至臆測兩人的特權，對我影響甚鉅。這種說法實在可笑。路奇烏斯評估公共事務的洞察力驚人，對政策卻不具絲毫影響力，而安提諾烏斯則從來胸無大志。年輕貴族見過世面，對這些侮辱只覺好笑。但安提諾烏斯卻備感痛苦。

受猶太行省教友的慫恿，猶太人簡直卯足全力意圖讓棘手的局勢每況愈下。耶路撒冷的猶太會堂派出他們最景仰的人物阿奇巴當代表，前來見我。阿奇巴是一個幾近九十歲的老人，不懂希臘文，任務是說服我放棄正在耶路撒冷進行的建城計畫。在口譯的協助下，我與他交談多次，但他每每只藉機自說自話。不出一個小時，雖然無法同意他所說的，但我自認已能明確界定他的想法；他對我的表達卻沒付出同等努力：這名瘋狂信徒甚至根本沒想過，可能有人設想前提的方式與他不同。在羅馬帝國這個群體中，我賦予這支備受歧視的民族一個位置，與其他族群共享：然而藉由阿奇巴之口，耶路撒冷向我強調其意志：堅守崗位至最後一刻，捍衛被人類排拒的一支種族及一位神。他鉅細靡遺地表達這種激憤的想法，囉嗦煩人：我被迫忍受一長串理由，一個接著一個，套得天衣無縫，證明以色列優越超凡。不過，如此嘮叨了八天，這名協商代表發現自己走錯了方向，於是宣布告辭。我痛恨功虧一簣，即使失敗的是別人也一樣，何況這次是個老人家，這樣的結果更令我難受。阿奇巴無知，拒絕接受不同於他的聖書所載及非他族人之一切，使他被賦予某種偏狹的天真無邪。但是，想對這名教派分子有同情心，真的很難。活到如此高齡，他似乎喪失了所有柔軟度，身體瘦骨嶙峋，思想枯燥刻板，生就一種蝗蟲似的刻苦耐勞。聽說後來他去世時被視為英雄，捍衛了民族，其實或者該說，捍衛了他的信條：人人各自虔誠效忠自己的神。

亞歷山卓城內可供排遣之事愈來愈少了。腓拉更那傢伙，每到一個地方，不管是淫媒，或有名的陰陽人，這些地方上的奇事他都知道；他帶我們去找一名女法師。那個能與肉眼看不見之物通靈的女人住在克諾珀斯。我們趁夜乘船前往，沿著混濁幽黑的運河航行。這趟旅程氣氛陰鬱。兩名年輕人之間始終瀰漫一股沉默的敵意：我強迫他們友好親密，反而更加深了兩人對彼此的憎惡。路奇烏斯以一種明捧暗諷的降尊紆貴態度掩飾心情，我的希臘青年則把自己深鎖在他常有的那種鬱鬱寡歡裡。我本人也提不起勁：幾天前，烈日驕陽下一場賽馬，回宮後，我短暫昏厥了過去；當時在場的只有安提諾烏斯和我的黑奴歐福里翁。兩人的反應皆緊張過度，我令他們不可聲張出去。

克諾珀斯不過是一個俗麗的舞臺背景。女法師的屋子位於這座享樂勝地最骯髒的角落。我們在一座搖搖欲墜的露臺靠岸下船。女巫在屋裡等我們，已備好她那一行特有的各種詭異器具。她看起來頗有本事，絲毫不像舞臺上的招魂女巫，甚至她也並不老。

她卜出的卦預言災厄凶險。那一陣子，處處占得的神諭皆預示我將遭遇各種煩惱，會有政治禍端，宮廷陰謀，以及嚴重疾厄之憂。今天，我相信那些暗黑之口必然受到某些純粹人為的影響，有時是為了警告我，通常是為了嚇唬我。就部分東方領土的真實情勢而言，預言所顯示的比我們行省總督們的報告還清楚。面對這些所謂的神啟，我十分冷靜；儘管我對不可見的世界持有敬意，倒還不至於去信任那些顛三倒四的神。在安提阿附近有座達芙妮神廟；十年前，初登基不久，我曾下令關閉該廟的諭示儀式，因為此廟預言我將掌權，而我擔心它對後續任何一個來此的權位覬覦者做出同樣的神諭。不過，聽說有悲慘臨頭，終究教人惱怒。

女占卜師使出渾身解數讓我們擔心不安之後，端出她所能提供的協助：只要施辦一場埃及巫師精通的獻祭法事，就能化除一切凶厄，與命運和睦相處。根據以往我對腓尼基法術之涉獵，我當下即明白：那些禁忌施法之恐怖並不在於可見的部分，而是他們暗中隱藏之事；若非清楚我對活人祭深惡痛絕，她很可能會建議我犧牲一名奴隸。當時，她只敢提出需要一頭家畜。

在盡可能的狀況下，牲品應為我個人所有。可以是狗：在埃及人的迷信中，那是不潔的動物；鳥類也很合適，但我旅行時並不攜帶飛禽。我的少年提議用他的隼鷹：條件堪稱符合，因為那頭美麗的禽鳥是歐斯羅埃斯國王送給我本人的禮物，收下之後，我轉贈給了少年。那孩子親手餵食照顧，那是他少數極珍視的個人擁有物之一。起初我拒絕了，他認真地堅持；我悟到他賦予這次奉獻的意義並不尋常，因為愛，我接受了。我的信差米內克拉提斯背負著最仔細的叮嚀囑咐，出發回我們位於塞拉皮斯神廟的寓所，將隼鷹帶過來。就算一路快馬奔馳，來回一趟最少也要兩個鐘頭以上；這段期間，說什麼也不該留在女法師那間骯髒簡陋的小屋裡，而路奇烏斯又抱怨船上太潮濕。腓拉更想到一個權宜之計：將就去一名老鴇那裡打發時間，不過要請裡面的人員先離開。路奇烏斯決定睡一覺。安提諾烏斯躺在我腳邊，我則趁這段空檔口述幾篇速件書信；燈火下，腓拉更的蘆葦筆吱呀不停。米內克拉提斯帶著隼鷹、護臂皮套、鳥斗篷和鎖鍊回來時，夜間的時辰已進入最末更。

我們返回女法師的住所。安提諾烏斯掀開隼鷹的斗篷，緩緩撫摸牠野性又睏頓的小腦袋，然後將牠交給喃喃持咒的女法師。法師隨即展開一連串神奇的催眠招術。鳥兒中了迷魂術，又睡著了。非常重要的是：牲品不可掙扎，必須顯得是牠自願受死。按照儀式塗抹蜂蜜及玫瑰精油後，失去知覺的禽鳥被放進一只裝滿尼羅河水的木桶。在水中的鳥兒化身成在河流載浮載沉的歐里西斯。鳥兒以牠的命來幫我添壽，生於太陽的小小靈魂，因某個人而犧牲，也與他的守護精靈合而為一。從此，這肉眼不可見的精靈在我面前顯現，以此形象守護我。接下來的漫長操作好比在廚房裡料理烹調，並無多大意義。路奇烏斯打起呵欠。作法之儀式處處仿照人類葬禮；煙燻，吟誦聖詩，得持續到黎明。鳥兒被關進一副棺材，裡面塞滿香料。女法師當著我們的面，把牠埋葬於運河畔一處荒廢的墓地。然後，她就這麼蹲在樹下，一塊一塊地數起金幣：那是腓拉更付給她的酬勞。

我們返回船上。一陣特別寒冷的風吹襲。路奇烏斯坐在我身邊，纖細的長指掐起繡花被拉高蓋緊。基於客套，我們繼續有一搭沒一搭地交談，聊些羅馬的事件和醜聞。安提諾烏斯把頭枕在我的膝蓋上，躺臥在船板；他假寐，藉此把自己隔絕於這些與他無關的對話之外。我的手插入他的秀髮，輕撫他的頸背。在最空洞或黯淡的時刻，我總覺得，透過這樣的撫摸，能與重要的自然事物保持接觸，彷彿森林之深邃，花豹肌肉結實的背脊，泉源的汩汩脈動。但沒有一種撫摸能通達心靈。抵達塞拉皮斯神廟時，陽光普照；沿街瓜販吆喝，叫賣西瓜。我一直睡到舉行當地議會的時間才去開會。我事後知道：安提諾烏斯趁著我不在的這段空檔，說服查布里亞斯陪他重返克諾珀斯：他回去找女法師。

第二百二十六屆奧林匹亞的第二年，阿提爾月的第一天……這天是垂死之神歐西里斯的忌日：沿河兩岸，淒厲的哀嚎已在所有村落中迴響了三天。我的羅馬賓客們不像我那般習慣東方的各種祕教，對來自不同種族的這些儀式顯得頗為好奇，但其實那反而已讓我厭煩到極點。我下令將我的船駛離，停泊在與其他船保持距離之地，遠離所有人群聚居之地，來到一座法老王神廟：廟已荒廢大半，卻依然聳立在岸邊。廟中仍有祭司人員，我並未完全逃離哭喪哀嘆的噪音。

前一晚，路奇烏斯邀我去他的船上晚餐。我在夕陽西下之時前往。安提諾烏斯拒絕隨我同行。我留他獨守在船尾我的艙房裡。他躺臥在那張雄獅毛皮上，忙著和查布里亞斯玩擲骨遊戲。半個小時之後，夜幕已低垂，他改變了主意，請人叫來一艘小舟，僅靠一名船夫協助，逆流操槳，划過我們與其他船隻之間那段頗為可觀的距離。設下晚宴的華帳裡，眾人正為一名女舞者擺出誇張的歪扭姿態鼓掌；當他走入帳中，掌聲嘎然停止。他穿著一襲敘利亞長袍，布料薄如一片削下的果皮，綴滿花朵與克邁拉圖案。為了划槳方便，他拉下了右半邊的衣袖，光潔的胸膛上，汗珠顫動。路奇烏斯拋了一個花環給他，他在半空中接住。他心情歡快得簡直刺耳逼人，一刻不停歇；雖然一杯希臘葡萄酒就讓他不勝酒力。帶著路奇烏斯尖酸刻薄的晚安，我們一起搭乘我那艘由六人划槳的船回去。歡樂不羈，持續不退。然而，到了早晨，我無意間觸碰到一張冰冷流淚的臉。我煩躁地問他哭泣的原因，他低聲下氣地回答是疲累的關係，請求原諒。我採信了他的謊言，翻身又睡。他真正的垂死掙扎其實發生在那張床上，而且就在我身邊。

來自羅馬的信差剛抵達；我一整天都在讀信回信。和平時一樣，安提諾烏斯安靜地在書房裡來回踱步；不知道這頭俊美的獵犬究竟在哪一刻走出了我的生命。接近第十二個鐘點時，查布里亞斯慌亂地跑進來。完全違反常態的，青年沒有交代詳細的去處以及要離開多久，擅自下船：至少已過兩個鐘頭了。查布里亞斯記起他前一夜曾說了些奇怪的話，甚至當天早晨，還留下一段叮嚀，與我有關。查布里亞斯把心中的擔憂傳達給我。我們急忙下船到堤岸上。年事已高的老師本能地往岸邊一座祭壇走；那座單獨的小廟是神廟的附屬建築之一，安提諾烏斯和他一起參觀過。供桌上，有一樣祭品的灰燼尚存殘溫。查布里亞斯伸出手指探入，拉出一綹斷髮，幾乎還完好無缺。

當務之急就是在堤岸上仔細搜尋。尼羅河的一個河灣連著一連串蓄水塘，應是昔時供應聖祭之用；在最後一座水池旁，迅速逼近的黃昏暮光下，查布里亞斯瞥見一件摺好的衣服及兩隻涼鞋。我奔下濕滑的臺階：他躺在裡面，已經被大河泥沙淹沒。在查布里亞斯的協助之下，我終於擡起那突然如石頭般沉重的身軀。查布里亞斯高聲呼喚船夫們，他們用帆布臨時做了一張擔架。赫莫杰內斯被十萬火急地召來，也只能確認他已死亡。原本那般溫馴的軀體拒絕回溫，不肯復活。我們把他擡到池塘邊。所有的一切都崩潰；整個世界黯淡無光。奧林帕斯的宙斯，萬物的主宰，救世主，紛紛頹倒，僅剩一名華髮蒼蒼的男子在船上嗚咽悲泣。

兩天後，赫莫杰內斯說服我去思考喪葬事宜。安提諾烏斯選擇為死亡所進行的獻祭儀式指引了我們一條路：他生命終結的時辰、日期與歐西里斯下葬之期相同，想必並非巧合。我前往河對

安提諾烏斯化身為歐西里斯（Louvre）

岸的赫爾摩波利斯，去找薰屍人。我曾在亞歷山卓看過他們的同行工作，知道自己將讓那副軀體遭受什麼樣的折磨。但是，以熊熊烈火將那身我摯愛的皮肉燒成焦炭，或埋入土中逐漸腐化，一樣駭人恐怖。渡河時間很短；歐福里翁蹲坐在尾艙一角，低聲吟唱不知名的阿非利加哀歌。那幽怨沙啞的歌聲幾乎就是我內心的哭喊。我們將死者搬進一座用水沖得乾乾淨淨的廳室，那地方讓我想起撒提洛斯的診所。我協助取模師傅在死者臉上抹油，然後才塗上蠟。所有隱喻都有寓意：我將那顆心捧在手心。離開他時，那被掏空的身軀已然只是薰屍人做好的準備工作，一項殘酷傑作的初步階段，珍貴的物質，被擦上鹽粒和沒藥膏，永遠不再接觸空氣和陽光。

回程時，我參訪了他獻祭之處附近的那座神廟，對祭司們談話。他們的祭壇將整修翻新，成為整個埃及的信眾前來朝聖之地；教團得到豐厚的資金，人員增多後，從此將專門敬奉我的神。即使當時我的思路遲鈍至極，亦從不懷疑那少年會是神。希臘和亞細亞以我們的方式來尊崇他：競賽，舞蹈，或在一座純白的裸體雕像下依時擺放貢品。埃及既然曾見證他垂死之苦，亦將有分共享他被神格化的榮耀，堪稱是最陰暗，最祕密，最殘酷的榮耀：這個國度將扮演他永遠的屍體保存者。往後多少世紀，一代又一代的光頭祭司將誦念連禱文，文中將反覆出現這個名字——這個名字對他們而言沒有意義，卻包含了我的全部。每一年，聖船將載著他的人像遊河，阿提爾月的第一天，哀悼者們將徘徊我曾沿途搜尋的這條堤道。每個時刻皆有其立即應盡的責任，有一道特別命令在排擠掉所有事情：當時我的首要之急就是對抗死亡，不讓它奪走我僅剩的部分。河岸上，腓拉更已為我召集了隨我出巡的建築師和工程師；憑著一種清醒癲狂，我領著他們沿一座座多岩的山丘，講解我的藍圖，打算鋪展一道四十五斯塔德長的城牆；我在沙地上標記凱旋門與他墓園的位置。安提諾城即將誕生，這已是對死亡的一場勝利：在這片多災多厄的土地上，強行興建一座純希臘風格的城市，一座可防禦厄利垂亞游牧民族的堡壘，印度商路上的一座新的貿易市集。亞歷山大昔日以大破壞與大屠殺來舉辦赫菲斯提翁的葬禮。我認為較美好的方式是送給心愛的人一座城市，在那裡，對他的崇拜永遠與廣場上的人來人往混在一起；他的名字時時出現在傍晚的閒談中；那城市裡的年輕男子會在晚宴上互擲花冠。然而，在一件事上，我的想法搖擺未定。把那副軀體遺棄在異鄉，我似乎做不到。我如同一個不確定下一站要在哪裡過夜，於是向好幾家旅店預訂住處的人，在羅馬的臺伯河畔，我的墳墓附近，亦請人為他建了一座紀念建築。此外，我也想到我先前任性地令人在莊園裡建造的埃及祭壇，如今忽然悲劇性地派上用場。葬禮的日期決定了：根據薰屍人所需的工作時間，將在兩個月後舉行。我把編寫葬禮哀樂合唱之任務交給米索米德斯。夜深之後，我回到船上，赫莫杰內斯替我準備了一碗藥湯，助我入睡。

溯河而上的旅程繼續，但我航行在斯提克思冥河上。在多瑙河畔的囚營裡，我曾看過一些形狀甚慘的可憐人，倚牆而臥，持續用額頭敲撞壁面，動作既粗野，瘋狂，又溫柔，口中喃喃念著同一個名字。在競技場的地窖裡，人們讓我看那些獅子：牠們日漸衰頹，因為平時習慣一起生活的那隻狗被帶走了。我集中思緒：安提諾烏斯死了。小時候，我曾對著馬魯利努斯被烏鴉撕咬得不成形的屍體放聲大哭，如夜裡一頭失去理智的獸那般悲鳴哀嚎。我的父親去世了；但一個年僅十二歲的孤兒僅曉得家中秩序大亂，母親時時哭泣，以及自己的深深恐懼；對於死者在臨終時所遭受的痛苦則一無所知。許久之後，母親去世；大約是在我駐守潘諾尼亞期間，確切的日期我已不記得。圖拉真僅是一個讓人等著他寫遺囑的病人。普洛蒂娜去世時我沒見到。阿提安也死了，他本是個老人。達西亞戰爭期間，我失去許多曾熱烈深愛過的同袍；但當時我們還年輕，生與死皆令人迷醉且輕鬆以對。安提諾烏斯死了。我想起那些老生常談：人可能在任何階段死去，而年紀輕輕就離世的是神的寵兒。以往，我自己已曾如此忝不知恥地濫用文字，說死亡如同一場長眠，說生活無聊得要死。我曾用過「垂死」這個字眼，「服喪」這個字眼，「逝去」這個字眼；而安提諾烏斯死了。

愛神，眾神中最具智慧者……但愛並非罪魁禍首，不需背負這場疏失，因為這些嚴格的對待，這種冷漠與熱情混雜，彷彿河水裡夾帶的沙與金；因為，一個幸福過頭的男人的粗魯盲目，而且他正在老去。我怎麼能如此地心滿意足？安提諾烏斯死了。「熱愛過度」，此時在羅馬，塞爾維安想必這樣對外宣稱。但我遠遠不及，甚至愛得不夠，不足以強迫那孩子活下去。查布里亞斯曾受奧菲祕儀啟示，視自殺為罪行，於是一再強調那場生命終結的犧牲精神。當我告訴自己，他的死是上天賜給我的禮物，我亦感受到一陣可怖的喜悅。然而，柔情至深處所醞釀發酵的苦澀多麼心酸，克己忘我的情懷中藏著何種絕望，愛摻有哪種恨，這一切唯我一人獨自衡量。受辱之人將他的一片忠心向我當面呈上，擔心失去所有的孩子找到這個方法，將我永遠與他綑綁。若他竟寄望以犧牲自己來保護我，那麼，他必然認為自己不得歡心，才會感受不到別人失去他之後該要遭受的極度苦痛。

淚終於流乾：前來接近我的朝官顯貴不再需要將視線從我臉上移開，彷彿垂淚流涕淫穢不堪入目。參訪示範農田和灌溉溝渠的行程重新展開。時辰如何分配運用並不重要。關於我的災厄，世間已有千百種荒謬的謠言，就連隨行的船隻隊伍中，亦流傳著有辱於我的醜惡故事。我隨他們去說；畢竟，那不是一個能高聲喧喊的真相。那些邪惡至極的謊言，以其說法，倒也確實沒錯。人們指控我把他當成祭品，從某種角度來看，我的確是犧牲了他。赫莫杰內斯一五一十地向我報告外界那些迴響，並轉述幾則皇后給我的訊息。她的表現十分得體：面對死喪之事，此本人之常情。不過這種同情來自一項誤解：人們可以聽我訴苦，前提是我必須復原得夠快。就連我本人亦以為心情已差不多平靜下來了，幾乎要為自己的再三悲嘆慚愧臉紅；殊不知原來痛苦是一座撲朔迷離的迷宮，我深陷其中，走也走不完。

旁人強迫我從事一些散心排遣的活動。抵達底比斯幾天之後，我得知皇后及其隨行人員已二度造訪曼儂巨像，期盼聽見石頭在黎明所發出的神祕音響，那是所有旅客都想體驗的知名現象。

奇蹟並未發生。迷信的人們猜想，若我露面或許有效。我同意隔天陪女眷們走一趟：只要能打發漫長無盡的秋夜，做什麼都好。那天凌晨，將近第十一個鐘點時，歐福里翁進入我的艙房，燃起燈籠，幫我著裝。我走到甲板上。天色仍一片黯黑，誠如荷馬詩中的荒年旱天，漠視人類的悲喜。那件事發生之後已過了二十多天。我在船尾找了個位置，航程雖短，女眷們仍免不了要恐慌驚叫。

我們下船之處離巨像不遠。一條淺淺的玫瑰紅長帶從東方延展開來：又是一天的開始。神祕之聲響了三次；聽起來像弓弦斷掉的聲音。精力旺盛的尤莉亞．巴爾比亞利當場又產下一系列詩作。女眷們決定參觀神廟；我陪她們沿著刻滿單調象形文字的牆面走了一會兒。那些巨像令我厭煩；每位國王看上去都一樣，並肩而坐，撐在前方的腳板又長又扁。這些麻木的雕像上不見任何構成我們生命的元素，沒有痛苦，沒有歡享，沒有令四肢自由的動作，那向前低垂的頭部亦顯現不出經營世界之雄才大略。關於那些已無實權的歷史人物，導覽的祭司們所知道的似乎和我一樣寥寥無幾，不時只聽他們圍繞著某個名字爭論不休。我們概略知道每一位君王都繼承了一個王國，統治了王國裡的人民，生育了繼位者：僅止於此。那些幽暗神祕的王朝比羅馬更古老，比雅典更遙遠，比阿奇里斯死於特洛伊城牆下的時代更早，比儒略曆計算的五千年天文周期還要久遠。我提不起勁，打發祭司們走開，自己躲進巨像的影蔭裡休息，等待上船。曼儂的雙腿上，一直到膝蓋，被遊客刻滿希臘文字：有姓名，日期，一段祈禱文，某個人名叫塞爾維烏斯．蘇阿維斯，另有一位歐梅內，曾在六個世紀以前來到我所在的同一個位置；某位帕尼翁在六個月之前曾參觀了底比斯……六個月之前……我臨時萌生了一個念頭。孩提時，在一座西班牙領地裡，我常在栗子樹上刻下名字。好久沒這麼做了。我這個皇帝，拒絕把稱號和頭銜刻在自己建造的紀念建築上，當下卻拿出了小刀，在那堅硬的石壁上淺淺劃下幾個希臘字母：「ΑΔΡΙΑΝΟ」：我的暱稱小名。這麼做仍是為了與時間抗衡：一個名字，一段人生，其中包含哪些數不清的元素，沒有人演算得出；一個迷失在時光流逝世紀延續之中的男人留下一個印記。那一瞬間，我記起當天是阿提爾月的第二十七日，五天後就是我們曆法中的第十個朔月。那天是安提諾烏斯的生日：那孩子若還活著，正好滿二十歲。

我回到船上。癒合得太快的傷口重新裂開，我把臉埋在歐福里翁給我的枕頭裡，聲嘶力竭地吶喊。那具屍體和我，我們從此茫然漂泊，分別被時間之河的兩道洪流沖往相反的方向。羅馬第十個朔月的前五天，阿提爾月的初一：逝去的每一刻逐漸將那副軀體拖入流沙，將那場生命之終結掩埋。我攀上險峭的陡坡，用我的指甲拚命挖掘，想把死去的那天挖出土來。腓拉更面對門檻而坐，對於船艙裡的來來去去沒有太多印象，只記得每次有一隻手推開門時，總有一道光影響他的視線。我像是遭人指控犯罪似的，仔細檢視自己那天每個時辰的行事：逐條口述，答覆以弗所的元老會。那場臨終垂死發生時，我正在說到哪幾句話？我在腦中重建當時的場景：吊橋在急促的腳步下壓彎，枯旱的堤岸，平坦的石板路；神廟旁，刀刃來回割鋸一綹秀髮；身軀俯彎；小腿曲起，以便手能解開涼鞋；那特有的姿態，在閉上雙眼的同時微啟雙唇。那善泳的人兒要下多麼絕望的決心，才能將自己悶死在那池黑泥裡。我試圖繼續想像，深入想像我們所有人都將經歷的天旋地轉，放棄搏跳的心，故障卡住的腦，停止呼吸生機的肺。我亦將遭受類似的騷亂煎熬；有一天我也將死。但每個人垂死的情況不同；我費盡心思想像他的最後一刻，得到的只不過是一個毫無價值的成果：他孤獨地死去。

我努力抵抗，如同對抗壞疽一般與傷痛奮鬥。我回想起他幾次頑固堅持，幾則謊言；我對自己說，說不定他會變，發胖，衰老。一切白費心機：我彷彿一個認真盡責的工人，竭盡所能地複製一樣經典傑作；我賣力不懈，嚴格要求記憶精確到荒誕的地步。我重新塑造那如盾牌一般飽滿高挺的胸膛。有時，畫面自動躍出，一股甜蜜湧上心頭；我重返蒂沃利的果園，美少年撈起長衫下襬充當籃子，採收秋日成熟的果實。頓時之間，一切都成空：我同時失去了夜夜同歡的伴侶，還有蹲跪在地幫忙歐福里翁為我調整托加長袍衣褶那個少年。姑且相信祭司所言，陰魂也會悲痛，思念肉身溫暖的庇護，嗚咽徘徊在熟悉的場所，既遙遠又極貼近，稍縱即逝，微弱得無法示意他在我身邊。倘若這是真的，我的遲鈍反應簡直比死還糟糕。但是，那天早晨，我可曾真的瞭解在我身邊啜泣的那個活生生的年輕人？一天晚上，查布里亞斯指著天鷹座裡的一顆星星，喊我一起看。那顆星星本來頗為朦朧黯淡，卻突然如寶石般閃耀，光芒如心跳般律動。我視之為他的星星，他的星宿。每天每夜，我用所有的力氣追蹤它的軌跡；在那塊夜空裡，我看見各種奇怪的顯像。人們以為我瘋了。那又如何？

死亡醜惡猙獰，但活著也一樣。一切皆怪形怪狀。與建安提諾城不過是荒唐可笑的兒戲：又多了一座城，讓商販走私，官員勒索，賣春，失序，讓懦弱的人為亡魂哭泣，直到遺忘。奉為神明實是虛名：這樣公諸於世的榮銜只會害那孩子淪為低俗或嘲諷的話柄，一個死後被廉價豔羨或拿來醜化的對象，一則飄著腐朽味的傳說，塞填在歷史的幽暗角落。我的守喪，說穿了，是一種放縱，不入流的放蕩：我仍是占便宜的那人，享受的那人，品嘗人生各種滋味的那人，而心愛之人對我卻不惜以死相贈。我不過是一個受挫的人在自怨自憐。思緒刺耳擾人，話說了都是白說；各種聲音嘈雜鳴響，如沙漠裡的蝗蟲，穢物堆上的蒼蠅；我們的風帆滿漲如白鴿鼓起的胸脯，載著一船陰謀詭計與花言巧語航行，愚蠢就晾在人們的額前。死亡以衰逝或腐壞之面貌處處滲透：果實上的熟斑，營帳下緣一道不易察覺的裂痕，堤岸上一頭動物的腐屍，臉上點點膿疱，水手背上的鞭痕。我的雙手似乎愈來愈骯髒。沐浴時，我伸長雙腿，讓僕奴刮腿毛；我滿心嫌惡地看著這副強健的身軀，這具幾乎摧毀不了的機器，會消化，會走路，能睡覺，總有一天，會再重新適應愛情的例行公事。我的眼中僅容得下幾名還記得死去那人的僕隸；他們用自己的方式，亦曾喜愛過他。當某個按摩師或執燈的老黑奴表現出稍嫌憨傻的哀痛，我悼喪的心情可得到回響。然而，他們儘管悲傷，亦無礙於在岸上乘涼時相視輕笑。一天早晨，我倚在船舷，看見船上專門用來炊飯的地方，有名奴隸正在掏空一隻雞。在埃及，數以千計的雞都是在髒汙的窯爐裡孵出來的。他濕黏的雙手捧起滿滿的內臟，扔入河中。我差一點來不及轉身，當場吐了出來。在菲萊停歇時，當地總督替我們舉辦了一場慶祝盛會。有個三歲男孩，一身古銅黝黑，是一個努比亞守門人的兒子；他鑽進二樓的迴廊看舞蹈表演，從上面掉了下來。他們竭盡所能地隱瞞這起意外；守門人強忍哽咽，以免打擾主人宴客。人家要他帶著屍體從廚房後門出去。無論如何，我仍瞥見那對肩膀彷彿遭受鞭打似地抽動起伏。對那位父親的哀痛，我感同身受；同樣的，我亦感受得到海克力斯，亞歷山大大帝和柏拉圖為死去的摯友哭泣時的悲痛。我派人送了一些金幣給那位不幸的父親，能做的僅此而已。兩天後，我又看見他：他躺在門檻上曬太陽，悠然自得地抓撓身上的蝨子。

問候蜂擁而至。龐克拉特斯寄來他好不容易完成的詩作，卻是一首平庸硬湊的荷馬體六音步詩；但幾乎每一行都出現的那個名字讓我覺得這首作品比許多經典傑作更感人。努莫尼奧斯將一篇合宜得體的《慰問文》送到我手中，我徹夜閱讀，常見的陳腔濫調一句不漏；兩行文字道盡人類為對抗死亡而築起的薄弱防禦。第一行，首先，把死看成無可避免之惡；提醒我們：無論美貌、青春或愛情皆終將腐朽；最後，向我們證明，人生及其浩浩蕩蕩的苦痛比死本身還可怖，寧死也不要老。這些都是實情，用來勸誘我們棄械投降，特別是把絕望給合理化了。第二行論述則推翻前一行所說，但我們的哲學家們並未如此觀察入微：那已不算是向死亡屈服，而是全盤否定。只有靈魂算數。我們從未見過靈魂在沒有軀體的狀態下運作，卻在證明其存在之前就狂妄地斷言這虛有之物永恆不朽。我則不是那麼確定：既然微笑，眼神，聲音，這些稱不出重量的事實都被抹去了痕跡，何以靈魂竟能不滅？在我看來，靈魂不見得比軀體的溫熱更不可捉摸。對靈魂已不在的遺體，人們便離它而去；然而，那是他唯一留給我的東西，是我唯一能證明那人曾經存在活過的東西。種族不朽這種說法掩飾每個人類個體的死亡。比提尼亞族能否在薩卡里亞河畔代代延續直到永遠，我並不如何在意。人們談論榮耀，這美妙的字眼令人志得意滿；卻總自欺欺人，把它與不朽故意混淆，彷彿一個生靈的行跡與他的存在是同一回事。人們想要我看到，那並非屍體，而是光輝的神。但那神本就是我造的，我用自己的方式信仰祂；那晉升遙遠恆星深處的死後運途儘管多麼光明燦爛，亦無法彌補那短暫的一生。神不能取代已逝的活人。對於人類一窩蜂地罔顧事實，側重假設，錯以為幻夢不只是幻夢，我憤怒至極。我對自己被迫苟活這件事的理解完全不同。若我沒有勇氣正視他的死，謹記冰冷，靜默，凝結的血，動也不動的四肢等等真切的事實，他的死就白費了。那無知覺的軀體，人們總是飛快地用泥土及偽善的態度埋葬。我寧願不要燈籠的微光輔助，獨自在黑暗中摸索。在我周圍，感覺得出來，人們開始對如此漫長的哀痛感到厭煩：此外，悲慟劇烈之程度比傷逝的原由更為人不齒。若對親兄弟或兒子之死，我亦放任自己如此無盡哀傷，人們恐怕也會責備我像女人一樣愛哭。大部分人的記憶止於荒煙蔓草中的一座棄墳，對於躺在墳下的無名死者，已不再珍惜想念。所有拖延過久的哀痛皆是對遺忘的侮辱。

船隊載我們回到安提諾附近的河段，城市開始有了輪廓。回程的船隻不如去程的多：我很少再見到路奇烏斯了，他已趕回羅馬，妻子剛生下一個男嬰。他的離開免去我許多惱人的好奇和好事者。工地改變了堤岸的樣貌；一堆堆整好的基地上，逐漸顯現未來的整體建築分布，但我已認不出他殉祭的確切位置。薰屍人交出他們的作品：薄薄的雪松棺木放入一具斑岩製成的外槽，整個豎起，立在神廟最隱密的廳室中。我怯怯地朝死者走去。他彷彿穿了一身戲服似的：堅硬的埃及頭冠遮去了他的秀髮。雙腿併攏，纏上層層繃帶，只紮成一塊白色長條，但年輕隼鷹般的側臉絲毫未變：長長的睫毛在上了胭脂的紅頰上刷出一道我熟悉的淡影。在完成手部纏裹之前，他們堅持要我欣賞黃金長指甲。連禱文誦起；透過祭司之口，死者宣稱此生始終光明磊落，始終貞潔不二，始終悲天憫人且剛正不阿；他吹擂自己擁有各種美德；倘若他真的曾經全部奉行實踐，恐怕早已永遠地被排除在活人之外。薰香的煙嗆味瀰漫廳內，透過裊裊煙霧，我試著幻想他的嘴角含笑，俊美、靜止的臉龐彷彿在顫抖。我觀看祭司那些神奇的法術，強迫亡靈將自己的一小部分注入紀念他的雕像內；另外還有一些指令，更是怪不堪言。法事結束後，黃金面具上場，面具是從亡者身上以臘取模打造，與他的臉部線條完美吻合。那永不蝕壞的美麗表面，縱使發光發熱，從今而後也只能照耀自己，永遠地靜躺在那神祕的密封盒中，成死氣沉沉的不朽之物。他們在他胸前擺放一束金合歡。十二名壯漢合力，闔上沉重的棺蓋。但是，關於墳墓的設置地點，我仍拿不定主意。我憶起，當我在各地下令舉行尊神節慶，喪禮期間的競技，鑄造錢幣，在公共廣場廣設雕像時，曾特地避開羅馬；我擔心那麼做會加深外國寵臣多少已遭受的敵意。我心裡清楚：我無法一直留在當地保護他的墓地。原先預定設在安提諾城門的建築似乎太大張旗鼓，毫無安全可言。我聽從祭司們的建議。根據他們的指點：離城約三里路之處，在阿拉比亞山脈中某座山坡上有幾座山洞，昔時埃及國王用來做為墓穴。一隊牛車將石棺拉上陡坡。借助繩索的力量，他們拉動石棺走過那些地底廊道，靠立在一片岩壁上。來自克勞狄歐波利斯的孩子下葬此墓，宛如一位法老王，宛如一位托勒密。我們將他獨自留下。他進入那段沒有空氣，沒有光，沒有季節亦沒有終點的時光，相形之下，一切生命皆顯得短暫；他達到那安穩之境，或許，獲得了寧靜。光陰悠悠，千千萬萬個世紀將從這座墳上流逝，不還他生，亦不添其死，卻無礙於他曾經存在的事實。赫莫杰內斯攙扶我的手臂，幫助我爬出山洞，返回露天野外；回到地面上，再度從兩道險峭的岩壁縫之間窺見冷冷的藍天，我幾乎歡喜雀躍。剩下的行程輕鬆簡短。回到亞歷山卓港，皇后上船，啟航返回羅馬。

奧古斯都紀律

DISCIPLINA AUGUSTA

我走陸路返回希臘。旅程漫長；可能是我最後一次正式出巡東方了。這種想法並非沒有道理；於是我更加堅持親眼察見所有成果。我在安提阿停留了好幾個星期；這座城彷彿煥然一新。以前，對於各劇場之風采魅力，節日慶典，達芙妮花園之美妙，五顏六色的人群湧動，我的感受沒那麼深刻。如今，我更加留意到這支愛毀謗嘲諷他人的民族永遠不改的輕浮個性，令我想起亞歷山卓城的居民：假意切磋學問反盡顯愚蠢，奢華炫富其實庸俗至極。那些權貴中幾乎沒有一人從大局去全盤瞭解我在亞細亞的建設及改革計畫，只想趁機為自己的城市謀利，尤其是為他個人謀利。我曾一度幻想：制衡傲慢的敘利亞首都，增加士麥拿或帕加馬的重要性；但安提阿的缺點是所有大都會都有的產物：沒有一座大城能成為例外。我向來厭惡都市生活，於是更加盡可能地努力進行土地改革；展開耗時且複雜的行動，徹底重整小亞細亞裡的皇家地產。農民會因此生活得更好，國家也是。到了色雷斯，我堅持再度訪視哈德良堡。達西亞戰爭和薩爾馬特戰爭的老兵受贈地及減稅等優惠吸引，從四面八方匯聚於此。同樣的計畫亦將於安提諾實施。我早已在各處給予醫生和教師類似的減免，希望藉此推展並維繫一群認真且教育程度良好的中堅階級。我知道這個階級亦有其缺點，但國家要長治久安，只能靠他們。

雅典仍是我最喜愛的一站。我讚嘆不已：雅典之美竟幾乎不需仰賴回憶加強，無論是我自身的或歷史的記憶皆派不上用場；這座城似乎每天早晨換一個新面貌。這一次，我住在阿利安家。他和我一樣曾在厄琉息斯接受祕教洗禮，因而得到阿提卡地域內兩大祭司家族之一克律克斯收為弟子；而我本身則在歐墨爾波斯家族門下。他在雅典結了婚，妻子是一位年輕的雅典女性，細膩且有傲氣。兩人默默地將我照顧極為妥切。他們的屋子距離我剛捐贈給雅典的新圖書館僅幾步之遙，而館內設施一應俱全，要冥想或冥想前的休憩都很合適；座席舒適，動輒刺骨的冬日裡，暖爐調節得剛好；設有方便的階梯可通達收藏書籍的陳列室，雪白大理石與閃耀的黃金裝潢，展現一種舒緩平靜的奢華。燈具的樣式和擺放的位置也特別精心挑選。我愈發感到需要盡量蒐集並保存古籍，還要派任敬業認真的抄寫官抄錄複本。我認為，這項美妙的差事與支助老兵或補助子女眾多的貧窮家庭一樣迫切。我心想，只消發生幾

雅典的哈德良圖書館

場戰爭，加上戰後的流離失所，經幾位昏庸君主粗暴或野蠻地統治一段時期，這些由纖維與墨跡組成的脆弱物品所帶給我們的思想就會永遠消失滅跡。任何有幸或多或少地從這項文化遺產得益之人，在我看來，皆肩負轉贈給全人類的使命。

在那段期間，我閱讀了許多書籍。我曾促使腓拉更以《奧林匹亞》為題，編寫一連串編年史，從色諾芬的《希臘史》直到我的執政朝代。這份構思狂妄大膽，把羅馬浩瀚的歷史處理成僅是希臘史的延續。腓拉更的文筆枯燥惱人，但彙集史料，詳述事件，已屬難得。這項計畫給我靈感，讓我有了重讀古代歷史學者的慾望。他們的著作，佐以我的親身經歷做注解，讓我充滿悲觀晦暗的想法；面對歷史洪流的偶然與命定，以及紛至沓來的事件往往混亂，以致無法預知、指揮與判斷，國家領袖的精力投注與良善意圖似乎都無甚作用。我也花了不少時間讀詩；我喜歡從遙遠的過去召喚出幾名飽滿純粹的靈魂之音。我視自己為泰奧格尼斯的朋友：他出身貴族，遭流放，不為假象蒙蔽，毫不留情地觀察人間種種，隨時揭示指出：我們所謂的苦厄其實是自己犯下的謬誤缺失。這個思路清晰的男人也曾嘗過愛情辛辣割喉的美味；儘管歷經猜忌、嫉妒，互相不滿，他與基爾努斯的關係仍延續許久，直到一人老去，另一人年屆成熟：他許諾給這名墨伽拉青年的永恆不朽遠超出空洞的字眼；因為兩人的故事能穿越六個世紀，來到我跟前。然而，在眾多古詩人中，最令我愛不釋卷的是安提瑪科斯：我欣賞他隱晦又寓意豐富的風格，他的詩句壯闊，卻又極度濃縮，有如一只只裝滿稠濃美酒的青銅大盅。關於傑生的漂流歷險，我喜歡他的敘述勝過阿波羅尼奧斯那篇高潮迭起的《阿哥號英雄紀》：對於遙遠的海平面和冒險航行之神祕，以及渺小人類在永恆風景中所投下的影痕，安提瑪科斯的瞭解深刻多了。他曾深情地為妻子麗黛哭泣；以逝去的妻子之名為題，寫下一篇長詩，詩中提及各種受苦折磨與傷逝哀悼的傳說。那位麗黛，活著的時候或許不會引我注目；在我讀詩之後，卻成了我熟稔的角色，比許多我現實生活中的女性人物更親近。那些詩，幾乎已遭人淡忘；卻一點一滴地給我信心，讓我相信不朽。

我重讀自己的創作：情詩，敘事詠景，為紀念普洛蒂娜而寫的歌頌詞。有一天，或許有人會想讀這些作品。有一系列淫穢詩作令我稍有猶豫，最後仍決定全數收錄。我輩中最正直者也寫這樣的東西。他們視之為一種遊戲；我則寧願自己那些淫詩不同，能確切反應出赤裸的真相。不過，無論在哪種層面，我們總被人云亦云的既有想法禁錮：我開始瞭解，僅憑大膽的思想並不足以掙脫，唯有付出如我操執皇帝之業這般長期勤奮的努力，詩人才能戰勝平庸瑣事，將思想灌入文字之中。就我而言，我只求有業餘者的一點點幸運：在這堆胡言亂語之中，若竟能留下兩三行詩，已太榮幸。然而，在當時，我已開始為一部野心勃勃的作品擬草稿：半散文，半詩體，亦莊亦諧；我打算加入生活中觀察到的奇聞異事，沉思冥想之成果，幾起白日夢；而這一切會稍微用一條軸線串連起來，像是某種較為粗糙的《愛情神話》。我本想闡述一種後來成為我個人主張的哲學，赫拉克利特式的變動與回歸概念。但這項計畫太過龐雜，終究遭我擱置一旁。

那一年，與曾經為我啟蒙厄琉息斯祕儀的女祭司（她的名字必須保密），我進行了好幾次晤面，一項一項地訂定安提諾烏斯崇拜的供奉模式。厄琉息斯的偉大象徵仍持續地影響我，令我平靜下來；世界或許沒有任何意義，但是，若真有一個的話，厄琉息斯的呈現也會比其他來得有智慧，更高貴。在那位女子的影響之下，我著手規劃安提諾的行政單位，鄉鎮，街道，城市區塊：那是一份神界的藍圖，同時亦是我人生的變相。所有的一切進駐此城，有守護家宅的爐灶女神赫絲西雅與狂歡酒神巴克斯，來自天上與地府的大小諸神。我還加入了皇室的祖先；圖拉真，涅爾瓦，皆成為這套象徵系統不可或缺的一部分。普洛蒂娜亦未缺席，善良的瑪迪蒂以近似狄蜜特的形象出現，而我的妻子，當時與我的關係尚稱和諧，亦躋身這群神化人物之列。幾個月之後，我將安提諾城的一個區塊以姊姊寶琳娜來命名。身為塞爾維安之妻，姊姊後來終究與我失和；但在這座城裡，已逝的寶琳娜以姊姊的身分得到獨特的紀念地位。這個令人哀傷的出事地點成為聚會與追憶的理想場所，一個生命的艾麗榭樂土；在這個地方，矛盾皆可化解，一切有其定

安提諾城，聚會與追憶的理想場所。(Jomard)

位，且同等神聖。

夜空星光燦爛，我站在阿利安家宅的一扇窗前，想到埃及祭司們命人刻在安提諾烏斯石棺上的那個句子：「他服從了上天的旨意。」上天竟然個別傳達旨意給我們，只讓最優秀的人聽見，而其他人僅感到一陣惱人的沉默；有此可能嗎？厄琉息斯的女祭司和查布里亞斯都相信可能。我真希望他們的看法正確。我腦海中又浮現那死後變得平滑的手掌，是我在處理屍體防腐那天早晨所看到的最後一眼。以往曾令我擔憂的掌紋已不復見；他的手心彷彿蠟板，記錄其上的命令既已達成，即遭抹去。但儘管這些事實亮晃晃地照在眼前，卻無法給人溫暖，一如星子的光芒，而周圍的夜空反而顯得更黑暗。若安提諾烏斯的犧牲應該多少會為我在神的天秤上加重分量，那麼，這場恐怖的自我奉獻之成果尚未顯現；這些福報既與人生無關，亦落實不到不朽永恆。我幾乎不敢找個說法來稱呼。偶爾，在難得一見的短暫片刻，我的天際線上空有一道微光冷冷閃耀，但世界與我皆並未因此而變得較美好；我依然覺得自己並未獲救，反而崩壞。

大約就在那個時期，基督徒的主教夸德拉圖斯呈上一部為其信仰辯護的護教書。基本上，對付這支教派，我遵循圖拉真鼎盛期的公正不阿，才剛提醒各行省總督：法律應保障所有公民，毀謗基督徒的人，若控訴該教人士卻提不出證據，應遭受懲處。然而，對那群狂熱教徒的百般容忍，卻讓他們立即以為我們贊同他們的主張；我實在難以想像，夸德拉圖斯竟希望說服我成為基督教徒。總而言之，他努力向我證明該教教義之優秀，更特別著墨於對國家的無害性。我讀了他這部作品，甚至心生好奇，派腓拉更去打聽那個名叫耶穌的年輕先知，蒐集他的生平資料：他創立這支教派，死於距今約一百年前，成為猶太人偏狹的犧牲者。那位年輕智者似乎留下一些訓示箴言，有時被他的教徒拿來與奧菲的格言相提並論。透過夸德拉圖斯出奇平淡的散文，我多少還是察覺到那群純樸之眾的德性頗有令人心動的魅力；他們個性溫和，天真坦率，彼此奉獻付出；這些都與奴隸和窮人在各都市擁擠稠密之地所建立的互助會相似，不過後者崇敬的是我們的神。這個世界改變不了，無論我們付出多少努力，人類的嘗試與希望仍僅換來苛刻冷漠的對待；那些小型的互助團體給了不幸的人們支助與慰藉。不過，我亦敏感地察覺到某些危險。如此歌頌童真與奴性之流的德行，實則損失了更傾向強健與智性的特質。我評估猜測：在拘謹而乏味的純真表面下，這位教派人士面臨與其不同的生活型態和思想時，肯定是極度不妥協的態度，且蠻橫傲慢，認為自己的價值高過他人，甘願當井底之蛙。夸德拉圖斯的詭辯，還有那些斷章取義，拙劣引用我們智者文章的蠅頭智慧，很快就令我厭煩。查布里亞斯始終重視以正道崇拜神明，對於這類教派在大城的低下階層日漸取得進展頗為憂心，替我們的古老宗教惶恐著急：這些信仰不以任何教義迫使人類屈服，大自然有多少變化，就有多少詮釋的可能；任憑心態嚴格的人隨意為自己訂定最高的道德標準，卻並不用過於苛刻的箴言約束大眾，以免立即衍生壓迫與偽善等問題。阿利安也持同樣的觀點。有一個晚上，我和他徹夜討論愛人如己這條指令：這項規定太違反人類天性，庸俗的市井小民不可能真心服膺，他們永遠只愛自己；對賢人智者更完全不合適，他們並不特別愛自己。

此外，在許多方面，在我看來，我們的哲學家也一樣思想狹隘，混淆，或枯燥貧脊。在我們運用智力所進行的活動中，有四分之三只不過是廢話空談；我懷疑這種愈來愈空洞的現象究竟來自於智力降低，還是品行敗壞。無論如何，幾乎無一例外：思想上的平庸必導致令人驚駭的低俗心靈。我曾指派赫羅狄斯·阿提庫斯去監督特洛阿德地方的輸水渠道網絡工程；他卻可恥地趁機浪費公帑。面對討款聲浪，他竟傲慢地回應：他的財富足以填補所有虧損。然而他的家財萬貫本是醜聞一樁。他的父親不久前剛去世，生前本已做好安排，暗中剝削他的繼承權，慷慨增加贈與雅典市民的施捨。赫羅狄斯斷然拒絕繳出父親的遺產，惹上官司，至今尚在纏訴。在士麥拿，帕勒蒙，我昔日的親近好友，竟膽敢將一群仰仗他款待的羅馬元老代表團拒於門外。你的父親安敦寧是最溫和的好人，連他亦為此事大發雷霆。國政要官與智者最後因而大打出手；這場鬥毆有失一個未來的皇帝的身分，更讓希臘哲人丟臉蒙羞。法沃里努斯，這個貪婪的矮子曾得我大力封賞，金銀滿庫，榮耀披身，仍四處賣弄口舌之能，代價卻由我來承擔。據他所稱，我虛榮自大，喜歡進行哲學辯論，他總小心翼翼地讓身為皇帝的我取得最終勝利，因我所指揮的三十支羅馬軍團是我唯一有力的論點。這等於同時占我兩項便宜，意謂我自以為是且愚蠢可笑；而此舉實則更凸顯他在吹噓自己某種奇怪的懦弱性格。不過，老學究埋頭鑽研，領域狹小，當人家知道得跟他們一樣多，他們總惱羞成怒，什麼能都拿來當成他們狡猾見解的藉口。我曾下令將赫西俄德和恩紐斯的作品納入學校課程，認為這兩位作者被過度忽視；那批因循苟且之士立刻抨擊我想削弱荷馬的崇高地位，輕視文筆透徹的維吉爾；但其實我依舊時時引述後者之作。對那群人，實在一點辦法也沒有。

還是阿利安最好。我喜歡與他閒聊各種事。對那名比提尼亞青年，他留下的印象燦爛又莊嚴。我感激他將這段親眼見證的愛情歸類為古代那種轟轟烈烈的兩情相悅。我們偶爾仍會談起那段感情；儘管兩人皆未說謊，我卻經常覺得我們的話中隱含幾分虛假，真相即在崇高的昇華之下消失了。對查布里亞斯，我幾乎也一樣失望：他對安提諾烏斯盲目崇敬，有如一名老奴對少主那般忠心耿耿。然而，如今他一心擔憂那個新神的教派，似乎差不多把少年活著時的回憶忘光了。而我的黑奴歐福里翁至少曾以最貼近的角度觀察入微。阿利安和查布里亞斯是我珍視的正直好人，我一點也不認為自己比他們優越；但是有時候，我總覺得自己是唯一努力睜大眼睛不願被蒙蔽的人。

的確，雅典美麗如昔；一生謹奉希臘規範，我不後悔。我們所有顯露人性，有秩序，明智透徹的表現，皆源自於此。然而，我時常認為：羅馬那有點笨重的嚴謹，延續久存之主張，講究具體之偏好，對於將希臘對精神的卓越見解以及追求心靈之激情衝動進一步化為實際，是不可或缺之必要。柏拉圖曾寫下《理想國》宣揚正義之理念；但是，要等到羅馬從自己的錯誤中汲取教訓，才由我們來艱辛努力，使國家成為合格的機器，能運轉起來，服務人民，且盡量不將他們碾碎。Philanthropie——「博愛親民」——此字源於希臘文，但是由法學家薩爾維烏斯．尤利安努斯與我一起研究，才改善了奴隸悲慘的生存條件。勤奮，遠見，明察秋毫並勇於改正概觀全局時的魯莽，對我而言，皆是在羅馬學得的優點。在我心底，偶爾亦曾重回維吉爾筆下那一片片哀愁的無垠風景，那些淚水朦朧的黃昏；往更深處鑽陷，我體會到西班牙那如熾熱的悲傷及枯燥的劇烈；我遙想塞爾特的，伊比利亞的，或許還有布匿戰場上的鮮血流淌，應該已滴滴滲入移民義大利加自治市的羅馬佃農體內；我記得父親曾經被暱稱為阿非利加人。希臘曾幫助我衡量這些不屬於希臘的元素。關於安提諾烏斯亦然；我曾直接以他來象徵那個熱衷美感的國度；他或許是希臘最後一個神。在比提尼亞，細緻的波斯和粗獷的色雷斯交會在這些古老的阿卡迪亞牧羊人身上：那彎弓般的細緻側臉令人想起歐斯羅埃斯那些年輕侍從；那張闊長的面孔顴骨突出，如同在博斯普魯斯海峽岸邊馳騁的色雷斯騎士；他們在夜裡放聲高歌，嘶啞而悲傷地吟唱。沒有任何格式能完整容納這一切。

那一年，我終於把雅典政制修審完畢，這項工作許久之前就已開始。我盡可能回到克里斯提尼的古老民主律法。降低官員人數以減輕國家負擔；我阻止徵收佃租稅，那是一項極糟的制度，可惜在某些地方仍零星施行。同時期也廣設大學，此舉助雅典再度成為治學重鎮。在我之前，從四面八方聚集此城的諸多愛美人士，皆心滿意足地讚賞城中建築，毫不關心居民生活日益貧困。相反的，我竭盡所能地增加這塊貧瘠之地的資源。有項施政的重大計畫在我離開前才完成：建立年度大會，從此之後，希臘世界各地代表即可到雅典處理所有事務，讓這座謙遜美好的城市躋身大都會之列。這項藍圖能具體實現，是經過一番棘手的協商，因為其他各城嫉妒雅典擁有至高無上的權力，幾個世紀來始終舊恨難解。儘管如此，漸漸的，共同的想法與熱情還是戰勝了一切。第一次大會碰巧遇上奧林帕斯主神宙斯神廟開放民眾祭拜，這座神廟適逢其時，成為新希臘最恰當的象徵。

為了慶祝，戴歐尼修斯劇場裡上演一系列特別受歡迎的劇作：我在聖教導師旁邊稍微高出一些的席位坐下：安提諾烏斯的祭司亦在顯貴和教士群中找到一個位子。我下令擴大舞臺，以新刻的浮雕裝飾這座建築，其中一具雕像上，我的比提尼亞少年從厄琉息斯眾女神手中接受一種進入永恆之城的許可。我將泛雅典運動場化身成寓言中的樹林幾個時辰，舉辦了一場狩獵，放進了千百頭野獸，藉著節慶的方式，短暫地重現這座城昔日鄉野荒蠻的面貌：那是效忠黛安娜的希波呂托斯之城，也是海克力斯的夥伴提修斯之城。幾天後，我離開了雅典，從此再也沒有回去過。

義大利的行政事務，幾個世紀以來，任由歷代大法官隨意處置，從未制定明確的法典。《永久敕令》在我的時期編成，一次列出全部規章，解決這個問題。我與薩爾維烏斯．尤利安努斯書信往返多年，針對這些改革不斷討論。我回到羅馬之後，就付諸行動，按部就班地實現。改革的重點並非在取消義大利諸城的公民自由；正好相反，在很多事情上，我們若能不強制這種人為的統一性，事情才會有成效；我甚至大為驚訝地發現，這些通常比羅馬還古老的自治市竟然如此草率地放棄他們的風俗，罔顧其中極富智慧的部分，只想仿效首都的一切。我的目的僅在於減少這一大堆矛盾與濫用情事：它們最後只會讓程序亂了章法，令老實人不敢貿然奉行，流氓盜匪更加猖獗。為執行這些工作，我不得不經常在半島內走動。在拜伊，我在西塞羅的舊居度過好幾段時日，我在登基初期即買下那座莊園；我對坎帕尼亞很感興趣，這個行省令我想起希臘。在亞得里亞海海邊的小城哈德里亞，我被授予最高市政官銜的榮譽，我的祖先們約在距今四個世紀前從此移民西班牙。多暴風雨的亞得里亞海與我同名，在海岸附近的一座荒廢的地下納骨穴中，我找到先祖家族的骨灰罈。我遙想那些人們；對他們，我幾乎一無所知，但我來自於他們，而這支家族的血脈傳到我為止。

在羅馬，人們正忙著擴建我龐然巨大的陵寢。德克里安努斯巧妙地變更了藍圖；直到今天，工程仍未結束。那些迴旋廊道，滑向地下廳室的坡道，都是從埃及得到的靈感；我當初構想了一座冥府宮殿，不僅供我一人或接下來的幾名繼位者使用，也將容納未來的皇帝，與我們相隔幾世紀之後的國君；因此，尚未出生的王儲在這座墳裡已有預留的位置。我也積極裝飾在戰神廣場為紀念安提諾烏斯而建造的衣冠塚，僱一艘平底船從亞歷山卓運來方尖碑和斯芬克斯的雕像。另有一項新工程，我策劃了許久，至今尚未完成：奧狄翁，理想中的圖書館典型，設有講堂及演說廳，成為一座位在羅馬的希臘文化中心。相較於三、四年前在以弗所建造的新圖書館，羅馬這一座沒那麼華麗，亦不如雅典那一座優雅宜人。我打算將這座基地拿來與亞歷山卓博物館抗衡，至少要與之旗鼓相當。未來，它的發展，就要落到你身上了。在規劃這項工程時，我經常想到普洛蒂娜在圖拉真議事廣場上悉心興建的圖書館，在圖書館入口處，她請人安置了美麗的銘文：「心靈醫院」。

莊園大致已完工，我能把我的收藏，樂器，幾千本在旅途中從各地買來的書籍，全部搬入。我舉行了一連串慶典，餐宴的菜單與人數不多的賓客名單，皆盡心組合安排。我堅持一切活動要能和諧地搭配庭園和廳堂的詳靜之美，果實的鮮甜要與樂曲一般令人神往回味，上菜的秩序要和銀盤上的鏤刻一樣清晰不亂。

位於臺伯河畔的哈德良陵寢

生平第一次，我對挑選食材感到興趣；囑咐一定要用來自盧克利諾湖的鮮蠔，螯蝦要從高盧的河川捕來。我極度痛恨皇家餐宴特有的浮華不用心，因此制定規矩，每一道菜在上桌之前，必先讓我過目，即便地位不高的賓客也是一樣。我堅持親自確認廚師與外燴師傅的收支帳目，這讓我偶爾想起我那吝嗇的祖父。莊園裡的小型希臘劇場和稍微寬闊一點的拉丁劇場皆尚未完工；不過，我已令人演出幾齣戲。在我的要求下，他們上演了悲劇，啞劇，音樂劇和亞提拉鬧劇。我特別喜歡舞蹈表演中精妙的肢體動作，發現自己對拿手響板的女舞者沒有抵抗力；她們令我憶起故鄉卡地斯，以及兒時初次觀賞的那些表演。我喜歡那清脆的聲響，高舉的雙臂，薄紗時而一波波抖來，時而旋轉捲起；那名舞者不再是女人，一下子變成雲朵，一下子化為小鳥，一下子如浪濤，一下子是戰船。我甚至短暫地對其中一名女舞者感到迷戀。我人不在的時候，犬舍和馬房的照料亦皆未受輕忽；回到莊園，我發現犬毛剛健，馬鬃如一身絲絨，侍從們訓練的獵犬隻隻俊美。我在翁布利亞的特拉西梅諾湖畔舉行了幾次狩獵，有時在較靠近羅馬的阿爾班山的森林。我的生活重拾歡愉；我的書記官歐內希姆擔任補給的角色。他知道什麼時候該避免某些相像之處，何時則相反地該刻意追求。但我這匆忙又漫不經心的情人一點也不得人愛。我處處尋歡，偶爾遇見一個比別人都溫柔細膩的人，值得費心聽他說話，或許再見一面的人。這類意外的收穫難得一見，約莫是我的錯。我通常只想平撫或戰勝那份饑渴。其他時候，對這些情場遊戲，我覺得自己像個老人，冷漠無感。

夜裡失眠時，我在莊園的廊道裡踱步，漫無目的地走過一廳又一廳，偶爾驚擾一名正在拼貼花磚的工匠。路過時，我順便檢視普拉克西特列斯的一尊薩提爾雕刻，在亡逝少年的人像前駐足。這每一個房間裡，每一座柱廊下，都有他的人像。我用手護住燈火，以手指輕撫那石雕的胸膛。這樣的衝擊讓回憶錯綜複雜；我像拉掉布幕似地，扯下大理石的蒼白，是不是就可能，靜止不動的輪廓就會倒轉回鮮活的形體，帕羅斯或彭特列克堅硬的大理石也會換成血肉之軀。我繼續漫遊，剛才端詳審視的那具雕像再度陷入漆黑的夜裡。前方幾步路之處，手中的燈籠照見另一個形象；這些雪白的雕像與幽靈無異。我痛苦地回想埃及祭司們的法術，他們用各種招式將死者的靈魂引入祭禮用的木製偶像；而我也做了與他們相同的事：我迷惑了石像，而後反過來被它們迷惑。我再也離不開這股靜默，這份冰涼；從此以後，它將比活人的聲音和熱度更貼近我心。我憤忿地望著那張似笑非笑的危險面孔。但是，幾個鐘點之後，我躺在床上，決定向艾芙洛狄西亞的帕皮亞訂製一具新的雕像；我要求雙頰塑造得更精細，要不著痕跡地從太陽穴下方凹陷下去；頸子倚在肩上的線條應該再柔和一些。繼葡萄藤蔓頭冠或鑲寶石的結辮之後，我會請人雕塑不加綴飾的華美卷髮。我沒忘記提醒他們把這些浮雕和半身像掏空，以減輕重量，方便搬運。這些塑像中最像真人的處處陪伴我，是否美輪美奐早已不重要。

我的生活，表面上看來，循規蹈矩。我比任何時候都專注於皇帝的職責，若不似以往那樣衝勁十足，至少或許加強了工作上的判斷力。對於追求新知，結交新識，我已失去若干興致；而這

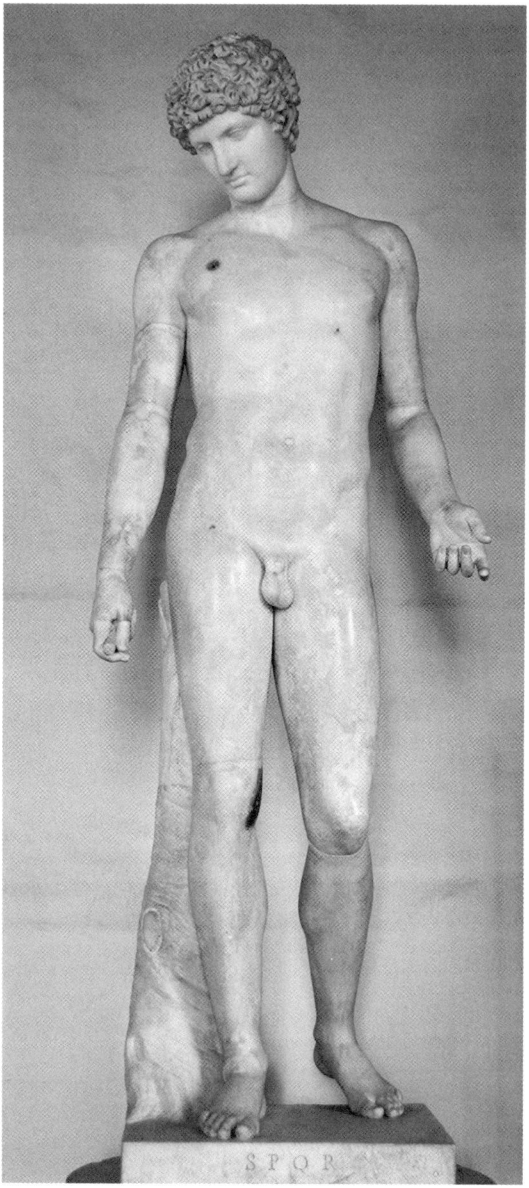

在蒂沃利發現的安提諾烏斯雕像（Musei Capitolini）

蒂沃利的馬賽克拼貼花磚

樣放鬆的精神狀態反而使我能夠貫通他人的想法，在評價的同時也從中取經。我的好奇心以前是我思考的發動力，也是我行事作風的基礎，如今僅作用在極為無關緊要的瑣事上。我私自拆開朋友的信件，得罪惹惱了他們；而偷看他們的姦情和家務紛擾，一時之間頗有快感。這其中其實還摻雜疑心：有好幾天，我怕遭人下毒，無法掙脫那醜陋可怖的恐懼；同樣的驚懼，我曾在重病的圖拉真眼中看過，那是一國之君不敢承認的懼怕，因為沒有事證，只顯得這樣的擔憂怪誕可笑。一心一意冥思死亡之人竟受如此憂懼糾纏，的確令人吃驚；但我從來不敢妄稱，自己要比別人更前後一致。遇到一點點蠢事，或最平常的小陰謀，我經常暗地怒火中燒，脾氣狂躁不耐，自己也對自己感到厭惡。尤維納利斯膽敢在他某篇《諷刺詩》裡侮辱我所喜歡的啞劇演員帕里斯。對這名自負又愛抱怨的詩人，我已感到厭煩，十分不欣賞他對東方和希臘粗魯的輕蔑，對我國先帝們所謂的單純過於偏愛，以及那種混淆的敘事，詳細描述罪惡同時又誇張讚揚美德，一面刺激讀者的感官，一面保全其偽善面目。不過，既然他是文人，仍值得些許尊重；我召他前來蒂沃利，親自宣判他將遭到放逐。從此以後，這位蔑視羅馬之奢華與享樂的詩人將能到外省研究當地風俗；對俊美的帕里斯之諷辱為他自己的人生劇碼畫下句點。約在同一個時期，法沃里努斯也展開他在希俄斯舒適的放逐生涯。那座島嶼，我倒挺想親自去住一段時間；而遠在島上，他尖銳的聲音就傳不進我的耳裡。同樣地大約是在那個時期，我把一個賣弄智慧的傢伙趕出宴會廳，狠狠地羞辱了他一頓。那是一個身體沒洗乾淨的犬儒派學者，竟在席間抱怨自己快被餓死，彷彿這種人還該享有別的待遇似的。眼看那長舌的傢伙嚇得彎下腰來，在群犬狂吠與侍童嘲諷的大笑聲中逃跑，真是大快我心。哲學與文人中的下流敗類再也騙不倒我。

政治生涯中最微不足道的一點小差錯，正如莊園裡一塊石板鋪得稍有不平，大理石桌上沾了一滴蠟，一項希望完美無瑕的物品上卻出現了一絲缺陷，皆令我勃然大怒。阿利安最近被任命為卡帕達奇亞的總督；他呈上一份報告，要我對法哈斯曼尼斯有所戒心：這名伊利比亞國王繼續在他位於裏海邊緣的小王國裡玩雙面把戲；當初圖拉真在位時，我們即被他耍得團團轉，付出昂貴代價。那個小國王陰險地將阿蘭蠻族的部落朝我們的邊界推進；此外，他與亞美尼亞的紛爭影響了東方的和平。我召他前來羅馬，他竟拒絕動身，與四年之前，拒絕參加薩摩撒特的會議之舉如出一轍。為了賠罪，他送來一份禮物，是三百件黃金戰袍；我下令將這些王族服飾給競技場中獻給野獸的罪犯穿。這是一項極不冷靜的舉動，我當時卻很滿意，彷彿一個為了止癢把自己抓破皮的人。

我有一個書記官，是個庸才。我留下他是因為他熟知全套帝國公事的繁文縟節，但他為人自滿，動不動就發脾氣，頑固倔強，拒絕嘗試新方法，瘋狂挑剔，不斷在無用的細節上吹毛求疵，令我十分不耐煩。有一天，這個愚蠢的傢伙比平常更讓我惱火，我舉起手想打他；不幸的是，我手上拿了一支鐵筆，因而刺瞎了他的右眼。我永遠忘不了他痛苦的慘叫，那隻為了擋住我而笨拙地彎起的胳臂，那張噴濺鮮血抽搐不止的臉。我立即派人找來赫莫杰內斯，他做了初步急救。隨後，眼科醫生卡比托也來診斷治療。但是回天乏術：那隻眼睛救不回來了。幾天後，書記官回到工作崗位，臉上斜纏著一條繃帶。我喚他過來，謙卑地請他自行決定他應得的補償。他苦笑地回答，他只想跟我要一樣東西，就是另一隻右眼。不過，他還是收下了一份撫卹金。我把他留在身邊辦事；他的出現給我警惕，或許，也是一種懲罰。我並非存心要讓這個可憐人少一隻眼。但我也無意要一個深愛我的孩子二十歲就死去。

猶太人方面的事況愈來愈糟。儘管遭到狂熱派群眾激烈抗爭，耶路撒冷的工程總算完竣。有部分差錯，本身可以彌補，但滋事者很快就趁機鬧事。第十軍團「海峽」的標誌是一頭野豬，軍隊照慣例把旗幟插在各城門口；而幾個世紀以來，由於一種對藝術進步極為不利的迷信，平民百姓不習慣見到繪畫或雕刻的圖像，將軍團這個圖案當成普通的豬，把這件小事當成對以色列習俗之侮辱。小號與公羊角喧天齊鳴的猶太新年慶典，每年都演變成街頭鬥毆流血衝突。我們的官方禁止公開宣讀某些傳說敘事，那些故事關於一名猶太女英豪，利用假名成為某個波斯國王的寵妃，對壓迫歧視她們民族的敵人發動野蠻屠殺。總督提內烏斯．魯夫斯白天禁止他們讀的，猶太拉比們想辦法在晚上讀。在這個兇暴的故事裡，波斯人和猶太人的殘忍不相上下，狂熱派大受煽動，竟至全國怒怨沸騰。最後，同樣是那位提內烏斯．魯夫斯，順道一提，他是個十分有智慧的人，對以色列的傳統和奇聞怪談並非全無涉獵；他決定將執法擴及猶太割禮，違者將受到嚴厲處分，而所依據的正是我近期才頒布的閹割去勢禁令。那條法律原本特別針對的，是為了賺取利益或放蕩荒淫而對年輕奴隸犯下的施虐罪行。魯夫斯希望藉此銷毀以色列自認與其他人類不同的一項特徵。在收到通知時，對於這項措施之危險，我並不十分清楚；況且，在亞歷山卓和羅馬，許多見識淵博的富裕猶太人已停止讓他們的孩子接受那種令他們羞於出入公共浴池和體育場的習俗，並想辦法盡量遮掩自己身上的記號。我忽略了這些收藏默勒石花瓶的銀行家與真正的以色列人民差異多麼大。

我說過：這一切並非無可彌補，但是仇恨，彼此蔑視以及怨妒則不可收拾。大體而言，在帝國的各種宗教中，猶太教本有其地位；事實上，早從幾個世紀前開始，以色列就拒絕當各民族中的一族，不滿足於擁有眾神中的一神。連最野蠻的達西亞人也曉得他們的札莫西斯在羅馬被稱為朱庇特；卡修斯山的布匿神明巴力毫無困難地與手抱勝利女神與生出智慧女神的天父合而為一；埃及人的神話空洞至極，流傳千年不變，亦願意把歐西里斯視為屬性憂鬱的酒神巴克斯；而粗暴的密特拉還是阿波羅的兄弟呢！除了以色列以外，沒有任何民族如此狂妄，將真理整個封閉在僅奉一神的概念中，畫地自限，並侮辱了蘊含一切之神的多面性；沒有任何其他神激發慕眾信徒歧

第十軍團以野豬為象徵

視仇恨在不同祭壇祈禱的人。我更加下定決心要把耶路撒冷建設得與其他城市一樣，讓多種民族，多種信仰，皆能在此和平共處；但我太過健忘：在所有狂熱主義與常理之對決中，後者絕少占上風。開設學校，教導希臘文，這項措施激怒了古老城區裡的教士。拉比約書亞平易近人且知書達理，我在雅典時經常與他閒聊；但他不斷努力請求其族人原諒他接受異國文化並與我們有所往來。他命令弟子，除非能找到一個既不屬於白日也不屬於夜晚的時辰，否則不可在這些世俗學問上費心，因為猶太律法需要日以繼夜地鑽研。猶太公會裡的重要成員以薩瑪埃看似支持羅馬當局的理念，卻寧願任其姪兒班·達瑪死去，而不肯接受提內烏斯·魯夫斯派去的希臘外科醫師為他治療。在蒂沃利這邊，我們尚在尋求協調各派思想的方法，不向狂熱分子的要求妥協；東方那邊已先一步爆發最糟的狀況：狂熱派教徒在耶路撒冷成功突襲。

一個出身最卑賤的亡命之徒，名叫西門，偏要人稱他為巴爾·科赫巴，也就是「星之子」；他在這場反叛中扮演的角色就像潑灑了瀝青的火把或能點火的聚焦鏡。我只能根據聽說之事來評論西門這個人，與他本人我只照過一次面，那是在一名百夫長割下他的頭顱來見我之時。但我很願意承認他有那種天賦，凡能如此迅速出人頭地，且聲勢如日中天者，非具備不可的天賦；若非多少敢耍幾分卑劣狡猾，絕無法立威服眾。溫和派猶太人率先發難，控訴這名所謂的星之子奸巧使詐；我則寧可相信這個沒有教養的人被自己的謊言所欺瞞，而且狡猾在他身上已與狂熱主義無法分割。西門將自己塑造成猶太民族期盼了幾世紀的英雄，藉此滿足個人野心，宣洩恨意；這個煽動家自封為救世主和以色列之王。垂垂老矣的阿奇巴，頭腦渾沌不清，竟幫那個投機者牽馬，在耶路撒冷的街道上漫步；大祭司以利亞撒宣稱，自從未受割禮的參訪者越過門檻後，神廟即遭玷汙，故重新舉行祭奉儀式。許多武器埋藏在地下將近二十年，全被星之子的手下挖出，分發給叛軍。他們也用被軍備官查出缺陷而拒收的武器，在我們的兵器庫，猶太工匠多年來都會刻意打造失敗品。狂熱派教徒組織攻擊孤立無援的羅馬軍營，屠殺我們的士兵，城府深沉之暴怒行為令人憶起圖拉真時期最慘烈的猶太反叛事件。耶路撒冷全城終究淪入造反者的手中，愛利亞加比多連新城區如火炬一般熊熊燃燒。第二十二軍團「戴奧塔里安納」的前幾支小隊在敘利亞總督普布流士·馬賽魯斯的命令派遣下，從埃及火速趕至；慘遭人數多其十倍的叛徒團隊潰敗。抗爭變成了戰爭，而且是一場殊死之戰。

另外兩個軍團，第十二軍團「閃電」和第六軍團「鐵」，立即派加人力支援駐守猶太行省的部隊。過去曾平息不列顛北方山區之亂的尤利烏斯·塞維魯斯接掌軍事行動總指揮，帶來精於艱險地形作戰的不列顛輔助軍分隊。我們的部隊裝備沉重，我們的軍官習慣列陣作戰，採取正方隊形

巴爾·科赫巴當時發行的銀幣，正面是耶路撒冷聖殿，反面以古希伯來文寫著「解放耶路撒冷」。

或矩形方陣，卻難以應用於這種小規模突擊戰；即便在曠野戰場，對手仍保留了街頭巷戰的作戰方式。西門的本事不容小覷；他將其黨羽分成百來個小分隊，派守山巔，埋伏深穴及荒廢的採石場，躲藏在擁擠市郊的民宅。塞維魯斯很快就明白，這永遠抓不到的敵人只能一舉消滅，不能活捉取勝。他順應情勢，只得採取拖延消耗戰。受西門煽動或恐嚇的鄉間農民從一開始就與狂熱派教徒並肩作戰，於是，每塊岩石都成了一座堡壘，每片葡萄園都是一座壕溝；每一小塊農地只能以饑餓法圍攻，或攻擊摧毀它。耶路撒冷直到第三年才得以收復。那時，最後的談判宣告無用破裂。猶太城中，當初提圖斯那把火沒燒盡的一點殘存，如今也煙飛灰滅。塞維魯斯選擇長期縱容其他大城明目張膽的共謀；那些城市成為敵人最後一道防線，但之後也被我們依次攻克，一條街一條街地，一個廢墟一個廢墟地，逐步收復。在這段奮戰期間，我移駕前線，駐紮猶太行省。對我的兩位副手，我信心十足，因此更應該親自坐鎮，分擔決策責任：此時無論做出何種決定，皆殘酷不仁。戰事第二個夏末，我心情沉重地令人準備旅行所需。歐福里翁再次打包盥洗用具；那些物件是以前一位麥士拿工匠打造的，用久了，已有些凹凸不平。另外亦收拾了一箱書籍及地圖，守護精靈的象牙小雕像及其銀製神燈。初秋時節，我在錫登下船上岸。

軍人是我最早從事的職業；每次重操舊業，不順心之處總能得到某些來自內在的報償。我並不後悔將人生最後活躍的兩年與軍團共患難，一起承擔巴勒斯坦戰事之艱難與悲哀。我再度成為那披甲執鐵之人，所有不是當務之急的事項皆擱置一旁，僅靠嚴苛生活之例行公事度日；上下馬的動作較當年慢一些，人比昔日沉默一些，或許也陰鬱一些；依然受到部隊擁戴（何以如此只有神知道），而他們對我的忠心既如崇拜偶像一般盲目，亦充滿兄弟間的義氣。在最後這段軍旅生涯中，我遭遇一段意外邂逅。我任用一位名叫塞勒的年輕軍官當軍營助手，對他十分依賴。你認識他；他始終守在我身邊。我讚嘆他的臉龐如戴上戰盔的密涅瓦女神一般俊美。人只要活著就難免受感官影響，但在對他的這份偏愛中，總而言之，這個部分已降至最低。我要向你推薦塞勒此人：所有你渴望一個位居二線的軍官所該具備的優點，他皆具備；他潔身自愛，所以永遠難以爭取到第一線出頭。雖然事態與過去稍有不同，但是再一次，我又尋得這樣一個人：生來就為奉獻自己，愛人，與服侍他人。自結識以來，塞勒沒有一個念頭不為我的舒適與安全著想；至今我仍倚在他結實可靠的肩膀上。

戰事第三年春，軍隊來到貝塔堡前展開攻城戰。西門偕其黨羽在此巢穴頑強抵抗，長達將近一年，飽受饑渴及絕望之漫漫煎熬；星之子在此眼見親信一個個死去，寧死不投降。我方軍隊所受的折磨幾乎與叛眾不相上下。撤退之前，反叛分子燒毀所有果樹，破壞田野，殺掉牲畜，將我軍屍體投入井中，汙染水源；如此令人髮指的野蠻手段，竟用於這片原已貧瘠荒蕪，被累積了幾個世紀的瘋狂與憤怒長期侵蝕得體無完膚的土地。夏季酷熱且多瘟疫；高燒與痢疾肆虐，奪走我軍部隊大批人命。這幾支軍團被迫按兵不動，卻又必須隨時提高警覺，展現出了不起的紀律。軍隊飽受憂患，病號眾多，僅靠一股沉默的憤慨支撐；連我也跟著如此。我的身體大不如前，難以承受戰場辛勞，連日酷暑，時而溽悶時而凍寒的夜晚，辛猛狂風及滾滾沙塵。有時，軍隊伙食裡的肥豬肉和煮扁豆我皆食不下嚥，留在碗盆中；就這麼餓著。入夏之前染上的劇烈咳嗽也一直拖拉不斷，且尚未痊癒的不僅我一人。和元老院書信往來時，我取消了正式公文必用的啟語：「皇帝與軍隊均安。」皇帝與軍隊，相反的，無精打采，危機重重。晚上，與塞維魯斯做最後一次商談，接見從敵營來的最後一個降兵，讀完來自羅馬的最後一封信，聽取了受命在耶路撒冷附近掃蕩餘孽的普布流士．馬賽魯斯或忙於重整加薩的魯夫斯所捎來的最後一則消息後，歐福里翁用一只漆了柏油的帆布桶裝水，伺候我洗澡，用量精打細算，一滴也不敢浪費。我躺上床，試著思考。

我不否認：這場猶太戰爭是我生平的一場失敗。西門的罪行與阿奇巴的瘋狂不是我造成的，但我自責過去對耶路撒冷盲目無知，對亞歷山卓漫不經心，對羅馬煩躁不耐。我不懂得如何找出能預防或至少延緩民怨沸騰之話語；我不懂得何時應該身段柔軟，何時應該祭出鐵腕。當然，那時的我們沒有理由擔心，更遑論沮喪；錯誤和失策僅限於我們和以色列之間，其他每一處，在那櫻桃成熟的季節，我們收穫著十六年來於東方施行仁政的豐美果實。西門本以為能奢圖阿拉伯世界發動一場叛變，一如當初令圖拉真皇朝最後幾年重創失色的抗爭；甚至更過分：他竟指望帕提亞援助。他錯了；而這次失算造成他只能困坐貝達爾堡壘，慢慢等死。阿拉伯部落不願與猶太族群合作，帕提亞人信守我們之間的協定。敘利亞大城裡的猶太教堂本身的反應亦流露為難或不慍不火：其中較激昂者僅止於暗中寄送一點金錢給狂熱教派。亞歷山卓的猶太居民本來極不安分，反而始終保持平靜。猶太之瘤局限在從約旦河延伸到海岸的這片荒旱的土地；我們可以安全地燒灼除之，或截去這根染疾的指頭。然而，就某方面而言，在我登基之後立即遭遇的那種霉運似乎再度降臨。當年，奎伊圖斯曾焚昔蘭尼城，處決勞狄加的顯貴，奪回已成廢墟的以得撒……一封夜書傳來，告知我們已收復崩頹成石礫堆的那座城：我稱之為愛利亞加比多連，猶太人則堅持耶路撒冷之名；我們焚毀了阿什凱隆；在加薩，不得不大規模處決叛亂者……若一個主政十六年來熱衷於締結和約的國君最後竟招致巴勒斯坦戰事，在未來，世界走向和平之契機想必渺茫。

軍營窄床不舒適，我以手肘撐起上半身坐穩。可想而知，必然至少有幾名猶太人逃過激進狂熱派的渲染力，就連在耶路撒冷，阿奇巴經過之處，猶太之中的法利賽人紛紛呸吐唾棄，將老瘋子視為不智狂徒，隨手將羅馬和平所帶來的穩定利益任憑狂風吹散；他們對他高聲詛咒怒罵，說等看到以色列勝利來臨之前，他的嘴裡將早已雜草叢生。不過，謹守秩序的這群人，一面輕視我們又一面倚賴我們保護，以免他們儲放在敘利亞銀行家之處的黃金和加利利的田產遭西蒙敲詐勒索；比起他們，我倒覺得假先知好一些。我想到那些變節者。幾個時辰之前，他們還坐在這座營帳中，卑賤，求和，屈從，但總想辦法背對我的守護精靈雕像。我們最優秀的探子，埃利．班．阿巴亞德，為羅馬通報消息，擔任間諜，卻正最為敵我兩軍營所鄙視。然而那一群猶太叛徒中屬他最聰明，思想開放卻心靈悲痛，在親愛自己的族人與喜好我國文化和我們國人之間拉扯為難。說穿了，他也一樣，只為以色列著想。至於鼓吹綏靖的猶西．班．奇士瑪，不過是另一個比較膽怯或比較虛偽的阿奇巴；甚至，在猶太事務上長期擔任我的顧問的拉比約書亞，為人寬柔有彈性，一心討好，但在這外表下，我也感覺到無法妥協的差異，存在一個在兩種相反的想法相遇時必引發衝突的臨界點。我們的領土綿延幾百里，大小城鎮幾千座，翻越遠方那道荒蕪的山嶺；但貝達爾的岩石卻是我們的極限：我們能摧毀那座堡壘厚實的城牆，卻無法阻止那支種族對我們說不。

一隻蚊子嗡嗡亂飛。歐福里翁老了，疏忽了，沒把薄紗簾幕拉緊；書冊與掉落地上的地圖被鑽進帆布帳的微風吹得沙沙作響。我坐在床上，穿上軍靴，伸出手摸索，找尋我的長衫、腰帶和短劍。我走出帳外，呼吸夜裡的空氣。我走過營地中整齊規則的一條條大路；在此夜深時分，路上空空蕩蕩，如城裡一般點亮著燈；站崗的衛兵對我恭敬肅穆地敬禮。臨時搭建的木棚充當醫務所，經過時，鼻息間是痢疾患者散發的淡淡臭味。我朝替我們阻隔危難與敵人的土堤走去。一名哨兵在這條堤道上闊步巡邏，月光下，危險地暴露出身形。從他規律的來回運動中，我看到一具龐大機器上的齒輪運動，而那機器的主軸就是我。面對那孤單的身影，在危機四伏的世界中央，那男人胸中燃著的短暫火光，我佇足感動了一陣。一枝箭咻咻飛來，大概比營帳裡騷擾我的蚊子更惹人厭些。我以手肘支撐，憑倚在城牆的沙包上。

幾年以來，人們猜想我具有奇特的洞察力，能知天命之奧祕。他們錯了。我什麼都不知道。但在貝達爾的那些夜裡，我的確看見令人不安的幽魂從我眼前飄過。對亡靈而言，從這些禿裸的丘陵山頂望出去的視野不若賈尼科洛山雄偉，沒有蘇尼翁角金黃燦爛，正好相反，如天壤之別。

我心想，期望雅典和羅馬擁有那既不屬於人亦不屬於物的永恆又有何用，我們之中最有智慧的連眾神都可以否定。生活型態的精巧複雜；文明能無憂無慮地發展藝術與安樂；以及有極度自由的心靈去好學不倦，判斷事理；這一切靠的其實是難以數計又難能可貴的機運，以及幾乎不可能去創造，也沒有辦法期待永久不變的各種條件。我們會擊潰西門；阿利安會保衛亞美尼亞，防堵阿蘭族入侵。但其他烏合之眾，別的假先知，終將再來。我們對改善人類生存環境所付出的微弱努力，後繼者只會漫不經心地苟延；相反的，錯誤與頹壞之種子包藏於美好之中，將在未來的幾個世紀駭人成長。待世界對我們感到厭倦，就會另尋新主；過去在我們眼中充滿智慧的將變得平庸乏味；美麗絕倫的將變得醜陋可厭。一如密特拉祕教之啟蒙，人類的種族或許需要浴血洗禮，在墓穴中度過一段時期。我看見粗野的符號，無情的神明，專橫無比的蠻族君主再來；世界分崩離析，互為敵國，永難擺脫危急不安。更多受暗箭威脅的哨兵將在未來城邦的巡邏道上來回闊步；愚蠢、無恥、殘忍的遊戲仍將繼續；而人類日漸老奸巨滑，必將增添各種新穎別致的恐怖花招。我比誰都清楚我們的時代有何不足與缺陷，但日後或許有一天，在對比之下，我們的時代會被視為人類史上的一段黃金期。

Natura deficit, fortuna mutatur, deus omnia cernit.「天有不測風雲，人有旦夕禍福，舉頭三尺有神明。」我反覆推敲解讀手上一枚戒指上的文字；某日我心中苦悶，請人在戒指的鑲座上刻下這幾行感傷的句子。我愈來愈醒悟，或許已達褻瀆神明的地步；最終得到的感想是：我們的帝國走向衰亡是

自然，甚或合理之事。我們的文學江河日下，藝術彷彿陷入深眠。龐克拉特斯不是荷馬，阿利安不是色諾芬；而在我試圖以石像讓安提諾烏斯永垂不朽的時候，找不到一位可比普拉克西特列斯的雕刻家。亞里斯多德和阿基米德以降，我們的科學就停滯不前；科技的進步不敵一場長期戰爭的耗損；甚至我們那些貪歡享樂之徒也對開心的日子感到厭倦。這百年來，風氣之敦厚，想法之先進，僅出於少數睿智之士的心血結晶；大多群眾仍粗俗無知，能逞兇時即一味兇殘，總之，心胸狹窄。而我敢打賭，他們永遠會是這副德性。我們有太多貪婪的財政官和稅吏，太多疑心病的元老，太多有勇無謀的百夫長，提前腐化了我們的成果；而帝國與人民都不再有時間從缺失中汲取教訓。這樣的時間，織布工本可用來修補布疋，精明的會計師用來改正錯誤，藝術家用來修飾未完成或稍有敗筆的傑作，大自然卻寧願重新和泥，重新揉亂；而這樣的前功盡棄，人們稱之為萬事萬物的法則。

我擡起頭，動動身體，舒緩痲木僵硬之感。西門的堡壘上方，朦朧微光染紅了天空，敵人的夜間動靜未明。風從埃及吹來，一陣沙塵暴如鬼魅般鋪天蓋地而過；丘陵的形狀顯得特別低矮，令我憶起月光下的阿拉比亞山脈。我緩緩走回自己的營帳，一面將外袍的衣領拉高，遮住嘴臉；我懊惱自己花了一整夜空想未來，而沒用來準備隔日事宜，或睡一覺也好。倘若羅馬帝國瓦解一事真的發生，受牽連的將是我的繼任者們；在羅馬建國八百八十七載這一年，我的任務是消弭猶太行省的叛亂，盡可能不耗損太多兵將，把一支殘弱病重的軍隊從東方帶回。走過空地時，我偶爾還踩到前夜處決叛徒時所濺灑的鮮血。我和衣躺上床，兩個鐘點後，被黎明的號角喚醒。

這一輩子，我與自己這副身體向來相安無事；始終在不知不覺中仰仗它的智慧與力量。這緊密的聯盟關係開始鬆脫；我的身體不再與我的意志，精神，以及我只能笨拙地稱為靈魂的那不可或缺的什麼，合而為一；過去聰明靈活的同志如今僅成了一名不甘願工作的奴隸。我的身體令我害怕；我一直覺得胸中有股隱隱的恐懼，一種緊迫收縮之感，尚不至疼痛，卻已朝疼痛逼近一步。許久以前開始，我就患了失眠的毛病，從此以後，睡還不如不睡：才剛覺得昏沉，就悽慘醒來。我時時受頭痛侵擾，赫莫杰內斯歸因於氣候炎熱和軍盔太重。晚上，經過漫長一日的疲累之後，我整個人頹然坐下；想起身接待魯夫斯或塞維魯斯都必須提早許久做準備：我將手肘重重地撐壓在座椅扶手上，雙腿顫抖如一名精疲力盡的跑者。隨便一個動作都宛如一份吃力的苦役，而日子就由這各種苦役組成。

一場幾乎可笑的意外，小孩常有的微恙，暴露出潛伏在疲累之下的疾病。我流了鼻血，起初不以為意，繼續參謀會議。晚餐時血仍不止；夜裡醒來時渾身是血。我呼喚睡在隔壁營帳的塞勒，他連忙通報赫莫杰內斯。然而溫熱的血仍駭人地汩汩流淌；年輕軍官謹慎細心的雙手不斷揩拭髒汙我臉面的血液。黎明時，我不住地抽搐發抖，彷彿羅馬那些在浴池中割腕的死刑犯。眾人盡可能地為我這副逐漸冰冷的身體取暖，包裹層層被毯，澆淋滾燙熱水。為了止血，赫莫杰內斯開出處方：需要冰雪。軍營裡沒有雪，塞勒歷經千辛萬苦，從黑門山山頂運來。我後來才知道，當時大家對我的性命存活已經絕望；而我亦覺得自己彷彿僅命懸一縷細線，細得看不見，一如我跳得太淺太快的脈搏，令我的御醫愁眉不展。不過，沒由來的出血還是停止了。我離開病榻，強迫自己恢復正常生活，卻做不到。一天晚上，不顧身體尚未復原，我莽撞地試圖策馬散心一會兒，卻收到第二次警訊，比前一次更嚴重。約在一秒鐘的時間裡，我感到心跳加速，然後變慢，中斷，停止。我想我栽落了下來，像顆石頭般地落入一口不知名的幽井，想必就是死亡。倘若真是死亡之井，那麼，以為它寂靜無聲的人可就大錯特錯了：我任瀑流沖捲，轟隆水聲震耳，我彷彿一名潛水伕，什麼也聽不見。我沉沒到底，又浮上了水面，嗆得無法呼吸。我本以為那是我的最後一刻了，將全身的力氣集中在那隻青筋浮現的手上，緊緊抓住站在我身邊的塞勒的胳臂。後來，他讓我看了我在他肩膀上留下的指印抓痕。但是，這次短暫的垂死經驗與肉身的一切體會無異：言語無法形容，無論是否願意，終究是經歷過的那人才知道的祕密。從那次以後，我又領教幾次類似的危險時刻，沒有一次完全相同；而凡是人，應該難以忍受兩度遭遇同一種恐怖與漆黑而不死去。赫莫杰內斯終於診斷那是心臟水腫的初步徵兆。這種病突然成為我的主宰，我必須遵照它的一切指令，同意一段長時期內不視事，多休息，暫時將我的生活視野局限在一張床的範圍內。此病完全隱於內在，無法得見，沒發燒，無膿腫，五臟六腑不疼痛，症狀只有稍微嘶啞的粗喘，以及涼鞋鞋帶在腫脹的腳上留下的灰白勒痕。患上這種隱疾，我幾乎感到羞恥。

我的營帳周圍寂靜非凡，彷彿整座貝達爾營地都變成了一間病房。我的守護精靈雕像前方燃著香油，使封閉在這粗布囚籠中的空氣更加滯悶；我的脈搏聲彷彿打鐵一般響亮，令我胡亂想到黑暗邊緣的泰坦族之島。其他時候，這嘈雜難忍的聲響換成了軟泥濕地裡滯礙受阻的奔馬；那將近五十年來小心翼翼緊握韁繩的心神正在逃離；這副巨大的身軀正迷途漂流。我認命，當這個奄奄一息的男人，迷糊失神地數著天上的星和蓋毯上的菱形圖案。我望著暗影中一個白點，那是一尊半身雕像。昔時，我的西班牙保母高大陰鬱，長得像某位帕爾卡命運女神；她常低吟一首獻給馬之女神伊波娜的如歌旋律，此時那歌聲從半個世紀以前的深淵傳來。一個個白晝，還有一個個黑夜，彷彿都靠赫莫杰內斯一滴滴精確計量並小心滴入杯中的棕色藥水來計時。

晚上的時間，我用盡全身的力氣聽取魯夫斯報告：戰爭已近尾聲；阿奇巴表面上從開戰以來就不問公眾事務，其實躲在加利利的小城烏斯法，教授猶太教的拉比律法。他的教室成為狂熱派反抗群眾的大本營，密報轉譯成暗語，透過那雙九十歲的手，傳送給西門的黨羽。我們必須把那些圍在老頭身邊，狂憤激昂的學生們驅趕回家。經過一番漫長的斟酌考慮後，魯夫斯決定以擅動叛亂之罪名禁止猶太律法教學。幾天後，觸犯了這條法令的阿奇巴被捕處死。另有九名律法博士，皆是狂熱派的靈魂人物，與他一起正法。這一切措施，我以點頭表示同意。阿奇巴與其擁護者至死仍深信只有他們無辜，只有他們正義；他們之中沒有任何一位曾想過要對這場折磨自己族人的苦難負起責任。若羨慕盲目之徒是被允許的，那我真羨慕他們。我不抗拒稱這十名狂徒為英雄，但無論如何，他們不是智者。

三個月後，一個寒冷的二月早晨，我坐在一個山頭上，背靠一株樹葉落光的無花果樹幹，全程幾個時辰，俯瞰攻克貝達爾城之戰。我見到最後幾名守城者魚貫走出堡壘，他們個個蒼白瘦弱，骨瘦如柴，面目猙獰；然而，如同桀傲不遜的一切，看上去反而有一股悲壯之美。當月底，我被載往一個人稱亞伯拉罕之井的地方。附近各城區被逮捕的武裝叛徒，集中在一起，以拍賣的方式販售；幾個孩童臉上掛著冷笑，從小就兇狠，被堅定不移的信念扭曲人格，極高聲地吹噓自己害死了十幾名軍團士兵；老人們彷彿夢遊者，被困在夢境中；女人們有的身體癡肥，有的倒是莊重、沉著，宛如東方宗教中的眾神之母；而奴隸販子則冷眼打量一個個走來的這些人。這重重人群從我面前經過，有如煙塵。猶西．班．奇士瑪，這位所謂溫和派的首領，調解者的角色早已可悲地失敗，大約也在這個時期，被一場長期久病擊垮。他死時留下遺願，召喚異族發動戰爭，希望帕提亞對抗我們，取得勝利。另一方面，那些成為基督教徒的猶太人，先前我們並未特別掛心；他們卻對其他的希伯來人懷恨在心，認為他們逼迫欺壓猶太教先知，將我們視為上帝發怒的工具。糾纏多時的連番激狂妄為與誤會積怨延續未停。

耶路撒冷城內掛起一份告示，禁止猶太人在這堆斷垣殘壁上重新安家遷入，否則處以死刑。告示上一字一句，原封不動地謄寫過去刻在神廟大門上，禁止未行割禮者進入的命令。一年一天，埃波月的第九日，猶太人被允許來此地對一面頹塌的殘牆哭泣。他們其中極為虔誠者拒絕離開故鄉；盡可能地在遭戰爭蹂躪較不嚴重的地區安家立命；極偏激者則移民到帕提亞人的領土；另有些人前往安提阿，亞歷山卓和帕加馬；最聰明伶俐者則去了羅馬，並在那裡繁榮強盛起來。猶太行省已從地圖上刪去，在我的命令之下，改稱巴勒斯坦。在這四年的兵荒馬亂中，五十座堡壘，超過九百座大小城市，慘遭掠劫破壞，夷為平地。敵人損失將近六十萬人丁；迎敵對戰，加上當地熱病和瘟疫，共奪走我方近九萬官兵。愛利亞加比多連全面重建，規模稍有縮減；總之，百廢待舉。

我在錫登休養了一段時間；多虧一名希臘商人把自家的宅院庭園借給我住。到了三月，內院中開出一片玫瑰花毯。我恢復了元氣；甚至發覺這副因第一次發病太劇烈而虛脫的軀體藏著驚人潛質。一個人若未曾體悟疾病與戰爭和戀愛之間奇特的相似性，可說他對生病這件事根本一無所知：它要你妥協，它對你假裝，它向你需索無度，是性格與疾病互相混雜，共同造成詭異與獨一無二的結果。我的身體好多了，但我以重重心機對待它，強制它聽從我的意志，或偶爾謹慎地順從它的步調，如同昔日為了擴大及整治我的天地，養成自己的人格，美化我的人生那般，使出渾身解數。我適度地重拾健身運動，醫生不再禁止我乘馬，但僅限於交通之用。我放棄了以往行走極限邊緣的危險習慣。從事一切工作和一切享樂時，工作與享樂不再是最重要的；我的首要考量是不致疲累，只求全身而退。從外表看起來，復原狀況如此完好，朋友皆大為讚嘆。他們努力要自己相信我這場病只是連年征戰過度操勞的結果，不會再發作。我的研判角度卻不同。我想到比提尼亞遼闊的松樹林：伐木工人走過林間時先劃一道切口做記號，下一季再回來整株砍倒。春天接近尾聲時，我搭上一艘大型軍艦，準備返回義大利。除了早已不可或缺的塞勒，我還帶了來自加大拉的狄歐提姆：一個在錫登遇到的希臘年輕人，生下來就是奴隸，長相俊美。回航途經群島；想必是此生最後一次了。我欣賞海豚成群在湛藍海水中跳躍，觀看候鳥規律的長途飛行，已不再抱著從中擷取預兆的念頭。偶爾，鳥群倦飛，友善地降落船艦甲板上暫歇。我品嘗鹽與陽光從人類肌膚散發出來的味道：島嶼飄散乳香脂和松節油的特殊芳香，引人前去長居久住，但我事先就知道船艦不會停靠。狄歐提姆受過完美的基本文學教育：這在長相清秀的年輕奴隸身上頗為常見，是為了能賣更好的價錢。黃昏時，我仰躺在一張緋紅色的小遮棚下，聽他為我朗讀他家鄉的詩歌，直到夜色抹去那一行行字句：或描述飄搖動盪，悲劇人生，或形容白鴿，玫瑰花冠和被輕吻的雙唇。海面瀰漫一股潮濕的氣息；星子一顆顆爬升到分派好的位置；乘風前傾的船艦朝著仍綻著最後一抹紅霞的西方滑行，船尾拉出一道閃閃發亮的螢綠磷光，但隨即被撲湧而上的團團黑浪淹沒。我心想，羅馬只等我辦好兩件大事：一是選出繼任者，此事全國關注；另一件則是我的死亡，在乎的卻只有我一人。

羅馬已為我準備了一場凱旋式；這一次，我接受了。我不再對抗這些既可敬又虛榮的習俗；面對一個如此健忘的世界，凡能凸顯人類努力的一切，哪怕只持續一天，我都覺得必有助益。這次的儀式不僅慶祝成功鎮壓猶太反叛；就某種更深沉且只有我本人知道的意義而言，我的確贏得了勝利。我將這些榮耀與阿利安共享。他剛讓阿蘭族嚐到一連串敗仗，把他們長久驅逐回陰暗的亞細亞中部，回到他們自認的發源地；亞美尼亞於焉得救。阿利安這位色諾芬的忠實讀者的戰勛與我匹敵，當之無愧；文人之中，懂得因應需求發號施令，英勇戰鬥的這一族，光采未減。那天晚上，回到我位於蒂沃利的屋子時，我的心情疲憊，卻寧靜祥和；在這樣的心境下，我從狄歐提姆手中接過每日敬拜守護精靈用的美酒與薰香。

早年還只是一介平民時，我已著手購買薩比尼山腳下河流水邊的土地；我像一名長年辛勤耕耘，擴張葡萄園產業的農夫，終於一塊一塊地買齊，連成一片。在出巡之間的空檔，我都會來到這片飽受石匠和建築師摧殘的小樹林短暫停留。有名年輕人深受亞細亞所有的迷信影響，虔誠地懇請我們留住林木。等到我從漫長的東方之行歸來，我帶著一種激狂癡迷，督促這一大片已完成四分之三的整體裝飾做到盡善盡美。這一次回來，我要在此盡可能體面地結束餘生。一切的調整布置都為方便工作與享樂：理政室，表演廳，還有讓我裁決棘手案件的法庭，免去我往來蒂沃利和羅馬之間的交通勞頓。我為園中每一座建築取一個與希臘相關的名字：五彩柱廊，學院，市政廳。我很清楚，這一小片種植橄欖樹的谷地並非坦佩谷；但到了我的年歲，每個美麗的地方都令人憶起另一個更美的景點，每項美妙的事物皆因過去的美妙回憶而更深刻。我自願任這思舊的情緒淹沒，那是渴望之哀愁。我甚至把園中一個特別幽暗的角落取名為斯提克斯冥河，一片綴滿銀蓮花的草原命名為艾麗榭場；藉此準備渡往另一個世界：那個世界的苦惱與我們這裡相似，但朦朧的喜悅不如我們的踏實。然而，最重要的是，我請人在這座離宮的中心建造了一處更隱密的幽靜所在，一座大理石小島，位於廊柱環繞的水池中央。那是一座圓頂密室，附一塊能轉向的踏板；那板子十分輕巧，我甚至能隻手將它推入溝槽，搭上岸邊，或者，倒不如說是從岸邊抽離。我令人運來兩三座喜歡的雕像，擺放在這小樓閣中；其中還有奧古斯都孩時樣貌的那尊半身像，那是蘇埃托尼烏斯還與我友好時送給我的。午休時間我

蒂沃利處處都是希臘的痕跡，包括一座希臘圖書館。

總去那裡小睡，作夢，閱讀。我的狗兒橫臥在門前，腳往前伸得直直的；大理石上閃過一道人影，那是狄歐提姆：為貪圖涼快，將臉頰靠在一只水盆光滑的表面。我思考繼任者的問題。

我沒有子嗣，也並不遺憾。當然，在心灰意懶，自暴自棄的脆弱時刻，有時，我會自責沒花點力氣去生個兒子，讓他繼承我。而這無聊的悔意其實考量了兩項值得質疑的條件：首先，那兒子必須要能延長我國基業；再者，人格中包含的這團詭異的善惡不分，這堆卑微又古怪的特性，是否值得延續？我始終盡力發揮美德，從缺陷中汲取教訓；但並不特別堅持把這樣的自己傳給某人。此外，人類真正的傳承所憑藉的根本不

蒂沃利的人工小島，成為晚年哈德良的隱居之所。

是血親關係。亞歷山大大帝的直接繼承人是凱撒，而非某個波斯王妃在亞細亞某座堡壘產下的那個弱不禁風的孩子。埃帕米農達沒有後代，臨終前理直氣壯地自誇：生平每一場勝仗皆是他的女兒。大部分留名青史者的子孫多是平庸之輩，甚或更糟；彷彿一個家族的能量都被英雄們用光了似的。溫柔的父愛幾乎與培養優秀首領之要件永遠相左；若非如此，這名皇子必將受王儲教育的各種壞處拖累，對一名未來的國君而言，這是最糟的狀況。綜觀以上種種，很幸運的，我們的國家懂得制訂一套繼任規則，也就是認養制度；我承認這的確是羅馬人的智慧。我知道擇人有其危險，亦知道可能出現何種失誤；我沒忽略並非只有父愛才會盲目。然而，這項決定需由理智來主導，或至少參與；比起偶然之安排及呆板的自然法則難窺其理的用意，在我看來仍高明許多。一切以帝國為尊：多麼美妙啊！一個展現治世長才的人能親自選擇一個人來取代他，而且如此重大之決定既是他個人最後一項特權，亦是為國家所盡的最後一份心力。然而，茲事體大，我從未做過如此艱難的選擇。

我曾憤慨地責怪圖拉真反覆猶豫了二十年，拖到死於病榻之時，才下定決心認養我。但是，自我登基為皇之後，十八年過去了。而儘管我一生冒險，時時出生入死，自己卻也把選擇繼任者的任務拖到最後一刻。傳聞千百種，幾乎全是假的；假設千百種，拼湊堆疊也徒然；人們以為我守口如瓶，其實只因我遲疑不決。舉目四望，滿朝正直的官員，沒有一人具備應有的氣度格局。其中，馬爾西烏斯·杜爾波為官清廉四十載，是我昔日親愛的軍中同袍，無人可替的禁軍總督，算是最佳人選；但他與我同歲，太老。尤利烏斯・塞維魯斯，是一位優秀的將軍，合格的不列顛首長，對複雜的東方事務瞭解太少。阿利安的表現證明他具足所有國家領導人該有的條件，但他是希臘人，而此刻不宜強迫帶著偏見的羅馬接受一位希臘皇帝。

塞爾維安還活著：如此長壽正是他長期權謀，頑固苦等之成果。他已等了六十幾年。當年，涅爾瓦認養圖拉真，他既受鼓舞又感失望；他原本期望更好的結果。他那位不斷帶兵出征的表親掌了大權，似乎至少也為他在帝國內擔保了一個重要的職位，也許是副手也不一定。但是這個盤算，再次落空了：他僅得到幾個堪稱徒具虛名的頭銜。他曾派奴隸在摩塞爾河畔一座白楊樹林的彎路上襲擊我；那時，他正在苦苦地等。那天早晨，年輕的我與五十歲的他展開一場生死對決，從此延續二十年。他刺激皇帝對我的反感，誇大我的無心失言，緊盯我任何一點小錯，趁機進擊。這樣的敵人是最好的老師，教我謹言慎行。塞爾維安，總的來說，教我非常多。在我登基掌權之後，他的思慮夠精，看似接受了無可避免之情勢，並全盤否認與四名執政官同謀之證據；我則寧願不去注意：在他骯髒的手指上，仍可見斑斑汙點。就他那方面而言，他只能低聲抗議，私下發作。他得到元老院裡的保守派支持。那一小群人，勢力強大，終身不被免職，成天妨礙我的改革計畫；於是他輕輕鬆鬆地扮演暗中批評朝政之角色。他害我與姊姊寶琳娜日漸疏遠。他和姊姊只生了一個女兒，嫁給某個名叫薩利納多的男人。此人出身良好，我拔擢他擔任執政官的光榮職務；但肺癆奪去了這個年輕人的性命，不久之後，我的姪女亦隨他而去。兩人唯一的孩子福斯庫斯由他惡毒的祖父扶養長大，事事與我作對。不過，我們之間的仇恨不致走樣到失禮：官場上的利益，我不會與他斤斤計較；但在某些典禮上，我會避免站在他身邊，以免他仗著高齡，搶去皇帝的鋒頭。出於禮貌，每次回到羅馬，我願意參加一次家庭餐宴；而在宴席上，我們保持戒心，提防彼此。我們互相寫信，他的來信並不缺文采。然而，長期下來，我對這種乏味的裝模作樣早已厭煩。我覺得，凡事都能扯下面具算是人老了之後享有的少數好處之一；於是，我拒絕出席寶琳娜的葬禮。在貝達爾營地，在那身心俱疲，最悲慘的時刻，我曾不甘心到了極點，甚至對自己說：這下子塞爾維安達到目的了，而且是拜我失誤之所賜。年過八十的他如此珍惜每一分力氣，必然會想辦法活得比一個五十七歲的病人久。若我死前未立下遺囑，他必然能聚集不滿派的票數，同時贏得我的擁戴者支持：他們以為選我的姊夫等於繼續對我效忠。他會利用這一點薄弱的親戚關係來暗中破壞我的心血。為了讓自己冷靜下來，我告訴自己：羅馬可能會找到更差的君主，而塞爾維安畢竟不是完全沒有優點。或許有一天，駑鈍的福斯庫斯能有資格擔當治國大任。然而，我僅剩的那一點全部精力拒絕相信這些謊言，我希望能活下來，踩死那條毒蛇。

回到羅馬之後，我與路奇烏斯再見了面。昔日，我曾對他許下一些普通人毫不掛心的承諾，但我卻從來沒忘。話雖如此，我從未曾將皇帝紅袍許諾給他，這種玩笑不能開。然而，將近十五年的時間，我為他償還債務，飽聞他闖禍滋事，一刻不拖延地回他的信。這些信文情並茂，但信末總開口要錢供他自己花用，或替他寵信的手下要求升官。他與我太親密，就算我有意，也無法將他拒於生活之外，何況我一點也不想這麼做。與他聊天總令我心花怒放：這個看似輕浮的年輕人比以文學為業的人讀書更多更精通。無論對人、對物，風度，或以最正確的抑揚頓挫吟誦一句希臘詩，對所有的一切，他的品味精妙究極。元老院的成員認為他靈活能幹，他攢出了個演說家的美名。他的演說內容既簡練又華麗，剛發表就成為演講老師的口才示範教材。我曾任命他當大法官，然後當執政官。他都完美地達成任務。幾年前，我安排他和尼格里努斯的女兒結婚。他的岳父在我執政初期遭到處決，這場婚事成為我安內政策的象徵。他們的婚姻不甚幸福：少婦經常抱怨不受顧憐，卻替他生了三個孩子，其中一個是男孩。面對她幾乎沒完沒了的嘮叨，他禮貌性地冷言回答：結婚是為了家族，不是為自己；這樣沉重的契約難以適用在無憂無慮的愛情遊戲。他自設一套繁文縟節，故需要多名情婦撐起華麗排場，輕挑的奴隸滿足放蕩快感。他耽溺享樂歡愉，死也在所不惜。但那就像一位藝術家願為完成一幅傑作燃盡生命，輪不到我來責備他。

我看著他過日子，對他的看法不斷改變；這種事只會發生在我們十分親近的人身上。對於他人，我們多半只粗略看個大致，就以偏概全妄下評論。有時，一種故意的無禮與冷酷態度，一句冷淡輕挑的話，皆令我擔憂。而較常見的狀況是，我任由他敏捷輕巧的思想左右，而某個犀利的批評似乎讓我突然預見到未來的國君。我向馬爾西烏斯．杜爾波提及此事；他在經過一整天漫長疲累的大法官和總督任務之後，每晚過來與我閒聊時事，跟我擲一盤骰子玩玩。我們仔細重新審視路奇烏斯擔當一個稱職皇帝之機率。朋友皆訝異我保持疑慮，多番考量。有幾位聳聳肩，建議我隨心所欲。那些人以為將半壁江山傳給某人如同轉手一幢鄉村別墅那般簡單。我徹夜輾轉思考：路奇烏斯剛滿三十。而凱撒三十歲時是什麼模樣？不也就是一個負債累累的人子，出身因醜聞而蒙塵的家族？如同圖拉真認養我之前，在安提阿那段鬱悶的日子，我揪心難受地胡思亂想，覺得沒有什麼比等一個人真的誕生面世更煎熬漫長。想當年，潘諾尼亞戰爭替我睜開眼睛，正視掌權者的職責。那時，我自己已年過三十。有時候，我感覺路奇烏斯比當年同齡的我成熟得多。一次比以往都嚴重的胸悶發作，提醒我已沒有時間可蹉跎；我斷然下定決心。我認養了路奇烏斯，他從此冠上埃里烏斯．凱撒之名號。他這個人的野心漫不經心，要求嚴苛卻不貪婪，已經很習慣每樣東西都是他的；他大方瀟灑地接受了我的決定。我一時失察，不小心說：這位金髮王子穿上大紅皇袍必然美得令人讚嘆；心術不正的人立即曲解這話，認為我拿整個帝國去犒賞一段纏綿歡愉的昔日舊情。這表示他們完全摸不清首領精神的思考方式——凡不愧職務與頭銜的首領皆依循的模式。若說這類考量的確有其影響，那麼，路奇烏斯並非能讓我堅定不動搖的唯一人選。

我的妻子剛在帕拉提諾山的別莊去世。相較於蒂沃利，她始終比較喜歡住在那裡，有一小群閨中女友和西班牙親戚圍繞相伴；那是她唯獨在意的幾人。我們之間，就連互留情面，相敬如賓，相安無事之薄弱意願，亦逐漸不再，僅餘赤裸裸的反感、厭煩、仇怨，以及，她那邊一廂情願的恨。最後那一段時日，我去探望她；病重的她，那嗆人又陰鬱的性格顯得更加刻薄。那場會面給了她狠狠怪罪我的機會，得以出一口氣，而她極不得體地當著眾人之面宣洩。她慶幸自己死時未留子嗣，因為想必我的兒子皆與我如出一轍，那麼她也會像嫌惡他們的父親那般嫌惡他們。這句話，流膿一般地泛出那麼深的積怨，卻是她曾經愛過我的證據。我的薩賓娜。我翻攪幾段尚能忍受的回憶；一個人總會留下那麼幾段，努力去找，總能找到。我記得一只水果籃，那是一次爭吵之後，她送來給我的生日賀禮。乘轎行經蒂沃利市區狹窄的街巷時，在岳母瑪迪蒂的樸素故居前方，我惆悵地憶起幾個遙遠的夏夜：當時的我試圖取悅這個冷若冰霜的新婚妻子，結果徒勞無功。妻子去世所帶給我的感傷還不如好心的阿蕾特死的時候多：她是蒂沃利莊園的女管家，同年冬天被一場高燒奪走生命。皇后感染的病，起初幾位醫生診斷並無大礙，到了末期卻讓她的五臟六腑痛得死去活來，於是人們指控我對她下毒，而這無稽謠言很快就輕易傳開。不消說，如此多餘的罪行，從未值得我動念去犯。

反倒是塞爾維安或許受我妻子去世這件事激勵，押上所有，孤注一擲：她在羅馬的影響力本由他穩穩接收；她走了，等於一項最受敬重的靠山崩塌瓦解。何況，他剛過九十歲，也一樣沒有時間可蹉跎了。幾個月前開始，他便努力拉攏幾群禁衛軍軍官，偶爾甚至膽敢試探人們對高齡者的迷信尊敬，關起門來，享受皇帝的待遇。近來，我加強了祕密軍警的運作。這是一個惹人厭惡不快的機構，我同意，但這件事上證明了它的效用。老塞爾維安組織多次密商，教他孫子勾結黨羽策劃陰謀的技巧；他以為這些機密天不知地不知，但我卻知道得一清二楚。老傢伙並不驚訝路奇烏斯被任命為王儲；長久以來，他以為我在這件事上之所以猶豫再三，是為做出一項城府深沉的決定。不過，趁著這項認養之舉在羅馬仍備受爭議之時，他展開了行動。他的助理文官克雷森斯為他效忠了四十年，得到的報償卻不成比例；心灰意冷之下，他通風報信，揭發了整樁計畫、日期、地點，以及同謀者名單。我的敵人們想像力落伍，原封不動地抄襲了當年尼格里努斯和奎伊圖斯設想的刺殺行動。根據計畫內容，我將在一場於卡比多利歐山舉辦的宗教儀式上遇襲，我的養子將與我一起倒下。

當天晚上，我戒備森嚴，因為我們的敵人實在太有經驗。我要留給路奇烏斯一筆已將危險清除乾淨的遺業。將近第十二個時辰左右，二月黎明的灰色天空下，一名軍官帶著塞爾維安及其孫子的賜死令來到我姐夫家中。傳令官受命在前廳等候判決內容執行完畢。塞爾維安召來他的醫生，一切順利。臨死之前，他願我慢慢被一種無藥可醫的絕症折磨致死，不像他一樣享有臨終片刻即死之福氣。他的願望已經實現。

下這兩道處決令，我的心情並不歡喜，事後也沒有一絲後悔，更無內疚。一筆舊帳剛剛算清，如此而已。我從不覺得年事已高可拿來當成人心惡毒的藉口，反而認為那加重了犯罪情節。判阿奇巴及其同黨死刑時，我猶豫的時間更長。同樣是老人，狂熱教徒比陰謀家好。至於福斯庫斯，儘管平庸至極，對他奸詐的祖父那般百依百順，畢竟是寶琳娜的孫子。然而，在完全沒有親情加持的狀況下，無論怎麼說，血緣關係就是淡薄；只要涉及任何遺產糾紛，平凡百姓都能體會到這一點。福斯庫斯的少不經事倒稍微博得我較多同情：他才剛滿十八歲。但是，為了國家利益著想，必然得以此收場；只怪老塞爾維安任性妄為，導致事態不可收拾。從此，我的死期已太近，沒時間去深思這兩場生命之終結。

事發之後幾天，馬爾西烏斯・杜爾波加倍警戒。塞爾維安的友人很可能為他展開報復。不過，什麼事也沒發生：沒有暗殺，沒有暴動，沒有耳語傳言。我與當初那個處決了四名執政官後，想盡辦法拉攏民意的新手，已不可同日而語。施政十九年來的公正表現使人心倒向我這一邊；凡是我的敵人，人們一概嫌惡憎恨；群眾贊成我動手除去一名叛徒。福斯庫斯得到幾許惋惜，不過沒有人認為他無罪。元老院，我知道，不會原諒我再次打擊其成員；但他們默不作聲，他們將沉默到我死去那一天。同樣的，一如既往，嚴厲的手段要立即以招撫的措施調和，塞爾維安的同黨中，沒有任何人需要擔心。這條規矩唯一的例外是阿波羅多洛斯；他陰險惡毒，是我姊夫能託付祕密的心腹，故將他一併處死。此人是我前任先帝愛用的建築師，曾運用高超的技巧，搬來建造圖拉真柱的大石塊。我們彼此看對方一點也不順眼。我用來消遣自娛的作品，悉心完成的葫蘆與南瓜之靜物畫，曾遭他大肆嘲笑，譏為拙劣；而我則年輕氣盛，目中無人，狂妄地批評他的工程。後來，他還詆毀我的設計，而他自己對希臘藝術的鼎盛時期根本一竅不通。這個一板一眼講究邏輯的人指責我在神廟裡設置太多巨大的雕像，萬一雕像站立起來，額頭會把祭壇圓頂撐破。多麼可笑的批評！不但中傷我，甚至褻瀆了偉大的菲迪亞斯。但神明不會站起，祂們不會站起來警告我們，保護我們，補償我們或懲罰我們。那一夜，祂們也並未站起來拯救阿波羅多洛斯。

春季來臨，路奇烏斯的身體狀況頗讓我擔心受怕。一天早晨，在蒂沃利，沐浴過後，我們前往角力場，觀看塞勒與其他年輕人一起練習。其中一人提議比賽：參賽者須全副武裝，手執盾牌與長矛奔跑。路奇烏斯本性不改，左閃右躲地想逃過一劫，最後終於抵不住我們沒有惡意的玩笑，硬著頭皮上場。穿戴配備時，他便抱怨銅盾沉重；站在健美的塞勒身旁，那副纖瘦的軀體彷彿弱不禁風。才往前邁了幾步，他就氣喘吁吁地停下來，頹倒在地，口吐鮮血。這場意外沒有後續，他不痛不癢地就復元了。但我既已得到警訊，真不該那麼快就放心。因為身體一直很健壯的愚蠢自信，我拒絕把路奇烏斯的初期症狀當一回事，糊塗地堅信年輕就有用不完的本錢，身體必然運作正常。的確，連他本人也被蒙蔽了：一根小火苗支撐著他；活潑的個性造成假象，他和我們都沒看出來。我一生的美好年代在旅途中，軍營中和前線上度過；自然欣賞克難生活對品行的磨練，乾冷地區對健康的助益。我決定派他出任潘諾尼亞行省的總督，當初我亦是在那裡展開第一份領導經驗。此處的邊界情勢不若昔時緊張，他的工作範圍局限於靜態的人民行政事務，或沒有危險性的軍隊檢閱。這個生活艱困的國度應能一改他奢逸放縱的羅馬習性，他可以學著更瞭解羅馬城所統領並賴以維生的這個遼闊的世界。他對該地的蠻族氣候心懷恐懼，不明白如何在羅馬以外的地方享受人生。不過，出於討我歡喜的一片好意，他還是接下了這個任務。

整個夏天，我都在仔細閱讀他的官方報告，以及，另外一些較機密的報告——那是多米提烏斯．洛加圖斯寫來的。洛加圖斯是一個可靠的人，我安插在他身邊當文書官，同時監視他。兩人的報告皆令我很滿意：路奇烏斯在潘諾尼亞表現得認真嚴謹，做到了我對他的要求；或許等我死後，他就會鬆懈下來。他甚至在各前哨站的馬術比武擂臺贏得頗耀眼的成績。無論在偏鄉行省還是其他地方，他都成功地施展魅力，而那稍嫌突兀的冷酷姿態一點也不礙事：至少，他不會是那種任一小群人牽著鼻子走的溫和國君。然而，時序剛入秋，他就得了風寒。本以為他會很快痊癒，但咳嗽一再出現，高燒持續，久居不退。病情一度有起色，結果只換來隔年春天的急轉直下。醫生們的診斷報告讓我驚愕不已。我剛建立了公共郵政體系，在帝國廣大的領土上提供許多馬匹和馬車休憩用的驛站；而這一切設施之運作，似乎只為讓我在每天早晨更快收到病人的消息。我無法原諒自己：我竟因怕自己過於隨和或顯得隨和而對他如此無情。等他的身體恢復到經得起旅行，我立刻命人帶他回義大利。

在肺癆專家，來自以弗所的盧夫斯老醫生陪同之下，我親自前往拜伊港迎接我孱弱的埃里烏斯．凱撒。蒂沃利的氣候比羅馬好，但是對受感染的肺部來說，仍不夠暖和。我還是決定讓他在拜伊這個相對較穩定的地區度過秋末初冬。船艦在海灣中央拋下船錨；一艘扁舟將病人和他的醫生接駁到陸地上。他神色惶惶，鬍苔下的臉孔顯得更削瘦。他故意蓄這一圈鬍子遮去雙頰，為了讓我們兩人看起來相像。但他的眼睛裡仍然有著寶石般的堅定光芒。他開口說的第一個句話就是提醒我：他是聽從我下的命令才回來；他的治理成績無懈可擊；他在各方面都服從我。他表現得像個小學生，急著為一日的作息運用提出合理的解釋。我將他安置在西塞羅別莊；在他十八歲時，曾與我在此共度一季。他矜持自重，從不談論那段時光。頭幾天裡，彷彿戰勝了病魔，打贏了一場仗。返回義大利這項安排本身即是一帖良藥；在這個時節，家鄉的風景染成一片深淺酡紅。然而雨水開始滴落，潮濕的風從灰暗的海面吹來，共和國時期建造的老房子缺少蒂沃利莊園裡那些較新穎的舒適設施，我望著路奇烏斯悶悶不樂地就著火盆烘烤他戴滿戒子的纖長手指。赫莫杰內斯剛從東方回來；先前我派他去添補換新藥材。他拿了一團泡過強效礦鹽的泥球，在路奇烏斯身上測試效果。據稱這種療法什麼病都能治，對他的心肺和血管卻沒有助益。

這場病赤裸地逼顯他冷酷狂狷的性格中最糟的一面。他的妻子來探望他，一如既往，他們每次會面總以尖酸刻薄的話語結束。她沒再回來過。有人帶了他兒子來看他；俊俏的七歲男孩，缺牙又愛笑。他看著孩子，神情冷漠。他貪婪地打聽羅馬的政界消息，關心的方式像一個賭徒玩家，而非掌理國家大事的政治家。不過，他的率性而為算是一種勇敢的表現。疼痛了一下午或昏睡了一下午後，他清醒過來，全心投入高談闊論，和以往一樣妙語如珠，火花四射。那張汗水淋漓的臉孔還擠得出笑容，那副骨瘦如柴的身軀優雅地撐起，迎接醫生到來。直到最後一刻，他都是活在象牙黃金堆中的高貴王子。

晚上，我睡不著，乾脆住進病人的房間。塞勒並不喜歡路奇烏斯，不過他對我忠心耿耿，對於我珍惜的人，不得不一併伺候，噓寒問暖。他同意陪在我身邊一起照料病人。層層蓋毯下傳出一聲粗啞的喘息。一陣悔恨不甘將我淹沒，苦深似海。他從未愛過我；我們的關係很快地變得類似一對揮霍的兒子和隨便的父親。這段人生徒然流逝，沒有遠大的計畫，沒有深刻的想法，也沒有激昂的熱情。他虛度歲月，彷彿一個任意擲灑金幣的浪蕩子。我竟是倚靠了一面即將頹倒的牆：我忿忿地想到為了認養他而支出的龐大費用，還有犒賞士兵的三億塞斯特斯幣。就某方面而言，我可悲的好運氣並未棄我而去：我本已滿足了自己長久以來的心願，把能給的一切都給路奇烏斯，但結果帝國將不會遭此劫難，我亦不致因決定了這個人選而壞了名聲。在心底深處，我竟擔心他的病情好轉：萬一又拖上幾年，我總不能把帝國傳給這縷幽魂。他從未開口問起，卻彷彿能洞察我這方面的想法，眼睛焦慮地盯著我的一舉一動。我曾再次任命他當執政官，如今他擔心自己無法上任，深怕讓我不高興而終日惶惶，病情因而惡化。「你將成為馬塞魯斯……」我在心裡複誦維吉爾為奧古斯都的姪兒所寫下的詩句。馬塞魯斯也一樣，被允諾了帝位，登基之路卻因夭逝而中斷。「獻出手中滿滿的百合……灑下紫花……」眼前這個愛花的人兒從我手中接過的，將只是華而不實的喪葬花束。

他自認身體好多了，想返回羅馬。除了他還剩多少時間可活的問題之外，幾位醫生之間已不多加爭論。他們建議我順遂他的心願。我把路程分成好幾小段，走走停停，帶他回到莊園。新年一過，緊接著就要舉行元老會議，而他應該以皇位繼承人的身分出席，按照習俗，在會議上致詞向我道謝。為了這段文情並茂的演說，他已準備了好幾個月；遇上困難的段落，我們就一起修改潤飾。元月初一早晨，他正在研讀講稿，突然口吐鮮血，暈眩不已；他倒在椅背上，閉上了雙眼。對這個瀟灑一生的人而言，死，僅在那一瞬間的昏厥。那天正是新年。為了不打斷公家慶典和私人享樂，我擋下消息，不讓他去世之事即刻傳開；低調地將他下葬在他家族的花園裡。葬禮前一天，元老院派了一名代表前來向我致哀，並賜封路奇烏斯神格榮銜。身為皇帝的義子，他當之無愧；但我拒絕了：這整件事已經浪費國家太多公帑。我僅滿足於替他蓋幾座祠堂，在他曾生活過的地方零星豎立幾尊雕像：可憐的路奇烏斯，他不是神。

這麼一來，每分每秒都緊急。不過，守在病人的床榻前時，我有許多時間思考，早已擬好了對策。以前我就曾注意元老院中一位名叫安敦寧的成員，年約五十，出身行省家族，與普洛蒂娜是遠親。他以一種既恭敬又溫柔的方式呵護自己的義父，令我印象深刻。他的義父有肢體殘疾，亦是元老，席次安排在他旁邊。我把他的資歷重新審閱了一遍。這個善良好人擔任過許多職務，表現完美無缺，是一名挑不出毛病的好官員。我看準他來當我的人選。隨著與安敦寧往來頻繁，我對他的尊重逐漸提升為尊敬。這個純樸的人擁有一種美德，一種直到那時我自己都很少在意的美德，儘管我也曾偶爾為之：善良。他也不例外，會犯一些智者常犯的小錯；他的才智都發揮在處理日常瑣事，忙於現在，不看未來。對藝術，他所知甚少；被逼得無可奈何才著手創新。比方說，對他而言，外省永遠不是有無限可能的發展空間，但我眼中卻不斷看到各種機會。他不會擴張我的成果，僅會守成延續，不過會延續得很好。他的特質能讓帝國擁有一位正直的公僕和一位好主人。

不過我倒認為，若以鞏固世界安全為目標，一個朝代所能做的實在太少。可能的話，我一定要盡量延伸這條謹慎的認養親脈，在歲月旅途上為帝國多準備一個中繼站。每次回到羅馬，我從未忘記去拜訪老朋友維魯斯一家人。他們跟我一樣出身西班牙，是高官中最開放的家族之一。當你還睡在搖籃中時，我就認識你了，小安尼烏斯．維魯斯：也就是如今的馬可．奧里略－這是我用心替你取的名字。在我人生中某個燦爛的一年，萬神殿落成那個時代，基於與你親族的友誼，我安排將你選入阿爾瓦勒祭師團。這個祭師團由皇帝主持，虔敬地延續我們羅馬宗教的古老習俗。那一年，在臺伯河畔舉行的祭典上，我全程牽著你的手。我興味盎然地看著你的舉止態度：年僅五歲的小孩，被神豬遭宰殺時的哀嚎嚇壞了，卻盡一切努力模仿其他大孩子，保持沉著威嚴。對這個乖巧過頭的孩子的教育，我費了一番心思。我幫你父親選了最好的老師給你。我玩味你的名字：維魯斯，意即至高無上的真誠；而你或許是唯一一個從來沒有欺騙過我的人。我見你熱切地研讀哲學家們的作品，穿粗羊毛衣，睡在硬毛毯上，用斯多葛派的一切禁慾苦行來限制你那纖弱的身軀。這些事皆有過度之嫌，不過，到了十七歲，過度是一種美德。有時，我不禁自問：究竟是觸上哪塊礁岩，導致這智慧沉淪？因為，人總會沉淪。是一個妻子，一個過分溺愛的兒子，總之諸如此類的一個合法陷阱，讓膽怯與單純的心靈踩入困境？抑或僅是年齡、疾病、疲乏，那讓我們知道一切皆空，即使美德也不例外的了悟？我看著你純真的少年臉龐，想像它衰老疲憊的模樣。我感受得到，你那修行得如此精進的堅忍之下藏著溫柔，甚或軟弱；從你身上，我能察覺一種天賦，雖不見得是政治家的天賦，然而，一旦這天賦與至高無上的權力合而為一，世界必將永遠更善更美。我做好必要的安排，讓你得到安敦寧認養。有一天，你將冠上這個新名字，躋身皇帝之列；從此以後，你成了我的孫子。我相信自己給了人類一個絕無僅有的機會，可去實現柏拉圖的夢想，見證一位心靈純淨的哲學家來統領他們。受封榮銜從來為你所唾棄，生活宮中乃迫於你的身分階級。我將生活中所有優渥甜美的一切全數集中到了蒂沃利，這個地方令修為尚淺的你心慌不安。我見到你神情嚴肅地在玫瑰花藤纏繞的小徑間漫步；我帶著一抹微笑，看你在路上遭遇兩副美麗的肉體糾纏，在維若妮克與泰歐多爾之間溫和地左右為難，卻又很快地將兩人都捨棄，投入刻苦清修之懷抱，選擇那純粹的鬼魅幻影。在我面前，你並不掩飾：對這些稍縱即逝的華美富麗，以及在我死後就將瓦解崩散的朝中官員，你滿是輕蔑及感慨。你一點也不喜歡我；父子之情大多給了安敦寧。在我身上，你嗅到的智慧與你的老師們傳授給你的正好相反；也發現我捨棄常理後所持的生活方式與你平日的一絲不苟背道而馳，卻又互相平行。這無所謂：你不一定非要瞭解我不可。世上的智慧不僅一種，而每一種都有其必要；彼此互補並不是壞事。

路奇烏斯死後八天，我乘轎前往元老院。我請求許可，准我就這麼坐在轎上進入決議廳，並讓我躺靠在一堆枕墊上，發表講詞。說話令我疲累：我請求元老們在我身旁圍成一個小圈，方便我省下提高聲量的力氣。我讚揚了路奇烏斯；寥寥幾句，取代了那天他本該親自發表的演說。隨後，我宣布了我的決定，提名安敦寧，也公布了你的名字。我指望獲得全體最一致的贊同，我得到了。我表達了最後一個願望，也跟先前連串的請求一樣得到首肯：我請安敦寧同時認養路奇烏斯的兒子，如此一來，他將成為馬可．奧里略的兄弟。你們兩人將一起治國，我期望你能以兄長之姿關懷他。我堅持讓路奇烏斯在帝國存留下點什麼。

回到家後，許久以來第一次，我有想笑的慾望。我走了一步絕妙好棋。塞爾維安的黨羽，討人厭的保守派，並未對我提出的成果心悅誠服；我對元老院那個古老過時的龐大組織再如何彬彬有禮，也抵不過以前曾給他們的兩、三次難堪。無庸置疑，等我死後，他們必然試圖取消我的提案。不過，即使是與我交惡最深的敵人也不敢否決他們之中最正直的那位代表，以及最受尊敬的成員之子。我的公職任務大功告成；從此以後，我可以回蒂沃利，進入發病養病的退隱生活，體驗我的病痛，埋頭享受我還能享受的美妙樂趣，平靜地重拾與一個鬼魂之間中斷了的對話。傳到虔誠的安敦寧及嚴肅的馬可．奧里略手上，我的帝業將安然無恙；路奇烏斯也有其子延續其生命。這一切安排不算太差。

堅忍

PATIENTIA

阿利安寫信給我：

謹照指令，我結束了攸克辛海的環海之行。我們繞了一圈，回到錫諾普畫下句點。幾年前，在你監督之下圓滿達成的大規模重建及港口拓寬工程，當地居民感激在心，永遠難忘……為此，他們為你豎立了一座雕像，既不怎麼像，也不怎麼美：另外運一個過來吧！要雪白大理石的……再往東去，越過山巔遠望，我以目光環抱這同樣一片攸克辛海，激動不已：昔時，在這座山丘上，我們的色諾芬第一次發現這片海，而你本人也曾在此凝視許久……

我視察了駐紮山脊的防戍部隊。軍團指揮官皆值得最偉大的讚揚：他們維繫了優良軍紀，運用最新穎的訓練技術，土木軍事工程品質甚佳……針對這片蠻荒且形勢不明的海岸地帶，我令人重新勘查，校閱航海前輩們留下的標記資料，該修正的地方即予以修正……

我們沿著科爾基斯航行。我素知你對古代詩人的描述感興趣，於是向當地居民詢問米蒂亞的法力與傑生的冒險事蹟。不過他們似乎對那些故事一無所知……

在這不易停泊的海域北緣，我們於傳說中的一座其實頗大的小島靠岸：阿基里斯之島。你知道的：特蒂絲來到這座隱沒在雲霧中的小島，將兒子扶養長大。她每晚從海底浮出，到海灘與孩子閒聊。如今，這座島無人居住，僅有山羊會來吃草。島上還留下一座阿基里斯的神廟。燕鷗，海鷗，海燕，所有海鳥都來此穿梭盤旋，拍動飽含海洋溼氣的翅膀，為祭壇前方的廣場帶來陣陣涼意。然而，這座阿基里斯島，很合理的，也是帕特羅克洛斯之島。神廟牆面上掛著數不清的還願品，有的給阿基里斯，有的給他的摯友，因為，想當然爾，喜愛阿基里斯者也珍視並崇敬帕特羅克洛斯那段往事。阿基里斯本人常顯現於來訪沿岸海域的航海水手夢中，保護他們，警告他們海上的危險，就像狄厄斯庫里兄弟在另一個領域所做的一樣。而帕特羅克洛斯的幽魂則陪伴在阿基里斯身邊。

我向你報告這些，是因為我認為這些事蹟值得為世人所知，而且因為對我講述這些故事的人們曾親身體驗，或從中獲得如信念一般崇高的見證……有時，我覺得阿基里斯是最偉大的人類，因為他英勇，擁有強大的靈魂，淵博的智識結合靈活的身軀，還有對他那位年輕伴侶熾熱的愛。而在我眼中，他本身最偉大之處，則在於那份絕望，以至於他在失去摯愛之後，輕蔑生，渴望死。

我任由小亞美尼亞總督兼艦隊司令這份長篇報告垂落膝頭。阿利安一如既往地克盡職守。不過這一次，他多用了一份心：贈我一份應時好禮，供我平靜死去之所需；稍來一幅我的人生風景，那正是我希冀的樣貌。阿利安知道，真正重要的，從不會記載於官方傳記，不會刻在墓碑上。他也知道，時光之流逝僅為苦難徒增茫然。以他之見，我這段人生際遇有其意義，彷彿凝成一首詩歌；一份獨特的溫柔，從宛如漫天煙塵的愧疚、煩躁，及可悲癖好中，脫穎而出；痛苦之感愈發清晰，絕望之情變得純澈。阿利安為我開啟穹頂，引我進入英雄與知己之高深殿堂，並不認為我高攀不起。我在莊園池水中央那間密室不足以令我的內心尋得庇蔭：在那裡，我拖著這副衰老的身軀，只感到病痛之苦。的確，過去的生涯提供我幾處退隱的場所，至少能讓我避開部分悲慘現狀；例如多瑙河畔的雪原，尼科米底亞的花園，番紅花收成季節那遍地金黃的克勞狄歐波利斯，雅典任何一條街道，一座泥沼中散發睡蓮芬芳的綠洲，從歐斯羅埃斯軍營返鄉途中，燦爛星空下的敘利亞沙漠。然而，這些珍貴無比的地方往往必然連結一次誤判，差錯，或只有自己知道的某種失敗。在我不如意的時刻，所有能成為幸福之人的途徑皆指向埃及，或拜伊港的一個房間，或巴勒斯坦。然而更糟糕的是：軀體之疲憊串通記憶之倦累；對一個爬幾格花園階梯就喘不過氣的人而言，雅典衛城那長長梯道的畫面僅僅浮現腦中，已幾乎無法忍受；今天沒戴帽子曬一會兒，彷彿暴露隆貝西斯城堤的七月烈陽下一般痛苦難當。阿利安給了我更好的避風港。在蒂沃利，一個炎熱的五月中旬，我凝聽阿基里斯島的海灘上浪花詠嘆良久；我聞嗅島上純淨冷冽的空氣；我毫不費力地漫步在沐浴於海洋溼氣中的廟前廣場；我瞥見帕特羅克洛斯……那個我永遠無法親眼得見的地方成為我的祕密住所，我最極致的庇護所。死去那一刻，想必我就在那裡。

昔時，我曾准許哲學家厄弗拉特斯自殺。這種許可似乎再簡單也不過：一個人有權決定何時停止運用自己的生命。當時我並不知道死亡可以變成某種盲目的狂熱，一種像愛戀一樣的饑渴。我沒預料到，那些夜裡，我會把佩掛帶纏覆在匕首上，強迫自己在用它之前再多考慮一次。只有阿利安看穿了這場不光彩的祕密之戰：對抗存在之空虛，枯荒，倦累，噁心，導致求死之念。病永遠無法痊癒：以前發過的高燒後來又將我擊垮好幾次；我事前就怕得發抖，彷彿一個被提醒下一次何時將發病的病人。只要能延遲夜戰展開的時辰，叫我做什麼都好：工作，狂想雜談直到黎明，擁吻，閱讀。按照常理，一個皇帝只有在為了國家而走投無路時，才可自殺：即使是安東尼，也有一場敗仗當藉口。而我的阿利安向來嚴格，若非我已戰勝，他恐怕不會那麼讚賞我從埃及帶回的絕望。我親自制定的軍紀裡，嚴禁士兵自我了斷；但我卻同意智者這麼做。我自認不比任何一個軍團成員有權違紀悖法，但我知道用手緩緩輕撫一條麻繩的絮頭或一把短刀的鋒刃是何等銷魂的滋味。到頭來，我將那致命的慾望變成一道城牆，圍堵它自己：自殺，這永遠可能的手段，助我較不煩躁地忍耐生存，一如鎮定劑只要放在伸手可得之處，就能讓一個失眠的人平靜下來。透過某種內心深處的矛盾，這種求死之執念只在發病前兆出現，擾亂我的心神時，才會不斷糾纏我的思緒。我再度對這條逐漸離開我的命產生了興趣。在錫登的庭園裡，我曾滿腔熱血地祈願能再多享用這副身體幾年。

我想死，不想窒悶喘息；病破壞了死的滋味。想痊癒，即是一種想活下去的表現。然而，虛弱，疼痛，千百種肉體折磨很快地令試圖振作的病患喪盡勇氣：他根本不想要那些形同陷阱的暫時性舒緩，不要那搖搖欲墜的力氣，那破碎的激情；不要無止盡地等待下一次發病。我密切地觀察自己：胸口這般隱隱作痛，難道不只是一時不舒服，進餐太快的結果？抑或應該坐等敵人發動

老年的哈德良（Musei Capitolini）

攻勢，但這一次恐怕無力反擊？走進元老院時，我沒有一次不告訴自己：或許身後這扇門一旦闔上，就再也不會打開，彷彿早就等我光臨，一如凱撒的遭遇：五十名同謀持刀等著他。在蒂沃利進行晚宴時，我總擔心突然就這麼離世，對賓客太失禮；我怕死在浴池中，或在年輕的懷抱裡。以往簡單的，甚至愉快的事務，自從辦理起來不再輕鬆之後，反而變得有辱自尊；每天早上送去給醫生檢查的銀壺，真令人厭倦乏力。一場大病也帶來一連串間接性的折磨：我的聽覺失去了從前的敏銳。就在昨天，我不得不請求腓拉更把整句話重講一遍；這比犯罪更叫我無地自容。認養安敦寧之後的幾個月糟透了：去拜伊療養，返回羅馬，以及回來後不斷進行的協商，早已超出我僅剩的力氣之所及。求死之執念再度湧上，但這一次的理由明顯且坦蕩，即便最恨我的死對頭也笑不出來。世上再也沒有什麼值得我留戀。人們或能理解：皇帝在將帝國事務安排妥當之後，退隱郊居，為讓自己的結局好過些而採取了必要的措施。然而朋友們對我的關懷形同一張嚴密的監視網：所有病人都是犯人。我不再覺得自己拿得出足夠的魄力，將刀刃精準地插入昔日曾以紅墨水在左乳下方標記出的位置；恐怕只會在現有的傷痛上徒增一團可憎的紊亂：綳帶，血淋淋的海綿，病榻邊爭論不休的手術大夫。要準備自殺事宜，我必須如一名策劃行刺的暗殺者一般顧慮周全。

首先，我想到我的狩獵師馬斯托，俊美野蠻的薩爾馬特人，忠心如狼犬，跟隨我多年，有時被指派在房門口替我守夜。一次，趁著四下無人，我喚他進來，對他說明我期望他辦的事。起初他沒懂，後來恍然大悟；那金髮下的嘴臉驚嚇得縐成一團。他以為我是不死之身；他看見醫生們每天早晚進出我的房間；他聽見我在每一陣刺痛中哀嚎呻吟，這個信念卻絲毫不受動搖。對他來說，這就好像眾神之王為了試煉他，刻意從奧林帕斯山下凡，要他成全斃命。他從我手中奪回被我緊握住的利劍，大叫著逃開。人們在園子深處找到他：他對著星空，喃喃說著蠻族土話，胡言亂語。他們盡力平撫這頭驚惶失措的野獸；沒有人再跟我提起這件事。然而，隔天早上，我發現塞勒將我床邊工作桌上的鐵筆換成了一枝蘆葦桿。

我得另外尋覓一個比較優秀的同伙。對來自亞歷山卓的年輕醫師伊歐拉斯，我給予最全面的信任；上個夏季，赫莫杰內斯不在我身旁的期間，挑中他來代為診療。我們常一起談天。我喜歡與他合力建立假設，探討自然與萬物之起源。我喜愛他的大膽敢做夢，還有黑眼圈裡那點隱隱的火光。我知道他在亞歷山卓的宮殿裡找到了一種詭祕的毒藥配方，是古時候克麗奧佩特拉的煉丹師調製出來的。我剛在奧狄翁圖書館設立醫學教授職位，恰好藉此讓赫莫杰內斯主考幾位候選人，支開他幾個時辰，如此這般，才能有機會與伊歐拉斯密談一番。不需等我說完，他已明白。他很同情我，沒辦法不贊同我的想法。但他的希波克拉底誓約禁止他施予病患有害藥物，無論任何藉口皆不成理由。於是他斷然拒絕，為維護醫生的尊嚴，態度十分強硬。我不肯死心，強行逼求，用盡所有方法，試圖博得他的憐憫或收買他的良心；他將是我這一生最後一個懇求的人。他敗下陣來，終於答應我去找毒藥。我癡癡地盼到晚上。直到深夜，我駭然聽聞他被人發現死在實驗室裡，手中握著一小罐玻璃瓶。這心靈乾淨得不容絲毫妥協之人竟找到這個方法，在不拒絕我的狀況下信守其誓約。

隔天，安敦寧前來求見。這位真誠的朋友止不住落淚。他一想到自己素來敬愛如父的男人被折磨得尋死，實在難以忍受，覺得自己有失孝子之責。他答應我，必定與我的親友同心協力，為我治療，替我減輕痛苦，讓我的生命直到最後一刻都輕鬆舒適，甚或痊癒也不一定。他期盼我繼續指引他，教導他，能多久就多久。他自覺應照顧我的餘生，以示對全帝國負責。我知道這些貧乏的宣言，天真的承諾不值幾何，卻從中得到釋懷與安慰。安敦寧樸直的幾句話打動了我；死去之前，我讓自己重新鎮定下來。伊歐拉斯忠於醫生職責，他的死激勵我亦應遵守皇帝之風範，貫徹始終。「堅忍」。昨日我與多米提烏斯·洛加圖斯見面。他當上了鑄幣財政官；負責鑄造一批新錢幣。我挑選了這則銘詞，這將是我最後的詔示。我以為我的死亡是最關乎我私人的決定，是身為自由之人的至高堡壘；但我錯了。馬斯托之流成千上萬，其信念不應受到動搖；伊歐拉斯之輩比比皆是，他們不該遭到試煉。我恍然大悟：對我身邊這一群忠貞的友人而言，自殺代表漠不關心，甚或忘恩負義；我不想在與他們的友誼中留下那樣不堪的形象：宛如一名遭受酷刑的人，無法再承受一次折磨的痛苦。伊歐拉斯死後那一夜，慢慢的，我心裡考量了很多：這條命賦予我許多，或者至少，我明白要如何取之不竭。此時，一如我幸福快樂之時，雖然理由完全相反，但它似乎再也沒有什麼可以給我的了；然而，我無法斷定，對於人生，我是否再也沒有任何事情要學習。這一生中，我放心信任這副明智的軀體，努力品嘗與分辨這位朋友帶給我的各種感受；而最後這幾項，若不品味，豈非對不起自己。我不再抗拒這為我量身訂做的垂死時日，這從我血脈深處緩緩發展之終亡。那或許遺傳自某位祖先，源自我的脾氣性情，或是從我一生中的每個舉動逐漸積累而成。煩躁不耐的時刻過去了；在目前我所處的階段，絕望與希望一樣庸俗低劣。我不打算粗暴地加速我的死亡。

未竟之業。在阿非利加，我從岳母瑪迪蒂那裡繼承了幾片地，應闢為農業開墾的示範用地。在色雷斯，當初為紀念一匹良馬而建了一座別列贊村；村裡的農民度過了一個艱苦的冬天，理當支援。相反的，尼羅河谷地的耕農富庶，時時伺機圖利皇帝的恩澤，必須拒絕施與津貼。教育行政長官尤里烏斯．維斯提努斯呈上報告，提議開設公立文法學校。我剛完成帕米拉的商業法規修訂：新規章面面俱到，包括娼妓稅與商隊入市稅。此時，城裡正舉辦醫生與法官的研討會，負責裁定孕期的長短極限，藉以終結無止盡的法律糾紛。在軍隊戍防地區，重婚的案例愈來愈多；我盡一切努力勸服退伍軍人切勿濫用允許他們結婚之新法，且請他們慎選妻眷，一次僅與一人成婚。在雅典，人們建造了一座以羅馬為樣本的萬神殿，我撰寫一段日後將刻在牆上的銘文。我在文中細數我對希臘各城及各方蠻族的所有貢獻，對羅馬的作為當然一併列入，以示典範並開創未來。

抵擋司法的暴力濫用還要繼續努力：我不得不責備奇里奇亞的總督，因他自作主張，將行省內竊盜牲畜的小偷刑求致死，彷彿單單處死這一件事尚不足以懲罰一個人，不足以擺脫他。國家與各市政單位濫判苦役，藉此取得廉價勞力。我禁止此類濫罰，奴隸與自由人民一視同仁。然重點在於嚴加監控，以免這套可惡的作風以其他名義捲土重來。在古迦太基領土上，某幾個地方仍以孩童獻祭，必須想辦法禁止巴力祭司以祭火為樂。在小亞細亞，我國的民事法庭無恥地侵害塞琉古帝國遺族的權益，對前朝王公始終抱持惡意。我修補了這長期以來的不公義。在希臘，赫羅狄斯．阿提庫斯的官司仍在進行。腓拉更的飛書信箱，浮石做的刮刀，還有他一根根的紅蠟條，將伴我堅持到最後。

一如在我幸福快樂的時光，他們相信我是神；在獻禮祭祀上天，祈求皇體康復時，仍用神來稱呼我。我曾告訴你，為何在我看來，這樣的崇信好處甚多，並非全然荒唐。一位年邁的老盲女從潘諾尼亞徒步前來；進行這趟疲累辛苦的長途跋涉，只為求我用手指觸摸她黯淡無光的雙瞳。在我的雙手撫摸之下，誠如她一心熱烈所願，她的視力恢復了。她對帝神之堅定信仰為這項奇蹟做出注腳。其他神蹟紛紛出現：有病人說看見我入夢顯靈，一如埃皮達魯斯的朝聖者夢見阿斯克勒庇厄斯。他們宣稱醒來後病即痊癒，或至少有所緩和。我的法術與我自己的病痛形成矛盾，但我不覺好笑，嚴肅地收下這些新賦予我的特權。那位從蠻族行省的偏鄉僻壤朝皇帝躑躅行來的老盲女，對我而言，與以前塔拉戈納那名奴工一樣，象徵生活在我所統治並貢獻心力的帝國之下的所有子民。他們的無窮信任報償了我二十年來的心血，而我亦做得心甘情願。腓拉更最近為我朗讀了亞歷山卓一個猶太人的作品，那個人也一樣，指稱我有超乎凡人的能力。我收起挖苦嘲笑，樂於接納他的描述：是那華髮蒼蒼的君王，人們見他在世界所有路上來回奔波，深入一座座寶藏礦坑，喚醒大地之繁衍能力，處處創建繁榮與和平；是那得神啟之人，重建了所有種族的聖地；是通曉奇術的高人，也是未卜先知，先行將一名少年安置天宮的算命師。這位熱情的猶太人恐怕比許多元老和行省總督更瞭解我；這樣一名歸順於我的敵人，看待我竟與阿利安對我相差不遠了。原來，在某些人眼中，我早已是我期許自己成為的那個人；而如此成功不過來自極少的一點付出，我又驚又喜。從今而後，隨著衰老與死亡的逼近，將使這光榮名聲更添莊嚴。在我經過之時，人們以宗教敬神的態度退避，他們不再像以往那樣將我比喻為光芒四射，平靜寡言的宙斯，而稱我為行軍戰神，長期征戰，紀律嚴謹；或是得到眾神啟發，認真沉著的努瑪。近來，這張蒼白鬆垮的臉孔，呆滯的眼睛，努力拿出意志力才挺得直的龐然軀體，則令他們聯想起普路托，鬼魅之神。唯有幾位親密摯友，幾位不畏試煉，殘留下來的珍貴友人，才能逃脫那恐怖蔓延的尊崇瘟疫。年輕律師弗朗托，未來是大法官的可造之材，想必能在你執政時成為一名好公僕。他來與我討論一篇將於元老院發表的演講。他的聲音發顫，從他的眼神中，我讀到同樣的那種夾雜著恐懼的敬畏。我得不到寧靜喜悅的人情友誼；他們過分崇拜我，景仰我，以致無法愛我。

一種類似某些園丁才能擁有的機運降臨在我身上：我試圖在人類想像中種下的一切，皆已生根。創建安提諾烏斯崇拜似乎是我做過最瘋狂的事，為了只關乎我個人的傷痛而逾越常矩。然而我們的時代貪婪地渴求更多神，並偏愛其中最激情的，最悲傷的，那些在人生的美酒裡摻入黃泉苦蜜的。在德爾斐，那少年變成了守衛天庭入口的荷米斯，掌管通往鬼魂陰府的幽冥之路。當初，因他年紀不足，加上異族身分，厄琉息斯禁止他隨我一起接受祕儀，反而使他成為種種奧祕中的巴克斯，掌管理性與靈性邊境的王子。在他祖先世居的阿卡迪亞裡，他是潘神與黛安娜兩位森林之神的合體。蒂沃利的農民將他比擬為蜜蜂之王，溫和的阿瑞斯泰俄斯。在亞細亞，虔誠的教徒則認為他像是他們最溫柔敏感的神，被酷暑吞噬，受秋風摧折。在蠻族國度的邊緣，陪我狩獵和旅行的伴侶搖身變成色雷斯騎士，月光下策馬荊棘叢中的神祕過客，奪走人們的靈魂，揣在戰袍的皺摺裡。這一切可能只是從官方崇拜而生的贅瘤，一種民眾的阿諛，以及貪財祭司們為爭取津貼而使出的低賤手段。如今這年輕的容貌已與我漸行漸遠，它回應起那些單純心靈的渴望。事物的本質都是可以互相轉換的，於是對民間信仰來說，陰鬱可人的美少年就成為弱者與窮人的支柱，撫慰早夭孩童的亡魂。比提尼亞錢幣上有他的鑄像，上頭十五歲少年的側臉，有波浪般的卷髮，以及其實極少出現在他臉上的笑容。錢幣會掛在新生兒的頸子，當成護身符，或釘在村子墓園的小墳上。不久以前，我思考著自己的死亡，像一名不擔憂自身安危，卻為船上乘客和貨品顫抖的駕船員；我懊惱地心想，這段回憶將與我一起石沉大海；彷彿那悉心永存在我記憶深處的少年必須再一次凋零。這份合情合理的憂慮總算平息了一部分；我已竭盡所能地彌補了那場早逝，形象、倒影、微弱的回聲，至少還能殘浮海面幾個世紀。就永存不朽這門學問而言，沒辦法做得更好了。

我與安提諾總督菲度斯．阿奇拉又見了一面。他正要前往薩米色格土沙就任新職。他把尼羅河岸每年祭拜少年死神的儀式細節描述給我聽：成千上萬的朝聖者來自天南地北，以麥酒、穀類為供品，禱告祈求不絕於耳。安提諾城每隔三年舉行一次紀念競技會，與亞歷山卓、曼丁尼亞和我珍愛的雅典一樣。這三年一屆的慶典，今秋恰是新一輪的開始，但我不希望苦撐到那時，那將是第九次重返阿提爾月。因此，典禮上的每項細節一定要提前就緒。問卜亡靈之儀式在我於古埃及神廟裡精心建造的祕室裡舉行；視人心之所希冀或惶恐，祭司們每天將幾百則現成的解惑籤分配給各式各樣的提問。有人怪我擅自編造了好幾則。我並不認為這是對我的神缺乏敬意，亦非出於同情：那士兵之妻問丈夫是否能從巴勒斯坦某個軍營活著回來；那個病人極度渴求身體舒服些；那名商人，他的船隊在紅海的巨浪上顛簸搖晃；那對夫婦，一心要個兒子。其實我這麼做，無非只是延長那一局局隱晦艱澀的文字遊戲，那些我們以前偶爾一起玩的字謎詩。同樣的道理，人們也訝異地發現，在這兒，蒂沃利的莊園裡，用來依循埃及古法崇拜他的克諾珀斯祭壇旁，我還命人蓋了好幾座亞歷山卓郊區那種遊憩用的亭臺樓閣，並以該城命名。以這些設施供賓客們在此娛樂消遣，有時我亦參與同歡。少年早已習慣此類情事。再者，當人把自己封閉在一份思念中好幾年，免不了逐漸重拾人生中日常瑣事的點點滴滴。

所有的建議我都照做了。我等待，有時還祈禱。「我聽見神的聲音……」愚蠢的尤莉亞．巴

化身為巴克斯的安提諾烏斯（Museo Nazionale Romano）

安提諾烏斯在羅馬的方尖碑

爾比亞自以為在黎明聽到了曼儂神祕的聲音，而我則凝聽黑夜裡的婆娑動靜。我塗抹吸引幽魂的蜂蜜與玫瑰精油，擺放一碗牛奶，一撮鹽，一滴血，那是亡魂昔日賴以維生的材料。我躺在小祭壇的大理石板上，星光從牆上鑿設的洞隙潛入，處處反射光芒，映出令人不安的微弱亮點。我想起祭司們低聲吹入死者耳中的指示，刻在墳上的路線：「於是他將認得路……門關的守衛將讓他進入……他將在愛他的人們身邊往返迴繞，如此千百萬天……」有時，間隔較長的空檔，我以為感覺到某種事物接近掠過，輕柔如睫毛撫刷的一觸，如掌心那般溫暖。「而帕特羅克洛斯的幽魂則陪伴在阿基里斯身邊……」我永遠不會知道這股暖流，這份甜蜜，是否僅從我自己的內心深處湧出，來自一個對抗寒夜孤獨的人的最後努力。然而，在我們愛人在世時即已存在的疑問，如今已不再令我牽掛傷神：我召喚的鬼魂，究竟來自我飄渺模糊之記憶，亦或彼界那虛無朦朧之邊境，毫不重要。我的靈魂，若我有靈魂，實質與鬼魂無異。雙手腫脹，指甲灰白的這副身軀，這一團已瓦解大半的可悲肉體，裝滿病痛，慾望與胡思亂想的臭皮囊，一點也不比一抹幽魂堅固持久。死人與我的差別僅在於我還能多喘一會兒氣。就某種角度而言，亡者的存在比我更牢靠。至少，安提諾烏斯和普洛蒂娜的存在與我的一樣真實。

冥想死亡並不能教會人如何死亡，不會使這一關比較好過，但我亦不再追求輕鬆好死。嘟著嘴的頑強小人兒啊！你的犧牲不會豐富我的人生，卻將使我的死更多采多姿。死期將近，我倆之間反因而建立起一種親密的默契。圍繞在我身邊的活人，偶爾煩人的忠心奴僕，永遠都不曉得世

安提諾烏斯（Louvre）

界多麼地令我們再也提不起興趣。我嫌惡地想到埃及墳墓上的那些黑漆漆的象徵物：曬乾的毒蠍，僵直的木乃伊，代表永遠在分娩生殖的蛙類。聽信那些祭司之言，我把你留在那個地方；在那裡，構成生命的元素如一件被扯破的舊衣服般四分五裂，那是個永恆、曾經與未來交叉的幽冥路口。那些人畢竟有可能是對的，死亡可能與人生一樣，由難以捉摸和混沌不清組成。然而，所有關乎不朽的理論皆令我起疑。對意識到判決困難的法官來說，一套報應與懲罰的制度其實作用不大。另一方面，我又覺得相反的解決方式太簡陋，將一切歸於烏有、虛空，從中只聞伊比鳩魯嘲諷的笑聲。我仔細觀察我的生命終結：這一系列我親自設下的實驗延續我在撒提洛斯的診所裡就開始的漫長研究。目前為止，各種變化僅止於外在，就像時間與惡劣的天候對建物的影響一樣，改變不了材料與建築之本質。透過裂縫，我相信，我曾偶爾窺見並觸及那無法摧毀的基石，永恆的底蘊。我仍是一直以來的那個我，至死不變。乍看之下，西班牙庭園裡那個健壯的男孩，回到營帳時抖落肩頭殘雪那個野心勃勃的軍官，似乎如日後被燒成灰後的我一般，幻滅了。但其實他們都在，我與他們密不可分。儘管是超乎常人或低於常人，我多少已恢復平靜，但靠在亡者胸前哭喊的那個男人，依舊在我心中某個角落嗚咽。困在病體中那個從此被監禁的旅人，他對死亡倒頗感興趣，因為死亡意味某種出發。曾經坐擁力量的我似乎還能另外譜出好幾篇生命樂章，再扛起幾個不同的世界。若奇蹟顯現，在我僅餘的幾個日子後面再多添幾個世紀，我仍會再做同樣的事，甚至犯同樣的錯；會交往同樣的奧林帕斯天神與同樣的地獄惡鬼。從支持死亡用途的論點來看，這樣的領悟是一則絕佳論點，但同時又令我對死亡的全效論不免多所懷疑。

在人生的某些時期，我曾記錄我做過的夢，與祭司、哲學家、占星家討論夢境的含意。多年來，作夢這項能力本已遲鈍，在垂死的這幾個月又恢復過來。比起那些夢境，清醒狀態下的事件似乎反而較不真實，有時也較不令人心煩。那個世界尚未發育健全，鬼影幢幢，比現實人間大量繁衍更多的陳腔濫調與荒誕；若那世界讓我們對靈魂脫離肉體的情況有一點概念，想必我會永遠懷念感官美妙精確的掌控與依據人類理性而調整的觀點。然而，我緩緩地深入夢境之虛無區域。在那裡，擁有的祕密在剎那間就會不復記憶；在那裡，我飲水於神聖之泉。幾天前，我夢到在阿蒙的綠洲，獵殺大猛獸那一晚。我心情大好，一切皆如我身強力壯之時：受傷的雄獅被擊倒，卻又站起；我衝上前結束牠的性命。然而，這一次，我的馬兒揚起前蹄，將我重甩落地。淌血的龐然大物猙獰可怖，撲到我身上，利爪撕裂我的胸膛。回神後，我在蒂沃利的房裡，大聲呼救。最近，我則是在夢中再見到我的父親，但平時我很少念起他。他躺在病榻上，在我們位於義大利加的故居；而在他死後，我就離開了那個家。他的桌上有一只小玻璃瓶，瓶中裝滿毒藥；我哀求他把藥瓶給我，他尚未回答我就醒了。大部分的人如此怕鬼，在夢境中卻輕易地願意與亡逝之人說話，真奇怪。

預兆亦不斷增加；到後來，一切彷彿都是某種通知，具某種涵意。我剛摔破一塊鑲嵌在戒指上的寶石；那精雕細琢的寶石上刻有我的側臉像，出自一名希臘工匠的妙手。占卜官們沉重地搖頭；我則惋惜那精純的傑作。我曾發生以過去式談論自己的狀況：那是在元老院，眾人正在討論路奇烏斯死後所發生的幾項事件，我的舌頭突然失靈，好幾次把當時的情勢說得彷彿發生在我自己死後。幾個月前，我生日那天，乘轎登上卡比托利歐山的梯道時，我與一名服喪中的男子迎面相對，而他正嚎啕哭泣；我看見老查布里亞斯當場臉色慘白。在那個時期，我還能出門，仍親自擔任大祭司，阿爾瓦勒祭司，並主動舉行羅馬宗教中的古老儀式——到頭來，比起大多數異教崇拜，我還是喜歡本國信仰。我站在祭壇前，準備點燃火把，替安敦寧向眾神獻上一份祭禮。突然，遮在額前的托加袍帽褶滑落，掉到肩上，露出我的頭頂：如此一來，我從獻祭者變成了祭品。事實上，也的確該輪到我了。

我的堅忍結出了成果；我不再那麼痛苦，生活幾乎又變得恬靜宜人。我不再與醫生們爭吵；他們愚蠢的藥方簡直殺了我，但他們的自以為是，虛偽的賣弄態度，也算是我們自作自受：若我們別那麼怕受折磨，他們就不需漫天扯謊。我已無力如昔日那般大發怒氣：我握有可靠的情報，知道我向來喜愛的普拉托里烏斯．涅波斯竟濫用我對他的信任。我並未想辦法挫他的銳氣，也沒懲罰他。帝國的未來，我已不再掛心；我不再一面焦慮，一面費力去斤斤計較帝國的長期和平能維繫多久；一切聽從神明安排。這並非因為我如今比較願意信任神的公正性，雖然那與我們的正義不同；亦非因為我對人的智慧比較有信心。事實正好相反。人生殘酷，你我皆知。確切的原因是，我對人類的處境幾乎不抱任何期待：幸福時期，部分進步、重新再造與延續傳承的努力，在我看來宛如奇蹟，差可彌補由缺點、失敗、疏忽與錯誤形成的龐然紊亂。災厄與廢墟將臨，混亂將勝，但秩序偶爾也會贏。兩段戰爭之間將再次出現和平；自由、人性、公正這些字眼將在各處找回我們曾試圖賦予的意義。我們的書籍不會全部毀損，我們會修補破碎的雕像；從我們的山形牆和圓頂中將衍生其他更多的圓頂和山形牆；總有幾個人會和我們一樣思考、工作與感受。我且賭上一賭，相信不定何時世出的那些繼承者，相信這斷斷續續的不朽。若蠻族終於永遠地占領羅馬帝國，他們將被迫採用我們某些原則方法，最後終將成我族類。查布里亞斯憂心有一天密特拉祭司或基督主教將移入羅馬，取代我們的大祭司。若不幸的，這一天真的來臨，走在梵蒂岡堤岸上，我的繼任者將不再局限於某個會員團體或某派教徒的首領；該由他來成為一名寰宇皆服的權威人物。他將繼承我們的宮殿和史料，與我們之間的差異將比想像中的少得多。我平靜地接受永恆羅馬的這些潮起潮落。

醫藥已無作用，雙腿益發浮腫，我躺不下來，只能坐著睡。死的好處之一是能再度平躺在一張床上。現在輪到我反過來安慰安敦寧。我提醒他，長久以來，我覺得，要解決我自身的難題，死是最優雅的方式。一如既往，我的願望終於實現，只是比原先以為的緩慢曲折些。我慶幸病痛沒奪走我的神智，我得以保持清明而終；我欣喜毋須撐到蹣跚高齡，不必體驗那硬化、僵直、枯竭，和可怖的失去慾望。若我的計算沒錯，我的母親大約在我如今的年歲去世；我父親得年四十，我的人生已比他長了一倍。一切就緒：負責將皇帝靈魂送給諸神的老鷹已養入籠中，準備在葬禮上展翅。我的陵墓山丘上，此時正有人在山頂種植柏樹，以求在空中形成一座黑色金字塔；大致剛好來得及完工，能在骨灰尚熱時移入。我請求安敦寧把薩賓娜也運過來。她去世時，我輕忽大意，未曾授予神格榮銜，而那畢竟是她應得的。若能彌補這項疏失，總是比較圓滿。然後，我希望埃里烏斯．凱撒家族的其他成員都能葬在我身邊。

他們把我帶到拜伊；在這七月的豔陽下，路途十分辛苦；但在海邊，我的呼吸比較順暢。波浪拍打海岸，如絲綢碎響如輕撫呢喃。我還能欣賞悠長傍晚的黃昏紅霞。但我抓著這兩張寫字板，只為讓這雙不停顫抖的手有事做。我派人去找安敦寧。一名信差以最快的速度朝羅馬飛奔。別列贊的馬蹄聲，色雷斯騎士快馬加鞭……我那一小群親友趕到我的床前。查布里亞斯讓我不捨：淚水與老年人的皺紋極不搭調。塞勒俊美的臉一如往常地保持奇特的平靜。他專心一意地照料我，絕不流露任何可能讓病人多擔心或疲累的情感。但狄歐提姆卻將頭埋在靠墊裡，泣不成聲。我已替他安排好未來。他不喜歡義大利，盡可以去實現夢想，返回加大拉，與朋友合開一間演說學校。我的死對他並沒有任何損失。然而，長衫衣褶下，那纖瘦的肩頭不斷抽搐；在我的手指下方，我感到美妙的淚珠。直到最後，哈德良都受到源自人性的真誠喜愛。

親愛的靈魂，溫柔盪漾的靈魂，我的軀體是你的主人，而你是它的伴侶。你將墜入那蒼茫，堅硬且禿裸的地方，從此放棄昔日的嬉戲。再一會兒，讓我們一起看看熟悉的海岸，那些想必再也看不見的事物……讓我們試著睜大雙眼，邁入死亡……

致獻神聖奧古斯都哈德良

帕提亞征服者
圖拉真之子
涅爾瓦之孫
大祭司
受封二十二屆保民官
三屆執政官兩次凱旋式
祖國之父
並致其神聖皇配
薩賓娜
及二人之子安敦寧

致路奇烏斯．埃里烏斯．凱撒
神聖哈德良之子
兩屆執政官

書目注記

Note

您剛才所讀的那種史實還原類型，也就是說，以第一人稱，由被描繪的主角親口述事；從某些方面來看，觸及小說的範疇，從另一些方面看，則觸及詩的領域；所以它可以不需要史料證明文件。然而，作品正因忠於史實而能大幅提升人性價值。讀者將在此看到一份清單，列出創構此書時所依據的主要書冊篇章。其實，藉此為文學著作撐腰，亦不過是依循拉辛的做法：他在幾齣悲劇的序言中，細數參考來源。不過，首先，為了回應幾個較急迫的問題，且讓我們再以拉辛為典範，提出為數不多的幾項：這些項目被直接添入書中，或用來謹慎地改變故事情節。

馬魯利努斯是真實的歷史人物，但此人的主要特性，也就是通曉天意，卻取自哈德良的某位伯父，而非祖父。他死亡時的情境是想像出來的。一則銘刻文字告訴我們，詭辯派哲人伊塞優斯是哈德良年輕時的一位老師；但無法確定他這名學生果真如書中所寫，曾走過那趟雅典之旅。加盧斯真有其人，但書中提及此人最終破產潰敗的細節，僅為強調哈德良最為人津津樂道的一項性格：記仇。密特拉祕儀的章節是憑空發想。在那個時代，這種崇拜已於軍中流行，年輕的軍官哈德良，很有可能突發奇想，接受該教啟蒙；但此事絲毫未經證實。當然，同樣的道理，安提諾烏斯在帕米拉所行的公牛祭禮亦然：梅勒斯·阿格里帕，卡斯托拉斯，以及前一章中的杜爾波皆真有其人，但他們參與祕教啟蒙儀式則全是空穴來風。這兩個場景遵循了浴血傳統，而此傳統屬於密特拉教，亦屬於敘利亞女神之崇拜。關於這一點，部分知識淵博的學者寧可保留其真實性；畢竟，在那個時代，以敬仰儀式為主的宗教，在二世紀那種好奇，懷疑主義，以及茫然狂熱的氛圍下，易產生「感染」作用；而兩種崇拜之間的轉借，在心理層面上是極有可能的。哈德良遇見苦行僧之事並非來自史實，而是借用了一、二世紀一些描寫類似場景的文章。所有關於阿提安的一切都確有其事，除了一、兩項私生活上的影射之外：我們對他的私生活一無所知。情婦之章節整篇取自斯巴提阿努斯（Spartianus）的兩行相關文字（XI,7），我一面在需要之處發想創造，一面努力保持最合理的常情。

龐培・普洛庫魯斯曾任比提尼亞總督；但不確定是在一二三至一二四年間皇帝途經此地之時。情色詩人，薩第斯的史特拉頓，我們透過《帕拉丁文選》（*l'Anthologie Palatine*）認識其作品；他很可能活在哈德良時期。沒有任何證據證明皇帝在某次小亞細亞旅行途中結識他，但無礙於這種可能性存在。路奇烏斯於一三〇年造訪亞歷山卓城，此事是推斷出來的（格雷戈羅維斯〔Gregorovius〕早已這麼做），源自一篇飽受爭議的文字：「哈德良致塞爾維安之信」（Lettre d'Hadrien à Servianus）。信中關於路奇烏斯的段落完全不見得要如此詮釋。所以，他在埃及現身的資料極難以確定。而此段時期，關於路奇烏斯的細節，則幾乎全部取自斯巴提阿努斯為他寫的傳記，《埃里烏斯・凱撒生平》（*La Vie d'Aelius César*）。安提諾烏斯犧牲獻祭的故事是傳統，了無新意（Dion, LXIX, 11；Spartianus, XIV, 7）。巫術操作細節靈感源自埃及神奇的莎紙草紙配方，但克諾珀斯夜裡那場火災是捏造的。慶典中一名孩童從陽臺摔落那則軼事，書中放在哈德良中途停靠菲萊期間，事件取自《俄克喜林庫斯紙莎草紙卷》（*Papyrus d'Oxyrhynchus*）中的一份報告，實際上發生於哈德良埃及之旅將近四十年後。阿波羅多洛斯因是塞爾維安的同謀而遭牽連處決只是假設，但或許有幾分值得捍衛之處。

查布里亞斯，塞勒，狄歐提姆，這幾人曾多次被馬爾庫斯・奧里略提及，但皆僅指出他們的名字，以及他們追憶哈德良時所表現的至誠效忠。他們被用來勾勒哈德良執政最後幾年的蒂沃利宮廷：查布里亞斯代表圍繞在皇帝身邊的柏拉圖或斯多葛派哲人；塞勒（勿與菲洛史特拉特〔Philostrarus〕及阿里斯提德〔Aristide〕曾提過的那個賽勒混淆，那位是希臘書信官）是軍方代表，而狄歐提姆則是帝王後宮中的深受寵信者族群（éroménoi）。於是，從這三位歷史人物的名字出發，部分虛構出三名小說人物。相反的，醫生伊歐拉斯是真實存在的人物，但史料沒給出他的名字，也沒說他來自亞歷山卓。自由奴歐內希姆存在，但我們並不知道他是否曾為哈德良仲介情人。塞爾維安的確有一名文書官叫克雷森斯，但史料並未說他叛主。殷商歐普拉摩阿斯確有其人，但沒有任何文件證明他曾伴隨哈德良前往幼發拉底河。阿利安的妻子確有其人，但我們並不知道她是否如哈德良在此書中所形容的「細膩且有傲氣」。只有幾個無關緊要的啞角，如老奴歐福里翁，演員奧林波斯和巴提爾，醫生列奧提西達斯，不列顛的年輕軍官，嚮導阿薩爾，是完全虛構出來的人物。不列顛島和克諾珀斯的兩名女巫也是虛構人物，有如縮影，代表一群主動圍在哈德良身邊的預言家和奉行祕術的人。阿蕾特這個名字來自哈德良自己寫的一首詩（*Ins. Gr.*, XIV, 1089），但在此書中則隨興派給莊園的女管家。信差米內克拉提斯取自「費米斯王致哈德良皇帝之信》（Lettre du roi Fermès à l'empereur Hadrien, Bibliothèque de l'Ecole des Chartres, vol.74, 1913）。那完全是一篇傳說，故事內容不能拿來運用，但是，當初它可能參考了其他今日已遺失的文件，而得到這個細節。貝妮狄特和泰歐多特，兩縷淡淡的戀愛幽魂，飄過馬爾庫斯・奧里略的《沉思錄》（*Les Pensées*）；為風格考量，改名為維若妮克與泰歐多爾。最後，在底比斯，刻在曼儂巨像底座的希臘和拉丁名字，大多取材於勒托恩的《埃及的希臘及拉丁文字雕刻》（Letronne, *Inscriptions grecques et latines de l'Egypte*, 1848）。其中，某個杜撰的人名，歐梅內，曾與哈德良站在同一個位置，但比他早了六個世紀。他之所以出現書中，是為了讓我們，也讓哈德良本人，衡量感受一番：從希羅多德時代，最早探訪埃及的希臘旅人，到二世紀某天早晨那批羅馬遊客之間，時間之流逝。

安提諾烏斯短暫的家庭生活速寫並無史料記載，但考量了當時在比提尼亞較優勢的社會條件。在某些可議之處，必須在各派史學家的假設中做個選擇；例如，蘇埃托尼烏斯的引退，安提諾烏斯的出身是自由人還是奴隸，哈德良是否親自參與巴勒斯坦之戰，薩賓娜封神的日期以及埃里烏斯・凱撒是否下葬聖天使堡；我強迫自己在決定某一方時必然要有好理由。另有一些情況，如圖拉真認養哈德良和安提諾烏斯之死，我則試圖讓敘事瀰漫某種不確定：那種無法確定在成為歷史懸案之前，想必先在人生上造成了影響。

研究哈德良的生平與人格之兩大主要資料來源：一是希臘歷史學家狄奧・卡西烏斯（Dio Cassius）；他的《羅

馬歷史》(*Histoire Romaine*)約於哈德良死後四十年完成，書中有關於此皇帝的記載。另一個來源是拉丁史學家斯巴提阿努斯，《奧古斯都記》(*Vies d'Histoire Auguste*)的作者之一，約在一個世紀後編寫出《哈德良生平》(*Vita Hadriani*)，是合集中最好的篇章。另外，他的《埃里烏斯．凱撒生平》(*Vita Aelii Caesaris*)，分量較薄，將哈德良的養子呈現得格外合理；若顯得不夠深入，那只是因為，總的來說，那人物本身就是如此。這兩位作者所引用的文獻如今已經散失，其中包括哈德良以他的自由奴腓拉更之名所編的《回憶錄》(*Mémoire*)，以及皇帝的一本書信集，亦由腓拉更集結成冊。無論狄奧或斯巴提阿努斯皆不是偉大的歷史學者或傳記作家，但正因如此，他們缺乏技巧，甚至不成系統的書寫，反而更接近事實；而現代的研究成果，十分引人注目的，亦在在證實他們所言。您剛才所讀到的，大部分都是以這堆小事為基礎所做出的詮釋。另外，或許不是那麼完整的，容我再提出幾項細節；多從《奧古斯都記》的其他篇章中拾得，例如由尤里烏斯．卡比托里努斯(Julius Capitolinus)所撰的安敦寧和馬爾庫斯．奧里略之生平。另有幾句話取材自維克多(Aurelius Victor)和《縮影》(*Epitome*)的作者(按：在此指弗羅魯斯)。他們已開始賦予哈德良的生平傳說色彩，但其華麗的文采使之成為另一種獨特的類型。《蘇達辭書》(*Dictionnaire de Suidas*)補充了兩則鮮為人知的史料：努莫尼奧斯寫給哈德良的《慰問文》，以及米索米德斯為安提諾烏斯之死所譜的哀樂。

哈德良本人的部分作品亦派上用場：行政書信，演講段落或正式報告，例如著名的「致隆貝西斯》(Adresse de Lambèse)，多被雕刻保存。此外，還有被法學家引用的法令，以及其當代作家引述的詩句，例如那句赫赫有名的「親親吾魂，飄然溫柔」(Animula vagula blandula)；或在紀念建築上找到的一些為還願而刻下的文字，如獻給愛神和天神艾芙洛狄特的詩句，就刻在泰斯比斯的神廟壁面(Kaibel, *Epigr. Gr.* 811)。哈德良有三封信提到他自己的私生活，「致瑪迪蒂之信》(Lettre à Matidie)，「致塞爾維安之信》(Lettre à Servianus)，「垂死皇帝致安敦寧之信》(Lettre adressée par l'empereur mourant à Antonin)，分別收錄在文法家多西索斯(Dositheus)的書信集，沃皮斯庫斯的《黑暗暴政下的生活》（Vospicus, *Vita Saturnini*），以及格非與亨特的《法尤姆鎮及其莎紙草紙》（Grenfell & Hunt, *Fayum Towns and their Papyri*, 1900），是否真由本人所寫，有待商榷。然而，這三封信都極具哈德良的特性，而信中流露出的某部分跡象，我拿來用在本書中。

提及哈德良或他周遭之人的文字多得不勝枚舉，分散在幾乎所有二世紀和三世紀作家的作品中。這些隻字片語有助於補充編年史上的事蹟，且常常填補了缺漏。諸如此類，容我僅以《哈德良回憶錄》中的幾個例子說明：在利比亞狩獵那一個章節，整篇取自龐克拉特斯的詩〈哈德良與安提諾烏斯之狩獵〉（Les Chasses d'Hadrien et d'Antinoüs），這首詩已殘缺不堪，於埃及出土，納入《俄克喜林庫斯莎紙草紙》（*Papyrus d'Oxyrhynchus*）叢集，於一九一一年出版（III, No. 1085）。關於宮廷裡的哲人與詩人，阿特納奧斯（Athenaeus），奧盧斯．格利烏斯（Aulus Gellius）和菲洛史特拉特都提供了許多細節。此外，小普林尼和馬提亞爾亦為沃可尼烏斯或利奇尼烏斯．蘇拉略嫌遭埋沒的形象增色幾筆。安提諾烏斯之死對哈德良造成的悲痛，這段描述的靈感來自他執政期間的歷史學者，同時也取材某幾位教會神父的評論，想當然，充滿譴責，但在這一點上，有時又顯得比較人性，而且出人意料的，抱持多種看法。「阿利安巡航黑海致哈德良皇帝之信」（Lettre d'Arrien à l'empereur Hadrien à l'occasion du Périple de la Mer Noire）含有對此一主題之影射；作者持某些博學專家的相同立場，相信整體而言，此篇文字確實為阿利安本人之作，故將信中部分內容納入本書中。哲人艾里烏斯．阿里斯提德的《羅馬讚》（Le Panégyrique de Rome）絕對是典型的哈德良式作品，為本書中皇帝所描繪的理想帝國草圖提供了幾行資料。在《塔木德》（*Talmud*）中，有幾項史事細節被摻入大量傳說色彩，而為描述巴勒斯坦戰爭，也被拿來與優西比烏的《教會史》（Eusebius, *Histoire ecclésiastique*）中的敘事一起運用。法沃里努斯遭放逐的段落即來自前述作品的一個段落，記載於梵蒂岡圖書館於一九三一年出版的一份手稿裡（M.Norsa et G. Vitelli, *Il papiro vaticano greco*, II, dans *studi e Testi*, LIII）。書記官變成獨眼龍的可怖篇章取材於蓋倫（Galen）的一篇論文，他是馬爾庫斯．奧里略的宮廷醫生。哈德良垂死之形象，參考了弗朗托對衰老皇帝的悲慘形容。

其他時候，我則參考紀念建築上的圖像及文字雕刻，汲取未被古代歷史學者記載下來的史事細節。部分達西亞和薩爾馬特戰爭之野蠻概況，活生生燒死的囚犯，德凱巴魯斯國王於屈降當日服毒自殺，這些場景來自圖拉真柱上的浮雕（W. Froehner, *La Colonne Trajane*, 1865；I.A. Richmond, Trajan's Army on Trajan's Column, in *Papers of the British School at Rome*, XIII, 1935）。一大部分軍旅的想像借助於哈德良皇朝的錢幣。尤莉亞・巴爾比亞的詩句刻在曼儂巨像的腿上，成為底比斯之旅那個篇章的起點（R. Cagnat, *Inscrip. Gr. ad res romanas pertinentes*, 1186-7）。關於安提諾烏斯出生日期，多虧拉努維烏姆（Lanuvium）工匠及奴隸學院的銘文而得以確認。該校於一三三年將安提諾烏斯奉為守護神（*Corp. Ins. Lat*, XIV, 2112）。對這個日期的確切性，蒙森（Mommsen）有意見，但其他沒那麼吹毛求疵的博學專家皆已認可。皇帝寵侍的墳墓上刻有幾個句子，被轉載到蘋丘方尖碑上的埃及象形文中：此碑文內容述說他的葬禮，並描寫對他進行崇拜的儀式內容。（A.Erman，Obelisken Römischer Zeit, dans *Röm, Mitt*, XI, 1869；O. Marucchi, *Gli obelischi egiziani di Roma*, 1898）。關於安提諾烏斯被尊奉為神，以及他的外貌與心理特質，銘文，人像紀念物，還有貨幣所提供的見證，遠比書寫記錄下的史料更多。

如今當代，沒有夠好的哈德良傳記能推薦給讀者；唯一值得一提的此類作品，也是最古老的，是格雷戈羅維斯一八五一年出版的作品（一八八四年修訂版）。他的書中不乏生活場景，繽紛色彩，但在哈德良身為執政者與一國之君這個層面的一切著墨甚少，且有一大部分已嫌過時。同樣的，吉朋或勒南（Renan）出色的描述也已皆太舊。韓德森的《哈德良皇帝之帝政與生平》（Henderson, *The Life and Principate of the Emperor Hadrian*），於一九二三年出版，冗長且膚淺，對哈德良的思想，當時的問題，僅給了一個不完整的概括，運用的資源極為不足。但是，若說一本具決定性價值的哈德良傳記尚待編寫問世，各種簡明扼要的小傳和嚴謹的研究則繁盛豐富；而且在許多點上，憑著現代知識的浩瀚淵博，哈德良當時的歷史與施政資料已得以更新。在此僅提述幾本近期作品，或堪稱近期的作品，還算容易取得。法文著作的部分：一九三三年，雷昂・霍莫的《羅馬帝國全盛期》（Homo, *Le Haut-Empire Romain*），以及一九三六年，阿爾巴提尼的《羅馬帝國》（Albertini, *L'Empire Romain*）；一九二一年，格魯塞的《亞細亞歷史》（Grousset, *Histoire de l'Asie*）的第一冊分析圖拉真帕提亞戰爭以及哈德良的和平政策。亨利・巴爾東於一九四四年出版的《帝王與拉丁文學》（Bardon, *Les Empereurs et les Lettres latines*）研究哈德良的文學作品。保羅・格蘭多的著作，《哈德良時期之雅典》（Graindor, *Athènes sous Hadrien*, Le Caire, 1934）；路易・佩雷，《哈德良皇帝之稱號研究》（Perret, *La Titulature impériale d'Hadrien*, 1929）；以及貝爾納・德歐傑瓦的《哈德良皇帝，其司法與行政成就》（d'Orgeval, *L'Empereur Hadrien, son oeuvre législative et administrative*, 1950）。最後這一本的細節內容偶爾交代不清。無論如何，關於哈德良的治國及人格，最深入的研究還是來自德國學派。尤里烏斯・杜爾一八八一年於維也納出版的《哈德良皇帝之巡旅》（Dürr, *Die Reisen des Kaisers Hadrian*）；普列夫一八九〇年於史特拉斯堡出版，《哈德良皇帝歷史溯源研究》（Plew, *Quellenuntersuchungen zur Geschichte des Kaisers Hadrian*）。科內曼一九〇五年於萊比錫出版，《哈德良皇帝與羅馬最後幾位偉大的歷史學者》（Kornemann, *Kaiser Hadrian und der Letzte grosse Historiker von Rom*），以及威廉・韋伯（Wilhelm Weber）內容充實且較易取得的短論文：一九三六年在《劍橋古代歷史》期刊（*Cambridge Ancient History*, vol. XI，pp.294-324）〈帝國和平〉（The Imperial Peace）專題發表的《哈德良皇族史研究》（Untersuchungen sur Geschichte des Kaisers Hadrianusv），一九〇七年萊比錫出版。英文方面的研究：湯恩比的著作中處處提及哈德良的朝政，是醞釀出《哈德良回憶錄》某些段落的胚芽：在那些章節中，皇帝親自為自己的政治觀點下定義。湯恩比於一九四五年在《都柏林季刊》（*Dublin Review*）發表的〈羅馬帝國與現代歐洲〉（Roman Empire and Modern Europe）特別值得一讀。另外，羅斯托夫采夫一九二六年的著作《羅馬帝國之社會經濟歷史》（Rostovtzeff, *Social and Economic History of the Roman Empire*）中，有一重要章節探討哈德良的社會及財政改革。史事細節方面的研究：拉塞，一九一七年，《圖拉真與哈德良時期的馬術官生涯，兼談哈德良的幾項改革》(Lacey, *The Equestrian Officials of Trajan and Hadrian : Their Career, with Some Notes on Hadrian's Reforms*)；保羅・亞歷山德，一九三八年，《哈德良皇帝之書信與演講》(Alexander, *Letters and Speeches of the Emperor Hadrian*)；葛瑞，《哈德良生平研究——登基之前》(Gray, *A Study of the Life of Hadrian Prior to his Accession*, Northampton, Mass., 1919)；普林斯翰〈哈德良的司法政策及改革〉，一九三四年發表於《羅馬研究誌》(Pringsheim, The Legal Policy and Reforms of Hadrian, in *Journ. of Roman Studies*, XXIV，1934)。關於哈德良視察不列顛島及在蘇格蘭邊界建造長城的資料，請查閱布魯斯的經典之作《羅馬長城工具書》(Bruce, *The Handbook to the Roman Wall*)，由科林伍德(Collingwood)校閱修訂過的一九三三年版。而科林伍德又與麥爾斯(Myres)合著《羅馬時期的不列顛及英格蘭之拓墾》(*Roman Britain and the English Settlements*, 1937, ed.2)。關於哈德良朝代的古錢獎章學(安提諾烏斯的錢幣例外另述)，參閱馬汀力與席登翰相對近期的研究《羅馬帝國錢幣學》(Mattingly & Sydenham, *The Roman Imperial Coinage*, II, 1926)以及史塔克的《二世紀羅馬帝國鑄幣研究》(Strack, *Untersuchungen zur Römische Reichsprägung des zweiten Jahrhunderts*, II, 1933)。

關於圖拉真的人格及其征戰，參閱帕利班尼的《理想國君》(Paribeni, *Optimus Princeps*, 1927)；隆登發表於《劍橋古代歷史》期刊的〈圖拉真各戰役〉(The Wars of Trajan, in *Cambridge Ancient History*, XI, 1936)；杜利的〈從錢幣看圖拉真朝政〉(Durry, La Règne de Trajan d'après les Monnaies, *Rev. Hist.*, LVII, 1932)；以及威廉・韋伯一九二三年發表於斯圖加特《政治名家》之〈圖拉真與哈德良〉(Weber, Traian und Hadrian, *Meiter der Politik* I2, 1923)。埃里烏斯・凱撒相關：法昆哈森的〈關於埃里烏斯・凱撒之名〉，《古典季刊》(Farquharson, On the Names of Aelius Caesar, *Classical Quartely*, II, 1908)；以及卡寇皮諾的《安敦寧王朝的帝位繼承》(Carcopino, *L'Hérédité dynastique chez les Antonins*, 1950)：此作除去許多假設，較依循原文字意上的詮釋。關於四名執政官之案，參閱普瑞麥斯坦，〈一一八年執政官暗殺哈德良案〉(Premerstein, Das Attentat der Konsulare auf Hadrian in Jahre 118, in *Klio*, 1908)；卡寇皮諾，〈魯蘇斯・奎伊圖斯，Qwrnyn來的人〉(Lusius Quiétus, l'homme de Qwrnyn, in *Istros*, 1934)。關於哈德良身邊的希

臘人，普瑞麥斯坦〈尤利烏斯・巴蘇斯〉（C. Julius Quadratus Bassus, in *Sitz. Bayr. Akad. d. Wiss.*, 1934）；保羅・格蘭多，《上古時代的億萬富豪，赫羅狄斯・阿提庫斯及其家族》（*Un Milliardaire Antique, Hérode Atticus et sa famille*, Le Caire, 1930）；布朗傑的《艾里烏斯・阿里斯提德及二世紀之亞細亞行省的詭辯派哲人》（Boulanger, *Aelius Aristide et la Sophistique dans la Province d'Asie au IIe siècle de notre ère*），收錄於一九二三年，《雅典及羅馬法國學院之圖書館出版品》系列。侯納，《米索米德斯讚歌》（Horna, *Die Hymnen des Mesomedes*, Leipzig, 1928）；馬泰洛提的《米索米德斯》（Martellotti, *Mesomede*），收錄於一九二九年，羅馬的《古典文獻學院出版品》系列；以及蒲埃赫的〈阿巴米亞的努莫尼奧斯〉（Puech, Numénius d'Apamée, in *Mélanges Bidez*, Brussels, 1934）。關於猶太戰爭：葛瑞，〈哈德良統治下的愛利亞加比多連建城與猶太戰爭編年史〉（The Founding of Aelia Capitolina and the Chronology of the Jewish War under Hadrian, in *American Journal of Semitic Language and Literature*, 1923）；夏沙《一段猶太歷史》（Sachar, *A History of the Jews*, 1950）；以及利柏曼的《猶太巴勒斯坦的希臘人》（Lieberman, *Greek in Jewish Palestine*, 1942）。近年來，以色列的當地考古對於巴爾・科赫巴的起義有新發現，為我們補充了某些巴勒斯坦戰爭相關細節上的認識；這些資料大部分都在一九五一年後才公諸於世，無法用於本書中。

安提諾烏斯的肖像學，或以一種較不那麼正式的說法來講，也就是人物的歷史，始終令考古學家和美學家感興趣；而自從一七六四年，溫克爾曼於其著作《古藝術史》（Winckelmann, *Histoire de l'Art Antique*）中賦予安提諾烏斯群像，或至少當時著名的幾座肖像極重要的地位之後，這門學問在德語系國家更受關注。這些研究大多來自十八世紀末，甚至十九世紀；如今，對我們來說，僅剩新鮮好奇的價值了。狄特里森的《安提諾烏斯》（Dietrichson, *Antinoüs*, Christiania, 1884）瀰漫這一種不清不楚的理想主義，不過仍值一讀：作者費了一番心力，幾乎將古代所有影射哈德良寵侍的形象蒐集齊全；不過，在今日，書中肖像學的部分已淪為某種落伍的觀點和研究方法。拉班的小書《安提諾烏斯之美好形象》（Laban, *Der Gemütsausdruck des Antinoüs*, Berlin, 1891）將當時德國盛行的美學理論全部搬演一遍，但絲毫未能為比提尼亞少年的肖像學多添色彩。倒是席蒙在他的《義大利與希臘速寫》（Symonds, *Sketches in Italy and Greece*, Londres, 1900）中長篇論述安提諾烏斯，雖然語氣與資訊偶嫌過時，讀來仍有興致盎然之感。在《一個希臘倫理問題》（*A Problem in Greek Ethics*，一八八三年僅印十本非賣品，一九〇一年重印一百本）這篇卓越且珍貴的論文中，同樣的這位作者，針對同樣的人物，亦做了個有意思的注記。霍爾姆的著作，《安提諾烏斯肖像》（Holm, *Das Bildnis des Antinoüs*, Leipzig, 1933），評價偏向學院派，對主題人物之觀感與提供的資料皆了無新意。關於安提諾烏斯的人像遺跡，古錢幣章學以外的範疇，最好的文章是相對近期的〈安提諾烏斯，論哈德良時代之藝術〉，一九二三年發表於羅馬林西學會《古代遺跡》叢書第二十九卷（*Antinoo. Saggio sull' Arte dell' Eta' Adrianea*, in Monumenti Antichi, XXIX，R. Accademia dei Lincei, Rome, 1923），作者為皮洛・馬可尼（Marconi）。順帶一提，一般大眾不易取得這份研究，因為僅有極少數大圖書館完整收藏這套叢書。馬可尼的論述，就美學討論而言，觀點平庸，但在肖像學上展現一大進步，儘管關於主題人物的探討仍嫌不足。此外，透過堪稱最佳的小說評論，他亦針針見血地終結了人們對安提諾烏斯這號人物烏煙瘴氣的幻想。另外亦請參閱希臘羅馬藝術或希臘藝術的一般性作品中對安提諾烏斯肖像學的簡短探討，如羅登瓦特的《山門藝術史》（Rodenwaldt, *Propyläen-Kunstgeschichte*, III, 2, 1930）；史壯《古羅馬時期的藝術》（Strong, *Art in Ancient Rome*, 2e ed., Londres, 1929）；羅伯・維斯特的《羅馬肖像造型藝術》（West, *Römische Portrait-Plastik*, II, Munich, 1941）；以及賽特曼的《希臘藝術研究》（Seltman, *Approach to Greek Art*, Londres, 1948）。藍奇亞尼和維斯康提在《羅馬市訊》（Lanciani & Visconti, *Bollettino Communale di Roma*, 1886）裡的注記；利佐於一九〇八年發表的論文〈安提諾烏斯—席瓦諾〉（Rizzo, Antinoo-Silvano, in *Ausonia*, 1908）；海納赫的〈君士坦丁凱旋門之圓章頭像〉（Reinach, Les Têtes des médaillons de l'Arc de Constantin, in *Rev. Arch.*, IV, XV, 1910），高克勒，《賈尼科洛山的敘利亞祭壇》（Gauckler, *Le Sanctuaire syrien du Janicule*, 1912）；布勒的〈哈德良皇帝的狩獵紀念碑〉（Bulle, Ein Jagddenkmal des Kaisers Hadrian, in *Jahr. d. arch. Inst.*, XXXIV, 1919）；巴爾托奇尼的〈萊普提斯區域〉（Bartoccini, Le Terme di Lepcis, in *Africa Italiana*, 1929）。這許多關於十九世紀末年和二十世紀時發現的安提諾烏斯肖像，以及發現這些肖像的經過，已被辨識或挖掘，值得引述。

關於這位人物的古錢幣章學，今日在此領域研究此一主題的專家們認為，最好的成果，應屬一九一四年發表於《古錢幣章學考古學報》中的〈安提諾烏斯古錢幣章學〉（Numismatique d'Antinoos, in *Journ. Int. d'Archéologie Numismatique*, XVI, pp.33-70. 1914），作者是一位年輕的學者布魯姆（Blum），在一次大戰身亡，另外還留下幾篇以哈德良寵侍為主題的肖像學研究。關於小亞細亞諸國鑄造的安提諾烏斯錢幣，特別值得參考者：巴貝隆與海納赫合著，《小亞細亞希臘錢幣全集》（Babelon & Reinach, *Recueil Général des Monnaies Grecques d'Asie Mineure*, I-IV, 1904-1912 et I., 2e édit., 1925）。關於亞歷山卓城為他鑄造的錢幣：佛格特，《亞歷山卓古錢幣》（Vogt, *Die Alexandrinischen Münzen*, 1924）。關於某些希臘為他鑄造的錢幣：賽特曼的〈希臘雕像與部分慶典紀念幣〉（Greek Sculpture and Some Festival Coins, in *Hesperia*[Journ. of Amer. School of Classical Studies at Athens], XVII, 1948）。

關於安提諾烏斯死亡時那神祕隱晦的情景，請參閱韋伯的《關於埃及希臘宗教的三項研究》（*Drei Untersuchungen zur aegyptischgriechischen Religion*, Heidelberg, 1911）。格蘭多前述提及之作《哈德良時期之雅典》，第十三頁，針對這個主題，提了一項有意思的影射。安提諾烏斯之墓的確切位置始終是個未解之謎，儘管修爾森於一八九六年和一九一九年兩次發表〈安提諾烏斯之墓〉（Hülsen, Das Grab des Antinoüs, in *Mitt. d. deutsch. arch. Inst., Röm. Abt.*, XI, 1896；in *Berl. Phil. Wochenschr.*, 1919），而科勒（Kähler）亦在其關於哈德良莊園的研究作品中（稍後另述）提出相反的見解。此外，容我在此推薦費斯杜吉爾出色的論述：〈神奇莎紙草紙之宗教價值〉（Festugière, La Valeur religieuse des Papyrus Magiques, in *L'idéal relgieux des Grecs et L'Evangile*, 1932），特別是他對「Esiès」之獻祭，透過浸禮受死，以及藉此將犧牲者神化等方面之分析，雖未舉哈德良寵侍的故事為參考案例，依舊有助明白部分我們至今僅能透過了無生氣的文獻得知的禮俗，並剝除這則以死示誠之傳說表面的史詩悲壯色彩，使之得以進入某種玄奧祕教傳統之科學範疇。

幾乎所有論述希臘羅馬藝術的一般性圖書都賦予哈德良時期重要地位。其中幾部作品在前述安提諾烏斯人像的段落已提及。羅伯・維斯特的著作《羅馬肖像造型藝術》中，頗為完整地提供了哈德良，圖拉真，其家族的皇后公主，以及埃里烏斯・凱撒的肖像。另外值得參閱者：格蘭多的著作《羅馬帝國時期埃及之半身像與肖像雕刻》（*Buste et Statues-Portraits de l'Egypte Romaine*, Le Caire），以及普爾森的《英格蘭鄉間宅院中的希臘及羅馬雕像》（Poulsen, *Greek and Roman Portraits in English Country House*, Londres, 1923）。這兩部作品提供了哈德良及其周圍人物較鮮為人知並極少複製的肖像。關於哈德良時期的裝飾藝術，尤其涉及精雕師和雕刻師所使用的圖案與朝中的政治及文化領袖們之間的關係，喬瑟琳・湯恩比精美的著作《哈德良學派，希臘藝術中的一章》（Jocelyn Toynbee, *The Hadrianic School, A chapter in the History of Greek Art*, Cambridge, 1934）特別值得一提。

在這部作品中，論及哈德良訂製的或收藏的藝術品時，必然附帶一筆，將哈德良描述為古董收藏家，藝術愛好者，或一心想使一個深愛過的容貌永垂不朽的戀人。本書中，皇帝所描述的安提諾烏斯側臉像，以及好幾個段落中出現的，寵侍生前的形象，理所當然的，靈感來自這名比提尼亞少年的各式肖像。這些肖像大部分於哈德良莊園發現，現今仍存；但從那時起，我們必須透過十七世紀和十八世紀的義大利大收藏家的名字認識它們，而哈德良當然沒把那些雕像給他們。如今收藏在羅馬國立博物館的小頭像，經由皮洛・馬可尼在上述文章中的假設，判定出自雕刻家阿里斯提亞斯之手。拿坡里博物館的法內斯安提諾烏斯像歸給哈德良時期另一位雕刻家帕皮亞，則僅出自作者的臆測。安提諾烏斯有一幅側臉像，如今已無法確認出自哪位藝匠之手，格蘭多於前述論文中提出的假設被普遍沿用，認為此像來自於哈德良於雅典修建的戴奧尼修斯神廟的浮雕。在義大利加，哈德良的出生地，發現了三、四尊美麗的希臘羅馬時期或希臘式雕像，其中至少有一尊似乎來自亞歷山卓某工坊；而作者根據發現地這個細節，認定這些作品屬於一世紀末或二世紀初的希臘大理石雕，且是皇帝本人贈與故鄉的禮物。

同樣的一般性說法也用於哈德良修建的紀念建築物上，過度著重描述的話，幾乎把那部作品變成一本實用手冊，特別是哈德良莊園的部分：皇帝是個品味甚高的人，不會如此折磨他的讀者，強迫他們把那片領地整個瀏覽無遺。關於哈德良在羅馬或在帝國其他各地所興建的重大工程，我們的取材折衷幾個不同的資料來源：有斯巴提阿努斯為他做的傳記，希臘當地的建設則參考保薩尼亞斯的《希臘誌》（Pausanias, *Description de la Grèce*）；或年代稍晚一點的編年史學家，如馬拉拉（Malalas）：他特別側重哈德良在小亞細亞的新建或整修工程。從普羅科匹厄斯（Procopius）的史料中，我們得知，哈德良陵墓的頂端本有數不清的雕像裝飾，但在五世紀初被亞拉里克占領時，那些雕像被拿來當成武器，朝羅馬人投擲。透過八世紀的一名德國旅人之簡短描述，《艾因西德倫無名小卒》（*Anonyme de Einsiedeln*），我們得以存留陵墓在中世紀初的樣貌：原來它從奧里略時期起即已被鞏固成堡壘，但直至中古時代，尚未改建成聖天使城。除了引述和術語之外，考古學者和銘碑學者亦陸續增添新的發現。在此僅舉一例。還記得是頗近期之事：多虧了建造時所用的磚材上留有製造銘文，整體重建萬神殿之功績才歸到哈德良名下；而在此之前那一大段漫長的時間，人們還以為他僅是維修者。關於哈德良名下的建築，前述大部分希臘羅馬藝術的概論皆可參考，亦可參閱舒爾泰斯，《哈德良皇帝所建工程》（Schultess, *Bauten des Kaisers Hadrianus*, Hambourg, 1898）；貝爾特拉尼，《萬神殿》（Beltrani, *Il Panteone*, Rome, 1898）；羅西，《羅馬區考古委員會公報》（Rosi, *Bolettino della comm. arch. comm.*, LIX, p.227, 1931）；博爾加提，《聖天使城》（Borgatti, *Castel S. Angelo*, Rome, 1890）；皮爾斯，〈哈德良陵墓與哈德良橋〉（Pierce, The Mausoleum of Hadrian and Pons Aelius, in *Journ. Of Rom. Stud.*, XV, 1925）。至於哈德良在雅典的建築：格蘭多前述多次的著作，一九三四年的《哈德良時期之雅典》；以及福傑爾的《雅典》（Fougères, *Athènes*, 1914）：此作雖舊，卻處處精華。

對哈德良莊園這個獨特景點特別感興趣的讀者，容我再次提醒：本書中，哈德良所列出的角落建物，至今仍在使用中；而這些部分亦來自斯巴提阿努斯書中的訊息。多虧了這些線索，當地的考古挖掘成果才得以確認、補齊，而不致失去價值。從哈德良到我們的時代，這段期間，這座美麗廢墟的舊時狀態，則靠一系列或書寫下來或銘刻碑上的文獻得知。這些從文藝復興時期以來即分批集結的資料，或許稱為最珍貴亦不為過：一五三八年，建築師利戈瑞歐（Ligorio）於獻給埃斯特主教的《報告》（*Rapport*）；一七八一年左右，皮拉內西（Piranèse）為這座廢墟而製作的銅版畫出版，令人讚嘆；而某個細節則取材平民龐斯的《莉薇亞浴場與哈德良莊園之古代阿拉伯紋飾》（Ponce, *Arabesques antiques des bains de Livie et de la Villa Adriana*, Paris, 1789），那些粉飾灰泥今日已毀，幸而文中所提保存了當時的樣貌。加斯頓．波瓦西耶的研究《考古漫遊》（Boissier, *Promenades Archéologiques*, 1880）、威納菲爾德的《蒂沃利的哈德良莊園》（Winnefeld, *Die Villa des Hadrian bei Tivoli*, Berlin, 1895）；以及皮耶．居斯曼的《蒂沃利皇家莊園》（Gusman, *La Villa Impériale de Tibur*, 1904）都依然是基本精髓。較近我們當代的：帕里班尼的著作《哈德良皇帝之莊園》（Paribeni, *La Villa dell' Imperatore Adriano*, 1930）以及科勒的重要著作《哈德良與其蒂沃利莊園》（*Hadrian und seine Villa bei Tivoli*, 1950）。在《哈德良回憶錄》中有一段提及莊園牆面上的拼花圖案，令部分讀者感到吃驚：那些是戶外半圓高背長椅及寧芙精靈的棲所，常見於一世紀的鄉間別莊，詳靜地裝飾於蒂沃利宮中的樓閣；或者，根據許多資料見證，亦鋪設在拱頂圓弧之處（從皮拉內西〔Piranesi〕的版畫中可知克諾珀斯祭壇的拱頂拼花為雪白色）。另外還有一些「emblemata」，拼花圖案組成的畫，用來鑲嵌在大廳壁面上。所有這方面的相關細節，除了前述的居斯曼之作，亦可參考達倫柏（Daremberg）和撒格里歐（Saglio）合編之《古希臘羅馬字典》中，高克勒的文章〈拼貼藝術〉（Gauckler, *Dictionnaire des Antiquités Grecques et Romaines*, III, 2, Musivum Opus）。

關於安提諾烏斯的紀念建築，切勿忘記：哈德良為其寵侍而建的莊園廢墟，在十九世紀仍然屹立。那時，在拿破崙的命令下，尤馬爾（Jomard）畫出偉大的「埃及誌」（Description de l'Egypte），其中包含這整座今日已毀去的廢墟，那些畫面令人感動。十九世紀中葉，一位埃及工業家將這些遺跡化為石灰，用來建造附近的糖廠。在這片遭蹂躪的遺址上，法國考古學家阿爾伯特·加耶（Gayet）狂熱地進行挖掘研究，方法似乎有限，但他於一八九六年到一九一四年之間發表的文章裡，仍含有極為有用的資訊。在安提諾烏斯犧牲地點以及俄克喜林庫斯（Oxyrhynchus）挖掘出的莎紙草紙文獻，從一九〇一年到今日之間出版的部分，並未替哈德良新造的城市或對其寵侍之崇拜帶來任何新的細節；不過其中一篇為我們提供了一份十分完整的清單：城市的行政及宗教組織劃分，顯然是由哈德良本人建立。這份資料見證了厄琉息斯祕教的儀式對這位規劃者的強大影響力。請參閱威廉·韋伯的前述著作《關於埃及希臘宗教的三項研究》；庫恩的《安提諾波利斯，對羅馬帝國時期埃及之希臘文化史之一大貢獻》（Kühn, *Antinoopolis, Ein Beitrag zur Geschichte des Hellenismus in römischen Aegypten*, Göttigen, 1913），以及庫布雷的《安提諾波利斯》（Kübler, *Antinoopolis*, Leipzig, 1914）。強森於一九一四發表於《埃及考古學報》的文章〈安提諾及其莎紙草紙文獻〉（Johnson, Antinoe and Its Papyri, in *Journ. of Egyp. Arch.*, I, 1914），為哈德良創建的新城提供一份精簡扼要的地形描述。

透過在原址發現的一則上古銘文，我們得知哈德良在安提諾和紅海之間開設了一條大道（7ns. Gr. ad Res. Rom. Pert., I, 1142），但大道依循的確切路線，似乎至今尚未定案，所以，哈德良在本書中所說的距離僅是近似值。最後，對安提諾城，書中借皇帝本人親口描述的那個句子，則借助於魯卡斯（Lucas）的敘述：這位法國旅行家曾於十八世紀初參訪安提諾。

《哈德良回憶錄》創作雜記

Carnets de notes de Mémoires d'Hadrien

致 G. F.

這本書，或說其整體或僅能算是部分，以各種不同的形式，從構思到動筆，約是在一九二四年到一九二九年之間，在我二十歲到二十五歲之間。所有草稿皆已毀去，原本不值得留下。

一九二七年左右，福婁拜的一冊書信集，我讀了又讀，處處畫重點；在書中找到一個令我念念不忘的句子：「從西塞羅到馬爾庫斯．奧里略這段時期，曾出現一個獨特的時刻：彼時，眾神已滅，基督未顯，唯人獨存。」我的人生將有一大部分花在試圖定義，然後描繪那獨存於世並與全人類息息相關之人。

一九三四年，重新展開此書工程。漫長的研究。寫下十五頁，相信不會再更改。一九三四年到一九三七年間，此計畫拾了又放，放了又拾，反覆多次。

有很長一段時間，我把這部作品構想成一系列對話，希望讓當時所有聲音都能被聽見。但是，無論我怎麼做，細節都太搶鋒頭，犧牲了整體性；側重部分則影響全盤均衡；哈德良的聲音被那一切喧嚷淹沒。我沒辦法把一人所見所聞的那個世界組織起來。

一九三四年的書寫中，唯一被保留下來的句子：「我開始看出自身死亡的輪廓。」如一名畫家，面對一片遼闊無垠的風景而立，時而往右，時而往左的，不斷挪動畫架的位置；我終於找到了看這本書的觀點。

取材一段眾所皆知，已完成，已是歷史定局的人生（以最極致的方式而言），藉此一次囊括整段高低起伏；不僅如此，還要為經歷這段人生的那個人選一個時刻，用以衡量，檢視其人生；也就是說，在那一刻，他能評價這段人生。布局安排，讓他以與我們相同的姿態，面對他自己的人生。

多少個早晨在哈德良莊園流連；無數夜晚在奧林帕斯主神宙斯神廟旁那一排小咖啡館裡度過。不斷往返希臘各海；小亞細亞條條大路。為能運用那些記憶，而其實是記在我腦中的記憶，需將那些片段變得離我遠去，回溯到西元二世紀。

體驗時間之落差：十八天，十八個月，十八年，十八個世紀。雕像以不動之軀存活，如羅浮宮裡那尊安提諾烏斯的頭像，仍活在那「暫停時刻」(temps mort）內。以人類世代之角度思量這個問題：二十四雙骨瘦如柴的手，差不多二十五個老人，即足以在哈德良與我們之間建立起一段連續不斷的關係。

一九三七年，初次訪美。我為此書在耶魯大學的圖書館讀了幾段資料；寫下赴醫就診和放棄身體運動之段落。在現在這個版本裡，那些片段經過修改後，仍然保留。

無論如何，我太年輕了。有些書不該在未過四十歲時貿然嘗試。在活到那個歲數之前，恐怕看不清某些主要的天然界線，阻隔在人與人之間，世紀與世紀之間，形成無窮種類分野；或相反的，把行政分區、海關和戍防崗哨等一般單位看得太重要。需再多等幾年，讓我學習計算皇帝和我之間究竟差多遠。

一九三七至一九三九年間，我停止本書的工作（除了在巴黎的幾天之外）。

讀到湯瑪斯·愛德華·勞倫斯的回憶。在小亞細亞部分，他的經驗與哈德良重疊。但哈德良的背景不在沙漠，而在雅典的山丘。我愈朝這個方向思考，就愈渴望將那拒絕世界（最先拒絕的就是他自己）之人的生平，將一個絕不輕言放棄之人，或者說，為贏得他處而放棄此處之人，透過哈德良的觀點呈現出來。此外，不消說，那種禁慾主義和這種享樂主義，在許多點上，其實是互通的。

一九三九年十月，將手稿與大部份筆記都留在歐洲，前往美國。倒是帶上了先前在耶魯做的一點摘要，一張幾年來隨身攜帶的圖拉真死時的羅馬帝國疆域圖，以及，一九二六年在佛羅倫斯考古博物館買的一幅安提諾烏斯的側臉像：他看起來年輕、穩重而溫柔。

一九三九到一九四八年間，計畫擱置。我偶爾構思，但總提不起勁，幾乎漠然，彷彿根本不可能。對自己竟妄想挑戰這樣的事感到慚愧。

深陷作家寫不出東西之絕望。

在沮喪與遲鈍交迫的最慘時刻，我總去美麗的哈特福博物館（康乃狄克州），看卡納萊托的一幅羅馬景物畫。金棕色的萬神殿在夏日午末的藍天襯托下，顯得突出極了。每次看完離開，總覺得尋回了寧靜，恢復了溫暖。

一九四一年左右，我在紐約一位顏料商那兒，無間發現四幅皮拉內西的版畫。G……和我把它們買了下來。其中一幅是哈德良莊園一景。直至當時，我對莊園仍一無所知。畫中呈現了克諾珀斯祭壇。十七世紀時，人們從中掘出埃及風格的安提諾烏斯與女祭司的玄武岩雕像，如今收藏在梵蒂岡。祭壇造型圓潤，光亮如一顆頭顱，隱約有荊棘垂下，彷彿一綹綹髮絲。皮拉內西的天賦幾乎能通靈，在此嗅出恍惚幻覺，記憶中繁冗的日常瑣事，內在世界的悲慘架構。好幾年中，我幾乎天天看這幅畫，卻並未給先前的寫書計畫帶來任何想法；那本書，我以為我已放棄。這樣奇怪的迂迴，即人們所謂的遺忘。

一九四七年春，收拾文件時，我燒掉了在耶魯記下的資料：那些筆記似乎永遠派不上用場了。

然而，哈德良的名字出現在一篇關於希臘傳說的論文中。那是我於一九四三年撰寫的文章，由凱洛瓦刊登於布宜諾艾利斯的《法國文壇》雜誌。一九四五年，溺水的安提諾烏斯，原已被那遺忘之河沖走，亦在一篇尚未發表的文章中浮上水面：〈自由心靈讚美歌〉（Cantique de l’Ame libre）。寫完後即生一場大病。

不斷告訴自己：我在這裡所講的一切都被我沒講的給誤導了；這些紀錄只不過圍著一個紕漏打轉。問題非關我在這幾個艱難年頭中所做的，非關想法，工作，焦慮，喜悅，外在世事所引發的巨大衝擊，也非關內心把各種事情當試金石，加諸於自己的考驗。而關乎那場病，及其他較私密的經驗；那些經驗帶來的一切，以及始終都在或引我永恆追尋的愛，我亦保持緘默。

無所謂；或許藕斷絲連正是解決之道。必須如此中斷，經歷如此一場心靈暗夜。那樣的黑暗，在這個時代，我們許多人都曾度過，每個人的方式不同，且通常比我的更悲更絕。如此才逼得動我，讓我不僅試圖去填滿我和哈德良之間的差距，尤其更要補足我和我自己之間的距離。

善用自己為自己所做的一切，不抱從中圖利之念。離鄉背井這些年，我持續閱讀古代作家的作品：紅色或綠色封面的洛布古典叢書成為我的心靈祖國。要將一個人的思想重建出來，最好的方法之一：還原他的圖書庫。於是，在那幾年之中，不知不覺的，我已提前打點了蒂沃利的書架。接下來，我只要想像：舒卷開來的手抄本上，一名病患腫脹的雙手。

將十九世紀的考古學者為外部所做之事從內部再做一遍。

一九四八年十二月，我收到一只戰爭期間被我寄放在瑞士的皮箱。這只箱子裡裝滿了我家族的資料文件，以及十年前的信件。我在壁爐旁坐下，以便處理消化這種恐怖的遺物清點工作，就這麼獨自過了好幾個晚上。我拆開一捆捆信件，銷毀之前，瀏覽那一堆往來通訊；來信的人們，我早已遺忘或早將我遺忘，有些還活著，有的已去世。有幾封的日期追溯到我的上一代，那些名字我根本沒聽過。已作古的瑪莉們，法蘭斯瓦們和保羅們，那些已死的思想交流，皆被我機械式地扔入爐火中。我展開其中一封，四、五頁打字文字，信紙已泛黃，開頭寫著：「親愛的馬可……」馬可……這是哪個朋友，哪個戀人，哪個遠親？我想不起來誰叫這個名字。過了好一會兒，我才記起：這個馬可是馬爾庫斯·奧里略；而在我眼前的是一份遺失的殘稿。從那時起，一切不再是問題：我要不惜任何代價重新寫出此書。

那一夜，也是從那一箱剛歸還給我的物品中，我拿了兩本書翻開：藏書遺散的兩冊殘骸。一本是狄奧・卡西烏斯，漂亮的亨利・艾斯提安印刷版；以及某不知名出版社的一冊《奧古斯都史》。這兩本哈德良生平的主要資料來源，於當初打算寫這本書時買下。這段空檔中，世界與我本人所經歷過的一切，豐富了那個時代的歷史記載，在那段皇家生涯上照射出更多光亮與陰影。近來，我的構思偏重於文人，旅人，詩人，戀人；這一切都未消退。但我首次看見，在這些形象中，極為清楚地顯現一個最正式卻又最私密的角色：皇帝。我曾活在一個瓦解崩壞的世界，因而懂得一國之君的重要。

我一而再，再而三地創作這近乎智者之人的肖像，十分歡喜。

獨處時，另一個歷史人物幾乎令我同樣執著地躍躍欲試：歐瑪爾・海亞姆，詩人兼天文學家。但海亞姆的人生是一位凝視者的人生；而他是一位純粹的凝視者：動態的世界對他而言太陌生。此外，我對波斯不瞭解，也不懂波斯語。

而且也不可能拿一位女性人物做主角，比方說，在我的敘事主軸中，用普洛蒂娜取代哈德良。女性的生活太受局限，或說太隱密。讓一個女人開口講述，人們對她的第一個指責就是她不像女人。想把一點真相放進男人嘴裡就已經夠難了。

我出發前往位於新墨西哥州的陶斯。我隨身帶了白紙，準備重新動筆寫這本書：像一名泳者，跳進水裡卻不知道對岸有什麼等著他。夜深人靜時，紐約與芝加哥之間，我關在臥鋪車廂裡，宛如埋在墓穴中，振筆疾書。然後，隔天一整天，在芝加哥一座車站的餐廳裡，等待一輛被暴風雪誤點的火車時。接著，獨自在聖塔菲快車的觀景車廂中，在科羅拉多峽谷綿延的黑色圓丘，以及永恆不變的星空包圍之下，繼續寫，直到黎明。關於飲食，愛情，睡眠，以及人類知識等段落，即如此一氣呵成。在我記憶中，沒有哪一天更熱烈激狂，哪一夜更神智清明。

我以最快的速度進行了三年的研究，內容只有專家感興趣；另並研發了一套瘋狂的方法，這個只有失去理智的人才感興趣。用失去理智來形容還沾了浪漫主義的邊，有溢美之嫌：倒不如說是一種頑固堅持，盡可能敏銳地洞察當時的情景。

一腳踩進淵博知識之海，另一腳踏入巫魔法術的領域；不加暗喻，說得更確切些：是那種心心相印的法術，透過想法，將自己傳達到某人的內在。

聲音的肖像。若我選擇以第一人稱寫這本《哈德良回憶錄》，是為了盡可能除去所有居間媒介，哪怕是我本人也不例外。哈德良能把他的人生講得比我更肯定，也更細膩。

那些把歷史小說歸成一種特定類別的人，他們忘了：小說家所做的始終只是藉其時代之手法，詮釋某些發生在過去的事：那些有意識或無意識的記憶，有的屬於個人有的則不是；那是一張與歷史相同材質的脈絡交織。一如《戰爭與和平》，普魯斯特的作品亦是某段已逝過去之重建。的確，一八三〇年那部歷史小說（按：指《紅與黑》）被歸入言情通俗劇和行俠仗義的長篇連載；並不比細膩的《藍傑公爵夫人》或令人驚豔的《金眼少女》好到哪兒去。福婁拜用了上百種小細節，辛苦重現哈米爾卡的宮殿；並以同樣的方式描述永城。在我們的時代，歷史小說，或圖便利而以此名稱之的作品，終要沉入一段被尋回的時光，被一個內在世界吸收容併。

時間本身與這件事情無關。我每每感到驚訝：那些與我同時代的人，自以為已征服轉變了空間，卻竟不知道各世紀間的距離可以任意縮減。

一切皆非我們所能掌握，人也是，我們自己亦然。父親的生平對我來說比哈德良的陌生得多。我自己的人生，若必須寫出來，勢必得由我親自從外部重組，痛苦萬分，彷彿寫的是別人；我得查閱書信，徵詢他人的回憶，才能捉住那些飄忽的記憶。那些記憶從來都只如斷垣殘壁，暗影幢幢。關於哈德良的生平，設法安排，使我們文獻中的闕漏恰好吻合被他自己所遺忘之事。

這並不如人們過度強調的那樣，意味著歷史真相永遠無法被全面掌握。此一事實與其他真相皆如是：我們或多或少都想錯了。

遊戲規則：全部學習，全部閱讀，全部採知，同時，視目標之所需，採用依納爵．羅耀拉的《神操》，或印度教苦行者的方法，年復一年，竭力看清顯現在他緊閉雙眼下的影像。透過幾千個檔案，追蹤事件發生當時之情境，試圖還原那些石頭面容的活動力與柔軟性。當兩篇文字，兩項定論，兩則想法相反對立，寧願協調取其中，而不因兩者互抵而皆拋；視之為兩個不同的面，同一件事的兩種後續狀況，是一種具說服力的事實，因其錯綜複雜；也是一種合乎人性的事實，因其說法不一。練習以二世紀的眼睛，心靈，想法，去閱讀二世紀的文章；以當時之事物為根源，將那段文字浸淫那源頭活水中。可能的話，排除一層層積累在那些人物與我們之間的所有想法與所有情感；倒是可以運用牽連或斷章的可能性，以及經過這許多世紀，或隔在我們與那篇文章、那史事和那個人之間的許多事件之後，逐漸發展出的新觀點，不過一定要小心翼翼，僅可當成研究準備；將這一切當成在回溯某個特定時間點的路上所插的一個個標記。嚴禁拉長變形的陰影，頂多容許呵在鏡面上的一口霧氣；僅以我們感官情緒或精神運作中最持久，最精髓的部分，做為與那些人物交集的接觸點：他們與我們一樣，嚼橄欖，飲葡萄酒，手指黏著蜜汁，對抗刺骨的風盲目的雨，炎炎夏日中找梧桐樹蔭乘涼，享受，思考，衰老，死去。

我拿描述哈德良病情的簡短史料分別請幾位醫師診斷多次。總的來說，與巴爾札克的死亡診斷書，差異不大。

利用心臟病的初期徵兆，以求對此疾有更深刻的瞭解。

赫庫芭是他的何許人？當哈姆雷特看見街頭賣藝的演員為赫庫芭哭泣時，如此自問。於是，哈姆雷特被迫承認，這名灑下真誠淚水的演員成功地與那個三千年前的死者建立起一種交流，比他本身與他昨日下葬的父親之間的連結更深厚；但他對此事之悲哀感受不夠完整，以致無法即刻復仇。

人類的本體與結構未有絲毫改變。什麼也不比腳踝的曲線，跟腱的位置或腳趾的形狀更固定。不過在某些時代，鞋子較不易導致腳變形。在我所說的那個世紀，我們還十分接近赤腳自在的真實模樣。

讓哈德良放眼未來時，我盡量把持在合乎情理的範圍內，但仍願那些預測顯得飄渺空洞。一名分析家，當他公正不偏袒地看待人間世事，對於事態日後的情勢，通常極少誤判；相反的，在預測其發展路線、細節及曲折時，則不斷累積錯誤。在聖赫倫那島上，拿破崙宣稱：在他死後一個世紀，歐洲若不是革命黨的就是哥薩克的；他極透徹地點出了問題的兩個關鍵詞，卻無法想像兩者間哪一個會占上風。不過，整體而言，若我們拒絕去看清在現狀之下，即將誕生的時代已逐漸勾勒成形，其實僅因為我們驕傲、粗率無知且懦弱。上古時代那些自由的智者與我們一樣思考整個寰宇的體質與樣貌：他們正視人類的滅絕與地球之終亡。普魯塔克與馬爾庫斯・奧里略都知道：眾神與文明必然成為過去且終將死去。並非只有我們需要正面迎對無可避免的嚴酷未來。

此外，我賦予哈德良的明察睿智只不過是一種提升價值的方式，強化人物身上那幾乎堪稱浮士德式的元素，例如，在《女先知之歌》，在艾里烏斯・阿里斯提德的作品，或在弗朗托所描述的老年哈德良之中所透露的。無論對錯，人們皆給予這位垂死者比凡人更高的評價。

若此人未能維護世界之和平，振興帝國的經濟，他個人的幸福或不幸將不會令我如此感興趣。

在比對文章以求融會貫通這項引人熱愛的工作上，再怎麼投入也不為過。哈德良那首泰斯比斯狩獵凱旋詩，獻給愛神與「赫利孔山丘陵上，納西瑟斯池畔的」天神維納斯，寫於一二四年秋天。約在同一個時期，皇帝前往曼丁尼亞。而保薩尼亞斯告訴我們：他在當地派人為埃帕米農達建造墳墓，並在墳上刻下一首詩。如今，曼丁尼亞的銘刻已消失，但哈德良此舉，或許只有與普魯塔克《道德小品》中的某個段落連上關係時才具足意義：根據普氏，埃帕米農達與兩名死於他身旁的年輕摯友埋葬此地。若我們認可安提諾烏斯與皇帝於一二三－一二四年旅居小亞細亞期間相遇，而總之，這也是最合理並最得肖像研究學支持的日期；這兩首詩應屬於那個或可稱為「安提諾烏斯時期」的範疇，且兩首的靈感皆來自那個充滿愛情與英雄主義色彩的希臘，也就是後來，在寵侍死後，阿利安把少年比喻成帕特羅克洛斯時，所提及的那個希臘。

部分人物令人想多加著墨描繪：普洛蒂娜，薩賓娜，阿利安，蘇埃托尼烏斯。但哈德良看他們的角度必有偏頗。安提諾烏斯本身的形象亦定然透過皇帝的回憶折射，也就是說，帶有熱戀無所不至的精細，以及一些錯誤。

關於安提諾烏斯的性格，能說的都已刻劃在他任何一幅形象上。「其溫和熱切而激情，其陰柔鬱鬱孤寂。」雪萊以詩人絕讚的率真，幾句道出精髓；而十九世紀的藝術評論家與歷史學者卻只會大書特書，謬讚其品德，或加以理想化，反而完全錯誤且空洞。

安提諾烏斯的肖像，不勝其數，從無可比擬者至平庸無奇者皆有。儘管雕刻匠的技術參差不齊，呈現的年紀不一，生前在世時的雕刻與去世後紀念之作各有差異，所有作品不可思議的寫實性令人震撼：那張臉龐，經過各種詮釋方式，卻永遠能被一眼認出。在上古時代，這是一個獨特的例子：這張臉在石頭中續存，繁衍，但他並非國家領袖亦非哲人智者，單單是一個被愛的人。在這些形象中，最美的兩件卻最不為人所知，而也唯獨此二件上有雕刻師的名字。一件是艾芙洛狄西亞的安托尼亞諾斯所做的浮雕，於五十年前左右出土，地點為一座農業機構「Fundi Rustici」（農民產物），如今安置在行政議會廳裡。由於羅馬城裡已擠滿雕像，沒有任何旅遊指南會特地寫出這尊像的存在，所以觀光客完全不知道。安托尼亞諾斯的作品以義大利大理石為材料，所以必然在義大利完成，想必就在羅馬，由這位長期已居住莊園或於哈德良某次旅行時帶回來的藝術家進行雕塑。成品精細至極。葡萄藤飾繞成最柔軟的阿拉伯式花紋，圍襯出那張憂鬱俯首的年輕臉龐：令人難以抗拒地遙想那個短暫生命之豐收，或某個瀰漫果香的秋日傍晚。作品上有大戰期間在地窖度過的歲月痕跡：大理石的純白曾暫時被泥色斑點遮蓋，左手有三根手指斷裂。如此，神因人的瘋狂而受罪。

（一九五八年注。以上文字於六年前初次發表；這段期間中，安托尼亞諾斯的浮雕像被一位羅馬銀行家收購：阿爾杜羅．奧席歐，一個好奇心旺盛的男人，像是會讓斯湯達爾或巴爾札克感興趣的類型。奧席歐對這件珍品之關切，宛如對他野放在羅馬城旁一片私人土地上的動物，或他在奧爾貝泰洛的莊園裡種下的幾千株植物。稀有的美德：「義大利人討厭樹。」斯湯達爾於一八二八年曾這麼說。那麼，在今天，看見羅馬的投機商人噴灑熱水戕殺傘松，因為那些樹太美麗，過分受城市法規保護，妨礙他們蓋密密麻麻的蟻居時，他該會怎麼說？那也是稀有的奢侈：任動物在樹林草地自在遊走，非為狩獵之樂趣，而為重建某種美妙的伊甸園，這樣的有錢人多麼少見！古代雕像既已流傳許久又極為脆弱，喜愛這些詳和的大型物件之收藏家，在我們這個動盪沒有未來的時代，亦極不尋常。徵詢過專家的意見之後，安托尼亞諾斯浮雕的新主人剛請來一雙巧手，為它進行最小心仔細的清潔工作，以指尖緩緩地輕柔摩擦，去除大理石上的汙漬與霉斑，恢復石像的晶瑩剔透和象牙般的溫和光亮。）

第二件傑作是一件著名的紅縞瑪瑙，稱為馬博羅寶石，因為它曾屬於該系列收藏；而在今日，此系列收藏已零落四散。這塊漂亮的凹雕寶石似乎迷失或返回地下三十年之久。一九五二年一月，倫敦一次公開拍賣會讓它再度亮相；多虧大收藏家喬吉歐．桑吉歐奇有見識的品味，又將它帶回羅馬。他大方地讓我觀看並觸摸這塊獨特的寶石，此份情誼我永誌在心。邊緣上可見一不完整的簽名，根據判斷，而且應該合理無誤，來自艾芙洛狄西亞的安托尼亞諾斯。這位雕刻藝術家在一塊紅瑪瑙的狹窄雕面上，以高超的技巧刻下這張完美的側臉；而這一小塊寶石與一尊雕像或一面浮雕同級，見證一項已失傳的偉大藝術。作品的比例令人忘記實物的大小。在拜占庭時代，這項傑作的背面曾沉入純金粗糙的雜質裡。如此沒沒無聞地在幾名收藏家之間轉了幾手，輾轉到了威尼斯，於十七世紀時在一系列偉大收藏中出現。著名的古董商蓋文．漢彌爾頓買下它，將它帶到英國，如今再從英國回到它的發源起點，羅馬。在現今仍存在地表上的所有物件中，唯獨它能讓人帶幾分確定地假設：哈德良曾經常將它拿在手中把玩。

必須深入鑽研主題之所有角落，才能發現最單純的東西，以及最普世的文學價值。直到研究了哈德良的文書官腓拉更，我才曉得，原來第一則，也堪稱最淒美的一則著名鬼魂故事，出自於他之手；給哥德靈感，寫下那陰森又纏綿的《哥林多未婚妻》；還有阿納托爾．法朗士的詩集《歌林斯人的婚禮》。此外，以同樣的文筆，對人類極限同樣的龐雜好奇，腓拉更還寫下各種荒謬的故事，如雙頭妖怪和能生育的雌雄同體。至少有那麼幾天，皇帝的餐桌上曾以此為閒談話題。

那些認為《哈德良日記》比《哈德良回憶錄》好的人忘了一件事：行動實踐者甚少寫日記：幾乎都要過了許久之後，深陷一段閒散無事的時期，他才會去回憶，記錄，並經常連自己都大吃一驚。

在其他所有文獻都佚失的情況下，阿利安寫給皇帝哈德良的那封巡航黑海的報告信，足以在字裡行間再次凸顯他的帝王性格：這名元首什麼都想知道，鉅細靡遺且精細準確；一心為和平與戰爭奔波；喜好逼真精美的雕像；熱愛昔時的詩歌與傳說。那個世界，歷史少見，且在馬爾庫斯．奧里略之後即完全消失；在那個世界裡，恭敬與尊敬之間的差別雖微妙但存在，這名文官對君主仍如朋友一般說話。但信中包含了一切：哀愁地重返古希臘的理想典範，暗喻逝去的愛及未亡人所追尋的謎般慰藉，陌生國度及蠻族氛圍揮之不去。以如此深刻的浪漫主義前期風格，提及棲滿海鳥的荒蕪之島；令人想到在哈德良莊園找到的那只美麗的水瓶，如今放在戴克里先浴場博物館。瓶身上有一群鷺鳥，孤絕地展翅飛入大理石的雪白中。

一九四九年記。愈想努力描繪一幅逼真的肖像，就離討喜的書和人愈遠。知音難尋，唯少數深諳人類命運的行家能懂箇中滋味。

如今的小說吞併所有形式，簡直逼人非與它沾邊不可。這項研究一個名叫哈德良之人的命運的功課，在十七世紀，本可以悲劇方式呈現；而在文藝復興時代，則可能是一篇論述。

此書是一部專為我自己而撰寫的巨大作品之濃縮精華。我已養成習慣，每天晚上，幾乎無意識地寫下我深入另一個時代內部長久凝視所得。任何一個字，任何一個舉動，即使是最難以察覺的微妙差異，都如實記下；有些場景，書裡以兩行字句簡要描述，其實有如慢動作般展現出最微小的細節。一篇篇地累積起來，這樣的紀錄報告約能集結成一本幾千頁的厚冊。不過，每天早上，我就把夜裡的工作成果焚毀。像這樣，我曾寫下極大量極難懂的冥想及幾段頗為淫穢的描述。

熱愛真相之人，或至少執著確切事實之人，例如彼拉多，通常最能發現真相並不純粹。被無比直接的定論混淆後的真相中，衍生出思想因襲的人不會有的猶豫，內省，和曲折。在某些時刻，為數不多的時刻，我曾感覺得出來：皇帝在說謊。那種時候，就該任他說謊，我們所有人不也一樣。

那些對您說：「哈德良就是您。」的人真粗俗。其粗俗之程度，或許與那些訝異有人選一個如此遙遠，如此陌生的題材寫書的人一般嚴重。為召喚幽魂而劃開大姆指的巫師知道，若非親自餵血予以舔噬，幽魂絕不會聽從他的召喚。他也知道，或應該知道，對他說話的那些聲音，比他自己的作法呼喚有智慧，更值得傾聽。

我很快就發現：我寫的是一個偉人的生平。因此，更謹遵真相，更小心翼翼；至於我這一部份，則更加默不作聲。

就某方面而言，所有人生，一旦述說出來，皆成典範；書寫是為了攻擊或防衛某種世界體系，定義一套適合我們自己的方法。同樣千真萬確的是，歷經理想化的吹捧或不惜代價的抨擊，過度誇大細節或謹慎剔除之後，幾乎所有傳記皆該淘汰：那是一個建構出來的人，而非一個得到瞭解的人。緊盯一個人的人生圖表，永遠不可疏忽；無論人家怎麼說，那圖表並非由一條平行線和兩條垂直線組成；反而應該是三條蜿蜒的曲線，最後無限拉長延伸，不斷互相逼近又不斷交錯分叉。這三條線分別是：人自以為的自己，希望成為的自己，以及真正的他自己。

不管怎麼做，重建一座紀念建築時，運用的總還是自己的方式。不過，若能做到只用原有的石頭，已算是非常難得。

所有曾經歷人世一場的，皆是我。

我對二世紀感興趣，因為在那段極長的時間中，生活著最後一群自由的人類。至於我們，或許我們已離那個時代太遙遠。

一九五〇年十二月二十六日，一個酷寒之夜，大西洋岸，美國的荒山島上寂靜如極的。我試著以想像體驗一三八年七月某日拜伊鎮的炎熱窒悶。沉重無力的雙腿上，毯子的重量；那座沒有潮汐的海發出幾乎察覺不到的細碎聲響，從四面八方傳來，傳入一個男人的耳中，但他已被自身喧鬧的垂死之聲占滿。我試著推演到他的最後一口水，最後一次痛苦，最後一個樣貌。接下來，該讓皇帝死去了。

這本書並未指名獻給任何人。本來應該獻給G. F.……若非在一部我正好不願張揚自己的作品開頭放上個人獻詞顯得不合宜，早就獻給了她。但獻詞再怎麼長，仍嫌不夠完整，太過平庸，不足以向如此非比尋常的友誼致敬。試著去定義這份受贈多年的情誼時，我告訴自己，這樣一項特權，儘管稀有珍貴，卻不可能獨一無二；偶爾，在圓滿寫成某書的經驗中，或幸福的作家生涯裡，應該會有那麼一個人，略退隱幕後，但不輕易讓我們因倦累而不刪改的那個模糊或力道太弱的句子過關；若有需要，他願意與我們一起將一頁不確定的文字重讀二十遍。他會替我們從圖書館的書架上取下一本本厚重的書籍，因為書裡可能有一則對我們有用的指示，而且在我們已疲懶地闔上書頁時，堅持再查閱幾次。他支援我們，支持我們，有時甚或為我們戰鬥；他以同等的熱情與我們分享藝術與生活上的喜悅，以及藝術與生活上從不無趣卻也從不容易的工作。他既不是我們的影子，也不是我們的映像，亦不是我們的另一半，而是他自己；他給我們無比的自由，卻迫使我們充分做自己。Hospes Comesque，嘉賓良伴。

一九五一年十二月，得知德國歷史學家威廉．韋伯的死訊；一九五二年四月，又得知保羅．格蘭多已去世。兩人知識淵博，他們的研究對我助益良多。這幾天與G. B……和 J. F……二人閒聊，他們在羅馬結識版畫雕刻家保羅．居斯曼，當時，這位藝術家正熱烈地描繪蒂沃利莊園各景點。有種隸屬埃里烏斯家族的感覺，是那偉人眾多文書官中的一名，參與由人本主義者和詩人所組成的皇家禁衛軍，輪班交接，守護一段偉大的歷史記憶。如此（想必拿破崙專家和但丁愛好者亦然），穿越時光，形成一個思想圈；這一群人，抱持同理感受或同樣的憂慮，檢視同樣的問題。

布拉吉烏斯與瓦狄烏斯之輩的確存在，而他們肥胖的表親巴席勒至今仍屹立不搖。曾有一次，生平就那麼一次，我遭遇各種類型的混言混語：有衛兵隊裡流行的那種髒字和譏諷，有高超的斷章取義或歪曲事實的引述，能把我們的文句說成非其本意的蠢話；還有似是而非的論點，由既空洞又獨斷的說法支持，取信於尊敬學者專家，無暇亦無意自行查證資訊來源的讀者。這一切凸顯出某類和某種人的特色，幸好為數極少。相反的，眾多博學多聞之士給出的回饋，除了善意還是善意。在我們這個講究專業的時代，他們大可以輕蔑的態度，一筆勾銷所有從文學面重建過去的努力，因為那似乎已踏入了他們的領域……然而他們之中有太多人主動撥冗，在出版後指正某個錯誤，證實某個細節，提出某種假設，方便再進行新的研究，恕我無法在此一一向這些自願無償合作的人士表達誠摯的謝意。所有能再版的書，都多虧了曾經閱讀它的正直讀者，欠他們一份情。

竭其所能。重頭來過。不動聲色地對這次的修改再加以潤飾。「修飾我的作品，改正的實為我自己。」葉慈說。

昨天，在莊園，想到千萬個默默無聞的生命，有些如野獸悄悄行過；有些如草木未受眷顧；皮拉內西那個時代的波希米亞人，盜取廢墟遺物的掠奪者，乞丐，牧羊人，勉強窩居瓦礫殘垣角落的農民，從哈德良到我們的時代之間，輪番盤踞在此的人們。一片橄欖樹林邊緣，被清除了大半的古代廊道下，G……和我來到一處，眼前有一張牧羊人的蘆葦床，他隨意釘在兩塊古羅馬混凝土牆上的掛衣鉤，以及餘溫尚存的灶火灰燼。自身的卑微之感油然而生，與羅浮宮闕門後經驗到的感受類似：到了那個時刻，一座座精美的雕像之間，擺出了守衛的行軍床。

（一九五八年，前述字句無可更動：牧羊人的草床雖不見，掛衣鉤依舊在……G……和我再次於坦佩谷的草原駐足，遍地紫堇草；在這一年中的神聖時節，萬物復始，不畏今日的人類處處加諸於世界及其自身的威脅。但是，莊園卻遭遇一項潛在隱憂的改變。的確，並未全面波及：多少世紀以來緩緩破壞或形成的這個整體，豈能如此迅速變質。然而，由於一項義大利少見的錯誤政策，在整修及必要的補強工程中，加入了危險的「美化工程」。橄欖樹林遭到砍除，讓出的土地上蓋了突兀的停車場和展覽場型的飲料亭，將孤傲高貴的五彩柱廊搖身變成喧鬧的廣場。一座混凝土噴泉上多此一舉地添加了仿古石膏怪面飾，用這種方式為行經路人解渴。另一個怪面飾，更加畫蛇添足，裝飾在大水池的壁面上；今日池中甚且放入一小隊雁鴨戲水。另外，他們又用石膏複製了一些希臘羅馬時期的花園擺飾雕像，都是新近考古挖掘時拾得，素質頗為平庸，不值如此過度推崇，亦不值這般無禮褻瀆。用這種浮誇鬆軟的粗陋材質所製成的贗品，隨便亂擺在底座上，把傷心之地克諾珀斯變得像片場一角，要拍一部重現眾羅馬皇帝生平的電影。美景之平衡最脆弱不過。我們的狂想詮釋不致破壞文本本身，評論抨擊之下，文字能仍存留；但任何加諸於石頭上的粗心修改，任何一條碎石路，只要鋪設在寧靜生長了幾個世紀的草原上，即造成永遠無法修復的結果。美感不再，真實性亦漸行漸遠。）

有些地方，人們選擇為生活之所；有些肉眼看不見的住所，則築在時光之外。我曾在蒂沃利居住，或許會在那裡死去，一如哈德良魂歸阿基里斯之島。

不。再一次，我又再次參觀了莊園，以及園中建造來度過親密時光或休憩用的樓閣。那些遺跡，華美卻不奢侈，盡可能不誇耀皇家氣勢，反而顯露出那富裕的愛好者努力結合了藝術之美好與鄉野之恬適。我在萬神殿尋找某個四月二十一日早晨陽光灑落的確切位置，我沿著陵墓的長廊，再走一次那條悼念之路，查布里亞斯，塞勒和狄歐提姆，他臨終前的摯友們，亦時常留下足跡之路。但我不再感受那些生命之當下現形，那些事件之即時狀態：這一切依然與我十分貼近，但已經過變革，與我自身的回憶旗鼓相當。我們與他人的交易僅限一時；一旦得到滿意的結果，學到了教訓，幫上了忙，完成了作品，即終止不再。我能說的都說了，能學的都學了。讓我們另取一段時間，將心力放在其他工作上吧！

事。阿波羅尼奧斯並非來自羅德島，事實上他是一個希臘化的埃及人，因在羅德島住過一段時間，得到「羅德島的」之稱號。

羅德島的泰隆 Théron de Rhodes 古希臘天文學家

麗達 Léda 希臘神話故事人物，斯巴德王后，宙斯愛上她，化身天鵝引誘她。

麗黛 Lydé 安提瑪科斯的妻子

二十劃

寶琳娜 Pauline 哈德良之姊，與哈德良一起為圖拉真所收養。後嫁給哈德良的政敵塞爾維安。

競技 Les Jeux 類似希臘的奧林匹克競賽。古羅馬的競技包含賽馬，田徑，拳擊，甚至戲劇，戰車等等。這些體育競賽按照行事曆在特定日期於大廣場舉辦，可持續十幾天。到了帝國時期，競技比賽的日數大幅增加，引發基督徒抗議。哈德良曾制定法令，專門懲治違規運動員、組織者及裁判。

蘇尼翁角 Sunion 位於雅典南部，阿提加半島最南端，高出海平面65米，有著名的波賽頓海神廟遺址。

蘇布拉 Suburre 古羅馬的貧民區，位於今日的蒙蒂。

蘇拉 Sylla（Sulla） 盧基烏斯 ·科爾內利烏斯 ·蘇拉（幸運者）（138－78b.c.），古羅馬政治家，軍事家，獨裁官。

蘇拉（利奇尼烏斯） Sura（Licinius） 蘇拉是元老院元老，三次當選執政官，是皇帝圖拉真的好友。

蘇埃托尼烏斯 Suétone 全名Gaius Suetonius Tranquillus（約69/75年—130），羅馬帝國時期歷史學家，屬於騎士階級。

二十一劃

鐵門峽 Portes de Fer 多瑙河中下游分野峽谷

鐵軍團 Légion de Fer 羅馬第六軍團又稱第六鐵軍團，於西元前65年由凱撒組成的羅馬軍團，主體為高盧人。在凱撒的帶領下屢建戰功，曾焚燒亞歷山卓圖書館。

薩卡里亞河　位於土耳其安納托利亞地區，發源於阿菲永卡拉希薩爾東北的高原，最終注入黑海，全長824公里，是土耳其第三長河。

薩米色格土沙　Sarmizégéthuse ; Sarmizegetusa　古達西亞國都，位於今日羅馬尼亞境內。

薩第斯　Sardes　薩第斯是一座位於今天土耳其馬尼薩省境內的古代城市。它曾是古國里底亞的首都，也是波斯帝國重要的城市之一，羅馬帝國資深執政官的所在地。

薩莫色雷斯島　Samothrace　薩莫色雷斯島位於北愛琴海，是希臘埃夫羅斯州的島嶼。

薩提爾　Satyre　薩堤爾，一般被視為是希臘神話裡的潘與戴奧尼修斯的複合體的精靈。薩堤爾擁有人類的身體，同時亦有部份山羊的特徵，例如山羊的尾巴、耳朵和陰莖。

薩塔拉　Satala　位於今日土耳其境內，幼發拉底河北方，四周環山。圖拉真時代羅馬十五軍團阿波里那利斯（XV Apollinaris）的基地。

薩爾馬特人　Sarmate　薩爾馬特人（Sarmatians）是上古時期位於塞西亞西部的一個游牧部落聯盟。

薩爾維烏斯・尤利安努斯　Salvius Julianus　出生北非（約110－170），為羅馬帝國有名的司法學者及政治家。

薩賓娜　Sabina　哈德良妻，圖拉真之姪孫女。

薩摩斯　Samos　希臘第九大島，位於北愛琴海，是希臘最有名的產酒區，也是世界上最有名的甜白酒之一 Muscat 的原產地。

薩摩撒特　Samosate　薩摩撒特，位於現今土耳其境內，臨近幼發拉底河的薩姆撒（Samsat）。

十九劃

龐克拉特斯　Pancrates　犬儒派哲學家

龐培　Pompée　格奈烏斯·龐培（106－48b.c.），古羅馬政治家和軍事家。

羅馬七丘　Les sept collines　羅馬七座山丘位於羅馬心藏地帶臺伯河東側。根據羅馬神話，其為羅馬建城之初的重要宗教與政治中心，當時的七座山分別為凱馬路斯（Cermalus）、契斯庇烏斯（Cispius）、法古塔爾（Fagutal）、奧庇烏斯（Oppius）、帕拉蒂尼（Palatium）、蘇古沙（Sucusa）與威利亞（Velia）；而傳說中羅馬城最初是由羅慕路斯（Romulus）於帕拉提諾山（Collis Palatinus）上興建。而現在其餘六座山則與古代的稱呼有所不同，分別為阿文提諾山（Collis Aventinus）、卡比托利歐山（Capitolinus）、奎利那雷山（Quirinalis）、維米那勒山（Viminalis）、埃斯奎利諾山（Esquilinus）與西里歐山（Caelius）。

羅馬競技場　Le Colisée　古羅馬時期最大的圓形角鬥場，建於西元72年-82年間，現僅存遺迹位於現今義大利羅馬市的中心。

羅德島的阿波羅尼奧斯　Apollonius（de Rhodes）　羅德島的阿波羅尼奧斯（前3世紀早期－前3世紀後期），又稱阿波羅尼奧斯（羅德島的），是亞歷山大圖書館的圖書管理員。他因其史詩阿哥號英雄紀而聞名，內容記述了傑生和阿哥號英雄求取金羊毛的神話故

發展，在戰神廣場建造了越來越多的設施。主要的新建築包括奧古斯都陵墓、羅馬劇場。這個廣場充滿著神殿和公共建築、競技場、劇場、門廊、澡堂、紀念碑、列柱以及方尖碑。

盧克利諾湖　Lucrin　位於義大利坎帕尼區的那不勒斯省。此湖所產的鮮蠔向來為羅馬人視為珍饈，常用於宴會場合。

盧克萊修　Lucrèce　全名Titus Lucretius Carus（約99－55年b.c.），羅馬共和國末期的詩人和哲學家，以哲理長詩《物性論》（*De Rerum Natura*）著稱於世。

盧坎　Lucain　全名Marcus Annaeus Lucanus（39－65），是羅馬詩人。他最著名的著作是史詩《法沙利亞》（*Pharsalia*），描述凱撒與龐培之間的內戰。這部史詩雖是未完成作品，卻被譽為是維吉爾《埃涅阿斯》之外最偉大的拉丁文史詩。

錫登　Sidon　錫登（Sidon）是黎巴嫩南部省的一座城市，位於地中海沿岸；腓尼基人的主要城市之一，和泰爾齊名。

錫諾普　Sinope　錫諾普是土耳其在黑海（南岸）的港口，錫諾普省省會。位於伊斯坦堡到巴統航線中間，古代屬於帕弗拉戈尼阿地區，是一個向東突出的狹窄半島，也稱為錫諾普角。從古希臘時期以來，錫諾普一直作為海軍要塞，海灣附近分布有6個古炮臺。

霍姆斯　Emèse　敘利亞西部城市，是霍姆斯省的首府，位於首都大馬士革以北162公里，敘利亞，伊拉克及黎巴嫩邊界，是內陸城市和地中海的運輸樞紐。

霍拉斯　Horace　全名Quintus Horatius Flaccus（65- 8b.c.），羅馬帝國奧古斯都統治時期著名的詩人、批評家、翻譯家，代表作有《詩藝》等。他是古羅馬文學「黃金時代」的代表人之一。

十七劃

戴奧尼修斯　Dionysos　希臘神話中的酒神，傳說中他是宙斯與少女西密麗（Semele）之子，他原是掌管萬物生長之神，後來被希臘人尊奉為葡萄種植與葡萄釀造的守護神。

戴奧吉尼斯　Diogène　古希臘哲學家，犬儒學派的代表人物。約活躍於西元前四世紀。

戴奧塔里安納軍團　Légion Déjotarienne　羅馬第二十二軍團「戴奧塔里安納」約在西元前48年建立，於西元二世紀消失。軍團名稱「戴奧塔里安納」（Déjotarienne 或Deiotariana）來自加拉太（Galatie）的塞爾特國王 Déiotaros。

薛西斯　Xerxès　薛西斯一世（約519—465b.c.），大流士一世與居魯士大帝之女阿托莎的兒子。波斯帝國的國王（前485年—前465年在位）。

十八劃

薩丁尼亞島　Sardaigne　薩丁尼亞島，又稱薩丁島，位於義大利半島的西南方，是地中海的第二大島，僅次於西西里。

薩比尼山　Monts Sabins　羅馬城東北邊的山脈

歐朗提斯河　Oronte　中東地區一條跨國河流，發源於黎巴嫩的貝卡谷地，向北流經敘利亞、土耳其，在土耳其的安塔基亞北部薩曼達注入地中海。全長396公里。

歐斯羅埃斯　Osroès　安息帝國的國王。安息帝國的歐斯羅埃斯一世在沒有跟羅馬帝國（圖拉真時期）磋商的情況下罷黜了亞美尼亞國王梯里達底一世，以帕科羅斯二世的兒子阿西達里斯取代了他的位置，使安息帝國與羅馬帝國再度開戰。後來與哈德良締訂和平協議，哈德良將他被囚禁在羅馬的女兒歸還。

歐普拉摩阿斯　Opramoas　西元二世紀羅德島的一名殷商，親民，捐款興公共建設，為羅馬帝國在安納托利亞的和平貢獻良多。

歐德蒙　Eudémon　希臘神話中的一種守護神或精靈，代表良善的靈魂或天使。

歐墨爾波斯家族　Eumolpides　厄琉息斯祕儀中的祭司家族。在西元前300年以前，祕儀的儀式由歐墨爾波斯家族（Eumolpidae）以及克律克斯（Keryx）家族（Kerykes）壟斷，後來由國家主持。

歐羅巴　Europe　歷史和希臘神話上歐羅巴是美麗的腓尼基公主，主要有兩種關於她的故事，一說她被主神宙斯化身為公牛誘姦，後宙斯將她帶至克里特島。一說她是被克里特人綁架到克里特島。歐洲大陸以她的名字命名。

歐羅塔斯河　Eurotas　伯羅奔尼撒的主要河川之一

潘神　pan　希臘神話裡的牧神，牧神潘是眾神傳信者荷米斯的兒子，而名字的原意是一切。掌管樹林、田地和羊群的神，有人的軀幹和頭，山羊的腿、角和耳朵。他的外表後來成了中世紀歐洲惡魔的原形。喜歡吹排笛，因為排笛能催眠。潘生性好色，經常藏匿在樹叢之中，等待美女經過，然後上前求愛。

潘諾尼亞　Pannonie　中歐的一個歷史地名，大致相當於今日匈牙利西部、奧地利東部、斯洛維尼亞、克羅埃西亞、波赫和塞爾維亞北部（伏伊伏丁那）。在一至四世紀，這裡是羅馬帝國的一個行省。

魯基烏斯（維魯斯）　Lucius Céionius（Verus）　全名Lucius Ceionius Commodus Verus Armeniacus（130－169），羅馬皇帝，161至169年在位。

魯蘇斯・奎伊圖斯　Lusius Quiétus　改籍羅馬的摩爾人，圖拉真麾下大將。西元118年遭剛登基的哈德良賜死。

墨伽拉　Mégare　位於希臘阿提卡的一座古老城市。墨伽拉位處科林斯地峽北部，薩拉米斯島的對岸。

十六劃

戰神廣場　Champs de Mars　位於義大利羅馬，在古羅馬時期是一個公有的地區，占地約2平方公里。在中世紀，戰神廣場是羅馬最為人口稠密的地方。最早期的戰神廣場是羅馬城牆外的一片廣大的平原，羅馬的建城者羅慕魯斯在此建造了一座戰神的廟。位於城外西北方的臺伯河左岸。隨著羅馬共和國末期以及羅馬帝國的初期之間的羅馬城市赫爾摩波利斯　Hermopolis　位置約是現今埃及城市el-Ashmunein。此城石棺上的文獻為埃及創世神話三大體系之一，其他兩種是曼菲斯及赫利奧波利斯的金字塔文獻。
赫羅狄斯・阿提庫斯　Hérode Atticus　希臘人，生於馬拉松（101－177年），143年在羅馬任執政官，也是演說家，教師和公益捐助者。
齊菲爾　Zéphyr　齊菲爾是希臘神話中西風之神的名字。他與其他三個風神（歐羅斯，博瑞阿斯和諾托斯）都是提坦阿斯特賴俄斯和黎明女神厄俄斯之子。
齊雅娜　Cyané　希臘神話中是西西里島的寧芙水仙。代表暗藍色。

十五劃

德米特里烏斯　Démétrius（Demetrius）　雅典的演辯家、政治家、哲學家、作家（約350－280b.c.）。馬其頓國王派他治理雅典，他主管雅典十年期間（317－307b.c.），進行了大規模法律改革。
德克里安努斯　Décrianus　哈德良時代的建築師，參與維納斯與羅馬神廟及哈德良陵寢等重大工程。
德馬哈圖斯　Démarate（Demaratus）　西元前四世紀的斯巴達國王。隱藏學的起源。西元前491年，斯巴達國王Demaratus因故被放逐後，被對希臘懷有侵略野心的東方帝國波斯奉為上賓。波斯皇帝Xerxes在弭平埃及反抗叛亂後，開始著手安排對希臘各城邦的侵略戰爭。Demaratus獲知Xerxes的意圖後， 將平時書寫用的小蠟板，把上層括除，再將Xerxes的企圖刻在木板，重新用蠟封起，送回斯巴達宮。由於小蠟板的外觀看起來並無異常，因此能夠順利通過邊境檢查，送到斯巴達國王Leonidas手中。然而，並沒有人能夠馬上意會出小蠟板的用意，最後是由Leonidas的妻子Gorgo猜出小蠟板的下方可能藏有訊息，命人括去表層後，使得波斯帝國即將大舉入侵的消息揭露出來。
德凱巴魯斯國王　Roi Décébale ; Decebalus　又譯德塞巴魯斯或德克巴魯斯。達西亞國王，此名意謂「與十個野人一樣強」。
德爾斐　Delphes　一處重要的「泛希臘聖地」，即所有古希臘城邦共同的聖地。這裡主要供奉著「德爾斐的阿波羅」，著名的德爾斐神諭就在這裡頒布。
德蒙納克斯　Démonax　希臘哲學家（約70–170），生於塞浦路斯，與哈德良及奧里略同時代。
摩利亞山　Mont Moriah　位於摩利亞地（古耶路撒冷）。所羅門即位時在此建造聖殿，故又名「聖殿山」。
摩塞爾河　Moselle　萊茵河在德國境內第二大支流，僅次於阿勒河。也是僅次於萊茵河的德國第二大航運河流。為著名葡萄酒產區之一。
撒提洛斯　Satyrus　外科醫生
歐西里斯　Osiris　鷹神荷魯斯（Horus）之父。參見「塞拉皮斯」。
歐里庇德斯　Euripide　希臘悲劇三大家之一（480—406b.c.）。

往來的好友。哈德良仰慕他的詩句，視之為摯友，甚至為他寫墓誌銘。

維特魯威　Vitruve　全名Marcus Vitruvius Pollio（約80/70年－25b.c.），是古羅馬的作家、建築師和工程師，他的創作時期在西元前一世紀。

維納斯和羅馬神廟　Le Temple de Vénus et de Rome　已知最大的古羅馬神廟，位於古羅馬廣場的最東端，靠近羅馬競技場，崇拜對象是幸運女神維納斯和永恆的羅馬（Roma Aeterna）。

維提里烏斯　Vitellius　全名Aulus Vitellius Germanicus（15－69），羅馬帝國皇帝，西元69年在位八個月。

維斯帕西安　Vespasien　全名Titus Flavius Vespasianus（9－79），羅馬帝國弗拉維王朝的第一位皇帝，69-79年在位。

蓋烏斯・卡利古拉　CaÏus Caligula　全名Gaius Caesar Augustus Germanicus（12－41），為羅馬帝國第三任皇帝，後世史學家常稱其為「卡利古拉」，37-41年在位。

赫西俄德　Hésiode　古希臘詩人，他可能生活在前八世紀。從前五世紀開始文學史家就開始爭論赫西俄德和荷馬誰生活得更早，今天大多數史學家認為荷馬更早。被稱為「希臘教訓詩之父」。

赫克特　Hector　特洛伊王子，帕里斯（Paris）的哥哥。他是特洛伊第一勇士，被稱為「特洛伊的城牆」，不但勇冠三軍，而且為人正直品格高尚，是古希臘傳說和文學中非常高大的英雄形象。

赫利孔山　Hélicon　希臘神話中著名的一座山，瀕臨哥林多灣。在希臘神話中，兩汪供奉繆斯的清泉均在此：阿伽尼珀泉和希波浦泉，二者名稱皆和「馬」有關。相關的神話，希波浦泉是由於飛馬珀伽索斯用力蹄踏一塊岩石上，而引出的泉水。

赫拉克利特　Héraclite　生於以弗所（約535-475b.c.），為當地貴族。生性孤僻，鄙視流俗，批評歷史上的名人，與當地居民不睦。其說以「晦澀」知名，有「出謎語的人」之稱。

赫馬芙羅狄斯　Hermaphrodite　愛美神艾芙洛狄特與信使神荷米斯的兒子。赫馬芙羅狄斯是一名美少年，水精靈薩珥瑪姬絲（Salmacis）對他非常的迷戀，希望能與他永遠在一起，但反遭赫馬芙羅狄斯恥笑譏諷。薩珥瑪姬絲趁赫馬芙羅狄斯在水中游泳時鑽進他的身體，並祈求天神不要讓他們分開。從此赫馬芙羅狄斯有著兩性的特徵與性情，並成為了雌雄共體的字源。

赫莫杰內斯　Hermogène（Hermogenes）　御醫

赫絲西雅　Hestia　希臘神話中的爐灶女神、家宅的保護者。等同於羅馬神話中的維絲塔。在古羅馬有灶神節，還有灶神的祭壇，裡面供奉著長明的聖火。維護聖火的是六名女祭司，稱為維絲塔侍兒，她們必須保持三十年童貞，否則將受到活埋的處罰。

赫菲斯提翁　Héphestion　馬其頓貴族阿明托爾之子（約356－324b.c.），因他是亞歷山大大帝的親密朋友而盛名於史。他是亞歷山大的右輔大臣，而且很有可能是亞歷山大精神上的同性戀人。

卻因無法適應前線的嚴苛生活，不久即返回首都，但他的健康已嚴重受到傷。137 年的最後一天，埃里烏斯・凱撒在家中嚴重吐血而身亡。

農神節　Saturnales　考證多數歷史、考古學家都認為12月25日是古羅馬農神節（Saturnalia）。大約從12月17日開始，以其無限制的狂歡鬧飲而聞名。

達西亞人；達西亞　Daces ; Dacie（Dacia）　喀爾巴阡山與多瑙河之間的古代王國，後在105—271年成為古羅馬帝國一行省。為今羅馬尼亞中部和西部地區。

達芙妮　Daphné　希臘神話中的一個寧芙

十四劃

圖拉真　Trajan　哈德良前任皇帝。全名Trajan, Marcus Ulpius Nerva Traianus（53－117年），羅馬帝國皇帝（98－117年），羅馬帝國五賢帝之一。

圖拉真柱　La Colonne Trajan　位於義大利羅馬奎利那爾山邊的圖拉真廣場，為羅馬帝國皇帝圖拉真所立，以紀念圖拉真勝利征服達西亞。該柱由大馬士革建築師大馬士革的阿波羅多洛斯建造，於113年落成，以柱身精美浮雕而聞名。

圖拉真議事廣場　Forum de Trajan　圖拉真廣場是義大利羅馬市中心的古蹟，位於威尼斯廣場旁邊。按時序，它是羅馬最後一個帝國議事廣場，由大馬士革的阿波羅多洛斯所興建。廣場旁邊是著名的圖拉真柱。

圖密善　Domitien　全名Titus Flavius Domitianus（51－96），英語化作「多米提安」、「圖密善」（Domitian），他繼承父親維斯帕先與兄長提圖斯的帝位，為弗拉維王朝的最後一位羅馬皇帝，81－96年在位。由於他執政中後期曾嚴酷處決許多元老以及迫害基督徒，因此他在後世史書中的評價普遍不佳。

寧芙仙女　Nymphe　希臘神話中次要的女神，有時也被翻譯成精靈和仙女，也會被視為妖精的一員，出沒於山林、原野、泉水、大海等地。

滿月日　Les ides　羅馬曆中，三、五、七、十月（大月）的第十五日，其餘月分（小月）的第十三日。

瑪迪蒂　Matidie　圖拉真的姪女（68– 119），哈德良的岳母。

監察官　Censeur　羅馬共和時期的政府官職，是羅馬文職官員體系中僅次於獨裁官的職位。其職權包括人口普查，公共道德，以及對政府財政的監督。

福斯庫斯　Fuscus　薩利納多的兒子，哈德良的姪孫。

福爾圖娜　Fortune　羅馬神話中的命運女神和人格女神，其形象通常為手持車輪的女子。

綺色佳　Ithaque（Ithaca）　希臘伊奧尼亞群島之一。綺色佳島在荷馬時代已經聞名，據說是荷馬史詩中的英雄奧德修斯的故鄉。

維吉爾　Virgile　是奧古斯都時代的古羅馬詩人（70– 19b.c.）。其作品有《牧歌集》（*Eclogues*）、《農事詩》（*Georgics*）、史詩《埃涅阿斯紀》（*Aeneid*）三部傑作。

維克多・沃可尼烏斯　Victor Voconius　詩人，騎士階級家族出身，與小普林尼是有書信

奧斯若恩　Osroène　位於幼發拉底河上游的一古國，前132年於塞琉古帝國崩潰後建立，114年成為羅馬帝國的屬國，244年被徹底併入羅馬帝國，成為其一個行省。

奧菲斯　Orphée（Orpheus）　希臘神話中的詩人和歌手。善於彈奏豎琴，據說其彈奏時「猛獸俯首，頑石點頭」。

奧維德　Ovide　全名Publius Ovidius Naso（43b.c. - 17或18），古羅馬詩人，與賀拉斯、卡圖盧斯和維吉爾齊名。代表作《變形記》,《愛的藝術》和《愛情三論》。

奧德薩　Odessos　奧德薩（烏克蘭）的希臘古名

愛比克泰德　Epictète　愛比克泰德（55－135），古羅馬新斯多噶派哲學家。

愛利亞加比多連　AElia Capitolina　羅馬皇帝哈德良重建耶路撒冷城，但是做為懲罰措施，下令在希伯來曆埃波月九日，即耶路撒冷遭巴比倫和羅馬軍兵兩次攻陷的周年記念日（恰巧是同一日），將耶路撒冷徹底剷平，在原址新建羅馬城市愛利亞加比多連（Aelia Capitolina），聖殿山上另建羅馬神廟；同時將所有猶太人趕出巴勒斯坦，禁止猶太人在耶路撒冷居住。四百年間，猶太人不准進入耶路撒冷。「愛利亞」，AElia ，來自哈德良的族名AElius，「埃里烏斯」;「加比多連」Capitolina則源自朱庇特神廟所在的卡比利多歐山（Capitolini）。

愛情神話　Satyricon　佩托尼奧的著名作品，寫於西元一世紀。

愛奧尼亞　Ionien, ionique　愛奧尼亞是古希臘時代對今天土耳其安納托利亞西南海岸地區的稱呼。

新市集　Noviomagus　塞爾提克語，「noviio」: 新，「magos」: 平原，市集；「新市集」之意。

萬神殿　Le Panthéon　古羅馬時期重要的建築成就之一。萬神廟最初的歷史可追溯到西元前27年的羅馬共和國時期，該廟由屋大維的副手阿格里巴所建，為的是紀念屋大維打敗安東尼和克利奧帕特拉。但是這座最初的廟宇在西元80年被大火焚毀，直到西元125年才由喜愛建築的羅馬皇帝哈德良下令重建。

義大利加　Italica　哈德良出生地。位於西班牙塞維爾附近，是羅馬在西班牙建立的第一個城。

蒂沃利　Tibur（Tivoli）　哈德良莊園所在，位於羅馬城東。

賈尼科洛山　Janicule　義大利羅馬西部的一個山丘。賈尼科洛山是現代羅馬的第二高山丘（僅次於馬里奧山），但並不是羅馬七座山丘之一，因為它位於臺伯河以西，在古代城市的城牆以外。

路奇烏斯　Lucius　即埃里烏斯・凱撒，哈德良的義子。喜好美食，生活奢靡，早夭未能繼任皇帝。

路奇烏斯・凱歐尼烏斯・康茂德　Céionius Commodus　哈德良對繼承問題採取主動，將時年三十歲的「路奇烏斯・凱歐尼烏斯・康茂德（Lucius Ceionius Commodus Verus）」收為養子，並讓他冠上自己的姓而改名成「埃里烏斯・凱撒」。137 年，哈德良依照國家對菁英人士的培養方式，派遣埃里烏斯・凱撒到多瑙河軍團歷練。但埃里烏斯・凱撒衰落的原因之一。在亞歷山大大帝征服後消滅了這種制度。

十三劃

塞內卡　Sénèque　古羅馬時代著名斯多亞學派哲學家（約4b.c.－65年）

塞西亞的　Scythe　古代黑海北岸的地區，歐亞交界，由好幾個小國組成。鄰界古羅馬帝國。大致涵蓋今日的中歐，東歐，西亞，烏克蘭大草原及北高加索地區。

塞利努斯，今名塞利農特。　Sélinonte-en-Cilicie（Sélinus）　建造於西元前628年。圖拉真在此去世，哈德良曾將此處命名為「圖拉真之城」。

塞拉皮斯　Sérapis　「塞拉皮斯」（Serapis）是由西元前三世紀的埃及托勒密一世命令「做出來」的神，以整合希臘統治者與埃及宗教。

塞拉皮斯神廟　Sérapéum　供奉塞拉皮斯的神廟。參見「塞拉皮斯」。

塞琉古帝國　Séleucides　塞琉古帝國由亞歷山大大帝部將塞琉古一世所創建，是以敘利亞為中心，包括伊朗和美索不達米亞在內（初期還包括印度的一部分）的希臘化國家。

塞琉西亞　Séleucie　塞琉西亞是希臘化時代和羅馬時代時的一座大城市，坐落於美索不達米亞的底格里斯河畔，與俄庇斯（日後的泰西封）對望。

塞勒　Céler　軍營助手，哈德良的副手。

塞斯特斯幣　sesterce　古羅馬貨幣

塞爾維安　Servianus　全名Lucius Iulius Ursus Servianus（46或47—136）。羅馬帝國時期重要的政官及元老，歷經圖密善，涅爾瓦，圖拉真到哈德良各朝。

塞蘇斯　Celsus　全名Lucius Publilius Celsus，羅馬元老，執政官，活躍於圖拉真朝代。西元118年，哈德良登基初期被處死。

塔西佗　Tacite　全名Gaius Cornelius Tacitus（55？—117年？），羅馬帝國執政官、雄辯家、元老院元老，也是著名的歷史學家與文體家，他的最主要的著作有《歷史》和《編年史》等。

塔拉戈納　Tarragone　位於西班牙加泰羅尼亞自治區東南部地中海沿岸，是塔拉戈納省的首府。

奧古斯都　Auguste　羅馬開國君主屋大維

奧古斯都紀律　Discipline Auguste　奧古斯都屋大維為整頓羅馬軍隊所訂下的紀律，比亞歷山大大帝管理希臘軍隊的規範還嚴格許多。

奧狄翁　Odéon　在此指哈德良想在羅馬建造的圖書館名稱。

奧林匹亞年　Olympiade　古希臘舉辦奧林匹克運動會之紀年，每四年為一周期。

奧林帕斯主神宙斯神廟　Olympéion d' Athènes　是一座已毀的供奉宙斯的神廟，位於希臘首都雅典市中心。它始建於西元前六世紀，計劃建成古代世界最偉大的寺廟，直到638年後，西元二世紀羅馬帝國皇帝哈德良在位期間才得以完成。在羅馬帝國時期，它是希臘最大的神廟，擁有古代世界最大的神像之一。

之間的內海。

猶太公議會（某些基督文獻中稱為「三合林」）　Sanhédrin　猶太公會或猶太公議會是古代以色列由71位猶太長老組成的立法議會和最高法庭。

猶太行省　La Judée　羅馬帝國東部的一個行省，傳統以來都是猶太人生活聚居的地方。西元70年和西元132年，爆發兩次反抗羅馬人的猶太人起義，均遭到羅馬軍隊的鎮壓。西元135年，羅馬拆除耶路撒冷聖殿，並將所有猶太人驅逐出猶太省，重新命名為巴勒斯坦。

腓拉更　Phlégon（de Tralles）　哈德良的史記官，著作《奧林匹亞編年史》（*Olympiades*）記載西元前776至西元137之史事，已失傳，僅殘片段。

腓羅波埃門　Philopoemen　古希臘政治家與軍事將領（253－183b.c.），曾擔任總司令之職。

菲度斯・阿奇拉　Fidus Aquila　哈德良執政時期安提諾的總督

菲洛勞斯　Philolaos　菲洛勞斯（470－385.c.），古希臘畢達哥拉斯學派哲學家之一，約於西元前450年前往底比斯。現存一些殘篇歸其名下，例如地球非宇宙中心說。

菲迪亞斯　Phidias　菲迪亞斯（480－430b.c.）是古希臘的雕刻家、畫家和建築師，被公認為最偉大的古典雕刻家。雅典人。其著名作品為世界七大奇蹟之一的宙斯巨像和巴特農神殿的雅典娜巨像，據說帕德嫩神殿的裝飾雕刻，也是在他領導設計和監督下完成的，這些裝飾雕刻主要藏於倫敦不列顛博物館，被認為是古希臘雕刻全盛時期的代表作。

菲萊　Philae　是一座位於尼羅河中的島嶼，也是埃及南部一個有古埃及神廟建築群的地方。

費萊蒙　Philémon　鮑西絲（Baucis）和費萊蒙（Philemon）是古羅馬詩人奧維德著作的道德寓言《變形記》第八卷登場的一對老夫婦。

隆貝西斯　Lambèse　位於今日阿爾及利亞境內，為古羅馬第三奧古斯塔軍團位於阿非利加行省的基地。

雅努斯　Janus　是羅馬神話中的門神、雙面神，被描繪為具有前後兩個面孔或四方四個面孔，象徵開始。

雅典青年兵役學校　Ephébie

雅典政制　Constitution athénienne　亞里斯多德之作

黑門山　Hermon　位於東黎巴嫩山脈南部的山，最高峰海拔為2,814公尺。頂峰位於敘利亞和黎巴嫩交界。

黑勞士　Hilotes　黑勞士制度是古希臘的斯巴達城邦的一種國有奴隸的制度。黑勞士是指被斯巴達人征服的拉哥尼亞和美塞尼亞地區原有居民淪為奴隸者。這些奴隸需要為主人耕種，交納地租，負擔勞役，沒有政治權利，還經常遭到主人的殺害，曾經多次發動起義。有學者認為，斯巴達對外的連年戰爭使黑勞士的負擔重到難以承受，但許多受剝削的黑勞士找到機會擺脫了斯巴達人的剝削和奴役（如美塞尼亞重新獲得獨立），讓原本習慣於依靠剝削黑勞士（美塞尼亞人）為生的斯巴達人因此難以謀生，是斯巴達帝。79-81年在位。參與過帝國內戰，平息猶太戰爭。

斯巴達　Sparte　斯巴達是古代希臘城邦之一，位於中拉哥尼亞平原的南部，埃夫羅塔斯河的西岸。

斯卡曼德河　Scamandre　斯卡曼德河是特洛阿德的一條河流，亦是希臘神話中的河神。

斯芬克斯　Sphinx　斯芬克斯最初源於古埃及的神話，它被描述為長有翅膀的怪，通常為雄性，當時的傳說中有三種斯芬克司——人面獅身的Androsphinx，羊頭獅身的Criosphinx（阿曼的聖物），鷹頭獅身的Hieracosphinx。亞述人和波斯人則把斯芬克司描述為一隻長有翅膀的公牛，長著人面、絡腮鬍子，戴有皇冠。到了希臘神話裡，斯芬克司卻變成了一個雌性的邪惡之物，代表著神的懲罰。

斯科帕斯　Scopas　斯科帕斯（約395－350b.c.），古希臘著名雕刻家。

斯基隆　Skyronien ; Skyron

斯提克斯冥河　Styx　希臘神話中的一個俄刻阿尼得斯（大洋神女），負責掌管斯堤克斯河（環繞冥土的九條冥河之一）。

斯塔德　stade　視距，長度單位。厄拉多塞用來測量城市之間的距離，確立一個視距為700度，進而得出地球的圓周約為二十五萬兩千斯塔德。

普布流士・馬賽魯斯　Publius Marcellus　第二次猶太起義時，羅馬帝國的敘利亞行省總督。

普拉托里烏斯・涅波斯　Platorius Népos　西元二世紀初的羅馬政治人物，掌管色雷斯、下日耳曼尼亞及不列顛尼亞。

普拉克西特列斯　Praxitèle　普拉克西特列斯，西元前四世紀古希臘著名的雕刻家。和留西波斯、斯科帕斯一起被譽為古希臘最傑出的三大雕刻家。

普洛蒂娜　Plotine　圖拉真妻，欣賞哈德良，大力推薦給皇帝。據說圖拉真臨終前並未決定由誰繼承人，是皇后普洛蒂娜宣布由哈德良繼任。

普洛蒂諾波利斯　Plotinopolis　今日的迪迪墨奇托（Didimochito），位於希臘色雷斯，為圖拉真為妻子普洛蒂娜建造的城市。

普萊涅斯特　Préneste　普萊涅斯特今稱palestrina，距離羅馬33公里，是古代拉吉歐區域的主要城市之一。

普路托　Pluton　羅馬神話中的冥王，陰間的主宰。

普魯塔克　Plutarque　生活於羅馬時代的希臘作家（約46—125），以《比較列傳》（常稱為《希臘羅馬名人傳》或《希臘羅馬英豪列傳》）一書留名後世。

普羅佩提烏斯　Properce（Propertius）　古羅馬屋大維統治時期的輓歌詩人之一（50b.c.－？），著有四卷本與之相關的文學著作。早年出生坎坷，在母親的督促下學習。後憑藉詩歌而聞名於世，他的作品情感豐富，富於變化，在中世紀亦產生了一定的影響力，現僅存殘篇。

普羅朋提德海　Propontide　即現在的馬摩拉海，是亞洲小亞細亞半島同歐洲巴爾幹半島凱旋式 Triumphe 凱旋式是古羅馬授予取得重大軍事成果，特別是那些獲得打贏了一整場戰爭的軍事將領的慶祝儀式。

凱撒（頭銜） César 凱撒是帝國領導者的頭銜之一。從羅馬共和政體轉型為帝國的過程中，身為獨裁官的凱撒（102年-44b.c.）死亡之後，幾位古羅馬掌握實權的領導人都宣稱自己繼承了凱撒家族的名號（與其合法的統治地位），於是「凱撒」一詞便成了羅馬皇帝的眾多頭銜之一。

勞狄加 Laodicée 弗里吉亞的古代都市（也歸屬於卡里亞和呂底亞），興建於安納托利亞的呂卡士河（Lycus）河畔。

勞狄加的帕勒蒙 Polémon de Laodicée 全名Marcus Anotonius Polemo，西元二世紀的希臘詭辯哲學家、修辭學家與政治人物。

喀里多尼亞 Calédonie 蘇格蘭古名

喀拉塞 Charax 波斯灣港口，查拉塞尼亞王國國都，位於今日的科為特境內。

喀羅尼亞 Chéronée（Cheronea） 希臘古城，位於希臘中部的波奧提亞區。

喜帕恰斯 Hipparque 古希臘的天文學家（約190－120b.c.），被稱為「方位天文學之父」。（譯按：一般稱為「三角學之父」）西元前134年，他編製有1025顆恆星的星圖，並且創立了星等的概念。他還發現了歲差現象。利用自製的觀測工具，並創立三角學和球面三角學，測量出地球繞太陽一圈所花的時間約365.25-1/300天，與正確值只相差十四分鐘；他測量出月球距離約為260,000公里；他算出一個朔望月週期為29.53058天，與現今算出的29.53059天十分接近。

喜梅特山 Hymette 位於希臘中部，雅典的東南方。

圍柱列 péristyle 例如帕德嫩神廟神廟的矩形基底四面圍繞的列柱稱為圍柱列;而只有前後，兩旁沒有列柱的建築稱為兩排柱式，像是雅典娜勝利女神殿; 有些建築物前面突出的柱列稱為前柱式;而有些從建築物正面延伸到中庭的列柱稱為門廊。

彭特列克 Pentélique 來自雅典附近山區的純白大理石

提內烏斯・魯夫斯 Tinéus Rufus 色雷斯總督，鎮壓猶太人叛亂。

提布魯斯 Tibulle（Tibullus） 古羅馬詩人（55－19b.c.），他最喜愛的主題是浪漫愛情詩和田園生活之趣。

提庇留 Tibère 全名Tiberius Claudius Nero（42－37b.c.），羅馬帝國的第二任皇帝，14－37年在位。

提洛島 Délos 愛琴海上的一個島嶼，基克拉澤斯群島的心臟。在希臘神話中，它是女神勒托的居住地，在這裡她生育了阿波羅和阿耳忒彌斯。

提修斯 Thésée 傳說中的雅典國王。他的事蹟主要有：剷除許多著名的強盜；解開米諾斯的迷宮，並戰勝了米諾陶洛斯；和希波呂忒結婚；劫持海倫，試圖劫持冥王哈得斯（羅馬神話作「普路托」）的妻子泊瑟芬——因此被扣留在冥界，後來被海格力斯救出。

提圖斯（維斯帕西安） Titus 全名Titus Flavius Vespasinus（39－81），羅馬帝國第十任皇

密特里達提六世　Mithridate　密特里達提六世（132或131—63b.c.）是羅馬共和國末期地中海地區的重要政治人物，也是羅馬最著名的敵人之一；他與羅馬之間為爭奪安納托利亞而進行的三次戰爭，歷史上稱為「密特里達提戰爭」。

密特拉教　Culte de Mithra　羅馬帝國時期的祕密宗教，盛行於西元一世紀至四世紀。

密細亞　Mysie　安納托利亞歷史上的一個地區，位於今土耳其亞洲部分的西北部。

敘利亞女神　La Déesse Syrienne　在此指阿塔伽提斯（Atargatis），敘利亞職司生育的女性神祇之一。主要流行於敘利亞東北部阿勒頗等地。約西元前4世紀前後已出現於相關文物中。後逐漸影響至古希臘地區，成為古代地中海沿岸最受人崇拜與供奉之藝術形象。經常以人魚的形象出現。

敘拉古　Syracuse　義大利西西里島上的一座沿海古城，位於島的東岸。此城是古希臘科學家兼哲學家阿基米德的故鄉。

梅勒斯・阿格里帕　Mélès Agrippa　阿拉伯商人

畢達哥拉斯　Pythagore　（約西元前580年－前500年），古希臘哲學家、數學家和音樂理論家。

眾神之母　La Grande Mère（Magna Mater）　西元前205年，在簽署了腓尼基和約之後，羅馬向它在小亞細亞的唯一盟友帕加馬尋求協助，協助一件有關宗教事務。當時羅馬城出現一顆不尋常的流星，羅馬人檢視西卜林神諭集後，發現書中說假如有外國人在義大利半島上發動戰爭，只要迎奉偉大的伊代亞女神（Magna Idaea）到羅馬來，就可以擊敗敵人。伊代亞與小亞細亞的伊達山（Ida）有關聯，也是眾神之母。羅馬人為了盡快結束漢尼拔戰爭，於是派遣代表團前往帕加馬尋求阿塔羅斯幫忙。根據羅馬歷史學家李維記載，阿塔羅斯熱情接待羅馬代表團，並且把當地居民稱為眾神之母的聖石交給羅馬人，讓他們運回羅馬。

第六軍團「勝利」　La Sixième Légion Victorieuse　戍守地伊諾斯（Novaesium），西元一世紀中期古羅馬士兵在埃爾夫特河河口附近建築了一座石質軍營，可容納6500名士兵，在軍營附近則建立起來戰壕和一座戰地城市，供士兵的家人居住，以及其他商人、旅館主和軍械工人工作。西元二世紀初軍隊撤走後成為居民區，又逐漸建造了防波堤和教堂等建築。

莫西亞　Moésie　巴爾幹半島歷史上的地區名，位於今塞爾維亞和保加利亞境內。羅馬帝國時期，這裡曾為帝國在東南歐的一個行省。

荷米斯　Hermès　宙斯與邁亞的兒子，是奧林帕斯十二主神之一。他是神界與人界之間的信使，代表動物是公雞和烏龜，他的身上戴有皮包或是皮夾，腳穿插翼涼鞋，頭戴翼帽，手拿信使的權杖，也叫做雙盤蛇帶翼權杖。

十二劃

傑生　Jason　希臘神話中，帶領眾英雄搭乘「阿哥號」尋找金羊毛的主角。

凱撒在那裡設置了他的第十兵團，並試圖發展港口。

翁布利亞　Ombrie　位於義大利中心，首府佩魯賈（Perugia）。

酒神巴克斯　Bacchus　羅馬人的酒神，與古希臘神話的酒神戴歐尼修斯相對應。

閃電軍團　Légion Fulminante　羅馬第十二軍團「閃電」，於西元前58年由凱撒在高盧時，徵集羅馬人所組成的軍團。軍徽是個「閃電」圖案，故為十二閃電軍團。

馬可（馬爾庫斯）　Marc（Marcus）　全名Marcus Aurelius Antoninus Augustus（121－180），羅馬帝國皇帝，161至180年在位。

馬西亞斯　Marsyas　希臘神話中，半人半獸神的森林之神馬西亞斯向阿波羅挑戰，比試誰是吹笛無敵手，結果繆思宣布馬西亞斯落敗，阿波羅立刻把這挑釁者剝皮剁死。許多精靈及半人半獸神都為他的死傷悲，流下了眼淚。他們流下的淚化作河川，從此稱作馬西亞斯河。

馬提亞爾　Martial　全名Marcus Valerius Martialis（40年－？），古羅馬文學家，曾經往返於西班牙至羅馬城兩地。早年生活貧寒，後來憑藉詩歌而聞名於世。其作品取材廣泛，短小精悍，經常為時人所稱道，其作品亦流傳至今。

馬爾西烏斯・杜爾波　Marcius Turbo　古羅馬將軍，是圖拉真與哈德良的軍事顧問及好友。在哈德良皇帝大段任期中擔任禁衛軍首長。

馬爾庫斯・烏爾庇斯・卡斯托拉斯　Marcus Ulpius Castoras　哈德良的阿拉伯語文書官

馬魯利努斯　Marullinus　哈德良的祖父，通星象。

十一劃

偽經　Testament forgé　基督宗教的《偽經》是一些從西元前200年到西元後200年猶太著作的通稱。其中一些著作可能是冒亞當、以諾、摩西和以斯拉等人寫的，故稱之為《偽經》。

曼丁尼亞　Mantinée　古稱曼丁尼亞，現為帕雷歐波城。古希臘時代是一座小城邦國，位於阿卡提亞的東南方。

曼儂　Memnon　希臘神話中衣索比亞國王提托諾斯和黎明女神厄俄斯的兒子。在特洛伊戰爭中他領兵守護特洛依，卻不幸戰死。門農死後，宙斯受厄俄斯的眼淚打動，賜予他永生

堅忍　Patientia　西塞羅對拉丁字Patientia所下的定義是：「為了尊榮與公益，自願每日忍受艱苦。」

基菲希亞　Képhissia

基爾努斯　Cyrnus　泰奧尼格斯的孌童，其闡揚處世道德的詩作皆以他為訴說對象。

培琉喜安姆　Péluse（Pélusium）　古地名，位於埃及尼羅河三角洲最東部的城市。

密涅瓦　Minerve　智慧女神、戰神、藝術家和手工藝人的保護神，相對應於希臘神話的雅典娜。

烏提卡　Utique, Utica　位於現今的突尼西亞東北方，腓尼基古城。是地中海沿岸最古老小鎮之一，比迦太基還要早三百年的斐尼基城鎮。

烏斯法　Usfa　位於加利利的一座小城

特米斯托克勒　Thémistocle（Themistocles）　古希臘傑出的政治家、軍事家。雅典人（525—460b.c）。

特里馬奇翁　Trimalcion　佩托尼奧小說《愛情神話》中的一個虛擬角色。文學中最早的暴發戶。他是一名被解放的奴隸，計成了主人的巨大財富，設下豪華宴席炫耀。

特拉西梅諾湖　Le lac Trasimène　位於義大利翁布利亞大區境內，是波河以南最大的湖泊。

特拉奇納　Terracine　位於義大利拉蒂納省

特拉塞亞　Thraséas（Publius Clodius Thrasea Paetus）　古羅馬元老，斯多葛學派的信徒。曾公開反對尼祿，與皇帝及元老院結怨。西元66年，得知被宣判死刑後，隨即自殺。

特洛弗尼烏斯　Trophonios　在希臘神話中，特洛弗尼烏斯是埃爾吉諾斯的兒子。

特洛伊　Troie（Troy）　特洛伊是古希臘時代小亞細亞（今土耳其位置）西北部的城邦，其被遺址發現於西元1871年。

特洛阿德　Troade　小亞細亞北部地區

特蒂絲　Thétis　特蒂絲為古希臘神話中的海洋女神，是珀琉斯的妻子，阿基里斯的母親。特蒂絲是一名寧芙仙女但卻嫁給一個凡人（珀琉斯），而生下了特洛伊戰爭的英雄阿基里斯。。

特爾米努斯　Dieu Terme（Terminus）　羅馬神話人物，界神。

特爾潘德　Terpandre（Terpander）　特爾潘德，約活動於西元前7世紀中期。古希臘萊斯沃斯安提薩的詩人，音樂家。

祖國之父　Père de la Patrie　原本是羅馬共和國和羅馬帝國時期，一個向其擁有者表示敬意的頭銜。意味著某人創建了一個新的國家，和擁有者在維護其祖國（羅馬）的國家安全和領土完整等方面做出了傑出的貢獻，在近代則多意指對於當前國家政權締造有特殊貢獻之人。與其他所有的羅馬共和國的頭銜一樣，「祖國之父」的頭銜也是由羅馬元老院授予的。第一個接受「祖國之父」頭銜的人乃是著名的演說家西塞羅。

神聖大道　Voie Sacrée　聖道是古羅馬的主街道，從卡比托利歐山山頂，經過古羅馬廣場的一些最重要的宗教遺迹（這裡是最寬的一段），到達羅馬競技場。這條路是傳統的凱旋式路線（開始於羅馬郊區，經過古羅馬廣場）。

神顯者　Epiphane　多位善良的希臘神祇及希臘文化國王之稱號。例如安條克四世。

納博　Narbonne　位於今日的法國西南部。通往西班牙的樞紐。西元前118年，高盧人建立了納博，它位於高盧第一條羅馬之路多美亞大道（Via Domitia）上，當時是作為殖民地而成立，將義大利和西班牙連接起來。納博坐落在多美亞大道連接阿奎塔尼亞大道（Via Aquitania）處，穿過土魯斯和波爾多抵達大西洋，因此在地理上是一個重要的十字口。奧德河穿城而過。在政治上，納博和馬賽同等重要。當馬賽人反抗羅馬的統治時，比斯脫離斯巴達的控制，並且使底比斯躍升為一等強國。

埃波月 Le mois d' Ab 埃波月又作阿布月，是猶太教歷的五月、猶太國曆的十一月。該月共有30天，相當於公曆7、8月間。埃波月也是唯一一個沒有出現於聖經上的猶太曆月分。該月九日是猶太人的聖殿被毀日（Tisha B'Av，禁食日）。

埃涅阿斯 Enée 特洛伊英雄，安基塞斯王子與愛神阿佛洛狄忒（相對於羅馬神話中的愛神維納斯）的兒子。埃涅阿斯的父親與特洛伊末代國王普里阿摩斯有著堂兄弟的關係。維吉爾的《埃涅阿斯紀》描述了埃涅阿斯從特洛伊逃出，然後建立羅馬城的故事。

埃特納火山 Etna 歐洲著名的活火山，屬層狀火山。它位於義大利西西里島東海岸的墨西拿和卡塔尼亞之間，是歐洲最高的活火山，海拔3326米，其高度隨噴發活動而變化。

恩尼烏斯 Ennius 全名Quintus Ennius（239－169b.c.），是羅馬共和國時期的詩人、劇作家，被認為是最具影響力的早期拉丁語詩人和古羅馬文學的奠基人。其代表作敘事詩《編年史》，敘述了從埃涅阿斯流亡至詩人所在時代的羅馬歷史，

恩迪彌翁 Endymion 古希臘神話人物之一。常年於小亞細亞拉特穆斯山中牧羊狩獵的美少年。與月神賽琳娜相戀，生有五十個女兒。

格里芬 Griffon 格里芬原為希臘神話中的神獸，現在已經有了更加豐富的含義，並運用到各種命名中。Griffin（獅鷲），希臘神話中一種鷹頭獅身有翅的怪獸，亦作“Griffon”或“Gryphon”。

泰西封 Ctésiphon 古代美索不達米亞的一個偉大城市，帕提亞帝國及它的繼承者薩珊王朝的首都。泰西封在今日伊拉克首都巴格達東南的底格里斯河河畔。

泰坦族 Titan 希臘神話中一組神的統稱。按照經典的神話系統，泰坦在被奧林帕斯神系取代之前曾經統治世界。

泰倫提烏斯 Térence 羅馬共和國時期的劇作家（195/185－159/161b.c.）

泰倫提烏斯・史考魯斯 Terentius Scaurus（Quintas） 哈德良時期的拉丁文法學家

泰斯提里斯 Thestylis 沃可尼烏斯的戀人

泰奧格尼斯 Théognis（Theognis of Megara） 古希臘雅典附近的輓歌體詩人，約活動於西元前6世紀至西元前5世紀初。他的許多作品為其愛人基爾努斯所作，多以深刻的涵養與富於變化的上層社會作為其內容。

泰爾 Tyr 泰爾是黎巴嫩南部行政區中的城市。泰爾城延伸突出於地中海上，在以色列阿卡北方23英里（約37公里），西頓城南20英里（約32公里）遠處。

海克力斯 Hercule（Heracles） 希臘神話最偉大的半神英雄，海克力斯相當於羅馬神話里的赫丘利，後來的羅馬皇帝都常常以其自居。

海神波頓 Protée 希臘神話中的一個早期海神，荷馬所稱的「海洋老人」之一。

涅普頓 Neptune 羅馬神話海神，相對應於希臘神話的波賽頓，朱庇特的弟弟，海王星的拉丁名是起源於他。

涅爾瓦 Nerva 五賢君之一，繼任圖密善之羅馬皇帝，收圖拉真為養子。

去世之處。

施惠者 Evergète 在希臘羅馬的世界中，施惠者指的是奉行施惠主義的人，也就是說，讓群體占享其財富以增加自身聲望的人。托勒密三世的稱號為「施惠者一世」。羅馬皇帝多被視為最大的施惠者。

柯隆納斯 Colone 《伊底帕斯在柯隆納斯》為古希臘悲劇作家索福克勒斯於西元前406年根據希臘神話中伊底帕斯的故事所創作的一齣希臘悲劇，為希臘悲劇中的代表之作。本劇為《伊底帕斯王》的續集。

柯爾多瓦 Cordoue（Córdoba） 西班牙安達盧西亞自治區的一座城市，也是科爾多瓦省的首府。

查布里亞斯 Chabrias 哲學家，曾是安提諾烏斯的老師，對哈德良忠心耿耿。

查拉塞尼亞王國 Characène 帕提亞帝國下的一個小王國，約位於今日波斯灣南邊。

科內里安努斯 Cornélianus 哈德良任內的阿非利加行省總督

科奈烏斯・龐培・普洛庫魯斯 Conéius Pompéius Proculus 哈德良時代比提尼亞行省之財政官總督

科馬基尼 Commagène 位於安那托利亞接近安條克的一個希臘化王國，原為塞琉西帝國的一個部落省，其後在前163年成為獨立王國，最終在72年被羅馬吞併。

科爾基斯 Colchide（Colchis） 喬治亞的一個地區，位於該國西部，也曾經是一個王國。希臘神話阿哥號的英雄們曾到這裡尋找金羊毛。

美杜莎 Méduse 美杜莎是希臘神話中的一個女妖，蛇髮三女妖之一，一般形象為有雙翼的蛇髮女人。

十劃

茅利塔尼亞 Maurétanie 古利比亞的一部分，相當於現在地中海岸的摩洛哥，阿爾及利亞西部。

倫敦尼烏姆 Londinium 倫敦，約在西元43年克勞狄烏斯征服不列顛時建立的城市。為當時羅馬帝國在不列顛的首都。

哥林多 Corinthe 又稱科林斯

哥林多未婚妻 La Fiancée de Corinthe 哈德良的史官腓拉更記錄在著作《奇事怪談》（*Le Livre des Merveilles*）中的一段故事。歌德於1797年用這個題材寫了一首詩（〈Die Braut von Korinth〉，內容講述一名死去的少婦為了再見未婚夫而從墳墓爬出來。

哥林多地峽運動會 Les Jeux Isthmiques 於哥林多地峽所舉辦的運動會，由古希臘各城邦之間較勁。每隔一年舉辦一次，祭獻海神波賽頓。

埃皮達魯斯 Epidaure 位於希臘半島東南端，在哥林多南南東方約30公里處。相傳是阿波羅之子醫神阿斯克勒庇俄斯的出生地。城外8公里處仍保存著他的神殿。

埃帕米農達 Epaminondas 希臘城邦底比斯的將軍與政治家（418－362b.c.）。其領導底之王」，或者更驕傲地稱作「眾神之王」。對於埃及的希臘殖民者來說，「阿蒙－拉」就是希臘神話裡的「宙斯」或「阿蒙宙斯」。

阿蒙的綠洲（錫瓦綠洲） Oasis d' Ammon 整個埃及最偏遠的沙漠綠洲。位於海拔60英尺以下，坐落於大沙海的旁邊，並且有著豐富的歷史，西元前331年亞歷山大大帝曾到這兒拜訪過先知阿蒙。雖然沒有確鑿的證據，但是一些考古學家相信亞歷山大大帝被埋葬在此。

阿蘭族 Alains 奄蔡（Alans，或 Alani，也拼為 Alauni 或 Halani）為古代中亞印歐語系游牧民族，又作闔蘇，1—3世紀中葉的 東漢三國時期也稱阿蘭聊或阿蘭。他們族源是塞克人一薩爾馬特人。古希臘羅馬文獻中稱之為Aorsoi、Alanorsi。

附庸國 Etat vassal 附庸國是指在別的宗主國輕度統治之下，沒有自己主權自由的的國家。這和藩屬國與宗主國的關係不同，後者是專指冊封體制下的宗主國和向其朝貢的國家。附庸的中文原意是指在中國周朝封地未滿五十里附屬於諸侯國的小國或小領主，例如秦非子，可世襲。在現代國際關係中，附庸國一般指有一定自治能力，但其外交、憲法卻處處受到宗主國的限制和否認的政權。

九劃

品達 Pindare 古希臘抒情詩人（518－438年b.c.）。他被後世的學者認為是九大抒情詩人之首。

哈特拉 Hatra 位於今伊拉克的古城，位於美索不達米亞鋁賈茲拉，舊時也曾為大波斯一省的省會。哈特拉在今伊拉克首都巴格達西北部。

哈德良 Hadrien 全名Publius Aelius Traianus Hadrianus Augustus（76－138），117－138年在位，是羅馬五賢帝之一。

哈德良堡 Andrinople 愛第尼（Edirne），舊稱哈德良堡或阿德里安堡（Hadrianopolis），因羅馬皇帝哈德良所建而得名。是土耳其愛第尼省省會，位於鄰近希臘和保加利亞的邊境。

哈德良獵城 Hadrianothères 位於比提尼亞山區，哈德良在此獵殺到一頭大熊，建此城紀念。

哈德里亞 Hadria 今日的阿特里（Atri），是義大利泰拉莫省的一個市鎮。哈德良的祖先發源於此。

室女座之麥穗星 Epi de la Vierge 室女座最顯著的恆星是角宿一，這顆藍白色的星是全天最亮的21顆恆星之一，代表著女神手執的麥穗，利用它可以幫助尋找室女座及其它星座。

屋大維 Octave 全名Gaius Octavius Thurinus，羅馬帝國的開國君主，統治羅馬長達43年。

幽冥之海 La Mer Ténébreuse 古時地中海水手給大西洋取的別稱

拜伊 Baïes 義大利那不勒斯省的濱海小鎮，古羅馬溫泉勝地，以硫磺氣著稱。哈德良阿基米德 Archimède 古希臘哲學家、數學家、物理學家、發明家、工程師、天文學家（287—212b.c.）。出生於西西里島的敘拉古。

阿基里斯之島 Iles d' Achille 根據古希臘抒情詩人品達〈勝利曲〉的描述，阿基里斯於特洛伊戰爭中死後，來到此島度過充滿爭吵，饗宴及情愛的死後生活。指的是今日的蛇島，位於黑海多瑙河三角洲附近的一座島嶼，現屬烏克蘭敖德薩州管轄。

阿傑西雷斯（二世） Agésilas 斯巴達國王（444-360 b.c.），約西元前400-360年在位。

阿提卡 Attique 希臘首都雅典所在的行政大區，也是古希臘對這一地區的稱呼。

阿提安 Acilius Attianus 西元 86 年，艾里烏斯・哈德良過世，十歲的孤兒哈德良受託給兩位養父：一是尚未就任帝位的圖拉真，另一則是屬於「騎士階級」的阿提安。

阿提斯 Attys 弗里吉亞職司農業神祇之一

阿提爾月 Athyr 為古埃及曆法中的第三個月，相當於現在的九月到十月。

阿斯克勒庇厄斯 Esculape（Asclépios） 古希臘神話中的醫神

阿斯帕修斯 Aspasius 逍遙派學者（約 80-150），注釋大部分亞里斯多德的作品。

阿瑞斯泰俄斯 Aristée（Aristaeus） 古希臘神祇，阿波羅之子。事蹟廣見於雅典作家之著述，以擅長養蜂，教導人類養蜂而聞名。

阿雷蘇莎 Aréthuse（Arethusa） 希臘神話中一位美麗迷人的山林仙女，為俄刻阿諾斯的女兒，也是阿爾忒彌斯的侍女之一。通常阿雷蘇莎的形象是一位身邊圍繞著魚群的年輕婦女。

阿爾戈斯 Argos 希臘城市，位於伯羅奔尼撒半島的東北。阿爾戈斯有約五千年的歷史，在它的歷史上，古希臘人、羅馬人、法蘭克人、威尼斯人和奧斯曼帝國都在這裡留下了他們的影響，它是歐洲最古老的始終被居住的城市。

阿爾瓦勒祭司團 Le sain collège des Frères Arvales 由十二名祭司組成的祭司團，是羅馬古老宗教，以祭拜家庭守護神與祈求農田豐收為主。

阿爾西比亞德斯 Alcibiade 阿爾西比亞德斯（450–404 BC）是雅典傑出的政治家、演說家和將軍。他主張好鬥的外交政策，是西西里遠征的主要支持著，但是在遭政敵指控犯褻瀆罪之後，逕自逃往斯巴達。

阿爾班山 Monts d' Albe 古代拉齊奧王國的城市，它位於義大利中部，古代羅馬的東南方阿爾班山上。

阿爾勒 Arles 法國南部的一個城市，位於隆河口省境內。

阿爾薩息斯王朝 Arsacides 即帕提亞帝國，安息帝國。

阿蒙朱庇特 Jupiter Ammon 羅馬神話中的眾神之王，相對應於古希臘神話的宙斯。阿蒙是一位埃及主神的希臘化名字，埃及文轉寫為 mn，意為「隱藏者」（也拼作「Amon」）。他是八神會（Ogdoad）之一，配偶是姆特。太陽神拉的名字有時會與阿蒙的名字結合起來，特別是在他做為「眾神之王」的時候。在埃及，天堂的統治權屬於太陽神，而阿蒙就是最高神，因此從邏輯上說，阿蒙就是拉。阿蒙被稱作「王座與兩陸稱為聖牛（Apis）。

阿多尼斯祭　Les Adonies　阿多尼斯是希臘神話中掌管每年植物死而復生的一位非常俊美的神，是歐洲古代時期最複雜的一個神。他有多重角色，在古代希臘宗教中始終有許多不同的學者討論和研究他的意義和作用。他相當於巴比倫神話中的春神搭模斯。他是一個每年死而復生，永遠年輕的植物神，與年曆有深厚的聯繫。自古希臘以來，即留下多處舉行阿多尼斯祭的紀錄。

阿里斯提亞斯　Aristeas　哈德良的雕刻師，與艾芙洛狄西亞的帕皮亞合作雕刻出老少人頭馬。

阿里斯塔克斯　Aristarque de Samos（Aristarchus）　古希臘天文學家，數學家（約310－230b.c.）。他生於古希臘薩摩斯島。他是史上有記載的首位提倡日心說的天文學者，他將太陽而不是地球放置在整個已知宇宙的中心，他也因此被稱為「希臘的哥白尼」。

阿拉比亞　Arabie　羅馬帝國的邊界行省，它創建於於二世紀，其範圍約是今中東的約旦全境、敘利亞南部、西奈半島和今天的沙烏地阿拉伯的西北部，其首都為佩特拉。

阿拉比亞山脈　Chaîne arabique

阿波羅尼烏斯　Apollonius（de Tyane）　大約在西元前300年，當時的羅馬盛行的基本宗教系統的代表人物是來自Tyana（土耳其古城Anatolia的小鎮）的Apollonius（把印度的皆那教傳到中東到羅馬的人），他的事蹟就被當時的神聖羅馬教或天主教的基督史詩納入聖經成為羅馬的官方宗教。Apollonius被描寫為一個素食者，是百獸之友,沒有閃族人物特性，反而充滿希臘風格。Apollonius在今日土耳其的安提阿習哲學並赴埃及進修，旅行至印度及喜馬拉雅學習神祕學，他還教導弟子不可以貌取人而是要看人的內在之心。他雖承認至高者之存在，但每日向太陽祈禱三次，並憎惡猶太人當時的牲祭。他從遠方國度習得後世輪迴之說，相信就像希臘神話裡盜取天火幫助人類而受苦的普羅米修斯神一樣：人類受苦有其好的意涵存在，這就是人類要揹負的十字架。而十字架在當時是充滿刑罰意味的異教圖騰。

阿波羅多洛斯　Apollodore（Apollodorus）　大馬士革的阿波羅多洛斯，是西元二世紀羅馬帝國著名的工程師、建築家、設計家和雕刻家。哈德良登基後，由於阿波羅多洛斯多次嘲笑哈德良的建築和設計，從而得罪哈德良。哈德良將其放逐，之後他被指控犯有虛有的罪名而被處死。

阿哥號英雄紀（尋找金羊毛）　Arguonautique　阿波羅尼奧斯的長篇詩作名稱，原意為阿哥號航海者。

阿格里帕　Agrippa　全名Marcus Vipsanius Agrippa（63—12 b.c.），古羅馬政治家與軍人，屋大維的密友、女婿與大臣。

阿特拉斯　Atlas　或譯亞特拉斯是希臘神話裡的擎天神，屬於泰坦神族。他被宙斯降罪來用雙肩支撐蒼天。傳說中，北非國王是阿特拉斯的後人。北非阿特拉斯山脈正是以他來命名。

西元前378年組織了這支部隊。於西元前338年的喀羅尼亞戰役中被由腓力二世率領的馬其頓軍全部殲滅。

底格里斯河　Tigre　底格里斯河是中東名河，與位於其西面的幼發拉底河共同界定美索不達米亞，源自土耳其安納托利亞的山區，流經伊拉克，最後與幼發拉底河合流成為阿拉伯河注入波斯灣。

拉吉歐　Lazio　是義大利中西部的一個區域，在那裡羅馬城建立並擴展成羅馬帝國首都。

昔蘭尼　Cyrène　位於現利比亞境內的古希臘城市，為該地區五個希臘城市中之最古老和最重要的，利比亞東部因它而命名為昔蘭尼加。

波賽多尼奧斯　Poseidonius　波賽多尼奧斯（波希多尼）（135-51b.c.）是一位古希臘斯多葛學派哲學家、政治家、天文學家、地理學家、歷史學家和教育家。

法凡提亞　Faventia　今日的法恩扎（Faenza）

法利賽人　Pharisien　是第二聖殿時期（536–70b.c.）的一個政黨、社會運動和猶太人中間的思想流派。法利賽人是當時猶太教的四大派別之一，另外三大派別為撒都該人（Sadducess）、艾塞尼人（Essenes）和奮鋭黨（Zealots）。

法沃里努斯　Favorinus d' Arles（Favorinus）　古羅馬學者與哲學家（80－160），他的一生主要活動於哈德良統治時期。早年即接受良好教育，後憑藉出色的口才在辯論中獲勝而聞名於世，他晚年回到羅馬城，開館授徒，其著作現僅存殘篇。

法哈斯曼尼斯　Pharasmanès　亦稱英勇的法哈斯曼尼斯，是伊比利亞國王。在位期間約116－140年。

法勒隆　Phalère　古代雅典的三座港口之一

泛雅典運動場　Stade panathénaïque　帕那辛納克體育場，是一座位於希臘雅典的馬蹄型體育場，亦是世界上唯一一座全部利用大理石興建的大型體育場。它在古希臘時期主要用來舉辦紀念雅典娜女神的泛雅典運動會。

金宮　Maison d' Or　西元64年毀滅羅馬的羅馬大火之後，皇帝尼祿所蓋的華麗宮殿。

阿什凱隆　Ascalon　以色列南部區內蓋夫西部的一個城市。在現代阿什凱隆的附近，有古代阿什凱隆海港的遺迹。

阿巴米亞的努莫尼奧斯　Nouménios　為二世紀下半葉的人物，屬於新畢達哥拉斯學派，柏拉圖主義者。

阿卡迪亞州　Arcadie　阿卡迪亞州，希臘二級行政區，位於伯羅奔尼撒半島，人們在此安居樂業。「阿卡迪亞」原文arkadia，ark原意為躲避、避開，後指為方舟，adia指閻王，arkadia就是指躲避災難的意思，現在被西方國家廣泛用作地名，引伸為「世外桃源」。

阿皮基烏斯　Apicius　提庇留統治時期公認的美食家，著有與烹飪相關的作品。《論烹飪》被認為是他後期的作品，成書於四世紀或五世紀，記有五百種食譜。

阿皮斯　Apis　古埃及神話中的聖牛。在古埃及時代，孟斐斯（Memphis,在尼羅河畔）的公牛，若被選來為歐西里斯（Osiris，管地府的神）的靈魂、太陽神和尼羅河神拉船者，帕克托羅斯河　Pactole（Pactolus）　西元前六世紀末，在小亞細亞的西南部有一個名叫呂底亞的王國，其國王名叫克羅伊斯（Crésus）。克羅伊斯極為富有，他的財富又是從何而來的呢？原來，蓋迪茲河的支流帕克托羅斯河（Pactole）流經呂底亞，河水所挾帶的沙子中富含黃金。因此，當形容一個人非常富有時，人們便會說他「像克羅伊斯那樣富有」。在現代法語中，克羅伊斯和帕克托羅斯河的名字也都演化成了普通名詞，意思分別為「大富豪」和「財源」。

帕拉提諾山　Palatin　羅馬七座山丘中位處中央的一座，其為現代義大利羅馬市裡所保存的最古老的地區之一。

帕特羅克洛斯　Patrocle（Patroclus）　取意「父親的榮耀」。在希臘神話中，被記載於荷馬所著的伊里亞德（Iliad）。

帕提亞/帕提亞帝國　Parthe/Parthie　現今伊朗國境。圖拉真時代奪下之版圖，不易管轄，後來哈德良放棄，與帕提亞簽約，羅馬帝國東界得四十年和平。中國古稱安息帝國。

帕爾卡（命運女神）　Parque　羅馬神話中的一組女神，對應於希臘神話中的摩伊賴（命運三女神）。羅馬神話中的三位帕爾卡分別是：諾娜（Nona，意為「紡線」），對應於克洛托（Clotho）；紡出生命之線。德客瑪（Decima，意為「命運」），對應於拉刻西斯（Lachésis）；丈量生命線長短。摩耳塔（Morta，意為「死亡」），對應於希臘神話中的阿特羅波斯（Atropos）；剪斷生命之線。

帕爾馬　Palma　全名Aulus Cornelius Palma Frontonianus，圖拉真時期元老，將領及執政官。死於西元118年，哈德良登基初期。

帕德嫩神廟　Parthénon　古希臘雅典娜女神的神廟，興建於西元前五世紀的雅典衛城。它是現存至今最重要的古典希臘時代建築物。

帕羅斯島　Paros　愛琴海中部基克拉迪群島的一個希臘島嶼，以其眾所周知的精美白色大理石聞名世界。

幸福時光　Saisons alcyonniennes　希臘神話中，風神 Aeolus（伊歐勒士）有一個女兒叫Alcyone（艾爾莎奧妮），嫁了黎明女神的兒子 Ceyx（息克斯）。有一天，Ceyx 在海上航行的時候溺水而亡，Alcyone 傷心愈絕，跳崖身亡。眾神被她的痴情感動，將 Alcyone與Ceyx 變成 halcyon（海爾息恩＝翠鳥），從此永不分離。傳說中這對恩愛的夫妻在波浪上撫育他們的孩子，而 Alcyone 的父親，風神 Aeolus 因為眷顧女兒，每年十二月份，他就會平息海浪，以便於翠鳥在海上築窩，生育後代。因為這個美麗的傳說，後人就把每年十二月中旬冬至前后的兩個星期稱為 halcyon days。另外，halcyon 這個詞在今天也被用來表示「快樂，無憂無慮」。因此，halcyon days 也被用來形容年少時的幸福時光。

底比斯　Thèbes　底比斯位於希臘中部皮奧夏地區（Boeotia，即維奧蒂亞州）。起初被稱作馬克西尼城，於西元前四世紀達到極盛，但在西元前336年被亞歷山大大帝毀滅。

底比斯聖隊　Bataillon Sacré　古希臘城邦底比斯的一支精銳部隊，共300人，由150對同性戀伴侶組成。這支部隊是西元前四世紀底比斯軍隊的精英。底比斯將領高吉達斯於

域，其歷史可追溯至兩千五百年前。

亞提拉鬧劇　Atellane　古羅馬的亞提拉鬧劇專門諷刺時事，人物不出幾種特定的類型，如丑角、貪吃的食客或傻瓜等等。表演風格近似義大利即興藝術喜劇（Commedia dell'Arte），只有簡單的劇情大綱，由戴面具的演員即興演出，配有音樂、舞蹈。

亞該亞　Achaïe　羅馬帝國行省。大致相當於當今希臘南部，首府雅典。

亞壁大道　Voie Appienne（Appian Way）　亞壁古道是古羅馬時期一條把羅馬及義大利東南部阿普利亞的港口布林迪西連接起來的古道。

亞歷山卓博物館　Musée d' Alexandrie　古希臘時期最重要的圖書館不在希臘本土，而在埃及。亞歷山大大帝征服西方世界後，在尼羅河口建立亞歷山大城，其後托勒密王朝將之發展成重要的文化中心。亞歷山大圖書館即為希臘時代最著名的圖書館。

八劃

佩托尼奧　Pétrone（Petronius）　全名Gaius Petronius Arbiter（27－66），是一位羅馬抒情詩人與小說家，生活於羅馬皇帝尼祿統治時期。據傳為著名諷刺小說《愛情神話》（*Satyricon*）之作者。

坦佩谷　Vallée de Tempé　坦佩谷位於希臘，是希臘的戰略關隘。

奇里奇亞　Cilicie（Cilicia）　位於今日土耳其東南部的小亞細亞半島，賽普勒斯以北，東至旁非利亞，北至托魯斯山脈，地處於前往地中海的通道上，曾經是羅馬帝國一個貿易非常繁盛的地區。

奇美拉　Chimère　希臘神話中會噴火的怪物

奈多斯的維納斯　Venus de Cnide　奈多斯的維納斯是古希臘著名雕刻家普拉西特列斯所塑造的一種雕像類型：女神維納斯站姿，裸體，右手遮住下體，左手拿著衣服。是希臘雕刻中第一座全裸的女體像。

奔馬律　Bruit de galop　正常成人心臟跳動有兩個心音，稱為第一心音和第二心音，奔馬律為出現在第二心音後的附加心音，與原有的第一、第二心音組合而成的韻律，酷似馬奔跑時馬蹄觸地發出的聲音，故稱為奔馬律。

妮奧彼德　Niobide　希臘神話中，妮奧彼德是安菲翁（Amphion）和尼娥蓓（Niobe）的女兒。底比斯皇后尼娥蓓有七兒七女，兒子個個勇敢英俊，女兒個個美若天仙。有一天，在底比斯城舉行一項慶祝會，是為了祭拜黑暗女神勒托（Leto）。尼娥蓓以傲慢的口氣對人群道自己才是偉大的母親，強大的力量連女神勒托都比不上，勒托很生氣，對她的孿生子女太陽神阿波羅及月神黛安娜哭訴委屈。火速趕到底比斯的太陽神與月神聯手用弓箭把尼娥蓓的孩子全部射殺了。

帕加馬　Pergame　安納托利亞古國，現在是土耳其境內的一處歷史遺迹。

帕米拉　Palmyre　敘利亞中部的一個重要的古代城市。是商隊穿越敘利亞沙漠的重要中轉站，也是重要的商業中心。

人，並在森林中尋找最大的快樂。後遭繼母誣陷侵犯，遭父親使用海神給予他的三個詛咒之一詛咒自己的兒子。結果希波呂托斯騎的馬被為海怪所驚，將他拋到地上狂奔拖死。

希俄斯　Chios　希臘第五大島嶼，位於愛琴海東部，距安納托利亞（今屬土耳其）海岸僅7公里。

希臘史　Les Helléniques　古希臘文原意是記述希臘人事件的著作。事實上，有多部敘述西元前4世紀希臘歷史的著作在拉丁文中擁有《希臘史》的標題。其中一些繼承修昔底德的風格，另一些則自成一派。存世的《希臘史》是古希臘作家色諾芬的重要著作。由於修昔底德的《伯羅奔尼撒戰爭史》未能完成對戰爭後期戰局的敘述，《希臘史》成為記錄伯羅奔尼撒戰爭最後七年戰況以及戰後希臘世界格局的重要歷史參考文獻。

攸克辛海　Pont-Euxin　黑海的希臘古稱，龐提古國（Pont）位於今日的土耳其境內。

李奧尼達　Léonidas　古代斯巴達國王，名字意為「猛獅之子」或「猛獅一樣的人」（?－480b.c.）。

杜卡利翁　Deucalion　古希臘傳說中普羅米修斯的兒子。是在天神懲罰人類的大洪水裡，少數生存下來的古希臘人之一。

杜拉　Doura　杜拉歐羅普斯（dura-euopos）以「東方龐貝」著稱，是位於中東敘利亞幼發拉底河畔，在美索不達米亞和敘利亞之間，建於西元前300年的帕提拉商隊中心。

沃洛吉西　Vologésie　帕提亞城市，由沃洛吉西斯一世所建造。確切位置不明，應該在巴比倫和泰西封附近。

狄厄斯庫里兄弟　Dioscures　在希臘和羅馬神話中，卡斯托耳和波魯克斯是斯巴達王后麗達所生一對孿生兄弟，常被合稱為狄俄斯庫里兄弟，哥哥波魯克斯的父親是宙斯，擁有永恆的生命，弟弟卡斯托耳的父親是斯巴達國王廷達柔斯，為凡人。

狄奧尼修斯　Denys　在此或指Dionysius I of Syracuse（位今西西里，約432 – 367 b.c.），在今日的敘拉古鎮上留有「暴君之耳」遺跡，這座牢獄曾囚禁眾多政治異見者。

狄蜜特　Déméter　希臘神話中的大地和豐收女神。她是宙斯的姐姐，掌管農業的女神，給予大地生機，教授人類耕種，她也是正義女神。

狂熱派　Zélotes（Zealotry）　奮鋭黨又名狂熱派，是古代後期猶太教的一個激進派別，由社會低下層的普通平民、貧苦及小商販組成。

貝達爾　Béthar　猶太行省的一座堡壘城，位於耶路撒冷西南方 ，是西元135年第二次猶太起義時猶太民族對羅馬帝國的最後一個抗爭地點。

里　mille　古羅馬的一里相當1472.5米

亞伯加　Abgar　奧斯若恩歷代國王名稱。或譯亞布加爾。

亞伯拉罕之井　Puits d’ Abraham　位於以色列位在內給夫沙漠（Negav desert）起點的大城別是巴。

亞美尼亞　Arménie　傳統上亞美尼亞的疆域在今天的高加索地區和土耳其東部廣大區

克律克斯家族　Kérykès　厄琉息斯祕儀中的祭司家族

克勞狄烏斯，克勞狄一世　Claude　全名Tiberius Claudius Drusus Nero Germanicus（10b.c.－54），羅馬帝國皇帝，41—54年在位。

克勞狄歐波利斯　Claudiopolis　以羅馬皇帝克勞狄之名所建造的城市，位於今日土耳其的博盧。

克諾珀斯　Canope（Canopus）　古埃及城市，位於伊斯坎德里耶省，尼羅河三角洲西岸。哈德良的戀人安提諾烏斯在此城溺死。

克麗奧佩特拉　Cléopâtre　克麗奧佩特拉七世（69－30b.c.），世稱埃及艷后，古埃及托勒密王朝末代女王。在她死後，埃及成為羅馬行省。

冷靜者特朗奎魯斯　Tranquillus　原意為「冷靜，安靜」。在此為蘇埃托尼烏斯之別稱。

別列贊　Borysthènes　哈德良的愛馬，也是今日聶伯河的古名。

利奇尼烏斯・蘇拉　Licinius Sura　羅馬重要的元老（?40-?108年），在圖密善，圖拉真兩朝皆極具影響力。圖拉真之親信。曾任三次執政官。很早就支持哈德良。

努比亞人，努比亞　Nubien（Nubie）　努比亞是埃及尼羅河第一瀑布亞斯文與蘇丹第四瀑布庫賴邁之間的地區的稱呼。努比亞這個詞來自埃及語中的金（nub）。

努米底亞的；努米底亞　Numide;Numidie　努米底亞（202－46b.c.）是一個古羅馬時期的柏柏爾人王國，如今這一國家已經消亡。其領土大約相當於現今的阿爾及利亞東北以及突尼西亞的一部分（皆位於北非）。

努瑪　Numa　努瑪喜歡哲學和冥想，由於不斷思考，在年輕的時候就已經開始生白髮了。努瑪迎娶薩賓國王提圖斯的女兒而成為薩賓國王的女婿，因為不希望獲取權力而和妻子隱居在森林的小村莊。但是西元前716年，羅馬國王羅慕路斯去世，而努瑪則因為其人格而被推舉為羅馬第二任國王。而努瑪也數次拒絕成為羅馬國王，但由於鳥的占卜顯示出三神都同意的結果，於是努瑪便決定成為羅馬國王。在努瑪成為國王之前的羅馬，一直被鄰近城市看待成與盜賊集團沒有分別，而努瑪在統治期間確立了法律和風俗禮儀使羅馬成長為充滿文化的城市。

呂哥弗隆　Lycophron　約活動於西元前四世紀前後。古希臘卡爾基斯的悲劇詩人之一，西元前285年至西元前283年任職於亞歷山卓圖書館，並開始為喜劇分類。

呂基亞的 / 呂基亞　Lycien（Lycia）　安納托利亞歷史上的一個地區，位於今土耳其安塔利亞省境內。在羅馬帝國時期，這裡曾是帝國在亞洲的一個行省。

坎帕尼亞　Campanie（Campania）　義大利南部的一個大區，首府是那不勒斯（拿坡里）。

希波克拉底誓詞　Le serment Hippocratique　希波克拉底誓詞，俗稱醫師誓詞，是西方醫生傳統上行醫前的誓言，希波克拉底乃古希臘醫者，被譽為西方「醫學之父」，在希波克拉底所立的這份誓詞中，列出了一些特定的倫理上的規範。

希波呂托斯　Hippolyte（Hippolytus）　提修斯（Theseus）與亞馬遜女王安提俄珀（Antiope）之子。英俊年輕的獵人，曾向狩獵女神發誓，他將對她永遠忠誠；將躲避女

的任何一個，因為在至點時太陽直射的地球緯度是他能抵達的最南或最北的極值。

色雷斯　Thrace　色雷斯是東歐的歷史學和地理學上的概念。今天的色雷斯包括了保加利亞南部（北色雷斯）、希臘北部（西色雷斯）和土耳其的歐洲部分（東色雷斯）。

色雷斯騎士　Cavalier Thrace　色雷斯的一位英雄神明，常被稱為色雷斯英雄騎士。武裝的騎士代表一位戰神。

色諾芬　Xénophon　雅典人（約427－355b.c.）。軍事家，文史學家。他以記錄當時的希臘歷史、蘇格拉底語錄而著稱。古希臘最偉大的作家之一。

七劃

艾伯拉肯　Eboracum　約克的古稱

艾拉斯托　Erastos　以弗所商人

艾芙洛狄西亞　Aphrodisie　古城位於古代小亞細亞西南部的行政區卡里亞（Caria）之上，曾經是小亞細亞一帶知名的醫學、哲學、雕塑和藝術中心。

艾芙洛狄西亞的帕皮亞　Papias d' Aphrodisie　雕刻家

艾維亞島　Eubée　僅次於克里特島的希臘第二大島

艾麗榭樂土　Elyséenne（Elysée, Champs Elysée）　希臘神話中，英雄或聖賢在地獄中得以休憩之所在。

西庇阿（或西比翁）　Scipions　在此指大小西庇阿，兩位皆是羅馬人對迦太基三次戰爭中的名將。

西門・巴爾・科赫巴　Simon Bar Kochba　猶太人知名政治人物。他於131年率先起身反抗當時統治巴勒斯坦地區的羅馬政權，並於132－135年持續此族群革命（稱巴爾科赫巴起義），不過最後以失敗告終。

西塞羅　Cicéron　全名Marcus Tullius Cicero（106－43b.c.），羅馬共和國晚期的哲學家、政治家、律師、作家、雄辯家。

伯里克里斯　Périclès　伯里克里斯（約495—429b.c.），雅典黃金時期（希波戰爭至伯羅奔尼撒戰爭）具有重要影響的領導人。

克里同　Criton　圖拉真的御醫

克里特的米索米德斯　Mésomédès de Crète　西元二世紀生於克里特島，是一名樂師，齊特琴手，哈德良皇帝時期被解放的奴隸。他為安提諾烏斯寫過許多讚詞，抄本廣為流傳。

克里斯提尼　Clisthènes　古代雅典政治家，屬於被詛咒的阿爾刻邁翁家族。他因為前508年對雅典的政治機構進行了改革，將其建立在民主的基石上而為人所知。這些改革措施，奠定了雅典民主政治的基礎。

克拉蘇　Crassus　克拉蘇（約115-53b.c.），羅馬將軍，政治家，在羅馬由共和國轉變為帝國的過程之中，扮演了重要角色。因為他在一生中聚斂了巨大的財富，所以後人認為他是羅馬歷史中最富裕的人，也是世界歷史中最富裕的人之一。

的卡里亞地區。

安東尼　Marc-Antoine　馬克安東尼（約83-30b.c.）是一位古羅馬政治家和軍事家。他是凱撒最重要的軍隊指揮官和管理人員之一。凱撒被刺後，他與屋大維和雷必達一起組成了後三頭同盟。後三頭同盟分裂，馬克安東尼與埃及女王克麗奧佩特拉七世先後自殺身亡。

安提阿　Antioche　土耳其哈塔伊省的城市，靠近敘利亞邊境，在基督教歷史上占據著重要地位，是耶穌的追隨者第一次被叫做「基督徒」的地方。

安提瑪科斯　Antimaque（Antimachus）　克羅豐人，約活動於西元前400年前後。古希臘詩人、學者。他的事蹟較為簡略。為人所知的有五首詩歌《底比斯史詩》、《阿爾忒彌斯》等作品。

安提諾　Antinoé　位於尼羅河畔，即後來的安提諾波利斯（Antinoupolis），為紀念在此喪生的戀人安提諾烏斯，哈德良以他的名字命名這座城市。

安提諾烏斯　Antinoüs　安提諾烏斯（約110～115年間生，卒於130年），是羅馬皇帝哈德良的情人。

安敦寧　Antonin　全名Antoninus Pius（86—161），138—161年在位。《後漢書》稱之為大秦王安敦。

托勒密　Ptomélée　托勒密一世（救主）（367—283b.c.），埃及托勒密王朝創建者。

朱諾　Junon　羅馬天神朱庇特之妻，也是薩圖爾努斯的女兒。是女性、婚姻、生育和母性之神，集美貌、溫柔、慈愛於一身，被羅馬人稱為「帶領孩子看到光明的神祇」。她的地位相當於希臘神話中的主神宙斯的妻子赫拉。

米內瓦軍團　Légion Minervienne　西元 101 年第一次達西亞戰爭時，哈德良伴隨圖拉真出征，但身分類同於客卿，並無機會建立戰功。然而在 105 年第二次達西亞戰爭時，哈德良受到養父提拔，指揮第一米內瓦軍團參戰，負責堅守萊茵河與多瑙河的前線。

米利都　Milet　安納托利亞西海岸線上的一座古希臘城邦，靠近米安得爾河口。

米利都學派的　Milésien　米利都學派是前蘇格拉底哲學的一個學派，被譽為是西方哲學的開創者，由古希臘學者泰勒斯創建。米利都學派開創了理性思維，試圖用觀測到的事實而不是用古代的希臘神話來解釋世界。

米蒂亞　Médée　米蒂亞是科爾基斯國王的女兒，擁有法力，與尋找金羊毛的傑生一見鍾情，為幫助傑生取得金羊毛還殺害自己的弟弟，傑生之後另娶他人，憤怒傷心的米蒂亞不僅殺了傑生的情人，還殺害自己的兩個小孩。米蒂亞也是希臘三大悲劇。

老加圖　Ancient Caton　全名Marcus Porcius Cato（234－149b.c.），通稱為老加圖（Cato Maior）或監察官加圖（Cato Censorius）以與其曾孫小加圖區別，羅馬共和國時期的政治家、國務活動家、演說家，西元前195年的執政官。他也是羅馬歷史上第一個重要的拉丁語散文作家。

至點　solstice　二至點（亦稱至點）可以是太陽在一年之中離地球赤道最遠的兩個事件中

皮洛士戰舞　La danse pyrrhique; Pyrrhus　古希臘一種結合宗教與軍事的戰舞。皮洛士（319或318－272b.c.）是希臘摩羅西亞國王，也是希臘化時代著名的將軍和政治家。皮洛士是早期羅馬共和國稱霸義大利半島的最強大的對手之一，在對抗羅馬的一些戰役中儘管獲得勝利，但也付出慘重的代價，西方諺語「皮洛士式的勝利」源自於他。

皮朗　Pyrrhon　古希臘懷疑派哲學家（約360－270b.c.），被認為是懷疑論鼻祖。

六劃

伊力索河　Ilissus　位於希臘雅典。古時候水量充沛，流出雅典城外。如今只剩伏流。

伊凡德　Evandre　維吉爾史詩《埃涅阿斯紀》中人物，參與特洛伊戰爭。

伊比鳩魯　Epicurien　古希臘哲學家、伊比鳩魯學派的創始人（ 341－270b.c.）。

伊庇魯斯　Epire　伊庇魯斯同盟，又稱伊庇魯斯科依儂，是一個古代希臘聯邦式國家，前身是摩羅西亞人的摩羅西亞同盟，在前330年左右納入其他伊庇魯斯部族後更名為伊庇魯斯同盟，並由摩羅西亞王室主宰同盟統帥權，在這段摩羅西亞王室主宰期間，歷史學家稱它為伊庇魯斯王國。

伊波娜　Epona　高盧神話中的馬之女神，相當於塞爾特神話中的芮安儂（Rhiannon），為熱愛馬匹的羅馬民族普遍祭祀的對象。

伊特魯里亞　Etrurie　羅馬前之古城邦，位於現今義大利中部。最大版圖包含托斯卡尼亞，亞平寧山，波河平原至其出海口，哈德里亞（Hadria，亞德里亞海以此命名），南向納入羅馬，延伸至卡普阿（capua）。

伊索克拉底　Isocrate　古希臘著名演說家（436－338b.c.）

伊塞優斯　Isée（Isaeus）　古希臘雅典演說家（420－350b.c.）

伊歐拉斯　Iollas　赫莫杰內斯的助手醫生

列奧提西達斯　Léotichyde（Léotychidas）　年輕哈德良的醫學教授，在此為虛構人物。

多多納　Dodone　位於希臘 西北部伊庇魯斯的一個神諭處

多米提烏斯・洛加圖斯　Domitius Rogatus　哈德良的一名心腹，於路奇烏斯擔任潘諾尼亞行省總督時，安插在他身邊，監視他的行為。在哈德良稱帝期間擔任鑄幣財政官。

多利安　Dorien　古希臘的四個部族之一，屬印歐族的一支。約西元前十二到十一世紀，多利安人由巴爾幹半島北部遷來，大部分布在伯羅奔尼撒半島、克里特島、羅得島以及西西里島東部一帶，之後逐漸擴展到希臘各地。定居在伯羅奔尼撒半島的多利安人建立了斯巴達、科林斯、阿爾戈斯等城邦。

多利庫思宙斯　Zeus Dolichène　羅馬帝國時代一種祕密祭禮所崇拜的神

夸德拉圖斯　Quadratus　雅典的主教夸德拉圖斯（Quadratus）是最早的一位護教士（Apologist）。他曾寫作《護教書》（Apology），於西元125年左右上書皇帝哈德良。

安托尼亞諾斯　Le Carien Antonianos　卡里亞人的安托尼亞諾斯，哈德良的雕刻師。又稱艾芙洛狄西亞的安托尼亞諾斯（Antonianos d' Aphrodisias）。艾芙洛狄西亞位於小亞細亞年被尼科美德一世重建，這時開始被稱為尼科米底亞，隨即這座城市成為了小亞細亞北部最重要的城市之一。

尼科米底亞的阿利安　Arrien de Nicomédie　全名Lucius Flavius Arrianus 'Xenophon'（86－146），希臘歷史學家和羅馬時期的哲學家，著有一部描述亞歷山大大帝功勳的《遠征記》（Anabasis Alexandri）與描述軍官尼阿卡斯跟隨亞歷山大大帝遠征印度的著作《Indica》。出身於比提尼亞的尼科米底亞，曾在羅馬的軍隊服役。在哈德良在位期間，即西元131~137年擔任卡帕達奇亞的總督，並於西元147年擔任雅典的執政官。

尼格里努斯　Nigrinus　全名Caius Avidius Nigrinus ，羅馬元老，將軍，執政官。圖拉真的親信。死於西元118年，哈德良登基初期。

尼科美德國王　Roi Nicomède　凱撒在西元前81年隨馬爾庫斯・泰爾穆斯（Marcus Terentius Varro Lucullus）前往小亞細亞。他到達小亞細亞之後，很快便接受了一項使命：前往比提尼亞尋找船隻。比提尼亞國王尼科美德已經答應了向羅馬供應船隻，卻遲遲不肯履約。初出茅廬的凱撒圓滿地完成了這個任務。也許是完成得太圓滿了，他的對手開始傳言正是這位羅馬使者不同尋常的魅力，才使得狡猾的國王唯命是從。雖然這僅是一個插曲，卻給人們留下了凱撒是同性戀的印象。

尼祿　Néron　全名Nero Claudius Caesar Augustus Germanicus（37－68），羅馬帝國皇帝，54－68年在位。

市政廳　Le Pyrtanée　古希臘雅典的五百人會議場所

布林迪西　Brundisium（Brindisi）　義大利普利亞大區布林迪西省的首府，瀕亞得里亞海。

幼發拉底河　Euphrate

弗里吉亞　Phrygie　安納托利亞歷史上的一個地區，位於今土耳其中西部。

弗朗托　Fronton　全名Marcus Cornelius Fronto（100－170），古羅馬修辭學家與文學家。

弗羅魯斯　Florus　約活動西元二世紀前後，古羅馬歷史學家之一，生活於圖拉真和哈德良統治時期，出生於非洲。他以學者李維的著作作為基礎撰寫古羅馬歷史，並將期劃分為若干歷史時期，儘管錯誤較多，但保存至今的著作為後世瞭解古羅馬歷史提供了重要的參考資料。

札莫西斯　Zalmoxis　札莫西斯的形象在上古時代意見分歧，有些學者認為他是神格化的人或國王（如柏拉圖），有些認為他是神（希羅多德）。

正義的阿里斯提德　Aristide le juste　西元前五世紀的雅典政治家、軍事家（530－468b.c.），綽號「正義的」。

永久敕令　Edit perpétuel　匯集所有歷任大法官的告示，由哈德良指示尤利安努斯於西元131年編成，成為未來治國的法規基礎。亦是西元533年頒布的查士丁尼法典之範本。如今僅餘殘篇。

瓦倫提努　Valentin（Valentinus）　瓦倫提努（100－153）是西元二世紀時諾斯底教派領導者之一，早年曾參選教宗失敗，受當時羅馬基督教正統派的排擠。

少貌美，因此受到眾神之王宙斯的喜愛，將他帶到天上成為宙斯的情人並代替青春女神赫柏為諸神斟酒。

加利利　Galilée　以色列北部的一個地區。此區以耶穌基督的故鄉而聞名於世。十二使徒就有十一人出生此地。

加爾巴　Galba　全名Servius Sulpicius Galba Caesar Augustus（3 b.c.?-69），舉兵反對尼祿，尼祿死後成為羅馬皇帝，68-69年在位。

加薩　Gaza　加薩走廊以及巴勒斯坦人地區的最大城市

卡比洛斯眾神　Cabires　希臘神話中與火神的神祕崇拜相關的一組神祇，流傳在愛琴海北部的島嶼。

卡地斯　Gadès　西班牙古城，今稱Cadiz，為西班牙西南方濱海城市，位於安道魯西亞省境內。

卡利馬科斯　Callimaque　出生在古希臘的殖民地利比亞（約305－240b.c.），古希臘著名詩人，學者以及目錄學家，同時也在亞歷山大圖書館工作過。儘管他並未能擔任館長的職務，但是他為亞歷山大圖書館編寫了一本詳盡的書冊總錄Pinakes。同時，卡利馬科斯也被認為是古代最早的評論家之一。

卡帕達奇亞　Cappadoce　大致位於安納托利亞東南部

卡修斯山　Mont Cassius　位於敘利亞與土耳其邊境的歐朗提斯河河口附近。突聳於狹窄的海岸平原上，自古以來即是水手的參考地標，亦被視為聖山。根據迦南神話，這裡是暴風雨神巴力的聖山。

卡絲塔莉亞　Castalie　被阿波羅熱烈追求的德爾斐女子，最後跳入泉水中。該泉以她命名。

卡圖盧斯　Catulle　全名Gaius Valerius Catullus（約87—54b.c.），古羅馬詩人。在奧古斯都時期，卡圖盧斯享有盛名，後來慢慢被湮沒。現在所有卡圖盧斯的詩歌版本均源自十四世紀在維羅納發現的抄本。

卡爾米德　Charmide　西元前五世紀希臘人物，柏拉圖之舅父，蘇格拉底的學生，柏拉圖早年以他的名字為篇章寫下《卡爾米德篇》，談論自制。根據柏拉圖的描述，卡爾米德是同輩最有智慧且最美貌的年輕人，愛慕者眾，不分男女老少。蘇格拉底就深受他吸引。

史特拉頓　Straton　西元二世紀之希臘作家，應是哈德良時期人物。

尼可波利　Nicopolis　伊庇魯斯的一座城市，是西元前三十一年奧古斯都在阿克提烏姆海戰戰勝安東尼之後所建立的城市。

尼姆　Nîmes　法國加爾省的省會，並是此省的最大城市，尼姆有著古老的歷史。市內的歷史遺跡被列為世界文化遺產。保存了多項古羅馬建築，如完整的競技場，方屋（神殿），著名的嘉德水道亦在附近。

尼科米底亞　Nicomédie　即現在的土耳其城市伊茲密特，建於西元前712年或前711年，開始時是做為希臘城邦墨伽拉的殖民地。後被利西馬科斯摧毀了之後，又於西元前264

中的索爾（Sol）。

尤利烏斯・巴蘇斯 Julius Bassus 羅馬元老，將軍，在達西亞戰爭中立功。西元105年，在圖拉真朝代出任執政官。西元114-117年左右出任敘利亞總督，此一職務後來被哈德良取代。

尤利烏斯・塞維魯斯 Julius Sévérus 原為不列顛行省總督，後受派為軍團統帥，調度多瑙河軍區的羅馬軍團平息第二次猶太起義。

尤里西斯 Ulysse 奧德修斯是希臘西部綺色佳島之王，曾參加特洛伊戰爭。荷馬著名史詩《奧德賽》之主角。

尤莉亞・巴爾比亞 Julia Balbilla 羅馬帝國時的希臘女詩人（72--130b.c.），祖先來自科馬基尼。她最著名的事蹟是於西元130年伴隨哈德良皇帝的朝臣及皇后前往埃及。她在一座曼儂巨像的左腿上刻下向法老王致敬的詩句。

尤維納利斯 Juvénal 全名Decimus Iunius Iuvenalis，生活於一至二世紀的古羅馬詩人，作品常諷刺羅馬社會的腐化和人類的愚蠢。

巴力 Baal 古代西亞西北閃米特語通行地區的一個封號，表示「主人」的意思，一般用於神祇。

巴克特里亞 La Bactriane 巴克特里亞是一個中亞古地名，古希臘人在此地建立巴克特里亞王國，中國史籍稱之為大夏。

巴希里德 Basilide 西元二世紀時諾斯底教派領導者之一。

巴達維亞人 batave 古羅馬對分布於舊萊茵河及瓦爾河流域的高盧日耳曼部落稱呼。現今之荷蘭（印尼的雅加達在東印度公司時代被冠上荷蘭古名，故舊稱亦為巴達維亞）。

比布魯斯的菲隆 Philon de Byblos 希臘文多題材作家（約65--140），著述許多文法，歷史及百科全書。著有腓尼基歷史，可惜只剩殘本。

比提尼亞 Bithynie 小亞細亞西北部的一個古老地區、王國及羅馬行省，與普羅龐提斯海、色雷斯、博斯普魯斯海峽及黑海相鄰。

五劃

以弗所 Ephèse（Ephesus） 古希臘人在小亞細亞建立的一個大城市，聖母瑪利亞終老其身於此，位於加斯他河注入愛琴海的河口（今天屬土耳其）。

以弗所的盧夫斯 Rufus d' Ephèse 來自以弗所的醫生盧夫斯很可能活在圖拉真時期（約西元110年）。他曾寫過一首關於醫學的希臘詩，以及有關腎臟病和解剖的描述；辨別情感與動作兩套神經系統。

以得撒 Edesse

加大拉的狄歐提姆 Diotime de Gadara 哈德良晚年在錫登買來的年輕奴隸

加尼米德 Ganymède 希臘神話中的美少年。加尼米德是特洛伊國王特羅斯之子，母親為卡利羅厄。特羅斯有三子：伊洛斯、阿薩剌科斯和加尼米德，加尼米德在其中最年

名詞對照與注釋

三劃

凡湖　Lac de Van　凡湖為一鹹水湖，位於土耳其東部、阿勒山西南，是土耳其最大的內陸湖。

士麥拿　Smyrne　現稱伊茲密爾，舊稱士麥拿或士每拿（Smyrna），位於愛琴海伊茲密爾灣東南角，為土耳其第三大城市、第二大港口。

大王　Le Grand Roi　古希臘人對波斯阿契美尼德王朝領袖之尊稱

大祭司　Grand Pontife　古羅馬宗教中最為重要的職位，開始只允許羅馬貴族擔任，直到西元前254年才出現第一位平民出身的大祭司。「pontifex」一詞字面上的意思是「造橋者」，這可能最初是源於實際的情況：造橋者的職位在羅馬具有相當的重要性，羅馬主要的橋梁都建在在神聖的臺伯河，只有備受尊重的宗教權威才有神聖的資格用人造機械物體「打擾」它。但是詞語也具有象徵意義：他們是搭起凡人與神之間橋梁的人。

小普林尼　Pline　全名Gaius Plinius Caecilius Secundus，也被稱為小普林尼，西元61年出生於今天義大利科莫，約113年逝世於比提尼亞，是一位羅馬帝國律師、作家和元老。

四劃

五彩柱廊　Le Poecile　又稱Stoa poecile，意思就是有繪畫裝飾的柱廊，因斯多葛派芝諾（Zeno）授課之處而聞名，斯多葛派的Stoicism正是出自stoa一字。

內拉提烏斯・普利史庫斯　Nératius Priscus　西元一、二世紀的羅馬元老，法官，執政官。曾任圖拉真與哈德良的顧問。

公牛祭禮　Le taurobole　希伯利祕教中的贖罪祭禮。儀式中需宰殺一頭公牛。

厄弗拉特斯　Euphratès　厄弗拉特斯是一位傑出的斯多葛派哲學家（約35–118）。他的辯才無礙，為同世代人所稱頌。

厄利垂亞　Erythrée　一個位於非洲東北部的國家，瀕臨紅海，首都為阿斯瑪拉。

厄拉托西尼　Eratosthène（Eratosthenes）　希臘數學家、地理學家、歷史學家、詩人、天文學家（276－194b.c.）。厄拉托西尼的貢獻主要是設計出經緯度系統，計算出地球的直徑。

厄洛斯　Eros　希臘神話中是司「性愛」之原始神

厄琉息斯　Eleusinienne（Eleusis）　現今為希臘西南部埃萊夫西納，是厄琉息斯祕儀的發祥地，也是狄蜜特和泊瑟芬神話的源頭。

太陽神赫利奧斯　Le Soleil（Hélios-Rois）　古希臘神話中的太陽神，相對應於古羅馬神話

綠書系
住在故事裡 O6

哈德良回憶錄

Mémoires d'Hadrien

作者	瑪格麗特・尤瑟娜（Marguerite Yourcenar）
譯者	陳太乙
總編輯	莊瑞琳
美術設計	王璽安
排版	宸遠彩藝

社長	郭重興
發行人兼出版總監	曾大福
出版	衛城出版
發行	遠足文化事業股份有限公司
地址	23141 新北市新店區民權路 108-2 號九樓
電話	02-22181417
傳真	02-86671065
客服專線	0800-221029
法律顧問	華洋法律事務所 蘇文生律師
印刷	盈昌印刷有限公司
初版	2014 年 7 月
定價	380 元

填寫本書線上回函

哈德良回憶錄 / 瑪格麗特.尤瑟娜(Marguerite Yourcenar)著 ; 陳太乙譯. -- 初版. -- 新北市 : 衛城出版 : 遠足文化發行, 2014.07
面 ;　公分. --（綠書系. 住在故事裡 ; 6）
譯自 : Mémoires d'Hadrien

ISBN 978-986-89626-8-2（平裝）

876.57　　103000044

本書獲法國在台協會《胡品清出版補助計劃》支持出版
Cet ouvrage, publié dans le cadre du Programme d'Aide à la Publication《Hu Pinching》, bénéficie du soutien du Bureau Français de Taipei.

ACRO POLIS
衛城出版

Email acropolis@bookrep.com.tw
Blog www.acropolis.pixnet.net/blog
Facebook www.facebook.com/acropolispublish

● 親愛的讀者你好，非常感謝你購買衛城出版品。
我們非常需要你的意見，請於回函中告訴我們你對此書的意見，
我們會針對你的意見加強改進。

若不方便郵寄回函，歡迎傳真回函給我們。傳真電話 —— 02-2218-1142

或上網搜尋「衛城出版FACEBOOK」
http://www.facebook.com/acropolispublish

● 讀者資料

你的性別是 □ 男性 □ 女性 □ 其他

你的職業是 ______________________ 你的最高學歷是 ______________________

年齡 □ 20 歲以下 □ 21-30 歲 □ 31-40 歲 □ 41-50 歲 □ 51-60 歲 □ 61 歲以上

若你願意留下 e-mail，我們將優先寄送 ______________________ 衛城出版相關活動訊息與優惠活動

● 購書資料

● 請問你是從哪裡得知本書出版訊息？（可複選）
□ 實體書店 □ 網路書店 □ 報紙 □ 電視 □ 網路 □ 廣播 □ 雜誌 □ 朋友介紹
□ 參加講座活動 □ 其他 __________

● 是在哪裡購買的呢？（單選）
□ 實體連鎖書店 □ 網路書店 □ 獨立書店 □ 傳統書店 □ 團購 □ 其他 __________

● 讓你燃起購買慾的主要原因是？（可複選）
□ 對此類主題感興趣
□ 參加講座後，覺得好像不賴
□ 覺得書籍設計好美，看起來好有質感！
□ 價格優惠吸引我
□ 議題好熱，好像很多人都在看，我也想知道裡面在寫什麼
□ 其實我沒有買書啦！這是送（借）的
□ 其他 __________

● 如果你覺得這本書還不錯，那它的優點是？（可複選）
□ 內容主題具參考價值 □ 文筆流暢 □ 書籍整體設計優美 □ 價格實在 □ 其他 __________

● 如果你覺得這本書讓你好失望，請務必告訴我們它的缺點（可複選）
□ 內容與想像中不符 □ 文筆不流暢 □ 印刷品質差 □ 版面設計影響閱讀 □ 價格偏高 □ 其他 __________

● 大都經由哪些管道得到書籍出版訊息？（可複選）
□ 實體書店 □ 網路書店 □ 報紙 □ 電視 □ 網路 □ 廣播 □ 親友介紹 □ 圖書館 □ 其他 ______

● 習慣購書的地方是？（可複選）
□ 實體連鎖書店 □ 網路書店 □ 獨立書店 □ 傳統書店 □ 學校團購 □ 其他 __________

● 如果你發現書中錯字或是內文有任何需要改進之處，請不吝給我們指教，我們將於再版時更正錯誤

請沿虛線剪下

廣告回信
臺灣北區郵政管理局登記證
第 1 4 4 3 7 號

請直接投郵•郵資由本公司支付

23141
新北市新店區民權路108-4號8樓

衛城出版 收

● 請沿虛線對折裝訂後寄回，謝謝！

ACROPOLIS 衛城出版

綠書系
住在故事裡

ACRO
POLIS
衛城
出版

ACRO
POLIS
衛城
出版